铁流万里

温靖邦◎著

SPM
南方传媒
花城出版社

中国·广州

图书在版编目（CIP）数据

铁流万里 / 温靖邦著. -- 广州 ：花城出版社，
2024.4
ISBN 978-7-5749-0095-0

Ⅰ．①铁… Ⅱ．①温… Ⅲ．①纪实小说－中国－当代
Ⅳ．①I247.5

中国国家版本馆CIP数据核字(2023)第229789号

出 版 人：张 懿
责任编辑：夏显夫 张 旬
责任校对：李道学
技术编辑：凌春梅
封面设计：水玉镶文化
syyart@qq.com

书 名	铁流万里	
	TIELIU WANLI	
出版发行	花城出版社	
	（广州市环市东路水荫路 11 号）	
经 销	全国新华书店	
印 刷	深圳市福圣印刷有限公司	
	（深圳市龙华区龙华街道龙苑大道联华工业区）	
开 本	787 毫米×1092 毫米 16 开	
印 张	21 2插页	
字 数	380,000 字	
版 次	2024 年 4 月第 1 版 2024 年 4 月第 1 次印刷	
定 价	78.00 元	

如发现印装质量问题，请直接与印刷厂联系调换。
购书热线：020－37604658 37602954
花城出版社网站：http://www.fcph.com.cn

目录

卷 首 语

　　以北洋政府不完全统计数字和民国政府相关年份《国民政府公报》也不可能完全的统计数字来做依据，中华民国（含北洋时代）死于饥饿、因贫不治的疾病，平均每年为七百多万人。这不能不严重阻碍人口的正常增长；即使因了毫无节制而致泛滥的生育给予大规模补充也无济于事。

　　清朝光绪年间统计过一次人口，约为四亿七千万。1953 年新中国人口普查时仅为六亿一千九百多万；其中五岁以下的新生儿为一亿多一点，老解放区十岁以下小孩为两千多万。这说明中华民国治下的人口增长几乎为零。原因主要是因饥饿而死、因贫穷而死；战争死亡当然也须包括在其中。

　　人民的生存状况如此恶劣，国家的发展当然就谈不上了。那时有一个形象的说法：中华民国连一部自行车也造不出来。这一点也不夸张。

　　那么，人民在水深火热中挣扎，国家一穷二白，原因何在？症结究竟在哪里？学者们的研究文章汗牛充栋，往往刚发表没几天就受到同行的有力驳难，从而遭到否定。从来就没人省悟到这一切都和那个沿袭两千年的土地占有制度密切相关。

　　中国共产党却有人最先看到了这点。

　　所以中国革命的要害是彻底改变沿袭两千年的土地占有方式；中国革命的中心在农村，主力军只能是农民。

　　发现这个症结的无疑是伟大的天才。

　　从 20 世纪的 20 年代末到 30 年代前半期，围绕着对这个土地占有方式的不同理解和不同态度，两个实力悬殊的意识形态集团在中国的腹地展开了长达十年的血火较量。

　　一时一地的战争胜负决定不了中国的命运；但主张土地革命、废除土地私有制的一方如果战败从而消失了，那么至少在一定的历史时期内不可能再次聚集起这样一股伟大的力量，那么旧的土地占有方式就将继续存在下去，人民的苦难、国家的困顿也将在保有原规模的基础上继续蔓延开去。

　　这种危险在 1934 年间以看似不可逆转的趋势出现了。

第一章

一

暗杀对方领袖人物，是戴笠手里那个机构的强项；只要接了活，很少有做不成的，除非发生了非常变故。今天蒋介石要在南昌行辕召开军事会议，参加者都是中将以上大员，主题是部署第五次"围剿"的后续行动。把他这么一名小小的上校召去，派什么用场呢？

侍从室主任林蔚通知他到行辕的时间是1934年2月13日早上8时；他7时30分就早早地赶了去。

林蔚告诉他，委员长正在用餐，稍候片刻。

等了一个多钟头才得到召见。

蒋介石在那间只有黑白两种颜色的大办公室里坐着，半天不开腔，也没搭理戴笠。

戴笠只好在那里长时间直挺挺地站着。

过了好一会儿，蒋介石终于微笑了一下，开腔了。

"雨农，这个是……你来了？"

"报告校长，学生戴笠奉命来到！请校长训示！"

"唔唔，这个是……"蒋介石满意地点了一下头，沉吟了一番，"这样吧，你去找杨秘书长，他会吩咐你……这个是，一些事情。去吧！"

戴笠愣了愣神，一头云雾，又不敢多问，只好大声说"是"；然后敬了军礼，用标准军人姿势转身，出去了。

到了军委会秘书长兼南昌行辕秘书长杨永泰办公室。

杨永泰很客气，请他在靠墙的沙发坐下。踱了一会儿步，像是借以思索什么。不过几分钟，就结束了踱步，到他斜对面另一张沙发落座。但似乎还没停止思索，下意识地伸手到面前矮足茶几的铁听里拈出一支香烟，又顺手将烟听旁的火柴划燃。待徐徐吞云吐雾一番之后，杨永泰仿佛才记起了屋子里还有另一个人，便指了指烟听说：

"雨农，吸烟……自己拿！别客气。"

"哎，不不……"戴笠赶紧摆动双手说。他当然明白，蒋介石对这位足智多谋的杨永泰倚畀甚殷，自己不过是个小小的上校，在此公面前须谨小慎微，不可造次。"杨秘书长，请您老训示！"

杨永泰也不劝他，只不着边际地用鼻孔唔了一声。又吸了一会儿烟，这才说：

"雨农，听林主任说，你那里有一名干员在共匪那边潜伏了三年？"

戴笠边点头边回答道："回秘书长话，是这样！这个人一直在共匪萧克部队，现在奉调进入了共匪的中央苏区。"

杨永泰唔了一声，继续吞云吐雾。半响才说：

"这个人……有没有可能靠近毛泽东？"

"这个……"戴笠边思索边说，"应该说也能瞅到机会……秘书长的意思？"

"命令他不惜代价，除掉毛泽东！"

戴笠稍感诧异，觑了觑杨永泰，一时没开腔。

杨永泰对他的态度颇有些不满，威严地盯着他，问道：

"怎么，有什么难度吗？"

"难度……不能说没有；当初我们派人打入共匪内部，目的是窃取情报。所以遴选的是个大学刚毕业的学生，文职人员，行刺方面……我担心不太在行！"

"这个顾不了那么多了！即使用他的命去换取毛泽东的脑袋，也要设法完成呀！你可以亲自带一个小组到匪区去，就近指挥他、增援他！"

戴笠不敢再讲价钱了，否则就会惹恼了杨永泰。踟踟蹰蹰了半天，最后还是试探着问道：

"报告杨秘书长，部下有一事不明，不知可不可以斗胆请教？"

杨永泰乜视他一下，皱了皱眉头，轻描淡写地说：

"想要问什么就问吧。"

"毛泽东不是早就不起作用了吗？国军这次围剿不再像前四次了，共匪已经被压缩到一小块狭长的区域了……"

"人无近忧必有远虑！"杨永泰打断了他的话，"毛泽东是个不好对付的角色，没有他的存在，才有这次围剿的成功！但是，共匪大部分人马是他一手拉起来的，军中死党甚多，说不定哪天又把他拥立上台也未可知！所以委员长很不放心！明白了吗？"

"明白，明白！"

副官进来催促杨永泰到会议室开会。

今天的军事会议，在与会的高级将领看来，基本上应是一次安排扫尾的会。共军已经被压缩在以长汀、瑞金为中心的一块狭小区域，短期内即可将其全歼，彻底结束烦人多年的剿共战争指日可待。他们的脸上不乏风尘色，身上不无硝烟味；而一个个的眼里却洋溢着掩饰不住的得意与放松。

主持会议的蒋介石却完全是另外一种情绪：从脸上看，绷紧的神经丝毫也没有松弛的迹象，眼里自从第五次围剿以来就凝伫在那里的忧郁也并未消散。

坐在他旁边的杨永泰偷眼打量，见那忧郁里似乎还夹杂着点儿紧张。

坐在斜对面的陈诚明白，这是一个清醒的胜利者在行将跨进胜利之门时对胜利的敬畏，所以格外的小心与谨慎，处心积虑的是如何去避免最后一刻被门槛碰坏了足尖甚至进而闪坏了腰肢，以致失去了最后跨进大门的机会。

而坐在蒋介石身旁的杨永泰却在心里暗笑，觉得蒋介石未免有点杞人忧天。若要使这场战争逆转，除非共军找回了过去的聪明，重又变得神出鬼没起来。在短时间内这是不可能的。共产党现今的掌权者不可能遽然下台，毛泽东自然就不可能奇迹般复出。而战争将在不到一个月的时间内全部结束，这已毫无悬念了。所以，什么样的戏剧性变化也来不及发生。蒋先生在担什么心呢？想到这里，杨永泰瘦削的脸上掠过了一抹不易为人察觉的嘲笑。

长远观之，蒋介石并非杞忧，后来的历史都证明了这点。短期而论，杨永泰的"嘲笑"亦不无道理。

前三次围剿，是毛泽东在主持共军的帅帐；第四次围剿，毛泽东已被隔除在决策中枢之外。但实际掌兵符的红军总政委，中共中央负责人之一的周恩来一度接受了他的建议，所以第四次反"围剿"取得了胜利。

蒋介石对前四次围剿的记忆是：每次都是开始的时候声势浩大，展开的阶段也是节节胜利。而正当临近大获全功之际，风云突变，反胜为败，国军每每以损兵折将告终。这就说明，前一阶段的"节节胜利"均为假象，事实上是毛泽东的诱敌深入之计。第五次围剿他总结了前四次失败的教训，不再采取长驱直入，分进合击；而是先在苏区周围修筑碉堡，以堡垒形成包围圈，环环相扣，步步为营，稳扎稳打，逐步边建新的碉堡边收缩包围圈。执行这个新战略的部队有六十四个师又七个旅，共五十万人，分为北路军、南路军、西路军；空军五个大队共五十多架飞机专事空中支援。

今天的会上，蒋介石宣布在这个基础上增加兵力、调整部署以策万全：将前一阶段用于镇压闽变且已胜利结束的部队为基干，增编一支东路军，与西路军、南路军、北路军一样，下辖几支以二级路为单位的部队。这个东路军共十六个师又一个旅，蒋鼎文为总司令。该东路军向中央苏区东面的建宁、泰宁、龙岩、连城推进，目标指向长汀、瑞金；北路军增加到三十三个师又三个旅、一个含六个团的支队；南路军、西路军也各增加了几个师的兵力。进攻的主力为北路军、东路军，都指向广昌，然后会师赣南。

安排妥帖后即宣布散会，命将领们不许在南昌逗留，马上返回部队。

第二阶段行动开始后，尽管也保持了此前的军事势头，节节胜利，蒋介石却一点也放不下心来，屡屡越过前线总司令进行指挥。2月22日致电南昌行辕的熊式辉、贺国光，指示"沙溪既已占领，应即向永宜以南地区推进"；25日致电顾祝同、陈诚，令"十八军占领荷田冈后，其主力先向杨林渡、白舍、罗坊一带伸展为宜，不必向石嘴方向急进，以免攻坚。若能先占白舍、罗坊，则南丰与广昌公路即可开始修筑，日后南进更易也。并望限期进占白舍"；同时又电蒋鼎文、卫立煌："……第三师、第九师本月杪日集中漳州，准备下月东日由漳州向龙岩前进，预定鱼日到达龙眼城。为要！"这个阶段的电报，蒋介石直接发给前线将领的多达八十一封。从数量和内容都可见到他那时的心态：并未被胜利冲昏头脑，始终保持着冷静与小心谨慎。

他还在担心什么？

共军在第五次反"围剿"作战中表现出来的策略他已完全了然于胸；他认为简直就是自杀性行动，分明是不"知兵"的人在指挥。此后共军的任何行动应不难对付；况又是十倍于他们的国军重兵压境，况国军又是得胜之师士气正锐。而他心里的鬼胎依然难以消除。那是什么样的鬼胎？从他与陈诚的谈话可窥一二。他坦言，我不是惧怕共产党现在的掌权者；我是担心某一天会不会在我们完全不知晓的情况下毛泽东突然复出了。如果已然发生了这个情况，那么我们目前所谓胜仗就都有可能是假象，都可能是未来的一种陷阱。所以大意不得呀！

不过，他这个鬼胎在目前情况下应视为杨永泰暗中嘀咕过的杞人忧天；尽管长远来看确实不无道理。

蒋介石一生都短于研究必然性而长于研究偶然性。他自己就是制造偶然性的高手，在大陆掌权的二十多年间，三次戏剧性的下野和三次突然复出都十分成功。所以他十分看重偶然；他几乎用偶然性来研究自己的一切对手。

他从来就不相信自己的心腹之患毛泽东不可能在短时期内戏剧性地复出。

如果深入研究中共的党内民主和高层领袖们的政治品行，那就不难得出真正符合实际的结论。

什么叫戏剧性？戏剧性就是偶然性。历史的进程从根本上说是排斥偶然性的；然而，吊诡的是有些时候那个来无影去无踪的"偶然"会突然冒出来并出人意料地掌控历史的走向。

可以设想，20世纪（尤其是土地革命战争时期）如果没有毛泽东，中国会是什么样子？最直观的判断是共产党会在人们视线中消失。毛泽东被他的同僚赶下台，逐出了权力中枢，共产党的事业就从一度兴旺发达迅速跌落到第五次"围剿"与反"围剿"的这种悲剧境况。这中间有多少偶然性与必然性呀？驱逐毛泽东下台的中共中央政治局此前谁也没料到会在工人阶级最集中的上海待不住，跑到他们认为政治落后的山沟沟来。这也出乎不少观察家的意外。毛泽东被他的同志排挤出局，尽管他手握大军却毫不反抗，逆来顺受地乖乖离去了。这在蒋介石看来是不可思议的。毛泽东的理解不一样，他把这看作共产党员的组织性、纪律性。如果不能履行合法的组织手续，他决不会利用自己在红军中的崇高威望去制造戏剧性的事件；而由政治局三巨头心甘情愿地抬毛泽东上台这一符合组织手续的情况在当下发生却又绝不可能。如果说从前是政治局瞧不上毛泽东，那么现今是牢牢掌控着政治局的三人团不喜欢毛泽东。所以戏剧性变化是不会发生的。

不知道杨永泰真的是个见解深邃的高手还是只不过偶然言中，毛泽东出局后不唯手无寸权，他的任何合理化建议都会无一例外地遭到拒绝，所以红军绝无转败为胜的可能。

第五次反"围剿"开始以来，就像前四次反"围剿"一样，红军将士依旧英勇善战，苏区人民依旧全力以赴支援战争。但由于总体战略的错误，败象一开始就显露了出来：丢城失地，苏区越来越小，部队伤亡越来越大。忧心如焚的毛泽东没去计较自己个人遭受的政治委屈，总是以大局为重，或找三人团中的某一位，或同时找到他们三位，多次陈述自己的战略意见。他近乎大声疾呼地指出，目前这种硬碰硬的打法绝不可以继续下去了，那是自寻死路。就好比乞丐与龙王斗宝，胜负一目了然。他主张应该乘着闽变发生，与闽变当局联手，然后红军跳出包围圈去，在敌我双方的运动中寻求战机。首先可以兵发苏浙赣边区，威胁敌人的中心城市和财赋所出之区，迫使进攻苏区的敌军回援。这个在兵书上叫"攻其必救"。一旦敌军回援,对红军有利的战机就会出现,就可望夺回战争主动权。

三人团断然拒绝了毛泽东的建议,理由是毛泽东并非领导核心成员,无权对重大决策置喙。而且胜败乃兵家常事,初战失利,并不能说"御敌于国门之外"的阵地战就不正确。

二

粤北紧邻中央苏区,长期以来红军都是陈济棠这个"南天王"所最害怕的力量。几年前有过一次武装冲突,装备精良、素称善战的粤军竟被打得丢盔弃甲,损兵折将。从此陈济棠不敢再对苏区轻启衅端,不声不响地改严阵以待为暗通款曲,与苏区做起了生意。如今红军发展到十万之众,与粤军数量相差无几,而战斗力却不是粤军可以比的。对此陈济棠颇有自知之明。所以,对于第五次"围剿",尽管蒋介石三番五次发布严令,他也是敷衍应付,决不过多卖力,以免消耗实力。他甚至并不希望红军及苏区消失。因为从蒋介石发动第一次"围剿"共产党的中央苏区开始,陈济棠就察觉了蒋介石借刀杀人、借机图粤之谋。他当然不能公然拒绝参与"剿共",那会授人以柄,蒋介石势必兴师问罪;聪明的办法是高调奉命,然后雷声大雨点小,虚张声势予以应付。陈济棠内心是"防蒋重于剿共";正是闽赣红军的存在,割断了蒋介石中央军从江西进攻广东之路,陈济棠才得以长期偏安一隅,否则蒋介石岂能放过广东这块大肥肉呢?第五次"围剿"以来,陈济棠的态度又发生了一些变化。蒋介石以粤糖免税进入蒋管区为诱饵,同时摆出一副出兵广东的架势施压,督促陈济棠派遣"得力部队"出战。陈济棠寻思,已遭蒋军重创,红军元气大伤。其重点部队又在北线;南线红军多为地方部队,人数少,战斗力弱,不难收拾。好歹打他一两个胜仗,也好向老蒋交差。当4月中旬北线蒋军大举进攻广昌之际,陈济棠借势披挂上阵,高调出兵:以李扬敬第三军为骨干,投入两个军又一个独立师、一个航空大队、一个重炮团,编为南路军第二纵队,向寻乌、安远、重石、清溪、筠门岭发动进攻,重点是筠门岭。

这个筠门岭是战略重地。东面是福建,南面是广东,北面距会昌五十公里、距红都瑞金一百公里。

陈济棠担心粤东兵力抽调入赣后,蒋介石会从闽西乘虚袭占,授意李扬敬夸大驻寻乌、筠门岭的红军兵力;然后以此为口实,增调第二军的第五师布防粤东。口称作第二纵队的预备队,实为警戒闽西。

驻守筠门岭的红二十二师在敌军数倍于己的不利情况下,奉三人团之命打起了阵地战、堡垒战,与敌人对消。血战数日,伤亡过半,不得不撤离筠门岭。这便成了陈济棠一个大大的功劳。他除了得以伸手索奖,更重要的是封住了蒋军入粤的借口。

蒋介石传令奖给大洋五万、补给械弹一批。这当然不会白给,蒋介石命陈济棠"举得胜之师直捣会昌",以配合北线大军夺取广昌。

陈济棠当然不是傻瓜。奖金、械弹收下,大声鼓噪北进,却并不真正行动。

历时十八天的广昌攻守战,结束于4月28日;国民党占领了中央苏区的北大门广昌。此战双方伤亡惨重:国民党军两千四百多人,红军五千五百多人。

陈济棠分析红军很有可能会突围。这必须预做准备。蒋介石部署第五次"围剿",一开始就北重南轻,意图昭然:北面先后部署了四十多个师,步步为营向南推进,显然是要把红军压入粤境。先使红军与粤军对消,同时中央军借机入粤收黄雀之功。现在红军突围的迹象日益明显,被迫入粤的可能性越来越大。十万之众席卷而来,粤军根本抵敌不住。待两军对消之后,在后的黄雀轻取广东毫不费事。对此,陈济棠心急如焚,不知如何是好。

谋士说,拒红抗蒋,没有桂系参与是不行的,不妨以问计为由,请桂系两巨头之一来穗商量。

他眉头松开,颇以为然,立刻致电李宗仁。

其实桂系也有同样的担心。

当天李宗仁就复电,告知白健生①即日动身,"移樽就教"。

白崇禧进入广东并没有马上赴穗,而是先去赣南前线,巡视赣州、南康、大庾②、信丰、安远等地,历时一个多月,最后才从筠门岭到广州。这当然是去收集第一手战争资料,也是对陈济棠故作姿态:你今天求到了爷,但不要忘了粤桂宿怨,须小心伺候,否则爷不会买账的。

陈济棠在他的广东绥靖公署③会议室举行对白崇禧的欢迎会。广东少将以上军官参加。

做完了该做的过场,陈济棠满脸堆笑地说:

① 白崇禧,字健生。
② 今作大余。
③ 陈济棠以绥靖公署主任而兼第八路军总指挥。

"欢迎白副主任①给我们训话!"最后一个字尚未落音他就领头大鼓其掌。

白崇禧面带微笑,款款起身,傲岸地环顾诸将,轻轻咳了一下,然后才开始用去除不掉的桂林口音讲起了北平官话。

"诸位,训话不敢当呀,贡献一点刍议还说得过去!陈主任伯南兄②电邀赴穗,崇禧敢不从命?况粤桂山水相连,唇亡齿寒的道理,德公与崇禧也还省得。至于先作赣南之行,并非不敬;白某必须先行了解前线当前态势!不然到了广州用什么向诸位讨教呢?"

坐在白崇禧旁边的陈济棠,微微仰面瞅着白崇禧,笑嘻嘻说:

"健生兄不必客气,对我们有什么指教,直说就是了!"

白崇禧郑重地向他点了一下头,微笑道:

"伯南兄勿急,待在下慢慢道来!不过,失误之处,尚望伯南兄、在座诸公不吝指正!"

他先讲了一番前线态势。说蒋介石采取了碉堡战略,步步为营推进,已收到了显著效果,共军的地盘缩小了一半。如果他们继续固守赣南,防地会继续收缩,最终只能是全军覆没。现在他们只有一个办法,突围出去寻求生路。

"所以我们今天应该研究的是共军不久以后的突围方向!"

不愧是小诸葛,一开腔就抓住了问题的要害,迅速掌控了在座所有人的神经中枢,使之一个个竖起耳朵,生怕漏掉一句半句。

白崇禧却暂住话头,又傲岸地微笑着环顾一遍,这才轻移虎步,走到壁挂式地图前。

陈济棠的参谋人员赶快趋步跟上,捧送指示杆。

白崇禧用指示杆在地图上指指画画,同时说道:

"从地形上看,共匪取道湖南、广东的可能性应该最大!大家看这里,他们必会从这里出发,取道南康、新城一线进入湖南,由古陂、版石进入粤北。我向当地防军了解过,近日在韩坊、古陂,不时有一伙共匪军官骑马游弋,东张西望指指点点,或者长时间用望远镜观察。这绝不是偶然的,定是共匪要准备突围了!"

陈济棠环顾众人,大点其头,小声啧啧:"高见!高见!"然后稍作沉吟,问道,"能不能判断共军大概的突围时间?"

"应该在秋冬之际!那时正是收获季节,可以边走边解决军粮问题;否则千

---

① 白崇禧是广西绥靖公署副主任兼参谋长。

② 陈济棠,字伯南。

里携粮，谈何容易？"

陈济棠大点其头，呵呵大笑，向白崇禧跷起大拇指道：

"健生兄果然了得！一番精辟分析，犹如为我等拨开云雾而见天日矣！不佩服不行呀，佩服！佩服！我看世间誉兄为小诸葛，谬也乎！"

"啊？"白崇禧一愣，脸上的笑里平添了几分困惑。

"应该叫赛诸葛才是！"

白崇禧旋即打了一通兴会淋漓的哈哈，自然也摆手摇头做出一副敬谢不敏之态，着实客气了一番，称济棠谬奖太甚，白某岂敢当得之类。

而陈济棠赞扬结束之后，却又渐渐皱起了眉头，瞅了瞅白崇禧沉吟道：

"健生兄的判断当然没有问题！只是……如何对付呢？能不能堵住他们的十万之众，先不忙说；即使堵住了，我们的实力也会耗损十之七八。那么一来，老蒋收取广东岂不易如反掌？如若堵不住，中央军便有了进入广东的借口，输的依然是我们呀！如之奈何？"

白崇禧的眼镜镜片闪了一下光，脸上露出睿智的微笑："这个正是我们今天要商榷的！"

白崇禧放下指示杆，踱回自己的座位坐下后，端起面前桌上的杯子，喝了一小口茶；又在身后随侍副官的经佑①下吸燃了一支香烟。

陈济棠见他那盘马弯弓故不发的模样，明白其定然早就成竹在胸了，便笑嘻嘻问道：

"健生兄，把高见赐示一二如何？"

"说不上什么'高见'，其实很简单，就一句话：坚决避免与共匪对消，抱一个'防'字，一切危机自然就烟消云散了！具体而论，即置重兵于边界一线，高筑垒，深挖壕，摆开一副只守不攻的姿态；必要时还可稍退二三十公里，让出通道，听任其远遁高飞。最好……能让对方猜到你的意图，以达到互不侵犯的默契。如此，大事就成了！针对老蒋而言，借一句话本小说的常用语：'任你奸似鬼，也吃老娘洗脚水。'哈哈哈，粗俗之至，粗俗之至呀！"

大家都发出了兴会淋漓的笑声。

陈济棠是个老资格的政客，政客的同义词是阴谋家，当然明白小诸葛所谓"让对方察觉你的意图"是暗示要与共产党暗通款曲，以达成默契。而白崇禧唆使他这样干，也有自己的打算。他估计共军在接触陈济棠密使的同时，当也

----

① 四川方言，意为服侍，照料。

会联系到桂军部署，应该不难举一反三，猜到同样的意思。这样，桂系可以完全不沾腥就达到了与共军互不侵犯的效果。若蒋介石有所察觉，能揪住的也只有陈济棠的秘密动作，与桂系无涉。陈济棠是否意识到了这一层，没有史料可以佐证，所以只好存疑；但他却实实在在按照白狐狸的点拨去做了，甚至其后多年都采取了这种方针。

要与红军达成默契，对陈济棠来说比其他军阀有条件。长期以来，他都默许部下与苏区做生意。蒋介石对中央苏区实行经济封锁，不许白区商人货品进入苏区，特别是食品、布匹、药品。陈济棠的军长、师长、团长们颇有经济头脑，看到了这中间的商机，往往勾结粤中豪绅，偷偷把苏区紧缺的商品运入，牟取暴利。当时还在掌帅印的毛泽东对苏区南部这种和平状态的形成，一直都采取鼓励态度，乐观其成，还具体指导南线红军如何与陈济棠部队打交道：以红军总部名义印发了五千份《告白军官兵书》，叫他们勿上蒋介石当而与红军对消，又强调了日寇入侵，中国人不打中国人，应该携手共同抗日；但指示红军部队也要瞅准机会小规模出击，让陈济棠勿忘红军的战斗力。陈济棠与红军有这种多年来心照不宣的关系，现在要沟通什么意见应不会太难吧？而实际操作起来却也颇费周章。他派遣大量情报人员四出打探红军的关系人，找到了广州一位红军团级政委的远房亲戚，赠以大笔钱款，求此人帮忙与红军高层接上直通关系。而这时已非毛泽东主事，三人团未予理睬。为了配合"沟通"，陈济棠又以蒋介石委任的"剿匪南路军总指挥"名义，对前线调整部署：把第一军放置在西路，意在防止红军向南突围；安排李扬敬第三军在东线的闽粤赣边境，最前哨伸至筠门岭。然后令各部按照既有布防建造坚固工事，摆出一副"拒客"并"送客"的姿态。他认为，共产党应该看得懂这种"善意"的阵势。

在这样的关键时刻，毛泽东找到了博古，向他陈述南线通道的重要性，所以寻求与陈济棠的妥协十分重要。

三人团当时虽未正式组建，但已初步形成，什么事都由三人商定，然后实施。此时他们三人已经决定了突围，但为了保密，未向政治局其他成员透露任何风声。所以博古听了毛泽东的话便故作诧异地说：

"谁说要突围？突什么围？毛泽东同志，不要胡乱猜测！"

毛泽东被病魔折腾得十分瘦削的脸上飘过了一缕既无奈又嘲讽的笑。他微叹一声，说：

"这个仗还能这样打下去吗？如果坚持继续蛮干下去，大家等着把最后一点老本输光吧！如果已经认识到必须转移到外线去，那么陈济棠的关系就必须接上。怎么样？我相信你们不会再糊涂下去了！"

博古瞪了毛泽东一下，一时没开腔。好一会儿，在毛泽东不断痛陈利害的劝说下，博古扶了一下眼镜，说：

"你去找恩来同志谈谈好不好？"

毛泽东离去时，正巧军事总顾问李德（又名华夫）进门来。李德瞅了一下已出门的毛泽东，用俄语小声问道：

"他来干什么？"

"说突围的事。"

"他怎么知道？"

"他猜的。"

"啊，狡猾的毛！"

"我教他先找恩来说一下。也许他这次有什么有益的主意吧？"

"唔，也好。"

毛泽东进了周恩来的屋子。

尽管大家意见不合，私人关系尚没什么矛盾。周恩来不失礼貌地给他让座，敬烟上茶，一丝不苟，然后微笑着问道：

"主席同志，找我有什么事吗？"

毛泽东把向博古说过的话择要说了一遍，最后强调道：

"决不能再犯类似消极对待'闽变'以致错失战机的错误了！生死存亡，在此一举，恩来，你千万不能犯糊涂呀！"

周恩来垂首默然。过了片刻，他抬头平视毛泽东，问道：

"向博古同志反映过吗？"

"我就是从他那里来你这里的。"

"他怎么说？"

"他要我向你说。"

"唔……知道了！这样吧，我先找他商量。你看如何？"

"那样最好！不过恩来，你一定要说服他！"

"我知道！"

三人团终于第一次采纳了毛泽东的意见，同意积极应对陈济棠的示好。而所谓"积极"，也只是相对于以往而已；直到 7 月底，才派出密使潜赴广州，与陈济棠接上关系，展开了谈判。

陈济棠爽快地同意了共产党的主张，"中国人不打中国人，全中国一切武装力量团结起来共同抗击日寇的侵略"，达成了停战协议，建立了秘密通讯联系。

9月，国民党北路军、东路军向中央苏区核心地带逼近，红军突围迫在眉睫。陈济棠也看到了这点，派出一个代号"李君"的密使，潜赴苏区，邀请红军派"高级干员"到陈济棠防区"商榷"。

周恩来命南线红军的政委何长工作为全权代表，中共中央宣传部副部长潘汉年为副代表，到陈济棠防区的寻乌与其正式代表谈判；又请红军总司令朱德写一封给陈济棠的信，由何长工捎给对方。

何长工、潘汉年骑马驰抵筠门岭羊角岭附近，已是黄昏。这里是红军防区与陈济棠防区的交界处。粤军独立一师二旅旅长严应鱼在这里迎接。

严应鱼与他们握手时，感慨地说："何先生、潘先生，你们的宣传品做得很好，我完全赞成！是啊，都是炎黄子孙，为什么要刀兵相见呢？一切都可以坐下来谈嘛！"

何长工应酬了几句，便要求抓紧时间到谈判地点去。

严应鱼准备了两乘花轿，请两位客人坐上去，将轿帘放下来，遮得严严实实的。由旅参谋长韩宗盛骑马陪同前往，旅警卫连长严直率全连护送。

花轿在平远县（今属梅州）罗塘镇靠山庄一幢两层的小洋楼前停了下来，这是严应鱼的旅部所在地。何长工、潘汉年被安排住进了二楼；陈济棠派出的三位代表住在底楼，分别是第三军临时节制的独立一师师长黄任寰、独立七师师长黄质文，以及第一集团军参议杨幼敏。没有让余汉谋第一军参与其事，因为陈济棠对余不敢完全信任。

经过三天三夜的谈判，双方达成了五项协议：

一、就地停战，取消敌对局面；

二、互通情报，用有线电通报；

三、解除封锁；

四、恢复通商。必要时红军可在陈防区设后方医院；

五、可以互相借道。红军有行动须事先告知粤方，粤方撤离二十公里让道。红军人员进入粤区须用粤方证件。

为了保密，协议没有形成文本，各自记在笔记本上。

谈判行将结束的时候，何长工通过粤方电台收到了周恩来电报。电文是：

"长工，你喂的鸽子飞了。"

粤方代表敏感，满腹狐疑地盯着何长工，询问是不是红军要远走高飞了。何长工平静地摇了摇头，否认道：

"不，这是说谈判成功了，和平鸽上天了！"

其实，粤方的猜测并没错，红军确实要大转移了。电文是周恩来与何长工事先商定的密语。

何、潘二人随即告辞，返回会昌。

这时，中央机关已经离开了瑞金，转移到于都去了。

周恩来在于都听取了何长工的汇报，高兴地说：

"你们立了大功！这对突围，将会起到重大作用！"

达成了协议，陈济棠也很高兴。他的意图是红军突围时略绕个弯，不要进入粤境，如此，蒋介石中央军就没有借口进来鲸吞他的地盘了。为表合作诚意，他派人向红军送去步枪子弹一千二百箱、食盐和药品若干，由巫剑虹第四师负责运送到乌迳附近交接。

协议内容只传达到旅一级，向将领们说明红军只是借道西去，保证不入粤境；对团一级下达的命令是"敌不向我射击，我不向敌开枪；敌不向我袭来，不准出击"。

这实际上是在湘粤边境划定走廊，让红军通过。

三

1934 年 9 月上旬，中央苏区三十多个县丢失了三分之二，只剩下了一块狭小的地区；人力物力极度匮乏，红军补充困难。在内线与敌周旋的条件已经丧失。毛泽东寻思，湖南中部一带尚未建成堡垒封锁线，敌人兵力相对较弱；如果红军主力突然打过去，威胁其战略要地长沙、湘潭、株洲，围剿中央苏区的何键部队必然回援，战机就会出现，红军便会有希望在战略运动中夺回战争主动权，扭转战场局面。那时三人团已决定长征到贵州去（其实对此他们也是摇摆不定的）。毛泽东向他们建议"以主力向湖南前进，不是取道湖南向贵州，而是向湖南中部前进，调动江西敌人至湖南而消灭之"。具体计划是红军主力全部从兴国方向突围，到万安虚晃一枪，实渡赣江，经遂川进入湘境。然后攻灵县①、茶陵、攸县，越过粤汉路，到白果一带休整。那里有农运基础，补充兵员、征集给养较易。接下来向永丰、兰田、宝庆进军，歼敌后返回赣南、闽西继续与敌

---

① 原稿为"灵县"，经查证，疑应为"酃县"，即今炎陵县。——编者注

周旋。

但三人团拒绝了毛泽东的建议。

他们一心要离开让他们"倒霉透顶"的中央苏区，坚持要举行目的地模糊的长征，实际上是要奉行避战的逃跑主义。

长征，这个事关红军前途、命运的重大问题，在很长一段时间里都是一号绝密，只有五位政治局常委知道，中华苏维埃共和国主席毛泽东、红军总司令朱德因为只是政治局委员，所以并不十分清楚。

为准备这次行动，博古主持中央书记处开会，决定组成以他为首的三人团：周恩来负责军事，博古掌握全党的决策权，李德仍担任军事顾问。

多年后，博古1943年11月13日在政治局会议上说："长征军事计划，未在政治局讨论，这是严重政治错误……当时三人团处理一切。"

张闻天在《延安整风笔记》里也说："当时关于长征前一切准备工作，均由博古、周恩来、李德三人所组成的最高三人团决定，我只是遵照三人团的通知行事。"

即使后来向军团级、军级、师级分时间段进行了传达，但大家对中央的战略意图依然一头云雾。因为三人团对为什么退出中央苏区，退到哪里去，始终没有向大家做一丁半点说明；中共中央、中革军委①所下达的所有命令都是极为简略、笼统的，转移的最终地点更是含糊不清、语焉不详，致使广大指战员毫无思想准备。

其实，就连三人团自己也很不明确。

三人团中的一位茫然地问另一位："我们的目的地究竟在哪里？"

另一位沉吟半晌才回答："我们首先要突围出去！至于突围后到什么地方去……是不是应该去找贺龙的红三军？或者去别的什么地方？只好看看再说了！"

第三位长叹一声说："突出去以后再说吧！"

这次不经意召开的最高讨论会还说到可不可以往西去找任弼时、萧克、王震的红六军团？两个多月前，中央命令红六军团离开湘赣苏区，向湘鄂西转移。一方面摆脱国民党围剿军对他们的进攻，一方面牵制一部分敌军以减轻中央红军的压力。

战略转移说白了就是中央与红军主力的逃生。那就意味着不可能把全部人员带走，必须留下相当一部分人来保护老弱伤残和坚守待机。一万六千多留守

---

① 全称为"中华苏维埃共和国革命军事委员会"，有别于后文的"中共中央军事委员会"（军委）。两者名称和主要领导不同，其实是合署办公。

部队将面对几十万白军的疯狂围攻、血腥屠戮；而且这一万六千人中半数是伤员，有三千多还是需要人抬着走的重伤员。能够作战的轻伤员与非伤员只有六七千人受过作战训练；其余都是地方赤卫队员，很多人连枪都没有握过。

转移计划只有政治局常委知道，而留守人员只有三人团才能决定。决定统率留守人员的人必须是最可靠的人，所以斯大林同志最信得过的"工人阶级出身的领袖"项英便首先得到了三人团全体的认可。项英时任中华苏维埃共和国副主席、中共中央政治局常委、中革军委代理主席，他临危受命，表示坚决服从。以后，他坚持南方游击战与组建新四军，做出过重大贡献；当然，众所周知，他也有过重大失误。

对于留下体弱多病的瞿秋白，毛泽东等许多人表示反对。毛泽东虽然被革除在中枢之外，但闻讯后专门去找三人团，希望他们能重新考虑一下，因为瞿秋白正患肺病。但三人团认为，正因为患肺病，所以不宜长途行军。紧紧跟随三人团的项英说得更直白，他指摘毛泽东等人要求带瞿秋白走是小资产阶级情绪；他认为在你死我活的阶级斗争中，经受住了残酷斗争和无情打击才是坚强的革命者。

就连毛泽东也差一点被留下来。政治局常委里有三个人主张把毛泽东留下来，有两个人提出异议。异议主要有两点：毛泽东是中华苏维埃共和国主席，中外声望不小，留下来会有很多质疑的声音，甚至共产国际也会指责（果然，此前发给"国际"的电报当天收到的回电里有一句话：毛泽东必须随行！[①]）；中央红军是他一手缔造，他不随行，广大指战员闹起来怎么办？同时也考虑到，如果把毛留下，项英的领导地位可能受到动摇，毛很可能在苏区原来的深厚根基上东山再起；带毛一起走置于眼皮之下，谅他也造不了反。这才不得不同意"毛泽东随行"。但项英叮咛三人团要"警惕毛泽东"运动军队。

三人团曾决定把王稼祥作为重伤员留在当地老乡家，这样的结果无疑是被敌人捕杀。毛泽东闻讯马上跑去找三人团，大发脾气，坚决要求带王稼祥走。理由是王稼祥乃中革军委副主席、红军总政治部主任，身负重任，必须一起走，"否则我毛泽东也不走了"。

反"围剿"作战一天比一天艰难。在三人团"全线抵御"的阵地战部署下，连续苦战了近一年的红军进入了更加惨烈的血战阶段。高虎脑战役，白军倾泻到红军阵地上的炮弹多达三千多发，方圆一公里被炸成焦土；万年亭战斗，

---

① 共产国际的回电原件现藏于中央文献档案馆。

红三军团五师政委和军团卫生部长及军团以下四十二位干部一起阵亡，战士牺牲更不计其数；驿前保卫战，红军指战员决心"为苏维埃流尽最后一滴血"，红三军团、红一军团在此战中阵亡了两千三百五十二人；兴国方向的阻击战，江西军区总指挥陈毅身负重伤。时至 10 月 6 日，白军攻占了石城，进入了中央苏区的核心部位，他们决定 10 月 14 日对瑞金发起总攻。

此时，毛泽东请示中央书记处同意到于都视察。

他到达于都时，赣南军区司令员兼政委龚楚①看见他形容憔悴，十分担心，关切地问道：

"主席身体不舒服吗？"

"身体不好，精神更差！"毛泽东摇头叹息，抱怨道。

两人正谈着，周恩来的电话打来了。周要求毛泽东顺便了解一下于都以远和以近的地形，能搞清大概的敌情更好。

毛泽东放下电话，沉默了一会儿。他明白了，三人团决意从这个方向突围。果如他所猜测，二十天后大军正是从于都向外冲的。

毛泽东完成了周恩来交代的任务并用电报发去后，发起了高烧。总医院院长傅连暲同志闻讯从瑞金赶来，很容易就诊断出是恶性疟疾。

此后毛泽东在床上昏迷了八天。

毛泽东回到瑞金后，红一军团的两位领导林彪、聂荣臻来看望他。

林彪小心地问道："主席，我们要到哪里去？"

聂荣臻诘问道："怎么到现在还不告诉我们目的地？"

毛泽东叹了一口气，面无表情，无力地回答道：

"中央命令你们去哪里，就去哪里！一定要服从命令！"

现在得唠叨一下对中共、中华苏维埃共和国的命运、中国的命运多次做出轻率决定的三人团是什么时候产生的。

1934 年中共六届五中全会改选了领导机构，选出了政治局十一名委员：在苏联的有王明、康生，任弼时在湘赣苏区，张国焘在川陕苏区，在中央苏区的有博古、张闻天、周恩来、项英、陈云、毛泽东、顾作霖；候补委员有关向应、朱德、王稼祥、刘少奇、邓发、凯丰。中华苏维埃共和国主席毛泽东被排挤在权力中枢之外；副主席项英、人民委员会主席②张闻天都比毛泽东有权。朱德

---

① 广东乐昌人，大革命时期入党，在红军中担任过许多重要职务。1935 年叛变。

② 即政府首脑，相当于总理。

的职务是中央政府的军事部长、中革军委主席、红军总司令；周恩来任中革军委副主席，红军总政委；王稼祥任中革军委副主席、红军总政治部主任；刘伯承任红军总参谋长。表面看来，中共中央和红军总部的组织系统已十分健全，由一两个人包办一切是很难办到的。

然而，根据伍修权①回忆，1934年5月，"中共中央书记处会议决定由博古、李德、周恩来组成三人团"。这是中革军委中新的决策班子，或者说是凌驾于中革军委和中共中央军委②之上的一个领导班子。

李德在《中国纪事》一书中写道，毛泽东"以他称之为'灾难'的毫无战绩的广昌战役为把柄，给博古、周恩来和我——即他所谓的'三套马车'加上种种罪名"。从这段话可知，三人团在广昌战役前就已经存在了。三人团的产生，导致了中革军委集体领导制名存实亡。

而对三人团影响不小的李德究竟是什么身份？多年来众说纷纭。1937年王稼祥去苏联治病。他质询王明，共产国际怎么派了李德这么个完全不懂行的德国人到中国去指导中国革命？王稼祥后来在回忆录中说，"那一天王明的回答令我大吃一惊"。王明说，共产国际从来就没有派过李德到中国去，他（王明）本人也从未对李德做过什么指示；他只听说是苏军总参谋部的谍报机构派到中国去的，具体任务是什么也不知道。师哲的说法也证实了王明所言不诬。师哲早在李德到中国前就在共产国际工作，了解一些情况。他说李德不过是苏军的一名普通特工，最初奉派到满洲搞情报，后来不知怎么到了上海。有一次他偶然在共产国际办事处见到了博古等人，被请到苏区做军事顾问。博古等人把这尊神越供越大，利用在他身上虚拟出来的共产国际名号，挤开了毛泽东。

毛泽东又向三人团建议"轻装前进"，也遭到了拒绝。

红军总部第一局奉三人团之命汇总了将要带走的物资的资料，主要有枪支五万六千三百三十四支（包括机枪）、子弹三百二十八万二千多发、迫击炮五十二门、炮弹三千二百一十八发、冬衣九万六千件、盐巴一万七千六百一十二斤、药品一百八十七担，还有十天的粮食。甚至还有工厂设备、医院的X光机。

国家银行行长是毛泽东的弟弟毛泽民。随着战事越来越险恶，毛泽民感到银行的大量现金堆在瑞金银行不安全，便在石城地区建立了秘密金库。这里面有攻打国统区县城及其土豪劣绅土围子缴获、没收的黄金、白银、珠宝、玉器，

① 当时兼任李德的翻译。
② 中共中央军事委员会。后文简称"军委"，有别于"中革军委"。

苏区铸造的银元，国民党的纸币。白军向中央苏区收缩包围圈，首先逼近的便是石城地区。毛泽民很着急，找到毛泽东，说准备把财宝运到兴国去藏起来。毛泽东说，不行，莫说兴国守不住，瑞金都快丢了。毛泽东又想了想说，干脆分给各部队保管吧。结果，这些财宝便分散给广大指战员保管起来了。在后来的长征风雨中，这些放在战士们兜里的财宝对红军指战员的生死起到了重要作用。

第二章

一

距离中央苏区较近的地方，还有一块小小的红色根据地——湘赣省，也在敌人的总体包围圈内，也在进行惨烈的反"围剿"作战。

1934年7月23日，中革军委给湘赣省委来电，命令萧克指挥的红八军和活动在湘鄂赣边区的红十六军组成红六军团，萧克为军团长，王震为政委，任弼时为中央代表；同时组成六军团军政委员会，湘赣省委书记任弼时兼任军委会书记。红六军团的总兵力共九千七百多人。电文明确指示，六军团离开现有根据地，取道湖南中部去桂东，相机创立新的苏区。中革军委在这份电文中言及红六军团西征入湘的军事行动将迫使湘敌何键不得不进行战场上和战略上的重新部署，破坏其正在进行的围剿中央苏区的计划，引开一部分敌人。其实，这和此前中革军委派遣红七军团北上的目的基本一致：减轻中央苏区受到的压力。

他们留下了五个独立团坚持湘赣苏区的游击战。第二天就开始了突破包围圈的行动。

红六军团分成几股行动，白天黑夜在敌人碉堡林中穿梭，经过连续五天的激战，突破了重重封锁线，终于抵达了第一个集结地：寨前圩。没有多耽搁，部队当天夜晚就向湖南纵深地带挺进。

蒋介石怎么也没有想到，被围困在湘赣苏区的红六军团会突围逸出。他慌忙命令何键派兵追击。何键除派两个师追击外，又命湘中的一个旅又四个保安团在红六军团的去路上防堵。接到蒋介石命令的白崇禧下令桂系第七军的两个师去桂北边境，以防红军进入广西。

中革军委还指示，根据地的一切东西都得带走，不能留下"资敌"。任弼时是党性极强的同志，没有多想，便下令把医院、兵工厂、印刷厂包括电台、发动机在内的全部器材都带走；省保卫局关押的犯人也带走。可以想见，这势必极大地拖累部队的行动。

红六军团行动缓慢，招来越来越多的敌军围追堵截。任弼时和萧克、王震商议，中革军委最初指示他们到桂东建立根据地已不现实，决定到湘中后设法安顿下来。这个想法得到了中革军委同意。行军路线预定为到零陵县稍事休整，开向永州，强渡湘江，取道桂黔边境山区进入贵州，到贺龙、关向应红三军的黔东根据地去。

何键亲率数万湘军严密封锁了零陵境内的湘江沿岸，决心阻止红六军团西渡。

红六军团先头部队8月23日抵达时，见西岸有利地形全被湘军占领，强渡不可能成功。得到报告的任弼时立刻与萧克、王震紧急商量，决定放弃原来的计划，改为去阳明山建立根据地。致电中革军委说明情况，得到了同意。

阳明山坐落在潇水之东的双牌、零陵、祁阳、宁远几个县交界处，方圆数十公里。此地群山交错，山峰环立，主峰望佛台海拔一千六百米许。8月25日夜，任弼时率领这支近万人的部队悄然进入了此山深处。山里气温与外界平原差别较大，颇寒冷，部队燃起篝火取暖。

然而次日勘察之后才知道，阳明山区地幅狭小，可供大军回旋的空间不大；出产也少，粮食须到山外采购。敌军一旦包围，就有困死危险。加上桂军一个师、湘军两个师正向此间逼近，看势头是准备三面围攻阳明山，任弼时决定放弃原计划。他命令马上致电中革军委，陈明当前情况，说只好改变计划，击溃当面之敌后折向南面的嘉禾，再转向西面渡过潇水，离开湖南，挺进广西的全州地区。军情火急，来不及收到中革军委复电他们就急忙采取了行动。

获悉红六军团有进入广西趋势，湘、桂两省数万白军急急忙忙扑向全州地区。桂军最怕的是红军深入桂境，急忙在阳明山至全州的通道上设置阻击；湘军则急于将红军赶出湖南，所以抽调重兵从后面压过来。

面对强敌前堵后追，红六军团毫不胆怯，边打边走，按照既定目标坚定地前进。9月5日，轻取西延县城。

9月8日忽然接到中革军委急电，指示他们暂缓去全州，在湘西南的城步、绥宁、武冈一带吸引敌人，与之周旋，坚持到9月20日；然后沿湘桂边境行动，向湘西的贺龙、关向应红三军靠拢，以建立凤凰、乾城、永绥根据地。

中革军委发出这份电令的原因是中央红军已完成转移的准备工作，马上就要踏上征途了，所以希望红六军团能牵制尽可能多的敌军，以利于中央红军的行动。但中革军委并未将这一意图告诉六军团。这在毛泽东主军时是不允许的。

任弼时、萧克奉命率部进攻城步、绥宁、武冈地区。由于敌军蜂拥蚁聚，越来越多，未能成功。红六军团又转而在绥宁地区打击追来的西进湘军。不料中途遭到伏击，进退失据。更多的湘军以及桂军闻讯，欣喜若狂，纷纷兼程拥向这个地方。何键也猜出了红六军团有会合贺龙、关向应红三军的意图，便在关键路段设重兵阻断通道。任弼时无奈，只得改变行动计划。

9月17日，他们转而向湘黔交界处疾进，轻取通道县城。商议之下，准备兵分两路，进入敌人兵力薄弱的黔东南地区。

蒋介石命令湘、桂、黔三省合作，将企图入黔的红六军团消灭。

三个省的军阀接到命令后各怀鬼胎。

首当其冲的贵州省主席兼二十五军军长王家烈最感到恼火，火烧眉毛了：红六军团杀进来站住了脚，再与贺龙、关向应会合，贵州就再无宁日了。他寻思请得湘军、桂军帮忙，围歼红六军团，最不济也得驱逐出去才行。

何键的考虑也是必须阻止红六军团与贺龙、关向应会合，以免拧成一股绳的两支大军回过头来危及湖南。

李宗仁、白崇禧的想法则是把红六军团送离广西，送得越远越好；至于其后红军是深入贵州还是深入湖南，那就不是他们忧虑的事了。

三个省也有堪谓一致的考虑，那就是最好能全部消灭红六军团，以永绝祸患。三方按照蒋介石的部署，就具体行动进行协商。王家烈认为，红六军团与黔东的贺、关红军合流的倾向十分明显。湘军应全力尾追；桂军则应协同黔军在红六军团前进方向上堵击。如此，三省军队就形成了夹击之势，不难克奏肤功。湘桂两方都表示同意。三方达成了黔东南围歼红六军团的协议。

王家烈想，三省参与围剿红六军团的部队总共有二十四个团四万多人。红六军团不足万人，武器差，又经过长途奔波疲惫不堪，哪里敌得过四倍多而且以逸待劳的三省劲旅呢！

1934年9月20日，红六军团分两路进入黔东南地区的黎平县。

黔军在黎平县只有一个团，不到半个小时就被红六军团击溃。然后红军在当地苗族、侗族群众帮助下渡过清水江，进入锦屏县境内。

桂军、湘军追踪进入黔东南。桂军尾追，湘军则迂回到前头堵击。

9月25日拂晓，红六军团先头部队到达剑河县境，遭到湘军一个旅的阻击。红六军团先头部队当即发起攻击，力图夺取敌人的山头阵地，打通道路。湘军一个旅五千人，兵器优于红军，又占据有利地形，以逸待劳；红六军团先头部队不过千人，又是疲劳之师，所以久攻不下。等红六军团主力抵达，马上组织大规模进攻时，桂系一个师不久也赶到，全力支援湘军阻击部队。任弼时提醒萧克，不能再次与敌人拼消耗。萧克果断下令撤出战斗，旋即将情况电禀中革军委。

部队转移到剑河县大广坳。

此地是在深山中，群山环绕，悬崖绝壁很多，只有一些窄小的山道可与山外连通。红六军团庆幸这里可以暂时避敌锋芒，稍作休整。

不料四周骤然响起枪炮声，一切通道都遭到了火力封锁。原来湘军早就在这里预设了伏击圈，将红六军团主力堵在一条峡谷中。

任弼时说，唯一的办法是尽快冲出去。如果一直尾追我们的桂军赶到，情况更加不妙。

萧克当机立断，命令十八师师长龙云率五十二团、五十四团担任阻击，掩护主力脱离战场。

二十三岁的龙云师长明白，消极防守容易让敌人及时察觉红军主力撤离意图，命令部队以守为攻，攻得越猛越能把敌人注意力吸附到这里。于是，一千多指战员奋不顾身地冲击山上敌阵。

主力转移的信息传来时，龙云两个团的撤退之路已被敌人封断了，湘桂两军以优势兵力完成了对他们的几重包围。

龙云师长果断下令五十四团担任掩护，五十二团突围出去。

五十二团全体指战员奋不顾身猛冲猛打，终于冲出了包围。

五十四团在敌人重重包围中左冲右突，最后只有一百多人突围成功；大部分阵亡，三十多人被俘。

红五十四团成了红六军团西征以来第一个成建制被敌人消灭的团。团军旗被当地农民在战场上拾到，珍藏在家里多年，新中国成立后才将其献给了遵义会议纪念馆。

湘桂白军占到了便宜，豪兴万丈，继续追击红六军团。

红六军团且战且走。

为了摆脱困境，任弼时、萧克商量，下一步攻取黄平县旧州，取道瓮安县横渡乌江，转战黔北以待机。

二

按照以博古为首的最高三人团的计划，中央红军大转移将在1934年10月底或11月初开始。但一个突然变故使他们不得不将行动提前了。

中共中央与共产国际的联系管道是由中共中央上海局把发自中央苏区的电

报送到苏联驻沪总领事馆，由苏联同志电转莫斯科。而中共中央上海局遭到国民党破获，李竹声、盛忠亮被捕后叛变。因此，蒋介石就有可能获悉中央红军突围的方向与时间；旋即，潜伏在国民党高层的红色间谍也暗报，蒋介石指示把总攻时间提前一个月。

果然，9月26日，白军发动了总攻。六个师向石城攻击，两个师向兴国攻击，两个师向古龙冈攻击，两个师向长汀攻击，南路军逼向会昌。10月6日，白军攻陷石城，拟于14日总攻瑞金、宁都。

中央苏区剩下的地盘只有兴国、宁都、宁化、长汀、瑞金、会昌、于都。三人团方寸大乱，匆忙中决定从10日开始转移行动。

其实，这个时候白军指挥官并未完全摆脱前四次"围剿"每每功败垂成的噩梦困扰，推进仍十分谨慎，不敢大摇大摆长驱直入。而三人团对石城失陷惊慌失措，缺乏足够的胆略利用敌人的小心谨慎，寻求战机，创造最有利的突围条件。

7日，三人团叫朱德命令二十四师和地方武装接管各县防务；主力红军分别向兴国、于都、瑞金集结，准备21日正式发起突围战役。

参加突围的部队有五个军团近九万人：

一军团共两万人，军团长林彪，政委聂荣臻，参谋长左权；

三军团共一万九千人，军团长彭德怀，政委杨尚昆，参谋长邓萍；

五军团共一万五千人，军团长董振堂，政委李卓然，参谋长刘伯承；

八军团共一万三千人，军团长周昆，政委黄甦，参谋长张云逸；

九军团共一万二千人，军团长罗炳辉，政委蔡树藩，参谋长郭天民。

中共中央、中央政府、中革军委和直属部队总共一万多人，编为两个纵队，跟随大军行动。第一纵队由红军总部和干部团以及直属部队组成，叶剑英任司令员兼政委。博古、周恩来、李德、朱德随这个纵队行动；第二纵队由中共中央、中央政府、后勤部门、卫生部门以及直属部队组成，罗迈①任司令员兼政委，邓发任副司令员。毛泽东、张闻天、王稼祥随该纵队行动。

于都县郊外谢家祠堂的正厅，破损的竹制木椅上坐着毛泽东。他穿一套补丁累累的灰布军服，右领上红色领章的一个角脱了线，微微有些上翘。由于病痛折磨，显得面容憔悴。他一支接一支地吸着香烟，好半天不说话。赣南两百多名被留下的干部在赣南省委召集下，在这里开会。大家都希望共和国主席能

---

① 即李维汉。

对他们说些什么。

毛泽东明白，这些同志希望知道中央和大军为什么要放弃中央苏区到别的什么地方去，从来没有过的困惑、茫然、失望、愤慨笼罩着这些同志。而怎么向他们启齿，他十分为难。他不能将全部原委坦陈出来，也无法替三人团解释一系列莫名其妙的行动。他自己也心情沉重啊。沉默了好久，他才在大家一再追问下，调整了一下情绪，开腔说话了。

"同志们，敌人打进我们家来了，他们的企图是消灭全部红军，取缔土地革命成果，支持地主回来进行反攻倒算！现在我们的主力部队只有冲破包围圈，打到敌人后方去，威胁他们的江、浙、南京、上海，积极牵制他们的部队，这才能够找到战机。大家不要怕，不要以为主力暂时离开了，革命就失败了；不能只看到眼前的困难，要看到我们的远大前程……"

毛泽东没有当众埋怨三人团，仍然维护着中央的威信。但他的解释，只是他自己的一厢情愿，这个他自己也清楚。

清醒一些的人看到了毛泽东早就有职无权了，一系列失败都是现在的中央造成的。所以也有人一针见血地质问道：

"主席，你为什么不出来指挥红军？为什么一再允许他们胡作非为？"

"主席，他们为什么要排挤你？他们究竟是些什么样的人？"

"主席，你要勇敢站出来，不然革命就完了！"

"主席，救救红军呀！"

在场的一多半县、区、乡干部号啕大哭起来。

毛泽东急了，站起来用力挥手制止失控的情绪。一边大声说：

"同志们，你们误会了！这个关键时刻千万不要胡乱猜疑，一定要坚定地相信中央！这次反'围剿'和马上就要开始的转兵作战是中央的决策，不是你们想象的那样……"

他劝了半天，大家才平静下来。

据李德的《中国纪事》说，临行前，他与留下来的总负责人项英进行了详谈。他说项英在谈话中"对老苏区的斗争和前途是那么乐观，可是对党中央和红军主力的命运却又是那么忧虑"。项英又重复了他此前的提醒和告诫，说毛泽东"可能依靠很有影响的干部、特别是军队中的领导干部，抓住时机在他们的帮助下把军队和党的领导权夺回来"。

李德把项英的担心转达给了博古与周恩来。

博古不以为然，认为项英多虑了。博古说："党的政治路线不存在任何分歧；军事问题上的不同意见随着红军转入移动作战，也随之不存在了！恩来，你说呢？"

周恩来点头道："对，项英同志想多了。"

这天一早，红军指战员就开始打扫房东老乡的屋子、院子，从野外大量割回牲畜草料，晾在老乡的院墙上；缸子里的水也给灌得满满的。家家都是如此，村村都是如此。每个乡都是如此，每个县都是如此。老百姓终于意识到，红军要走了。猜测也许三五天，也许三五个月，绝不会超过一年的，就会回来。于是都把屋子给红军留着，一个班并排睡的通铺也不愿拆，免得小伙子们回来重新搭建费事，不少家就这样一留就是十五年。这个村的妇女把她们做好的鞋，肩挑背扛，送到连队；那个乡的妇女把洗好晾干、缝补好的衣服送到每一位战士的手上；还有一些妇女成群结队站在路边，手里拿着针线，看见哪一个战士服装有破损，就赶上去缝补几针；老人们追着队伍往战士们口袋里塞煮熟的鸡蛋或炒熟的花生、黄豆。下午太阳落山时分，红军上路了。

人类历史上空前惊心动魄的远征就在人们不知不觉间开始了。参与其间的每一个人都将成为这部气贯长虹的史诗中的英雄。

红一军团二师四团政委杨成武率领部队来到于都河边，见十个渡口同时拥挤着渡河的指战员。当成千上万双脚同时涉入河中时，河水顷刻暴涨浸堤了。

闻讯赶来的老百姓越挤越多，比出发的红军还多，黑压压一片，望也望不到边。没有一个老百姓不流泪，也许河水的暴涨与此也不无关系吧？不少的老乡依恋地殷切询问，多久才回来呀？每一个战士几乎都是这样回答：三五天，最多三五个月，放心吧。

杨成武在送行的人群中发现了他的房东大娘。这位六十多岁的老妈妈把自己的三个儿子都送去参加了红军，其中两个在这次反"围剿"中牺牲了。她是来给还活着的儿子送行的吧，是不是还没见着儿子靳成林？杨成武这样猜着，就挤到了老人面前。

"大娘，还没见着成林吗？"他指着老人手中的布包说，"我替你给他吧！"

"见着了！见着了……这是给你的！"大娘把布包塞给了他，"这是给你留的！"

杨成武接过来，感到布包热乎乎的，打开一看，原来是一包煮红薯。他一时喉头发僵，两行热泪夺眶而出。大娘没问他什么，但他从眼神里看明白了大娘最想问什么。他说：

"放心吧大娘，最多三五个月我们就回来了！"

天色越来越暗。河边挤满了待渡的红军。

毛泽东的卫士给他带了一袋书、一把雨伞、两条毯子、一张油布。他走在军委纵队里。秋风吹拂着他的长发，他的眼里也含着掩饰不住的秋意。他对红军与革命的前途十分担忧，不知道将走向哪里，更不知道能否摆脱白军的围追堵截。

担架抬着王稼祥从毛泽东身边经过的时候，毛泽东跟上去，边走边弯腰询问他："稼祥，今天感觉怎么样？"毛泽东十分担心他腹部的重伤。

王稼祥闭了一下眼睛说："不要紧，放心吧。"

张闻天也往毛泽东这边赶过来。他说："宿营的时候一起去稼祥那里，把昨天议的问题再谈一谈好吗？"

毛泽东点了点头说："好的。"

他们议的是什么？史料没有记载。但显而易见，他们三人已经对某一个或某一些问题谈了多日。

三人团安排下的这种撤离，不像火烧眉毛之下的战略转移，简直是和平年代才可能有的大搬家。兵工厂制造枪弹的几台机床、出版报纸刊物的两台印刷机、印钞机、医院的 X 光机等重型机器，打包的图书文件、桌椅板凳都搬走，还有大量的粮食、备用的枪械弹药、通信设备，等等，凡是能够移动的值钱的东西，都放到驴、骡、马的背上或人的肩上。所以事前就买了三百多头驴、马，雇用了几千名挑夫（每名挑夫一天付一块银元），大量的与作战并无直接关系的"辎重"夹杂在纵队中。时任中央教导师特派员的裴周玉二十年后回忆："弄得队不成队，行不成行，拖拖沓沓，全师拉了足有十几里长……十六小时行程五十华里。"

三

陈诚率领他的起家部队十八军进驻宁都。

他根据红军的动向致电蒋介石，陈述对下一步追剿的意见。他指出："以现势观之，匪已西窜。若由（此地）进剿部队追击，鞭长莫及，且亦不可能。此时，对军队本身及环境观之，可令周浑元①部就近准备追剿……"

陈诚对红军向西突围的判断，基本符合长征开始时的部署。蒋介石采纳了

---

① 周浑元，国民党中央军三十六军军长。

他的计划，任命何键为追剿军总司令，总司令部驻节湖南衡阳。

此前白崇禧就亲自跑到安远，准备把参加"围剿"中央苏区的桂系部队王缵斌师带回广西的兴安、灌阳；同时致电蒋介石打招呼。电文云："为阻挡共军通过湘桂边境，广西部队愿独任其艰；但必须先令王缵斌师归还建制。否则兵力单薄，难以抵御。"

蒋介石要利用桂系将西指的红军主力挡住，以便追剿大军赶到，所以复电照准。但强调必须在灌阳至全州间占领阵地，将红军牢牢阻挡在湘桂边境。

接到蒋介石电报后，白崇禧立即向桂系的一把手李宗仁禀报。

李宗仁指示召开一次高层会议，集思广益，共谋对策。

设在南宁沿江路的广西绥靖公署大门前陆续停泊了各种车辆，大门内会议室将星云集。除了李宗仁、白崇禧，入座的还有第四集团军、广西绥靖公署参谋长叶琪、第七军军长廖磊、第十五军军长夏威、广西省主席黄旭初，以及各地民团的指挥官。

对红军下一步的动向，大家意见不一致。黄旭初担心红军会深入广西，到张云逸当年活动过的右江百色一带建立根据地；夏威认为可能只是"假道"广西而去贵州会合贺龙、关向应部；另有人认为是深入四川，与张国焘部合流。

白崇禧认为，三种可能性中，第三种最有可能。因为四川四分五裂，又远离南京控驭，便于共产党驾驭风云；当然，进入贵州与贺、萧一起创建新的根据地亦不无可能，但可能性较小。基本上可以判断红军只是"假道"，不至于在广西久留。

李宗仁环顾大家，最后把目光停在白崇禧脸上，问道：

"那么，蒋委员长命令我们在灌阳、全州之间，也就是湘江岸边牢牢挡住赤匪，我们是遵命还是……？"

大家一时没说话，互相观望了一阵，似乎在思考这个敏感话题。

顿了一会儿，叶琪笑嘻嘻说："委员长曾经骂我们'纵寇自重'，差一点还要进一步骂'养寇自重'呢！然而，如果天下无寇，岂不就鸟尽弓藏、兔死狗烹了吗？"

白崇禧赞许地屈着食指敲了一下桌子，又指了一下叶琪叫着他的表字说：

"翠微言之有理！如果赤匪一朝覆灭，接下来覆灭的恐怕就应该是我们了！"

"健生，怎么对付，说说你的高见！"李宗仁打断他的发挥，说道。

白崇禧分析："蒋介石觊觎桂系非止一日，而红军在江西的坐大成了他吞并广西的障碍。现在江西红军败走他乡，广西很可能成为蒋介石下一步动手的目标。所以我们必须秣马厉兵、积草屯粮，不能帮他在剿共上再消耗实力。这次红军十万之众，困兽犹斗，况穷寇勿追，虽是败走，但来势凶猛，切不可小觑。广西全部兵力三万多，以此去与十万哀兵死缠，危险不言自明。兵法云'归师勿逼'，我以为逃师更不可逼；他们是夺路而走，肯定会拼个鱼死网破。弄不好我们会遍体鳞伤，即使侥幸完成了蒋委员长的命令，他给予我们的绝不会是奖赏，而必然是乘机派兵入桂收拾残局。

"所以，不放弃反共，但必须防蒋！对赤匪只能追，而且是虚追；决不能堵，更不能死堵。要以保全实力为第一要旨！德公以为如何？"

"说得好极了，我完全赞同！"

按照这个方针，白崇禧设计了桂军的基本部署：先将主力布防于湘桂边境。虚张声势，摆出一副决战的态势。这是做给蒋介石看的，意思是桂系要为你卖命了；也是给红军看，让他们知道广西有充分准备，若要插足进来，就要和你们拼命。退后一步打算，白崇禧也想好了：如果红军一定要"假道"广西，就调整部署，将部队稍稍南撤，让出桂北通路，让他们通过；但绝不能让其进入纵深三十公里以上。白崇禧认为，一旦让道，必须把戏演得逼真，不让蒋介石挑出毛病来。红军一旦踏入桂境边沿地带"假道"，桂军相机虚晃一枪进行侧击，然后追击。如此可促使红军快步走；再者，不会冒红军主力回头打击的风险；三者，也能应付老蒋的差事。

四

1934 年 10 月 4 日，红六军团到达了瓮安县猴场。这里距乌江不远了。正当他们要乘敌人力量空虚西渡乌江时，突然接到了中革军委急电，说"桂敌已向南开"，命令他们"速向江口前进，无论如何不得再向西渡"。

五十多天来，红六军团孤军与湘桂黔三省强敌进行了惨烈的战斗，部队伤亡严重。好不容易到了乌江边，只需抓紧时间强渡，就可以摆脱敌人重兵的围追。而中革军委不容分说要教军团掉头东返，这正好与敌人追兵遭遇，岂不是让人去找死吗？任弼时、萧克、王震面面相觑，久久无语。

后来，萧克看了看任弼时，说道："中革军委一直都有人监听敌军电台，宁沪两地情报网的效率也很高！既然急电说得那么肯定，说明中革军委很了解敌人动向。任书记，你说怎么办？"

任弼时是个党性很强的老布尔什维克，中央的指示，即使有所疑惑，也会坚决执行的。他叹了一口气，说执行吧。

萧克奉命去部署。按照十七师、军团部、十八师的序列，掉头东返，向江口方向前进。

10月6日，进入石阡境内。

7日拂晓，先头部队到了一个叫甘溪的地方，突然遭遇了大批敌军。敌我双方都蒙了。部署在那里的白军大概怎么也没想到红六军团果然会傻乎乎地回来自投罗网。

红六军团在甘溪遇到的桂军十九师和湘军、黔军，共二十四个团，兵力远远超过红六军团全部。

原来，红六军团进军瓮安之际，湘桂黔三省敌军在距瓮安不远的施秉县召开了联席会议。由亲临前线的湘军大将李觉主持。李觉认为，红六军团前往瓮安并非欲渡乌江，而是声西击东，虚晃一枪之后再掉头东返，去川黔湘交界处找贺龙红三军会合。于是，三省白军在红六军团东返路上设伏。

红六军团对此浑然不知。

7日早上，红十七师五十一团在军团参谋长李达带领下快步走向甘溪镇。上午9时进入镇子。镇里居然一个老百姓也没有。后来才知道，老百姓听信了国民党说共产党"共产共妻"，早就闻讯跑掉了。部队遵守纪律，没有进老百姓家，只在道路两旁的土墙下坐着休息。后面红六军团主力部队得到李达的报告，也在山路两旁休息。

甘溪镇里红五十一团三营营长周仁杰[1]与几名战士换上便服，在小镇里探查了一遍，没发现异常情况。这位经历过上百次战斗的年轻营长警惕性很高，特意跑出镇去检查。他向通往县城方向的土路观察一番，正巧视线所及的地方闪出了三个穿土黄色上衣的农民。他立即叫镇口的部队隐蔽，派两个扮成保甲长模样的侦察员迎上去。那三个农民见有陌生人过来，转身撒腿就跑。红军侦察员飞跑过去，抓住了两个。

周仁杰一审问，两个"农民"怕死，很快就招认是桂军十九师的侦察兵，并坦白其先头部队正在接近北面山坡。

周仁杰立即指挥两个连沿小镇的土墙飞速散开成战斗队形，另一个连跑步上山占领前面的高地，同时下令把两个俘虏送到团部去。不知怎的俘虏送走后一直没接到上级任何命令。不久，红四十九团、红五十一团的指战员们陆续开

---

① 1955年授中将军衔。

到了甘溪，也都在镇外土墙边坐下休息。红六军团的后续部队开来后也没有人下令抢占周围的有利地形。前方的桂军也没动静，后来知道，他们在继续集结部队。两个多小时的时间，桂军没像红六军团那样闲着，一边陆续上部队，一边悄悄占领了镇北面和东面的山头。

中午 12 时，桂军山头上的三十多挺机枪、十来尊迫击炮突然向甘溪镇开火，掩护大批步兵，利用几条曲里拐弯的干沟隐蔽，向红军逼近；部分桂军在当地的地主民团带领下从下水道摸到了镇子中心。

当镇子的左中右三面都响起枪炮声的时候，镇里镇外的红军惊诧莫名，仓促应战。周仁杰迅速掌握他的前卫营，拼死挡住冲过来的敌军。李达率四十九团、五十一团的主力也展开反击。在遭到从下水道钻出来的敌人突袭后，镇内的红军边抵抗边向镇外撤。

红四十九军一营营长刘转连①发现部队被压制在山沟里，一个连已开始败退，十分危急。他立刻指挥另一个连从侧面迂回攻击，打乱敌人队列；同时命令正在败退的另一个连不许再退，掉头坚决顶住。

军团参谋长李达利用周仁杰、刘转连两个营的掩护，带领军团机关以及两个团部迅速向镇外东南方向的山里撤退。

然而，李达最早带到甘溪的先头部队四十九团、五十一团被白军分割包围了，李达已无法指挥全局战斗，被分割的红军各部只能各自为战。他们拼死抗击白军一轮又一轮的疯狂进攻，始终坚守阵地，毫不慌乱。周仁杰还组织过几次反冲锋，与敌人展开白刃战，杀死的敌人不计其数。受了轻伤的同志不下火线，继续作战；重伤的同志躺在地上也不愿闲着，为战友压子弹。由于敌军人多势众，又占据了有利的机枪阵地和炮兵阵地，红军无法展开兵力，伤亡人数越来越多。

李达指挥两个团的团部人员和一个机枪连，奋力抢占了一处高地。桂军炮火立刻全部打向这个高地。李达无奈，只好又放弃这个高地，率两个团的团部人员和机枪连向东冲出了包围圈。

而军团机关和大部分人马仍在鏖战中。

桂军军长廖磊见正面攻打难以突破红军阵地，便派了两支劲旅分别向红军身后迂回；正面的湘、桂两军改为牵制性进攻，故意配备了更加密集的火力，以掩盖其图谋。

迂回到红军后方的白军两支劲旅很快就抵达了预定位置。

---

① 1955 年授中将衔。

红六军团的领导们这才察觉有大量敌人向身后两侧逼来。萧克赶紧抽调部队前去阻击。

此时，担任全军后卫的红十八师和红五十二团在红十八师师长龙云带领下，虽然也遥闻甘溪方向激烈的枪炮声，但没得到军团部的命令，又不知道前方情况，不敢贸然赶去参战，只好就地等待。

见敌军越聚越多，任弼时下令设法撤退。

萧克电令担任后卫的龙云部队改为前卫，为军团主力撤退开路；命令红五十团担任阻击，掩护主力部队脱离战场。

军团主力沿深山小路，快速转移。

全军团跑散了，分成了三股：军团参谋长李达率六百多人最早突出包围圈；任弼时、萧克率主力往镇外方向转移；红五十团完成了掩护任务后，以伤亡一半的代价突围出去了。

甘溪惨败后的第三天，任弼时、萧克、王震率人困马乏的红六军团主力抵达施秉县的黑冲。这是个小山村。四面崇山峻岭，森林密布，只一条小路通向山外，既隐蔽又险要，适合屯兵。任弼时下令在这里休息一天。

任弼时明白，甘溪惨败主要是中革军委电令错误所致，萧克、王震临机处置失误也是惨重损失的原因之一。而作为一个老共产党员，他不能过多埋怨下级，更不能在部下面前埋怨中革军委。

萧克说："不知道李达他们情况怎么样？听跑散了回来的同志说，他手上还有六七百人的兵力……"

任弼时安慰道："他们一定会回来会合的，放心好了！王震，派几路人去找一找他们好吗？"

王震说："书记放心吧，已经派出去了！"

任弼时满意地点了一下头。顿了片刻，又说："商量一下，今后怎么办？"

萧克长叹一声，摇了摇头。顿了一会儿才说：

"进入贵州后，为什么我军损失这么大？到处是悬崖绝壁，每次作战，首尾不能相顾，非常不利于大兵团行动。贵州人口少，出产不丰，靠打土豪取得给养也不会多，养大部队很难。甘溪之战，充分暴露了我们指挥不灵的弱点。能不能分成两部分行动，以利于灵活指挥？"

"我们出发以来，一直遵照中革军委命令行动，结果事事不利！部队行动迟钝的原因也是奉命将一切家当都带上，医院、兵工厂、印刷厂……贵州'地无三尺平',退却和进攻很受影响!"王震的抱怨情绪溢于言表。

萧克又说:"我军下一步最关键的行动应该是分两路前进,尽快找到贺龙、关向应的红三军,合兵一处!他们熟悉当地情况,又有根据地,加上两部的兵力,应当能够扭转局势。"

任弼时赞同他们的意见,即部队必须轻装前进,尽快与贺龙红三军会合。他当即口授电文,向中革军委请示。

电报发出后,三人聚在一起,焦急地等待中央复电。空等了一夜,没有只字回复。

次日,桂系一个主力师追上了他们。

任弼时见敌人兵力超过红军,决定由一个营阻击,掩护兵团主力撤离黑冲。结果并未摆脱敌人纠缠;随着敌人不断增兵,基本形成了对红六军团的远距离粗略包围。

担任阻击的那个营待主力走远后,也巧妙地撤出了战斗。不久找到了主力,回归建制。

遭遇敌人大部队,红六军团主力撤离黑冲,一直在石阡、余庆、施秉、镇远之间的深山里游而击之,寻求机会冲出包围。

到了黑冲之战以后的第四天(10月13日),终于收到了中革军委电报。中革军委不同意他们分兵行动,同意他们去寻求贺龙、关向应红三军,会合一起行动。

10月15日、16日,他们一路进攻,向红三军方向前进。到了石阡县、思南县,准备渡石阡河,遭到大量敌军阻击。旋又有更多敌军包围上来,他们只好突围向南面返回。17日重新来到了甘溪。

这个十天前血战过的地方,成千战友倒在了这里。从老百姓口中获悉,敌人打扫战场之际,躲在草丛中的红军重伤员,为了不被俘虏,尚有余力移动的竟然爬到悬崖边滚了下去;不能动的则遭到杀害。

川黔湘边区的贺龙、关向应红三军也在寻找红六军团。长期的转战中,他们损失也不小,电台也丢失了,与谁都联系不上。1934年10月,从国民党报纸上获悉红六军团长途转战靠近了黔东,而且湘桂黔白军二十多个团一路对之围堵,处境极为困难。贺龙、关向应商议,必须赶紧向他们靠近,接应他们,立即派贺炳炎[①]独立团先行出发。

---

① 1955年授上将衔。

10月15日，贺炳炎部行进至沿河县水田坝，巧遇李达率领的三百多突围战士。

李达见到贺龙、关向应，简单通报了甘溪突围后，找不到军团主力，一路打听，经江口、印江来到沿河。

现在黔东各县大部仍是白区，四周均有敌人大部队，红三军不过四千人，只有一小块根据地，处境也很困难；但他们明白红六军团更艰难，随时有全军覆没的危险，必须不顾一切地把红六军团接应过来。于是，红三军兵分三路，在红六军团战友的带领下，急速南下。

红三军一路上虚张声势，广贴标语。一者吸引敌人，减轻红六军团压力；二者也是一种通讯方式，引起红六军团注意，向他们靠拢。

10月23日，红三军来到梵净山麓。先头部队发现前面的山上有一支几百人的队伍正手抓藤葛、足踏峭壁，艰难地向上攀登。这支队伍也发现了他们，已上山的部分立即做好了应战准备，尚在攀爬的也加速向上或就近找好掩体。红三军先头部队指挥员见他们服装破烂，专挑险峻、陡峭地势行动，发现不明部队后立即做好了战斗准备。哪里像白军呢？赶紧派人近前喊话，才知是甘溪一战掩护军团主力突围的红五十团残部。红三军的战士们飞速拥上山去，把战友们接下来。

红六军团主力只剩下了两千多人。任弼时、萧克、王震回想西征刚出发时军团主力近万人，心情十分不好。所幸10月24日终于在印江木黄一带与红三军会师。

中革军委来电：红三军恢复红二军团番号，贺龙任司令员、任弼时任政委、关向应任副政委；任弼时兼任二军团、六军团的中央代表，统一领导两军团行动。中革军委要求两军团开往湘西乾城、凤凰并在那一带创建根据地。

贺龙一直在琢磨这事，越琢磨越不安，认为去那里将会凶多吉少，便要求开会研究。他指出，中革军委要两军团前往的地方是"湘西王"陈渠珍的老巢。这家伙有正规军三个旅，另有八个团的地方保安部队。此外各种名号的土著武装极多，人枪约莫两万多，多受陈渠珍节制。贺龙建议改向湘西的西北地区进军。此地区的永顺、桑植、龙山、大庸等县，位于湘鄂川黔边界地带。武陵山贯穿全境，地理条件优越。目前何键正集中兵力在湘南对付中央红军，而武陵山区兵力空虚。

任弼时首先肯定了贺龙的意见，认为向湘西的西北地区进军，还可震动何键，牵制、调动湘军用于对付中央红军的部队。

当晚他们就致电中革军委，禀报了两军团领导人的新决定。有鉴于上次待在原地傻等的教训，不待回电，任弼时就下令边行动边等待中央回电。

1934年10月28日，红二军团、六军团从贵州省印江县的南腰界出发，向湘西的西北地区攻击前进。

不料，他们忽然收到中革军委一封极要命的电报。中革军委指示，两军团分开行动，以吸引更多敌人；而且此后两军团各自单独受中央指挥。大家传阅了电报后一致认为中央对两个军团现状以及湘西的敌情完全缺乏了解，两军团总共只有七千多人，又是疲惫之师，单独行动凶多吉少。

萧克说："中革军委的意图猜也猜得到，是要我们尽量多地牵制敌人，减轻中央红军压力！其实，我们向湘西的西北地区进军，可以威逼湘北的常德、益阳，吸引敌人向这一带用兵，从战略上也就支援了中央红军！有什么不可以呢？"

任弼时没有踌躇，马上说："我们一方面给中央去电说明我们的看法，一方面按照原议定方案行动，不等了！大家以为如何？责任由我承担好了！"

毅然决定进军湘西之西北部为后来的事实证明是完全正确的。以龙家寨大捷为标志，接连打了几次胜仗，红二军团、六军团站住了脚，部队也发展壮大了，为后来合编为红二方面军奠定了扎实基础。

第三章

一

红军进逼湘粤边境之际，白崇禧除了原部署夏威十五军防守灌阳、全州，廖磊七军防守兴安、恭城不变外，自己亲率四集团军前进指挥所及其直属部队进驻桂林，准备迎敌。

时任桂军四十三师一二九团团长梁津在多年后的回忆录里说："1934 年 10 月，李宗仁闻红军由赣南突围西进之讯，即令第十五军参谋长蓝香山同桂林区民团指挥官陈恩元视察兴安、全州、灌阳各县。凡属交通要隘地区，即插签标志之，以示建筑碉堡的地点。并命各区、乡、村长征调民工，运砖瓦、石灰和各项材料，兴筑碉堡，以备团队阻击红军之用。一切费用皆责诸人民负担，政府不给分文。各农村所存粮食，做到坚壁清野，以绝资敌。当红军实际通过桂境之前，我奉命率部到湘桂境上灌阳、道县交界处文市。见各区、乡村长催征夫役，运粮秣和材料，忙碌至彻夜不能休息。1934 年初冬，当我在湘桂境上灌阳、道县交界处的雷田、永平、清水、永安等四个关口构筑防御工事时，第四集团军总部径电我'要与阵地共存亡'。桂省主席黄旭初亦电我'勿使赤匪越雷池半步'，故我那时决心死守阵地。除土工外，还运取残砖、累积顽石，构筑掩体四十余个。"

白崇禧把桂系的全部家当悉数调到桂北湘江一线，摆出姿态，要在全州、兴安、灌阳与红军决战。

蒋介石的基本意图是以粤军、桂军正面封堵，湘军侧击，中央军尾追，从而形成大包围态势，一举将红军全部歼灭。他设置了四道封锁线，以防有部分红军侥幸冲开当面的封锁而成漏网之鱼，以实现其除恶务尽的意图。最凶险的封锁线是第四道，那是在前三道封锁线大量消耗红军有生力量以后的大决战，蒋介石认为可以稳操胜券。

构建第一道封锁线的是粤军。陈济棠投入了四个师又一个独立旅，在赣州以东、沿桃江向南，经大埠、王母渡，折向东南，延伸到韩坊、新田等地，形成了一道曲里拐弯的屏障，严丝合缝地护住他的广东，各部具体防区为：第四师赣州、南康，第二师信丰、王母渡，第一师古陂、新田、重石、版石，独立第三师韶关、乐昌、连县、南雄，独立第二旅安远。

陈济棠与红军既已订了密约，其防线的作用乃是搪塞蒋介石，也是为了防备万一红军不守信用攻进广东。

双方能否信守约定呢？前线两军锋镝相向，擦枪走火是常事，任何可能都会发生。

前面曾提及，中革军委决定，从王母渡、韩坊、金鸡、新田之间通过，向湘南前进。若粤军不向红军攻击，退后让道，红军只向天开火，虚晃一枪；反之，则为粤军违约，红军须坚决还击，撕开通道。

红一军团为左路，取道新田、金鸡，向安息（今安西）、铁石口方向前进；红三军团为右路，取道韩坊、古陂，向坪石、大塘前进；红九军团在红一军团后面跟进，红八军团在红三军团后面跟进，分别掩护左、右翼侧后安全；军委两个纵队居中；红五军团殿后。突围时间确定为1934年10月21日夜晚至22日晨。

部队拔寨出发，红军派人将所要经过的线路通知陈济棠，再次声明只是假道，保证不入广东腹地。

陈济棠很高兴，觉得红军是信守密约的。红军突围不是向东南的寻乌、武平，而是转向西南，从于都经信丰，沿大庾岭边沿从广东边境西去。他命令所部在湘粤边境划定通道，让红军通过。为避免蒋介石起疑，仍虚张声势，沿途筑碉挖壕，架设枪炮如临大敌；暗中却将主力做纵深集结，防备不虞之事发生。

遵照陈济棠的部署，独立第三师、警卫旅抵达乐昌、仁化一线后，主力移后于百顺、二塘之南。由第一军副军长李汉魂指挥这一线。

李汉魂向旅长们下达作战任务时，特别对红军假道做了说明：

"总司令已经联络好了'那方'，达成了协议。'那方'只是假道，不入侵我广东腹地；我方承诺不截击，在粤湘、粤桂边境上划定了他们通过的线路。"旋又专门对黄国梁①叮咛了一番，"仁化一线，是我军前哨，估计'那方'大部队要通过你旅防区，你要善处之。跟他们打仗好办；假打，又要做到完全不接触就难了！因此你要加倍小心，一定要体会总司令苦心，认真执行协议！"再把视线移向所有的师、旅长们，说："同'那方'订协议之事不必下传！总之大家要恪守一个原则：敌不打我，我不打敌。这个要作为战场纪律执行！"

---

① 时任陈济棠部警卫旅副旅长兼第二团团长。

黄国梁北伐时在顾祝同部当第三师师长，蒋介石怀疑他沟通桂系，予以撤职放洋。从那时起他就对蒋介石恨之入骨。后来回国投靠陈济棠，最初当了个小小的团长。他时常对同僚和部属流露不愿与红军打仗的情绪。这次接到互不侵犯指令后他心情无比舒畅，借故把一些仇共的军官留在韶关，不让其上前线，以免捣蛋。

第一师参谋长李卓元与黄国梁有私交，两人曾私下讨论过这个问题。

李卓元面有忧色，说："没有仗打了，固然是好事；不过要求下面到时候不开火，也并不是一件轻松的事！"

李卓元摊开军用地图，对几个地方指指点点，皆是红军西行的通道：乌迳、百顺、长江圩北面、城口、二塘。他用食指着重点了一下二塘，说：

"过了这个地方，就脱离了我们广东边境了！但愿不要出事啊！李副军长传达总司令命令，对共军保持不接触。这话……说起来容易，操作起来谈何容易啊！"

"那……怎么办呢？"

"怎么办？不知道。只有走一路看一路了！"

李卓元的担忧不是多余的。

为了保密，陈济棠只将协议下达到旅以上军官。如此，既不能向团以下军官说明协议内容，又要执行协议的规定，两军相遇时不可预料的因素随时会出现。可以肯定，前哨官兵遇到小的接触、碰撞时若不进行克制，演变成大的冲突是有可能的。尽管定了协议，红军与粤军间不可能没有一点疑虑：一方怀疑你是否真正让路，有无陷阱；另一方怀疑你是否真正假道而过，而非假途灭虢。既须小心观察，又是急如火烧眉毛。协议第五条是红军行动前须事先通告粤军。但既然对彼方心存犹疑，又怎么敢事先坦陈呢？毕竟军事机密非同儿戏，所以只好行动开始后再通报。

红军突围一开始，小型摩擦势难避免。

左翼红一军团向金塘、新田方向发出信号。粤军前沿部队懵懂不明就里，试着抵抗，结果遭到坚决打击。一军团顺利占领这一线，强行撕开一道窄窄的通道。

右翼红三军团向百室、韩坊、古陂方向前进，凡挡道者，不问三七二十一一律消灭。

军委总部进至合头地区。

对余汉谋第一军、李扬敬第三军的使用，陈济棠都遵照蒋介石命令用于封锁粤赣边境。第一军第一师驻防位置是红军过境的要冲。获悉红军开始大规模突围，陈济棠急令余汉谋后撤三十公里。

余汉谋立刻令第一师西撤大庾、南雄，给红军让路。

第一师师长李振球命令守在最"要冲"的三团团长彭霖生率本部、教导团取道捷径月子岗撤往大庾，归军部直接指挥；自己则亲率本师取道安西撤往南雄。

不料这彭霖生一向狂妄，好大喜功，自诩为彭越后代，心里嘲笑师长、副军长都惹上了恐赤症。现在扑来的红军不过一个团，其大部队一时半会儿到不了。自己好乘着千载难逢的机会轻而易举捡个功劳，然后再遵命撤退不迟。

然而他低估了红军的速度和战斗力了。

10月21日，遵照中革军委命令，红军各部发起突围战役，向粤军一师防区迅猛扑去。彭霖生的第三团以及他临时节制的教导团主动出击，立刻遭到红一军团的先锋团分路合击。激战一个多小时，粤军大败。彭霖生费尽吃奶力气才使他自己的第三团得以跑脱。但到了安西，检点人马，已损失了三分之一。教导团败得更惨，向版石附近败逃时，又遭到红军追上，一顿好打，损失了一半人马，行李辎重全部丢失。

红军对败逃粤军并不追赶，按照原计划向信丰东南地域前进。

第一师撤到大庾后，余汉谋怒不可遏地等在那里。首先对彭霖生一顿痛骂，质问："为什么不及时退却，要冲上去充好汉？坏了总司令大事，有好果子吃的。"

驻守新田的廖颂尧第二团也因未遵令及时后退遭到了损失。

该团延宕良久才开始慢条斯理地动步。红军则以为是对方欲谋阻击，立刻发起猛烈进攻。李振球闻讯，忙派第一团前往接应，同时送电第二团快速向古陂后撤。第二团退到古陂，马上就拱卫着师部退往安西；第一团跟在后面担任后卫。殊不知第一团又犯了第二团的错误，并未马上动身，却在那里挖了十几个大坑掩藏带不走的弹药。这样待在红军必经途中耽误时间，被认为是敌对动作，遭到打击不可避免了。红军先头部队打得它丢盔弃甲狼狈逃窜，一直追到安西才主动撤回。

右路红三军团却遇到了不愉快的事。

红三军团第四师开抵古陂、坪石后，师长洪超亲率前卫团向白石圩前进。途中突遭粤军截击。前卫团立刻分为两部，对前来挑战的粤军实施夹击，将其击退。但洪超不幸中弹阵亡，年仅二十五岁。

此外，红八军团从王母渡渡过桃江，顺利向坳头、大坺方向前进。

23 日，为防不测，以红九军团监视安西、信丰、安远三处粤军，主力转兵西进。

红一军团主力占领铁石口，红三军团主力占领大塘铺。两军团的先锋部队占领桃江东岸，控制了渡口。当夜，先头部队过江，抢占西岸要隘，掩护大部队渡江。红三军团第五师占领江口等地，前锋进至梅岭关、中站；红一军团第二师向乌迳方向推进，随时监控着渡江通道。

25 日，军委一纵队、二纵队从信丰南北全部渡过桃江。这样，中央红军全部突破了蒋介石部署的第一道封锁线，而且几乎没什么损失。

三人团与中革军委十分满意，对前面的征程充满信心。

只有毛泽东高兴不起来。他向张闻天与王稼祥指出，第一道封锁线与其说是突破，莫如说是顺利通过。总的来说粤军第一师是主动后撤。但我军西指，在蒋的预料之中，他必已预为谋划，西行路上不久必大军云集，并不是每一个国民党军阀都会效尤陈济棠的。

本来张闻天、王稼祥在顺利过了第一道封锁线后都与三人团一样颇有些欢欣鼓舞，听毛泽东如此一说，也都担心起来。因为他们知道，凭近一年的经验，毛泽东的预判无一落空。

过了第一道封锁线后，中革军委决定趁热打铁，迅速沿赣粤、湘粤边境向湖南汝城、广东城口之间前进。具体次序为：第一步进至西江、大庾、南雄，主力取道大庾与南雄之间西进；第二步进至沙田、汝城、城口这一带区域，相机占领汝城。兵贵神速，这在国民党各路大军正从四面八方开来但尚有一段距离之际尤为重要。而大搬家式的转移却使红军步履蹒跚，平均一天只能行进十五公里，根本无法实现战略意图。

苏区出发时的部署大略不变，只有一些局部调整。

红一军团仍担任左翼先锋。其下辖三个主力师，出发前中革军委特为补充了两个补训团，使其总兵力达到近两万人马。因为它和红九军团之间拱卫的是中央纵队。这支部队是毛泽东亲手培育出来的，原为红四军，是开创井冈山根据地的主力军。后来，转战赣南、闽西，创建了赣南闽西苏区；参加中央苏区历次反"围剿"作战，都作为毛泽东握着的最顺手的利剑，立下了赫赫战功。尤其是第四次反"围剿"作战中，毛泽东在幕后向林彪、聂荣臻密授机宜，红一军团连战皆捷：先在蛟湖设伏，全歼蒋系部队五十二师，俘其师长李明；继又设伏草台岗，将陈诚的起家部队十一师歼灭过半。

薛岳获悉红军的开路先锋番号，隐隐不安。他叮咛部署切勿轻敌，说：

"这是毛泽东的起家部队，战斗力胜过其他匪部，特别擅长机动和突击，其头目林彪也狡诈过人！"

美国作家哈里森·索尔兹伯里在其著名传记《长征——前所未闻的故事》里写道："一军团在突击和伏击方面是超群的，正如中国古代兵书对军队素质的要求——'静若处子，动若脱兔'……他们善于运用策略、计谋战胜优势的敌人。他们行军神速，当敌人判断他们相距很远时，却又突然出现在敌人面前。他们行装轻便，不怕艰苦，到处都能生存。他们很年轻，体格健壮，不怕劳累，可以夜以继日地连续行军，一天只睡几个钟头，或者根本不睡觉，马上投入战斗，每战必胜。"

二十七岁的林彪是这支部队的军团长，聂荣臻是政委。索尔兹伯里把林彪比喻为"红军中最年轻的雄鹰"，他写道："林彪善于声东击西和隐蔽自己，善于伏击和奇袭，善于从侧翼和敌后发起进攻。他的胆略和善用疑兵超过了任何人。""在红军这道星河中，没有比林彪更为灿烂的明星了！"

二

红军那么短的时间就逼近了第二道封锁线，使蒋介石大为震惊。他忙电令陈济棠、何键火速出兵，在湘粤交界的汝城、仁化、城口之间完善工事，加强第二道封锁线，坚决堵住红军，以待中央军开抵后"会剿"；同时督促其他追剿部队加速开进。旋又电令陈济棠、何键分兵到乐昌、郴州、宜章、临武之间，利用已筑成的工事加强第三道封锁线。

陈济棠的意图是利用秘密协定加上军事围堵阻止红军深入广东，同时又借助蒋介石的堵红命令排兵布阵防止中央军借机窜入。

收到蒋介石加强第二道封锁线的电文时，陈济棠正在处理前线部队与红军发生小规模冲突的报告。他吩咐参谋长，传令旅以上将官约束部队，恪守保境安民原则，尽量避免与"过路异军"发生冲突。

10月27日夜，陈济棠总部警卫旅第一团发现了红军借助夜幕掩护徒涉锦江。团长莫福如电话禀报，要求趁对方半渡之机腰击，可获全功。

而旅长不以为然，在电话里回答："总司令有规定，不可乱动！好好休息吧。"

陈济棠照旧在第二道封锁线的部署上设计了佯堵假追的行动：

以李扬敬第三军外加独立第三师镇守粤东北边境，既防红军毁约入境也防中央军假途灭虢；以余汉谋第一军之一部尾追红军，但需尽量避免真打；以张达第二军加一个独立旅在韶关以北防堵。余汉谋安排尾追兵力之际又分兵西进乐昌，塞住广东边境上最后一个漏洞。陈济棠总共有三个军又两个独立师、两个独立旅，在防堵中央军入粤方面投入的兵力多达三分之二，防堵和尾追红军的不过三分之一。

陈济棠这种出工不出力与何键的积极追剿适成对照。

湘军大部分尚处在最初清剿中央苏区的位置。何键用尽吃奶力气督促各部火速向衡阳、郴州集结也无济于事。各部仍行动拖沓，迟迟不能到位，而参与湘粤边地区构建二道封锁线者，只有一个旅和部分保安团队。何键明白，只知紧紧地抱着广东这块大饼不放的陈济棠根本就靠不住。

北路军第六路总指挥薛岳对蒋介石的事业比何键还要尽心尽力得多。他获悉红军突然冲过了第一道封锁线时，大惊失色，连连跺足大骂陈济棠偾事，并立即电禀自己的恩人、顶头上司北路军前敌总指挥陈诚，主动请缨，要求率兵追击。蒋介石、陈诚极为嘉许，命其率中央军九个师共十万人（吴奇伟第四军、周浑元第三十六军、四个直属师）追击。他得令后只准备了三天就在江西兴国拔寨动身。尽管他穷凶极恶，惜乎远在赣江以东的兴国、古龙岗、石城，短时间赶不到湘南、粤北。也就是说，要在第二道封锁线构成对红军的实际包围，急切之间是办不到的。

这种态势对红军是极好的战机。

10月29日，中革军委下令红军应于11月1日进至沙田、汝城、城口、上堡、文英、长江圩一带，突破白军第二道封锁线。

这一带是湘粤两省交界处的山区。白军依山就势修筑了无数碉堡，以壕沟相连，易守难攻。不过守军大部分是地方团队，实战经验少，又没有料到红军会来得这么快。

红三军团夺取汝城，以利于大队人马通过。红一军团负责夺取位于汝城南侧的城口，二师六团团长朱水秋、政委王集成率部奔行一百一十公里，到达目的地。

这座小城临河。河上一木桥，桥上有岗哨。红军先锋部队第一营分两路行动：一路利用天黑迅速靠近木桥，一路泅渡过去迂回包抄。当靠近木桥时，白军哨兵发觉了，高声喝问道：

"不许靠近！哪一部分的？"

"别误会，自己人！"一营营长曾保堂一面回答，一面指挥部队猛冲过去。

还没等到白军反应过来，红军战士的枪口已经顶着他们了。

二营也成功迂回到位。两路夹击，没费多少事就全歼了城口守敌。

城口的北面，守汝城的湘军只有一个旅，根本不敢发兵增援城口；南面陈济棠的粤军倒是兵多，但都集结在纵深地域的南雄、仁化、乐昌一线，只求自保，根本不愿将防线向北延伸，与湘军防线衔接。这样，汝城与仁化之间就出现了一个大缺口。

红三军团按计划兵临汝城城下，发现守敌虽只一个旅，而城高池深，短时间攻取有困难。彭德怀电告中革军委，请示机宜。

中革军委命令彭德怀以一部分兵力监控汝城白军，三军团主力仍跟随大部队行动。大部队兵分三路，从汝城、城口间穿越第二道封锁线。具体部署为：三军团、八军团为右纵队，由汝城、大坪之间通过，向百丈岭、文明司前进；一军团第一师、五军团和中央两个纵队为中纵队，由新桥经界头、九峰山向九峰峤前进；一军团第二师、九军团为左纵队，由城口、思村向岭子头前进。

余汉谋见红军确实恪遵密约，无入粤之意，便放下心来。于是按计划派遣第一师从大庾出发，经南雄、曲江向乐昌、坪石尾追；第二师、独立第二旅经仁化、城口向九峰尾追。

其第一师远离红军，慢吞吞尾追，不可能发生战事；但二师和独二旅却出了问题。本来一直保持着与红军一天的距离，完全是送行状态，结果一个意想不到的情况出现了。起因在陈济棠的侄子、二师五团团长陈树英身上。

粤军二师得到情报：在延寿近郊一片树林中有大股红军进入，席地而坐休息，有一些干脆躺在草地上，显得很疲劳。其炊事兵也在埋锅造饭，颇像后卫部队或者主力两翼担任拱卫的支队。

粤军追在前面的是第五团。团长陈树英好大喜功，获悉此事后一边向上电告一边加速赶过去。

陈济棠为了保密，严守原则只将与红军达成协议一事传达到旅一级；侄儿虽亲，也没让他知道，怕他嘴不稳，泄露出去。所以陈树英什么也不知道，还在仁化县城破口大骂遵令行事的警卫旅二团畏葸不前，惧敌如虎。此番他要大显身手，派遣营长李友庄率先头部队兼程追去，团主力随后跟进。

先头营追到延寿县东南端的地方，见两边是高山，右前方是一条小河，红军就在河对岸山坳上树林内外，立刻挥师攻将上去。

红军有河流作屏障，又居高临下，占尽了地利。

李友庄营涉水强攻，志在必得。

红军以逸待劳，沉着应战，弹无虚发，打一枪倒一个。待其半渡，冲下山去，一顿猛打。

李友庄营好不容易抢渡过河，所处位置又是居下仰高，十分不利，红军一冲，便乱作一团。李友庄负了伤，由副营长潘国吉率一个连反冲锋。不料昏头昏脑钻进了一千多人的红军队伍里，进退不能，只好当了俘虏。

被俘的潘国吉等几十个人以为必死无疑。而红军却很客气，问他们愿不愿意参加红军，一起北上打日本鬼子。一众俘虏都以家中有妻儿、故土难离为借口回绝了。红军也不勉强，每人给了一块银元，释放了他们。

这次与陈树英的交手是红军过二道封锁线时与粤军发生的最激烈的战斗。红军伤五人，亡三人；粤军死伤一百多人。陈济棠并没有太多责怪陈树英，反倒私心窃喜，发生几场小型战斗未尝不是好事；一枪不发的话，无法向蒋介石交差。陈济棠吩咐宣传部门把这场战斗吹成数千人的冲突，打死赤匪八百人，伤一千多，以此致电蒋介石邀功请赏。

然而事情并没有完。陈树英不甘心失败，依旧主张拥兵狂追，声称不信红军有三头六臂，于是继续尾追。在夜幕中他终于追上"目标"，马上命全团攻打过去；同时电达本团所在的第二师指挥部，称与大股匪军交上火了，请求增援。他是陈济棠嫡亲之子，师长岂敢怠慢，马上率全师主力赶过去助战。主力到场，陈树英的狂劲更足了，死命督促士兵往前冲。仗火一直打到半夜，第二师的各级军官都说不对劲，从火力上判断对方不像红军。于是暂停进攻，派人去侦察，才发现是粤军第三师。这场自己打自己的战斗使两个师都损失惨重。后来陈济棠把这些损失全部记在红军账上，交给蒋介石要求补充。

11月8日，红军进入汝城以南、城口以北区域。在仁化、乐昌粤军重兵监视下，和平通过第二道封锁线，取道湘南、粤北地区向宜章方向挺进。通过封锁线时，红军一望可及粤军修筑在公路两旁、山坡上、山顶上的明碉暗堡。堡垒之间可形成交叉火力，截断公路，封死要冲。若真采取硬打的方式通过，对缺乏攻坚兵器的红军肯定会造成不可估量的牺牲，但好在这些工事都被粤军放弃了。

粤军再次为红军让出了通道。

其实何键也参与了这次让路行动。只不过他遮掩的理由十分冠冕堂皇，不易为人察觉而已。

没有大仗和硬仗，红军先锋部队才得以每天行军五十公里，给身后的大机关、大队伍、坛坛罐罐的庞大家当开辟通道，毫发无损地抵达湘江。陈济棠不让道，岂能如是？

这样明目张胆地让道，蒋介石当然察觉到了。这位器量并不宽宏的统帅也无可奈何；"巨寇"未除，尚非收拾内部异己的时候。他只在办公室拍桌子跺脚骂了一通："陈济棠，保存实力，挟寇自重！娘希匹！"完了还是要发一份措辞严厉的电报给陈济棠，督促其在第三道封锁线上不得再玩"花活"，必须使出真功夫、卖真力气。电文谴责道："平时请饷请械备至；一旦有事则拥兵自重。""此次按兵不动，任由共匪西窜，贻我国民革命军千秋万世莫大之污点。着即集中兵力二十七个团，位于蓝山、嘉禾、临武之间堵截，以赎前愆。否则……"

蒋介石也有电报给何键，但口气温和得多，对何键玩的"花活"也只点到为止，因为何键毕竟没有陈济棠那么明目张胆；同时令薛岳的追剿大军昼夜兼程，星奔湖南。

何键当然读得出电报里面的话。他这次不敢怠慢了，忙将湘军主力推出去，部署在郴州、良田、文明司一线。

被蒋介石看破了"花活"，不敢不做点实事了。

即便如是，何键、陈济棠，还有即将与红军实际接触的桂系，都仍然把堵住红军进入自己的地盘作为第一要务；将主力置于纵深，先力保地盘不失，再从南北两侧对红军攻击。在红军的通道上，湘军、粤军配置的兵力都不多：九峰坪粤军一个团，而且没堡垒；乐昌有两个团；汝城、宜章没正规部队，只有民团；宜章以北有湘军的一个团（属十五师）。

红军在行进中，阴雨不断，道路泥泞，又是山上极窄小道，行人稍不注意就会滑下悬崖。各军团、军委纵队和笨重的行李都拥在这么一条小道上，速度慢如蜗牛。为了赶时间，一天吃不上一顿饭是常事。饥饿、寒冷、疲劳，红军将士身上的体能耗费到了极限。

毛泽东始终坚持自己的判断：西进乃不智之举，最终有可能将本钱输光。他认为向西的道路上必会有白军的重兵，不只是湘军和中央军，到时候桂系部队也会见机而作，加入进来，军事形势将更加恶化。他郑重地规劝三人团"不要向文明司前进，不要在坪石过粤汉铁路，不要夺取宜章、临武；而应该向北翻越诸广山，沿耒水北上"，"跨过粤汉铁路到有工人运动基础的水口山休整和补充兵源"。他的根据是湘南地区有革命暴动的历史，党组织、群众的基础都比较好；又是蒋介石这次围追部署的盲点，白军不多，工事做得也少，有利于红军机动作战。红军可以趁白军总部正在调动追剿部队，各部尚未形成链条之际，集结红军以大迂回寻求灭敌战机。只要一战、二战得手，即可杀个回马枪，仍有机会变被动为主动，然后或上井冈山，或沿着当年从井冈山出兵开辟赣南和闽西中央苏区的路杀回瑞金去。从他的设想可以看出，他从来没有认同过三人团盲目西窜去会合贺、萧红军的主张，而是把中央红军这次大规模转移仅当作战略性调动敌人的手段，没有必要长途西征。

三人团听不进去，仍顽固坚持既定的西征计划不变，下令红军尽快通过第三道封锁线，分成多路前往湘西。

红三军团的军团长彭德怀、政委杨尚昆则向三人团贡献了突破第三道封锁线的行动计划。认为红军直接进入湘南，何键必与蒋介石协同对付；而陈济棠怕蒋军入粤甚于怕红军，又与红军有密约，预定的阻抗力量薄弱，所以"我应迅速突破宜（章）乐（昌）郴（州）间的封锁。军团本着原计划西进，扫除良田、赤石司，突破宜郴间，相机略取宜章，不得即监视之。军团同时向西速进，突破宜乐间，略取乐昌。九峰之敌无大企图，可驱逐之"。

三人团接受了这一建议。当天 16 时下达命令，在宜章以北之良田、宜章东南之坪石间突破第三道封锁线：以红三军团为右翼部队，从宜章以北通过；红一军团、红九军团为左翼部队，从宜章以南通过；军委两个纵队与红五军团的行动方向待定；红八军团暂守东山桥一线，监视汝城白军动向。为保障大部队通过乐昌、坪石封锁线，中革军委电令红一军团派遣得力部队率先沿九峰山脉向宜章区域占领要隘，重点是夺取九峰山，有效钳制乐昌白军，从左侧掩护大部队西行。

红一军团因为没有地图，加以侦察兵提供线路有误，白白损失了几天时间，在乐昌东北面的延寿、九峰之间的深山峡谷中转悠。接到中革军委电令，军团长林彪、政委聂荣臻、参谋长左权讨论了半晌，决定派部队控制九峰山；同时占领良田县。如此便牢牢控制了九峰山以北至五指峰之间区域。

10 月 25 日，蒋介石曾以南昌行辕名义对诸将电示："查匪此次南犯系全力他窜抑仍折向回老巢或在赣南挣扎，刻下尚难断定。"

当李汉魂在战场上发现红军的众多番号，李默庵占领瑞金拾到中共中央的一些文件后，蒋介石才最后明白了：红军的大突围并非战术行动，而确是战略转移；不是南奔，而是西指。

蒋介石在南昌召开会议，专为把这个有众多可靠情报得出的结论向前线诸将宣布。大家对这个"赤匪中央西行"的问题都没有异议；让在场者和后来的读史者都吃惊的是，蒋介石倚畀甚殷的大谋士杨永泰提出了近乎危言耸听的判断。凭借当时的情报而言，中央红军决定去湘西与任弼时、贺龙、萧克的红二军团、红六军团会合，合乎情理；但是杨永泰居然石破天惊地预言他们将会绕行遥远、艰难的路途拐到四川西部去。这不仅不合逻辑，而且中共中央的决策者们连想也没有想过，甚至毛泽东当时也没这样的考虑。

所以蒋介石当场就叫着杨永泰的表字奚落道："畅卿兄，你是不是昨晚受凉发烧了？那是石达开当年走过的死路，共匪会不知道吗！然则他们奔往死路去干什么？"

杨永泰语塞，然而脸上仍是不然之慨。

于是蒋介石首先给追剿军前敌总指挥薛岳电示："根据陈总司令伯南称，匪军通过信丰、大庾、上犹、仁化、汝城、延寿地区，迭经阻击，溃散不少。据俘虏称：一军团、三军团在前，五军团在后，朱、毛确在军中。歼灭此股，关系国家成败，应特加注意，倍加奋勇。"

蒋介石认为，按照目前中央红军的趋势，毫无疑义是要去找任弼时领导的红二军团、六军团会合，然后在湘南、湘西重建根据地。然则川鄂湘黔的匪区以后可望连成一片，对党国的安危十分不利。好在眼下中央红军"流徙千里，四面受制，犹虎落平阳，不难擒获"。

蒋介石11月12日任命湖南省主席何键担任追剿军总司令；而教薛岳担任追剿军前敌总指挥，薛岳是大为不高兴的。薛岳当年失去了部队之后投靠了陈诚，受到陈诚重视，竭力予以扶掖，不断向蒋介石推荐；如今已升任第五军军长，他本人亦已完全"中央化"了。既然是中央军将领，职级也不低，却屈居地方军阀何键麾下，他不可能不牢骚满腹。蒋介石通过陈诚了解到薛岳的不满，便给他发了一份电报进行宽慰，解释这样安排是有利于国家大局的。这让薛岳未得释怀之外又添了一头云雾。他当然不能理解蒋介石这样的苦心：朱毛红军现在进入的是何键的地盘，即使下一步把他们逼近广东或广西，也得以湖南为基地进行"剿办"。若是任命别的什么人担任追剿军总司令，在何键的地盘上筹集、运输粮草，调动部队进行战略支援，湘系势力都可能配合消极。所以不如将弼马温乌纱帽戴到何键头上，让其统筹指挥，岂不好得多？何键绝不会容忍红军在湖南立足。封他个弼马温，他就得带着湘军驱红，还得一直追出湖南。那时薛岳的六个师就可以乘机入湘，不再离开了。另外，两广向来与中央猜忌甚深，当此朱毛红军逼近湘桂交界处之际，中央军去了会增加桂系的不安。何键向来与两广关系不差，湘军进入桂境不会引起李、白反对，两军必能协力封锁湘江。

得到弼马温乌纱帽的何键见薛岳大军已划归他指挥，便欣然去电："欢迎中央军入湘作战，勠力同心，共矢有我无敌之决心。"

中革军委决定以一支部队佯攻郴州，牵制湘军；一支部队攻占宜章，阻遏粤军；大部队从宜章、郴州之间通过，向临武、嘉禾疾进，一举越过蒋介石设置的第三道封锁线。宜章是瞰制这个通道的要害，攻占它至关重要。这个任务由彭德怀红三军团担任。

彭德怀决定以红五师全部、红六师主力并肩西进，首先突破白军章桥市、万会桥防线，然后攻取宜章城。旋又获悉宜章城内没有白军正规部队，仅有民团。彭德怀大喜，当即派红六师所属第十六团远程奔袭宜章，不必等待跟进的后续部队，可先展开攻打。次日，红五师攻占良田、黄泥坳，截断了郴州至宜章的大路，威逼郴州。

湘军顿时惊慌失措，不再顾及宜章守军，赶紧收缩部队，以固守自己防地。

红十六团冒着倾盆大雨向宜章疾进。

兵临宜章城下，不稍停顿，马上发起攻击。守城民团是土匪流氓、地主的护院家丁、强迫来的穷苦农民，说白了就是乌合之众。红十六团一个冲锋，民团顿时就作鸟兽散了。红军就此轻取宜章。

就这样，便撕开了红军主力西进的一个大口子。

11 月 15 日，红军各军团和中央两个纵队从宜章、坪石之间通过第三道封锁线，进入湘南地区。

一、二两道封锁线的顺利，是陈济棠让道之功；第三道封锁线，客观上是中央军、湘军、粤军不约而同给让出了通道。如果长沙、株洲、衡阳、郴州的湘军、中央军沿粤汉铁路南下，就可能将红军截住，拦腰截断。但谁也没这么做，而且是在蒋介石密令下不这么做的。所以然者何？多年后李宗仁在回忆录里道出了个中原委。他说："共军入湘之后，按当时情势，中央军本可利用粤汉铁路和湘江，水陆两路南下截击共军，使其首尾不能相接；而蒋先生却屯兵湘北，任共军西行。然后中央军缓缓南下，迫使共军入桂。"也就是说，第三道封锁线崩溃就在于蒋介石剿共灭桂兼顾惹的祸。

但大的态势并未改变，红军依然处在白军的围追堵截中。

从10月中下旬撤离中央苏区起，红军甬道式行进的部署是很危险的。随时都存在遭到截断、分割包围的危险；消极避战，等待挨打的指挥作风；庞大笨重的行军行列；一成不变的西行路线……一系列错误策略，使战略转移成了消极的逃跑主义行动，这样的结果必然会付出沉重代价。在没有惨烈大战的情况下，减员也十分严重：第一道封锁线减员三千七百多人，第二道封锁线损失九千七百多人，第三道封锁线损失八千六百多人，总计两万多人！更为严重的是丧失了跳出追堵圈的宝贵时间，给予了蒋介石重新调兵遣将、加固新阻截线的机会。

<h1 style="text-align:center">三</h1>

陈诚担心牢骚满腹会影响薛岳作战，但一些话又不能明说，便做了委婉的暗示。言外之意为：委员长安排何键出任这个职务大有深意焉，可以瓦解湘粤桂三省的军事勾结。你薛伯陵屈居总司令何键之下，担任他的前敌总指挥，那就可名正言顺地带着他的军队追击红军出湖南，调虎离山之后再不许回巢穴。如此以后，何键的割据状态就再也没有凭倚了。

蒋介石也给了薛岳一封信。信尾把话说得比陈诚直白："西南诸省久罹军阀鱼肉人民之苦。此番中央军西进，一面敉平匪患，一面结束军阀割据。中央军所至，即行传播中央救民之志，同时也宣扬三民主义之精神。"给薛岳的重任是剿共与削藩并举。

薛岳的心结这才解开，兴高采烈地驰赴衡阳去拜会新上司何键去了。

11月17日，遵守蒋介石指示，何键与薛岳在衡阳召开高级军事会议，协同部署追剿行动。除了何总司令、薛总指挥，参加者有中央军、湘军将领，具体为刘建绪、吴奇伟、周浑元、李云杰、李韫珩、柳善等各军军长、参谋长。何键明白，薛岳此来，定是有蒋介石或陈诚所面授的机宜，所以自己只讲了几句类似开场白之类的空话，便请"薛总指挥训示"。

薛岳客气了两句，便按照蒋介石的意图开讲了。

他说："综合赤匪当前动向，到湘西与贺龙合流，可能性不大；徘徊于广东边境的连县、广西边境的贺富地区，然后南入两广纵深，生存不易，可能性也不大；只有西行，渡湘江，取道广西边境转道贵州，步任弼时、萧克后尘可能性最大。所以，追剿军应利用湘江地障，采取一面猛追，一面死堵的策略：以强有力之一部，协同广西友军扼守全州至灌阳以北四个关隘，并沿湘江布防。主力衔尾追击，先行抢占道县；另以一部机动于祁阳、零陵、全州间作为战略预备，防备赤匪取道零陵北进；待各路国军在湘江将其打垮后，加以清剿。"

当时的侍从室主任晏道刚多年后这样解释，"粤湘桂边区封锁、追堵红军的部署和战役，自始至终都是蒋介石亲自在南昌指挥的。名义上何键是追剿军总司令、薛岳是前敌总指挥，事实上在派系林立下的国民党政权内，牵涉到三四个省，上十个军（广东两个军、湖南三个军、桂系两个军，薛岳所率中央系三个军）三四十万兵力规模的行动，即令蒋介石亲自出马也不可能指挥得好。因此始终是南昌行辕这套机构在那里敷衍行事"。

可见，薛岳说的那一席话，并非他自己的意思。

何键对此也心知肚明，嘴里却说："薛总指挥的高见……精辟极了，对我们确定策略、展开部署极有启发！参谋长，你来宣布一下各部的任务，然后……请薛总指挥和大家批正！"

总司令部参谋长柳善将要宣布的东西，其实也是蒋介石酌定的，何键在这里当作自己的作品发表出来了。

这个"五路追剿"的计划部署为：

一、湘军二十八军军长刘建绪为第一路军指挥官，下辖章亮基十六师、陶广六十二师、陈光中六十三师、李觉十九师之五十五旅，外加四个补充团、三个保安团。即刻开赴广西全州，沿湘江东岸布防；北自脚山①、朱蓝铺，南至永安关，主力集结于黄沙河地区，与灌阳桂系夏威十五军切取联络，协同正面阻击红军西进，同时以一部兵力沿湘江构建碉堡阵地。

二、中央军四军军长吴奇伟为第二路军指挥官，下辖韩汉英五十九师、欧震九十师。在全州东北方向沿湘桂公路进行侧击，经祁阳、零陵向黄沙河前进，策应追堵各纵队作战，防止红军北上。

薛岳自兼机动纵队指挥官，直辖梁华盛九十二师、唐云山九十三师、惠济第一支队（师级规模），随同吴奇伟二路军行动。

三、中央军三十六军军长周浑元为第三路军指挥官，下辖谢溥福第五师、肖致平九十六师、万耀煌十三师、郭思演九十九师，取道桂阳、新田直趋宁远，尾随追击红军；同时抢先占领道县，阻止红军南下，迫其西行进入包围圈。

---

① 即后文的"脚山铺"，又作觉山铺。

四、湘军二十七军军长李云杰为第四路军指挥官，自兼二十三师，下辖王东原十五师，先在宜章、嘉禾地区清剿，继而进占宁远，阻止红军北进零陵；同时发动地方民团进行袭扰。

五、湘军十六军军长李韫珩为第五路指挥官，自兼五十三师，取道宜章、临武，靠近粤系李汉魂独立第三师；同时发动地方民团对蓝山、水口进行截击，以阻红军南下。

此外还要求粤桂军协同行动。白崇禧率桂系两个军布防于桂北红军当面，进行正面阻击；陈济棠率粤系两个军布防于湘粤边境的红军侧后，以防其杀回马枪。

参加这次庞大的追剿行动共投入二十五个师近三十万人；总的设想是前堵后追、左右夹击，在湘江东岸解决问题。

薛岳一面听柳善讲述具体方案，一面在心里暗暗发笑：蒋委员长的这个方案，除了灭共，也蕴含了削藩的心机；让湘军与桂军负责与红军对消，火候成熟后由中央军收拾残局。可惜何键、柳善不省得，还在那里沾沾自喜呢。

蒋介石的这个计划，不能不说相当周密。他意在让湘军、桂军构成牢固的两道阻击线，封死红军过湘江的道路。这显然将让红军陷入相当危险的态势。若不能打破湘桂两军在湘江的阻击线，就只有转道进入桂北或粤北。而那些地段以地主为骨干的民团特别多，地方军阀统治极严；更主要的是白崇禧、陈济棠几万大军如狼似虎，谁闯进他们的老巢他们都会拼个你死我活。若红军侥幸闯进去了，也会是以重大牺牲为代价。薛岳是时率以逸待劳的中央军尾追而来，过了湘江但损兵折将的红军又得面临背水一战的险况。同时，削藩之计也将在灭红之间实现。这实在是蒋介石一生中最完善的战略计划。

不过，他的这个计划虽未被中共中央的三人团看破，却被白崇禧、陈济棠甚至正沾沾自喜的何键看破了。既要执行蒋介石的灭共任务，又要躲闪蒋介石顺势挥来的致命一拳，何、白二人将何以为计？

陈济棠从来就明白蒋介石久蓄图粤之志，四次"围剿"打烊时也看透了蒋对粤不怀好意，所以早早地就与红军暗通款曲，一、二、三道封锁线也明封暗解，让红军从容通过。

白崇禧也早早就定下大计，基本策略是决不与红军对消，也不许红军与蒋军进入广西。

何键表现得最聪明，在保全实力方面几乎做到了羚羊挂角无迹可寻。然而也正是他这个不落痕迹的机巧，铸成了一个严重的战术破绽。

他对湘江决战做出了三种判断及其应对：

红军已然突破了第三道封锁线，若在江华、道县间稍事徘徊，湘军、中央军主力可从平添、道县向南截击，迎头痛击或拦腰将红军斩断，在湘江以东结束战斗。

若红军主力经寿佛坪、新桥、黄沙河一线向西突进，则可布置在黄沙河决战。

若红军主力进出永安关、龙虎关，向全县、兴安、灵川一线前进，便教桂军先行堵击，湘军从红军侧后采取半包围态势赶过去，与桂军协力歼灭之。

何键倾向于第三种可能。他熟悉红军惯用的战术，善于从两支部队的接合部寻找到缝隙，然后相机穿插而过。黄沙河乃两省交界处，又是湘桂两军防务接合部，很可能成为红军感兴趣的通道。于是，他指示刘建绪指挥湘军十六师、六十二师、六十三师、十九师之一部，以及三个保安团、四个补充团，"于黄沙河附近，与桂军联系堵剿西窜之匪；并沿湘江碉堡线，下至衢州之东洋渡止，严密布防"。他蛮有把握地解释道："预期可于黄沙河附近与匪遭遇。即以主力迫匪决战。"

刘建绪遵照何键意旨，如此部署：李觉率四个补充团、三个保安团，固守黄沙河、零陵一线，李觉自己的十九师摆放在零陵做纵深防卫；章亮基十六师由祁阳经零陵向黄沙河前进并集结于是处，与桂军联系衔接；陶广六十二师由文明司经郴县、新田向黄沙河前进，亦集结于黄沙河；陈光中六十三师由大汾、资兴前进，到黄沙河集结。

到21日，湘军以衢州为轴，主力向湘桂边境的黄沙河一线展开就绪，将湖南段的湘江死死地封住了。

当然，这样的部署得基于桂军在全州、灌阳、兴安一直延伸到黄沙河也布下了严密的防线，方可称没有破绽。

而何键确认的决战地域黄沙河，却比后来发生激战的地点偏北了五十公里。除了判断失误外，与其所怀鬼胎有关。对于蒋介石给予的追剿军总司令乌纱，连中央军薛岳也划归他指挥，他十分得意，也心存感激，剿共作战他的部队确实比粤桂两军卖力得多。但这微利，并不足以使他智昏，要想把湘军调出湖南作战，他是绝不会同意的。他的小算盘其实与白崇禧、陈济棠并无二致，只要红军不进入湖南腹地，不在湖南长时间逗留，那就行了。所以要刘建绪集结主力在广西东北边境的黄沙河附近，完成与桂军的接防即行停止，不要再深入桂境以致削弱了自己大门前的防卫力量。湘军十九师师长、何键的东床李觉①后

---

① 李觉在解放战争末期追随程潜起义了。

来回忆道："国民党湖南省政府和军队都极度紧张，因湖南有过长沙失守的经历。几年来红军在江西多次反"围剿"中，把国民党军队打得狼狈不堪，歼灭何止三四万；尤其像董振堂率部起义参加红军的事，对军心震动很大……我们对堵截红军是谁也没有信心的。湖南方面的想法，只是如何能使红军迅速通过，不要在湖南省境内停下来，就是万幸。"

当中央红军突破白军三道封锁线之际，任弼时带领的红二军团、六军团正沿着川鄂湘边界向湘西的永顺、龙山、桑植挺进。中央红军到达湘粤交界处的城口时，红二军团、六军团开进了永顺县城，并决定在这里暂作休整。

卧榻之侧，岂容他人鼾睡。"湘西王"陈渠珍派三个旅扑来，要夺回这个地盘。

恰在此时中革军委来电，说中央红军成功突破敌人三道防线，正在接近湘江。湖南的全部白军蚁聚湘江一线准备阻击；红二军团、六军团应乘此时机深入湘西北，拓展活动区域。

任弼时召集两个军团领导商议如何执行中央指示。

大家一致认为，只有给予陈渠珍沉重打击，让他知所畏惧，不敢胡作非为，才能打开局面。

萧克提议，撤离县城，给予敌人以红军畏惧的错觉。敌必追击，将其引到适当位置，打他个伏击战。大家都表示同意。任弼时叫贺龙指挥这次行动。

贺龙找了个盆地，将红六军团主力部队埋伏在坝子的东西两侧山上，一个师部署在南边山口，负责诱敌的部队最后封住包围圈的口子；红二军团第四师埋伏在盆地西侧。

部队在这里守候了一整天，直到天黑的时候，陈渠珍的部队才慢吞吞追来，一头撞进了伏击圈。战斗很快就结束了。红军一路追击到永顺县城，将城内外残敌全部消灭。此战俘虏了两千多人，缴获枪支两千多杆，子弹一百多箱。

此后又攻占了桃源、慈利两县。缴获甚丰，包括打土豪在内，金银成堆。贫苦农民参军的很多，红军的队伍扩大了一倍，两个军团达到一万五千多人，初步恢复了往日气象。

蒋介石把第四道封锁线的重点设在广西北部的全州、兴安之间的湘江沿岸，由桂军、湘军打造一堵鸟也飞不过去的铁墙，封住红军的通道。待湘桂两军与红军对消差不多时，中央军正好从后面追到，先灭红，继而削藩。为了诱使狡诈不逊于他蒋某人的白崇禧卖力，他派飞机给桂系参战的两个军送去三个月的军饷和作战费用；当然，还有作战计划一份。随即又发去一份电报，文曰："匪将南窜。贵部若能尽全力在湘桂边境全力堵截，配合中央大军歼敌于灌阳、全州之间，则功在党国。所需饷弹，中正不敢吝与。"

白崇禧复电称"遵命办理"。

而此刻，白崇禧的空军侦察机发回报告称：薛岳大军以半月形大包围态势追踪红军；而其前锋部队却始终与红军保持两日距离，其主力甚至在新宁、东安之间止步不前已有七日以上。

这让白崇禧疑窦丛生。

蒋某人既曰消灭红军的大好时机已出现，中央军何以走走停停，不积极追剿？

很快，答案就送来了。

桂系设在上海的秘密电台发来密电称，蒋介石采取杨永泰一石三鸟之计，压迫红军从龙虎关两侧流窜广西平乐、昭平、苍梧，继而以主力向东驱其进入广东新会、阳春一带，或沿罗定、廉江逼入雷州半岛。对此，预计两广兵力不足应对，自不能抗拒中央军的大举进入。如此，既对红军形成前后夹击态势以达扑灭的目的，又可趁桂粤两军力衰之际消灭之。

白崇禧点头叹道，此乃三国志上的驱虎吞狼之计，够毒辣啊。

他立刻叫来第四集团军兵站部参谋长汤垚，先将上海密电交给他看了，然后说：

"我现在就到龙虎关去；你也今晚就到平乐，召集民团指挥官蒋如荃和平乐县长开会。另外，你抽空去龙虎关看看沿途公路、桥梁、车渡情况。就这样吧。今晚在平乐再见！"

汤垚刚离开，副官就进来报告刘斐回来了。

白崇禧额手称庆，命"快请"。

刘斐是李宗仁和白崇禧的重要智囊。北伐期间，刘斐是蒋介石的总司令部主任作战参谋，白崇禧以副参谋长代理总长，乃直接的上下级关系。后来刘斐到日本陆军大学读书。据其回忆录说，他是1934年9月毕业回国的。本来想在上海玩一阵子再回广西，白崇禧连发数电促驾，他便提前归桂了。

白崇禧紧握刘斐的手，端详他一番，叹息一声见老了，便不再寒暄，拉他落座，说：

"你回来就好了，我也有人商量了！现在广西局势十分险恶，几万能征善战的赤匪压过来，中央军这只黄雀在后，我们何去何从，棘手啊！老蒋一天三电，催我们与赤匪死拼，用心不良啊！"

刘斐静静地点头，表示这一切他都知道了。

白崇禧又说："我马上到桂北前线去！为章①，陪我去如何？"

刘斐马上说正有此意。

白崇禧抱歉地说："你刚回来，本来应该好好休息几天的……"

刘斐微微一笑，说："健公有令，敢不立效驰驱？"

两人都打了一串兴会淋漓的哈哈。

刘斐说："我换上军装就侍候健公出发。"

白崇禧哈哈笑着说："不用，就这身西装去前线，岂不是添了一道好风景么？"

看来刘斐回来，白崇禧心情也变好了。

两人同乘一辆车。白崇禧说：

"赤匪要突围，本属意料中事。几个月前我去前线走了一遭，发现他们打仗已不如前呀，后来知道是毛泽东不在位了！当时就判断赤匪必将守不住老巢，多半会在年底前大规模转移！到了八九月间，萧克部从湘南取道桂北、湘西向贵州进发，证实了我的猜测——这是朱毛大军的探路部队呀！后来朱毛大军果然突围了！当前态势对我们广西十分不利，朱毛大军拥过来，老蒋中央军亦步亦趋犹如在后的黄雀，后果不言自明！对此其实我也早有准备：当初老蒋要我阻击萧克部队时，我借口广西兵力单薄，把原先被他抽去赣南参与剿共的第四十四师索取了回来！没待他回电我就潜赴江西的安远，当面叫王赞斌师长迅速秘密收拢全师，管他接防部队来不来，尽快返回广西。这着棋算是走对了；要是拖到现在，四十四师就回不来了！"

刘斐说："我明白健公的意思，我们现在既要对付共匪，又要对付共匪大军背后的黄雀。所以必须有个两全其美的办法，化解这一前一后的两害！"

白崇禧点头道："正是，正是！"然后说出了自己盘算的基本方针，叫刘斐说一说"高见"。

刘斐说："健公的方针我认为很正确，主要着眼点是'送客'！表面上做出堵截的姿态，但不能真干，以免消耗我军实力；力气要花在阻止共匪深入广西腹地上。只要共匪深入不成，中央军就找不到入桂的借口。具体做法就是放开一条通道，让他们顺利西去；我军对他们的先头部队不迎头阻击，对他们的大

---

① 刘斐，字为章。

部队也不腰击，只打他们后尾的后卫，促其整体快走。这样打打尾巴也可以敷衍蒋介石，避免他责难我们没打仗。"

白崇禧笑道："这个叫作'不拦头，不斩腰，只击尾'，好办法！"

两人经过桂林时，只小作停留，打个尖，继续往龙虎关疾驶。

湘桂边境五岭山的一段叫都庞岭，古代兵家在上面从北到南修筑了四个关口，分别名叫清水关、永安关、雷口关、龙虎关，史书统称为"四关"。龙虎关位于都庞岭的南部。其北面，沿都庞岭主脉伸至黄沙河以北的湘江地段，隔江与越城岭相对。

白、刘两人一肩风尘，终于抵达龙虎关。

镇守此地的是四十四师拨出的一个团。那团长恭候多时了，赶紧跑步上前侍候，并禀报布防情况。

白崇禧叫他带路到山顶去。

这里是湘桂往来的咽喉要道。白崇禧和刘斐站在山顶上，向前望去，山势雄浑，峰峦重叠；下面的通道细若游丝，连通内外。真个是易守难攻，关口险固。

"一夫当关，万夫莫开！"白崇禧喃喃慨叹。旋又冷笑了两声，用嘲弄的口吻说："按照蒋委员长的部署，我军主力须摆在灵川以北的湘江沿岸。试问，岸边何险可守？如是我军只好背水一战！而且，万一共匪从湘南西出我们足下这龙虎关，我们的着眼点不放在这里，共匪一旦得关，则西可威胁桂林，南可直下梧州。如此八桂还有宁日乎？"

刘斐巡视这片宜守不宜攻的地方，深深佩服白崇禧用兵老练，说："健公说得是啊！这样好的地形，一个团固守足矣。这里是我们关门拒客的要害之地，也是对北、东、南三面作战的支点；将主力和总预备队控制在关口后面十公里处，使共军只能从永安关以北的道路向西走！不过……"沉吟着没有说下去，似乎想说的问题自觉尚未考虑成熟。

白崇禧看了他一下，鼓励道：

"为章有什么踌躇难决的事，说出来我们一起商榷嘛！"

"是这样的，健公，共军号称十万，我想闯过三道封锁线后六万是应该有的吧？中央军从东北面对他们穷追猛打，我们在龙虎关一线又予以坚阻，则又会有被迫进入我富川、贺州一带，甚至西渡抚河，乘虚潜入广西腹地的可能。所以必须集结桂东各县民团，并用正规军一个团支撑他们，固守抚河沿线渡口，阻敌渡河；主力部队以龙虎关为轴心，从抚河东岸向南侧击。总之，主力部队必须控制在龙虎关附近的恭城地区，机动策应三方面作战，这样方能以有限的兵力确保共军进不了广西腹地。如是，中央军也就没有借口进来了！"

白崇禧兴奋地拍了一掌刘斐的肩，笑着摇头赞叹道：

"为章，你才是我桂军的诸葛孔明啊！"

"哪里，哪里，太过奖了！健公已有'小诸葛'雅号，斐安敢僭越？至多也就是费祎、蒋琬一流耳！"

"哈哈哈……为章，文章就照你刚才的意思做下去吧！有劳你先把作战计划弄出来如何？"

"健公发令了，斐敢不从命？"

刘斐当夜在恭城干了个通宵，将桂军在桂北地区阻共拒蒋的方案做了出来。新中国成立后，刘斐在题为《不拦头，不斩腰，只击尾的"送客"方针》一文中披露了这个堪称完美的作战计划。原文如次：

一、共军似有突破湘桂边境的永安关及其以北之线，进入兴安、全州间地区，再经桂北、湘西入黔、滇、川山地，重建根据地的企图。

二、共军在向永安关以北隘路进入时，若受强大的中央追击军压迫，不能从容经隘路退向桂北时，亦有被迫改从龙虎关附近突破，深入广西腹地的可能。

三、在我利用龙虎关地形，以主力进行坚强阻击，使其感到腹背受敌时，亦有被迫南下，向富山、钟山、贺县，西渡抚河，乘虚进入广西腹地的可能。

据上，作战要点如下：

1. 方针：

我军以机动决战防御制敌之目的，于灌阳、兴安之线向北占领侧面阵地，主力总预备队控制于恭城附近，巩固龙虎关方面作战枢轴地区的防守，并相机由灌阳方面转移攻势，与北面湘军协力，务求于桂北的湘江以东地区，南北夹击歼灭之。

2. 兵力部署和作战指导要领：

①以步兵十个团于灌阳至兴安之线占领阵地。重点保持于灌阳方面，计六个步兵团，为攻势防御地区，以廖磊为地区司令官。当敌由桂北西进

时候，待其主力通过全州之线，即对其后尾部队转移攻势，以促其早离桂境，并收一定战果。左翼兴安方面为守势防御地区，用步兵四个团占领阵地，以夏威为地区司令官。利用纵深阵地拒止敌人南下，以保攻势作战顺利，并保桂林安全。

②以步兵一个加强团，固守右侧后龙虎关，形成守势钩形。若敌被迫不能从永安关以北西进，而以主力攻击龙虎关时，应全力固守，并在主力预备队支援下确保现阵地，以待主力决战成功。若敌在中央追击军压力下，被迫南下富川、钟山、贺县时，应固守现阵地，掩护主力预备队左背之安全。

③以步兵七个团为主力总预备队，置于恭城附近，为主力决战兵团，适时支援攻势防御区转移攻势；或支援龙虎关守备团之战斗，特别是敌向富川、贺县、八步之抚河东岸地区南下时，应以全力南下攻敌侧背，压迫其退往粤北，以便与粤军协力歼灭之。

④抚河防守部队，调各县民团担任。每一主要渡口至少有民团一个团，沿河固守。在统一指挥下，将所有民船集中控制于抚河西岸，在敌向抚河东岸南下或向抚河攻击时，应固守沿河之线，以配合和支援主力总预备队南下侧击之成功。

白崇禧对这个计划很满意，赞叹"太专业了"，旋又客气地说：

"我们就这么点兵力，在这么大的区域对付这么多的敌人，我想来想去也不知道怎么分配才适合；为章兄这么一运筹，便可对付各种各样的敌情，真是好极了！战术这东西，我实在要好好学习才行！"

"健公太客气了！我这不过是班门弄斧而已，哪里值得健公这样夸奖！"

夏威提出疑义："共军主力一旦从灌阳、全州突破进来，我的第十五军支持不住，湘江防线若有失，共军就会滑脱！怎么办？"

"老蒋恨我们甚于恨朱毛，这个计划是最能堵他嘴的，管他呢！有共匪在，他还不可能对我们实施削藩，我们的存在当可无虞；共匪一旦彻底覆灭，我们八桂地面祸不旋踵矣！朱毛侥幸滑脱最好，我们就有发展机会。为什么要耗费实力为他老蒋去灭掉朱毛呢？煦苍①，你抵敌不住，就让开兴安、灌阳、全州，让共匪过去；但平乐、梧州是不能让任何人进入的！"白崇禧说到这里，停顿下来，喝了一口茶，又说，"适当时候放弃全州，让朱毛暂时占领，其大军必能从

_____

① 夏威，字煦苍。

速渡过湘江西去,离开广西地域。若湘军抢先填补了全州空缺,湘军主力必沿桂黄公路南下,从而封锁湘江;朱毛欲渡,免不了与湘军展开血战。这后一种情况一旦出现,我军只需在兴安、桂林放两个师,主力到灌阳、恭城集结,则一可防朱毛南窜桂林、柳州,二可阻拦湘军中央军深入广西腹地!"

无疑,白崇禧这样做是符合桂系实际情况的,桂军总兵力十六个团,既要防共更要防蒋,所有的材料只能做一副大门。用于关闭红军进来的湘江大门,就只能忽略中央军进入广西的大门;对中央军关上大门,就只得对红军敞开大门。两害相权取其轻。白崇禧将唯一的一副大门用于屏护恭城、桂林;开放全州、兴安、灌阳,让红军尽快通过。

白崇禧旋又拉上刘斐转赴全州,去找何键的大将、追剿军第一路军司令官刘建绪会商联防问题。此前已经电约。

他俩抵达全州时,刘建绪已乘飞机早早就到了。

双方都加油添醋地通报了自家这次投入的兵力和付出的财力、物力,仿佛已为防堵行动竭泽而渔了。其实,无论是刘建绪,还是白崇禧,大家心里都非常清楚,此番数万红军突围而出全力西进,犹如虎群出山,势不可挡。谁要去正面挡道,势必成为飓风扫荡的树林、非折即伤,白白送死。为蒋介石中央军屏箭挡刀,这等傻事谁愿意去干呢?一个不愿别人将"赤祸"推入湘西,一个不愿别人将"共匪"逼近八桂,各怀鬼胎,都在旁敲侧击地试探对方,都想让对方多负责一段防务。谈了整整一天,讨价过来,还价过去,终于找到了一条兼顾双方利益的办法,亦即利用湘、漓两水严密布防,进行夹击。防区的划分,大略以黄沙河为界。桂军负责全州、兴安、灌阳至黄沙河(不含)防务;湘军负责衡阳、零陵、东岸至黄沙河(含)一线防务。

刘建绪这头愚蠢的湘骡子欢天喜地告别白崇禧,以为湘江防线衔接封闭没问题了,钻进飞机,一溜烟飞回去了。

他怎么也没想到,桂军的那副大门不久以后就被白狐狸拆卸下来并移走了。

第四章

一

白崇禧离开全州，匆匆赶回桂林，向李宗仁禀报刘建绪与他的商议情况，并叫刘斐陈述防共拒蒋设想；然后又介绍了当前的兵力分配：大部分主力控制在富川、恭城（龙虎关背后）、文市（灌阳属地）、黄沙河（背后即全州）地域，具体部队为刚从贵州撤防回来的廖磊第七军、夏威第十五军。其中十五军为左翼，负责清水、永安、雷口、龙虎等四个关隘；第七军为右翼，负责贺县、富川、恭城，并拱卫桂林、策应两翼。

届时面临决战的生死关头桂军突然撤离湘江防线，这样做必然会将红军的巨流引向湘西，不仅何键会大吵大闹，也会令蒋介石震怒，引发国民党内的政治大地震。

怎样将这地震的破坏力减弱，甚至消除？刘斐献上了一计。他说："不妨来个先发制人，发个电报给蒋介石，就说我们有确凿情报表明，共匪主力由临武出发，分别取道嘉禾、蓝山向西而来，龙虎关、富川、贺县同时吃紧。我部本来是遵命在龙虎关以北防堵，现在情况有变，只得将主力移至恭城，以利策应富川、贺县、兴安、灌阳一线。这么一来，兴安、灌阳以北就只能留一支小部队了。力量如此单薄，请委员长教何键总司令将湘军向江华、贺县推进，以填补缺口。"

"健公以为如何？"

白崇禧笑逐颜开，拊掌连称妙计，立刻叫副官照此意思草拟致蒋电文。

这个就叫作仗未开打，就先行向上陈述了届时遛号的理由；紧跟着还造出了撤退的舆论。

为了进一步迷惑蒋介石，白崇禧授意四集团军参谋长叶琪在 11 月 23 日香港《循环日报》发表桂军积极防堵红军的报道。文曰：

（广州专电）共匪主力已移至江华、永明一带，前头部队已抵桂境，灌阳呈紧张之状。桂军主力集中在桂林、灵川一带，正加紧防御工事。匪之图桂，仍师以前萧克窜黔故道。桂军早已洞悉其犯桂奸计，遂早有准备。此番共匪从桂北窜黔，非有重大代价难以通过。此次战争，必发生于桂北。

　　昨日，据四集团军消息，桂省防共军事，早有相当之准备，桂林一带布满军队，实力充足。桂军三万主力之外，地方治安由民团负责；主力可全力剿共，无后顾之忧。桂省空军全集柳州，连日飞湘粤边境侦察，发现共匪确已西移，大部抵江华，永明也有少数活动。桂空军均为带弹飞行，拟轰炸共匪。四集团军总部饬令桂北民众全体武装剿共，若共匪窜入桂境，则迎头痛击。四集团军副总司令白崇禧由邕①前往柳州、桂林一带检阅部队；然后坐镇桂林，督师剿匪。

　　11月14日中革军委传令红军各部迅速摆脱尾追的白军，向西赶赴湘西的临武、嘉禾、蓝山。具体为：三军团、八军团为右纵队，由彭德怀指挥，向嘉禾方向前进，占领嘉禾城；一军团、九军团为左纵队，由林彪指挥，向临武、蓝山方向前进，占领这两座城池；中央两个纵队随五军团跟进。

　　不料两天后，一个旅的白军增援部队开抵嘉禾。三军团放弃了攻城，改为绕行城南阻止白军南进，以掩护一军团攻占蓝山和临武。

　　蓝山县城攻下后，红军收获颇丰。起获了白军的大批粮食、被服，以及县政府金库里的五千块大洋、五公斤黄金。

　　部队占领蓝山的当天夜晚，二师奉林彪命令立刻出发。师长陈光、政委刘亚楼发布作战命令：薛岳率五师之众在我野战军后面尾追；湘、桂两军向道县、蒋家岭窜进，企图将我阻截于天堂圩、道县，以待薛岳大军追至。而目前道县只有小股白军。我野战军主力部队拟速占道县以渡过潇水转入机动地域，"着四团立即由此出发，经天堂圩，限明日（18日）占领道县县城，并拒止由零陵向道县前进之湘敌"。

　　道县也叫道州，是湘西南最大的县城，坐落在潇水西岸。

　　何键命周浑元派出中央军一支部队星奔道县，在潇水西岸截住红军。红军必须抢先占领道县，方能确保中央两个纵队在道县安全渡过潇水。

　　红四团团长耿飚、政委杨成武率部一口气跑出了几十公里。翻越一座小山时，在山脚下遇上了一群赶集的老百姓。

　　红军向他们询问道县的敌情。

　　老百姓说，城里只有一个连的正规军外加几十个民团团丁。

---

　　① 南宁的简称。

一个五十来岁的男子把耿飚拉至一旁，悄悄告诉他，道州有一座浮桥，进城得从桥上过去。桥是若干艘小船并排在一起再由铁链串联而成的。守军如果知道你们要去，定会把桥拉到西岸去。那样的话，就只能等到夜晚泅渡过去，悄悄把浮桥再拉过来。

耿飚、杨成武觉得这情报太重要了，就给了这男子两块大洋。但对方死活不要，最后才附耳低声说，我大儿子是红军，在贺胡子那里。

红四团又走了几十公里，距城很近了。一个民团的团丁把他们误认作国民党中央军了，边大声喊长官留步边匆匆忙忙跑过来。这团丁交给耿飚一封信，是道县县长写的，请中央军赶紧派兵来协防。信上说城里只有四十名团丁，前两天花一万元从广西请来了一个连，但是靠不住，这个连没带背包（军用被盖），看得出一旦有危险就会溜掉的。

红四团加快了前进速度，夜幕降下时赶到了潇水东岸。

守城敌军已然把浮桥拉到了对岸。

做战斗准备的时候，师长陈光的电报发过来。师部一直跟在四团后面，也是飞跑前进，现在距道县城和潇水只五公里了。电报说，已派第五团到潇水的上游渡过去，赶过来与四团协同攻城。所以四团必须现在就开始攻击。

耿飚得令，派三个人泅渡过河。在机枪、步枪交叉火力的掩护下，将对岸收拢的船拉到东岸，浮桥就此形成。

四团先锋排跃上桥去，疾奔对岸。

主力部队在后跟上。

从上游过河的红五团也已经赶到。未作片刻休整，立刻开始攻打西门、北门。

城里的敌人没放几枪，四散逃命去了。

第二天，中央纵队进驻道县县城。

此时中央红军的先头部队已抵湘江，抢占了相关渡口；红一军团部分主力也达湘江岸边。

而红军中央纵队刚抵达的道县距湘江却有一百六十公里。

中央在这里开了一个会。

总部作战局负责同志向领导们报告从各方汇总来的情报：北面是何键的第一路、第二路追剿军，南面和西面是桂系主力，第三路、第四路、第五路敌军继续尾追我军。

有鉴于此，三人团认为，必须坚持离开中央苏区时决定的方针，坚定地沿既定路线前进，去与二军团、六军团会合，拧成一股绳，共图大事；否则，后果将是灾难性的。

大家都没有反对，当初决定去与二军团、六军团会合的计划是大家都同意的。

毛泽东没再说话，他明白没用。

两天前他曾就这个问题发表过完全不同的意见。当时，他要求发言，三人团面面相觑一番之后，各怀疑虑，又不好连话都不许别人说，不知如何是好。

这时，躺在担架上的王稼祥大声说："润芝，你是中华苏维埃共和国主席，我党确定的国家元首，为什么不能发言？这不太奇怪了吗？你说！快说！"

周恩来尴尬笑了一下，看着毛泽东说：

"主席同志，有什么话，请讲吧。"

毛泽东看了一下周恩来，长长地喟叹了一声，旋又吸了最后一口烟，把烟头丢在地上并踩了一脚，这才说：

"去找二、六军团是死亡之路！因为蒋介石也是这样判断我们的，所以必然调集了重兵，在前面设伏以待。奉劝各位主事者千万慎重！西征之路，道县应该是终点。我建议不要渡潇水，最好是沿潇水向北取道板桥铺、渔涛湾、华江铺、双牌、富家桥，再向西攻取零陵，从那里经冷水滩，越过湘桂铁路，进军宝庆，相机歼灭一部追击之敌，然后突然奔回中央苏区去。那个时候，追敌已被我们拖得七零八落，他们互相间也拉大了距离，战机就会纷纷出现。"

三人团没有接受他的意见，依然坚持突破第四道封锁线，渡过湘江，向西翻越越城岭，尔后进入湘西南，寻求与贺、萧部队会合。

而今天，三人团不会再给他发表异见的机会；他也明白说了没用，就采取了完全的缄默。他在寻思，有什么办法能扭转这种错误方向，挽救红军，挽救革命呢？其实这是他一路都在盘算的问题，也是他一路都在向张闻天、王稼祥商议的问题。

毛泽东还要求张闻天去说服三人团的周恩来，把他争取过来，使之能同意他的意见。

张闻天为难地沉默了一下，摇摇头。那意思可能是不行，也可能是为时过早吧？

张闻天时任中共中央政治局常务委员、苏维埃中央人民委员会主席（政府总理）；王稼祥是政治局候补委员，红军政治部主任。毛泽东自转移以来，一直与他们二位形影不离。他看出了这二位已在第五次反"围剿"中受到了震动,察觉到中央的政治路线、军事路线发生了严重偏差。所以毛泽东要进一步对他们做工作,让他们彻底理解自己的主张是正确的。

毛泽东此外就是频繁地面见军事将领,即使躺在担架上也不间断地向他们面授机宜,以便能在已被三人团框定的范围内做一些有限的匡正,尽量少打一些拼消耗的仗。在与他的交谈中,高级将领们无不回忆起在他领导下的那些美好时光:胜仗连连,红军队伍不断壮大,根据地稳步扩大。所以无不要求他勇敢地站出来救救红军,救救革命。有的人更明白地说,只要他发令,红军无条件听他的。他听后严厉告诫这些老部下,一定要严守组织原则,服从中央领导;不许胡思乱想,我们不是军阀队伍,是共产党领导下的无产阶级军队。

李德在回忆录《中国纪事》里这样说当时的毛泽东,他"不顾行军纪律……一会儿待在这个军团、一会儿待在那个军团,目的无非是劝诱军团和师的指挥员、政委接受他的思想"。对此,他多次向博古、周恩来抱怨。

毛泽东一路上确实一直与红军将领们过从甚密。自从他被剥夺了军权之后,仗越打越糟,红军广大指战员怨声载道,自然盼望带领他们常打胜仗的统帅来互诉衷肠;统帅也愿在具体的战斗中适时向他们做一些具体的指导,以图将损失减少一些。这就是李德抱怨的那事的原因。

博古劝他不要多想,认为不至于。

周恩来说,大的行动方针我们已经定下来了,毛泽东去给下边指挥员的具体作战出出主意也好嘛。

红军攻下道县后,白崇禧得到了报告。他在壁挂式军用地图前伫立半晌,研究来研究去,替红军设立了几种有利的方案,最后断定从桂北过境是不可更改的,必是红军统帅部早有的腹案。看来,给他们让路的时机到了。

当夜,他果断下令,坚决固守龙虎关一线;而永安关、清水关、雷口关的部队全部秘密撤退,星夜将工事清除,让共军从龙虎关以北各关通过桂北;原部署于全州、兴安、灌阳的铁三角核心阵地(即石塘圩周围)的四十四师、二十四师撤至灌阳、兴安,变正面阵地为侧面阵地、改堵截态势为侧击态势。理由是"以避敌之锐",减少不必要的伤亡;第七军主力集结恭城,灌阳至永安关只留少数兵力,灌阳只留少数民团驻守。

如此,湘江防线由桂系负责的段落事实上完全对红军开放了。那是一条无形的"走廊",位于桂北全州与灌阳之间,宽三十多公里,其东面与湖南交界,西面是湘江。这个所谓走廊距湖南道县一百公里。红一军团先锋部队察觉那里出奇的空虚，简直是天赐良机。天与不取，反受其咎。林彪迭电要求去占领道县之际，中革军委居然没有回复明确指示，中央纵队也没能迅速地接近并通过走廊。他们待在道县延宕什么？

连白崇禧也着急起来。

当时担任桂系十五军参谋长的蓝香山后来在回忆录中说："11月下旬初，红军到达道县，停留四五日未西进。白崇禧极为忧虑，深恐红军（迟到后误）入龙虎关。于是由恭城拍发亲译电给夏威：'着将四关工事星夜挖去，让共匪通过。'"

驻守四关的是四十三师一二九团。多年后团长梁津回忆道："1934年冬天的一个阴雨天，将近黄昏时，我团正在灌阳、道县交界处的阵地上，四十三师师长黄镇国忽从文市①来电话命令我放弃阵地，向南面六十公里的黄牛镇撤退，执行刘斐的计划。我当时不知其情，拒不奉命。他在电话中用慨叹语气对我说，连我的话你都信不过吗？我回答他道，数日前总部电令我与阵地共存亡，黄主席②亦电我勿使共匪越雷池半步，师长为什么忽然又教我撤退呢？他回答说，这有什么奇怪的，计划变了嘛。我说，那么师长须有书面命令给我，使我有所凭据我才敢撤退，否则我负不起这个责任。他无可奈何地说，好吧，我派人送给你。晚上7时，师部的命令到达，我这才开始率部向黄牛镇撤退。"

时任西路军司令部高参的胡羽高在《共匪西窜记》对白崇禧的行动这样写道："当兵力转移之初，白氏谋划天衣无缝，先以不可拒绝的理由致电行辕请示，得复电许可后再电湘军延伸接防，又……转请何键饬令周浑元部迅速向南压迫，以便夹击。按上编日记计算，周浑元23日才抵宁远，26日才克道县；湘军章亮基师24日集中沙子街，陈光中师开抵黄沙河；薛岳所部还远在零陵。自然是决河救人，缓不济急。因为我湘军延伸不及，衔接不上，势必生出空隙，则湘桂两军原拟之封锁计划成为废纸。"

胡羽高所言不诬，白崇禧确实玩了花招。他是先行糊弄蒋介石，连哄带逼让蒋介石同意其要求；直至桂军开始后撤了，才知照何键。若为真诚合作，自然应该先与何键商榷，大家同意了再请示蒋介石。但白崇禧估计何键不会多投入兵力，定然不会同意，同时还可能跑去影响蒋介石，致蒋也不同意。

何键吃了哑巴亏，也想出了对应办法。他立即电令刘建绪"沿湘水上游延

---

① 即后文的"文市圩"。——编者注

② 黄旭初，时任广西省政府主席。

伸至全州之线与桂军切取联络",然后电薛岳与刘建绪"着第一路追剿司令刘建绪指挥所部担任黄沙河（不含）至全州（不含）之线，置重点于全州东北地区；着第二路追剿司令薛岳指挥所部，担任零陵至黄沙河（含）之线，集结主力于东安附近，并策应第一路"。何键让刘建绪与薛岳采取梯次衔接、逐步推进，意在使湘军可以入桂境接防，但接防地点是全州，不是兴安。湘军的江防可从黄沙河向全州延伸三十五公里，但绝不再向兴安方向推进，去"填接"桂军闪开后留下的五十多公里空隙。防务一旦有失，则可用来不及赶到为理由来推脱责任。所以他对刘建绪千叮万嘱切勿将手伸过全州。

蒋、桂、湘三方都做出了对自己最为有利的选择。如此，全州至兴安之间便出现了一个巨大的缺口，湘江大门洞开达一周以上。

红军对此情况也是有所了解的。早在占领道县之前，林彪就派遣军团侦察科长刘忠，率一支侦察小分队到黄沙河一带侦察敌情。他们化装成补锅匠、算命匠、货郎、抬轿子的轿夫，沿着红六军团西进的道路进入桂北。不小心在黄沙河被民团识破，遭到包围。刘忠将这百人小队聚拢一处，奋勇冲杀，突出了包围，然后于 22 日绕道界首渡过湘江。

刘忠还是不死心，他总觉得全州情况有些异常，又带领小分队原路返回，钻进了全州城。这一次进城果然有意外发现，不到一个钟头就搞清了情况，小分队全体同志都不禁大惊：全州竟然连一个正规军士兵也没有，只有一两百民团的团丁在维持治安；也就是说，从军事角度而言这就是一座空城。

时任红五团侦察排长的欧阳华参与了这次行动，新中国成立后在回忆录里写道："我们傍晚进入全州县城。高高的城墙，砌在湘江边上。我们在城里住了一宿，发现只有少许民团，正规军一个也没有。"

25 日中午，刘忠向上级禀报了全州的情况。此外，界首至全州数十公里湘江河段的桂军也撤退了，只有少数民团在巡游。刘忠建议已抵永安关的红五团即刻渡过湘江抢占全城，控制各个渡口，确保主力过江。

林彪接到报告，大喜过望，立刻向中革军委请战，占领全州，以控制这段掩护大部队过江的有利地域；同时命红五团行动。

这时，中革军委进至广西境内灌阳县文市圩的桂岩村。博古、周恩来、李德和红军总司令朱德开会研究行止。

红一军团四团来电，报告他们进至界首，准备在那里占领阵地阻击从兴安北上的一支桂系部队；又说湘江防线极为空虚，建议总部和各军团火速进发，可兵不血刃就渡过湘江。

红一军团五团在来电中说，他们已由全州县的石塘进至大坪附近湘江渡口。全州城防空虚，湘江沿岸没有正规军；冬季水浅，全团在大坪徒涉过江成功。但湘军刘建绪部四个师正疾速从黄沙河扑向全州城，故"我军应抓紧时机"。

红三军团四师也来电，他们已过麻子渡，正向界首疾进。一路并无敌踪，望总部速令军委两个纵队和后卫部队加速西进。

熟悉广西地理的参谋向领袖们报告全州的军事意义：地处湘江上游，背靠湘山，易守难攻。素有"岭南锁钥"之称，为中原进入岭南的咽喉要道。湘江在全州境内有九十多公里，湾多流急，但水不深，可徒涉之处不少；从县城到界首共有四个渡口，渡口之间相距不过五六公里。若不抢先占领全州，则只能在全州所属的湘江上游抢渡。那里两侧崇山峻岭，中间地势开阔。所以，抢占全州，扼关而守，控制渡口，便成为红军大部队渡江成败的关键。

二

林彪军团长、聂荣臻政委、左权参谋长，以及作战参谋们，围着电台，注视着报务员敲击电键的手指头。电键一声声响着，茫然而空洞，总部始终没有回音。

林彪无声地长叹了一下，拖着沉重的步履，慢慢地踱回到自己坐过的板凳，失望地坐下去。他对跟随过来的聂荣臻投以一瞥，抱怨地说：

"战机稍纵即逝，他们在睡大觉吗？"

聂荣臻同情地看他一下，摇了摇头，一言不发。

当侦察部队进入全州城时，红五团火速渡江占领全州城易如反掌。红二师向军团部发电请示。林、聂不敢答应，因为中革军委没有给予军团领导任何机动处置的权力，他们得请示中革军委。

中革军委其实就是三人团在掌大权。三人团之首博古不知兵，他自己也明白，所以凡涉军事他都要垂询红军总政委、军委副主席以及军事顾问。

林彪不得不被动地静候这三驾马车的命令，不敢施展自己的指挥才能，不敢发挥主观能动性，也就不敢令已进全州城的侦察队与城外不远处的红五团里应外合占领全州城。

就在这深山茅舍里的电台哒哒声中，他们苦苦地等待着，无奈地任宝贵的战机一分一秒一小时一天两天三天地失去。似乎命运注定了林彪在其戎马生涯中将遭受第一次大惨败，注定了中国无产阶级军队要血染湘江。

红军总部终于下达了电令。但是第一道命令并非一军团所殷切盼望的那个抓住绝好战机、轻装疾进，抢占不设防的全州的命令，而是完全不符合战场变化的背离客观实际情况的命令。这份电令还是按照惯例，以中革军委主席、红军总司令朱德名义发布的。但谁都知道，事实上是三人团做出的决定，朱德仅是传令而已。那是个四路进军计划，意在全面打乱敌军部署，掩护中央纵队多路强渡湘江；从计划内容上看，丝毫没有考虑桂军已然撤防，全州空虚，湘军正匆匆赶去，企图弥补缺漏这一战场变化的对应措施。甚至还这样命令中央纵队："军委一纵队于26日晨进至明桥地域；军委二纵队今日仍在原地休息，并准备26日午刻随三军团之后进至钟坪地域。"也就是说，在这一刻万金、烈火燎眉之际，本来行动就极迟缓的中央纵队还要继续"原地休息"。

这份电报发出的时间是1934年11月25日17时。

当日23时30分，亦即六个半小时后，又一份由三人团决定、朱德署名的急电发给一军团。这一道命令与上一道命令的长篇大论不同，很简短也很明确。文曰：

"……相机先敌占领全州，以取得阻击湘军南下的有利地位……"

从电令看，三人团已经省悟到全州对于渡江的重要性。

然而为时已晚，刘建绪占领全州一天多了，正以逸待劳呢。

占领全州的湘军不仅向全州城外部署了阻击线；还立刻派出有力部队由全州向南，沿桂林至黄沙河公路亦即湘桂公路疾进，直扑兴安县界首镇。刘建绪猜到了那地方是红军大部队的主要渡江地点。因为这段湘江，界首是最理想的渡口，只要红军从此处过江，就能很快越过与湘江平行的湘桂公路，隐没在越城岭的西延大山。若被白军抢先占领全州，就能顺江向南轻易抵达界首，堵住最优良的渡口，封住最便捷的隐没之路。没能抢占全州的红军没有一错再错，林彪决定背着中革军委，自己做一回主，密令红五团火速南进，抢占湘桂公路全州通往界首的要隘——脚山铺，在那里构建阻击线，坚决阻敌南下。

获悉红军拿下了脚山铺，不明虚实的刘建绪部不敢再向南急进了。屯兵半路，等待后援部队前来，集结足够力量，再打通脚山铺。

红军未能控制全州，是十分致命的失误；而桂军遗留下来的宽阔空当，或叫走廊，湘军一时尚未能有充分兵力全部填补上。湘江仍未封牢。红五团和侦察小分队分别向一军团领导禀报，一军团又向中革军委禀报：11月27日全州以南至兴安的湘江约莫三十公里地段仍然空虚，没有桂军正规部队，全州的湘军也还没有兵力到那一段布防。对红军来说，亡羊补牢犹未为晚。如果红军立即放弃四路入桂计划，收缩红八军团、红九军团，将四路纵队改为左右两路，扔掉辎重，急速从雷口关、永安关大举入桂，直抵湘江，事情仍大有可为。红一军团前锋部队只要挡住从黄沙河增援的湘军，保住全州以北至兴安段的湘江，红军主力可在两天内攻打过江。

此刻尽快渡江虽然会有较大伤亡，但却可避免惨重伤亡。这是大机会失去以后尚存的小机会，这个机会更是稍纵即逝，因为湘军与部分中央军正源源不断地向那里增兵。

然而，在三人团的指挥下，红军照旧执行四路进军计划，中央纵队照旧蹒跚而行。如此又过去了两天。最后的机会正是这最后的两天。

蒋介石也看到了这个要害，除了急催湘军后续主力加速开赴湘江，又严令白崇禧将撤走的桂军重新派回来，协助湘军的行动。

到了11月26日，红军新划分的四路纵队开始缓步而进。一纵进入广西灌阳文市地区；二纵进入灌阳以南的王家、玉溪地区；三纵仍在都庞岭移动向南，离前进中的主力越落越远。其中红八军团刚攻占永明，红九军团在江华的石桥、江渡一带。而军委纵队在26日这天只走了八公里；27日从桂岩走到文市，仅六公里。整整两天时间，军委纵队走了十四公里。

军委两个纵队共一万多人，雇用了民夫五千多人，专门运输印刷机、纸币镌版、造子弹的机床、文件箱、军火库内的械弹、大量备用的收发报机、需要十多个人抬的大炮底盘、医院的X光机……数也数不完。

瞬息万变的战场，时间就是胜负，也是生命。就在短短的两天里，残存的机会消失了，形势急转直下。第一路追剿军刘建绪部在全州集聚了四个师，其防线迅速向南延伸，经才湾、咸水圩向界首逼近，以求与兴安南下的桂军衔接，彻底封闭全州至界首、兴安这一线的湘江，截击取道灌阳文市西进的红军。

紧随刘建绪部的是周浑元第二路追剿军于26日占领道县城。周浑元部向前进发接替刘建绪部的黄沙河阵地后，又继续向南推进，与湘军形成在西岸逐次向南压迫，彻底封死红军去路的态势。

另外，在蒋介石的严令下，同时为防止国民党中央军周浑元部尾追红军入桂，白崇禧便下令其十五军从恭城南返灌阳，在新圩以南马渡桥至枫树脚一线山地展开，准备截击红军后卫部队。

至此，几路白军对红军形成了南北两面逼近、一头一尾夹击的态势。

此刻红一军团第一师主力尚在潇水西岸阻击尾追之敌；第二师在全州南面的脚山铺占领湘桂公路两侧山头构筑工事，准备迎击南下的刘建绪部；第十五师即少共国际师，在灌阳、文市和全州的西北面监视全州南进之敌，以保红军右翼部队中部的安全。

红三军团前锋张宗逊率第四师向界首以北兴安方向的光华铺前进，准备遏阻由兴安北上界首的桂军；第五师所属十四团、十五团在行军途中奉命改向新圩疾进。他们在新圩以南之杨柳井与马渡桥之间的山间大路上发现桂军先锋部队，便迅速抢占山头准备阻击；红五师十三团由水车、苏江向灌阳方向的泡江（又名鱼泡江）山路前进，驱逐桂系一个团，以接应后续部队红八军团、红九军团入桂。

红五军团三十四师、红三军团六师之十八团，仍分别在道县蒋家岭和湘桂边界永安关、雷口关一带阻击国民党中央军周浑元部。

红八军团、红九军团从江华北上永明，尾随红三军团向三峰山攻击前进。在三峰山隘口遭到桂军拒险阻击，久攻不克，伤亡惨重。

中央若不当机立断，迅速渡过湘江，后果就是全军覆没。

中革军委终于放弃了四路入桂计划，决定以红一军团为右翼，红三军团为左翼，抢占湘江渡口，保护中央纵队渡江，从永安关、雷口关入桂。红八军团、红九军团立即改道，赶赴雷口关进入桂北，紧随红三军团之后进入桂北。

而此时实在是太迟了。

蒋介石在湘江东岸全州、灌阳、兴安布置的三角形口袋阵，由于桂系回师和湘军、部分国民党中央军赶到，从而在一度破绽百出甚至瓦解之后又重新恢复并逐步完善。

面对三十多万敌军的前阻后追、左右夹击，总兵力只剩下六万的红军必须左挡右架，四面严防，然后拼命从西南撕开一个缺口才钻得出去。

三角形口袋阵能否彻底完善取决于桂系回师的部队是否能占领界首。若桂军抢占界首，红军将成为石达开太平军，湘江将成为大渡河；反之，若红军抢占了界首，则"口袋"尚余下一个待补的小洞，千军万马可在付出惨重牺牲后钻出去。所以界首成为两军必抢的地方。

军委纵队即将渡江的通道右翼是全州。刘建绪两个师已守在了那里，这使红一军团不得不把阻击阵地建在脚山铺一线。

脚山铺北距全州十五公里，南距界首三十公里，一条公路与湘江并行而穿过这里，把全州与界首连通。公路两侧是丘陵。对阻击战而言，地理条件并不好，但林彪别无选择了。而且，红一军团一师被彭德怀留在了潇水西岸担任后卫，阻击中央军薛岳主力。虽正在归还建制，但何时抵达无法确定；本属一军团的萧华十五师又奉命护卫中央纵队去了。现在林彪手里只有一个陈光的二师，以及一个迫击炮团——三十尊轻型迫击炮，炮弹也很有限。

　　更让他沮丧的是，手里的这个第二师也即将不完整了。中革军委急电，要林彪派一支有力部队向西南方跑步前进，去抢占界首的湘江渡口。这个坐落在一军团左翼的界首本应是红三军团防区，而该军团尚未有一兵一卒赶到。林彪对二师师长陈光说，没时间等彭军团长，桂军正在向界首扑去，界首危在旦夕，赶紧派四团去抢占吧。

　　为了抢时间，熟稔地图的林彪在地图上找到了一条通往界首的捷径，交代给四团团长耿飚和政委杨成武。

　　耿、杨二话没说，率领全团指战员迅速上路。

　　他们一路并没遇到阻击，说明桂军南撤后所形成的空当暂未封闭；抵达湘江后，立刻徒涉而过，上了湘桂公路。

　　在公路上行进不久，就听见远处有要求联络的军号声。杨成武细细辨别，警觉地对耿飚说："是敌人！"

　　后来才知道，是同样去抢占界首的桂军先头部队发现了他们，不清楚是哪一部分，所以发信号联络。

　　四团立即隐蔽到路旁树林中。

　　没过几分钟又听见另一种联络号声。这一次的号声很熟悉，他们听出了对方在自报家门：红三军团六师！原来彭德怀也令六师火速赶赴界首。红六师在呼唤红四团，想要弄清他们的位置，却不知道桂军也已到达了界首附近。号声令双方都知道了彼此的存在，因而情形骤然紧张起来了。

　　红四团刚隐蔽好，便见一队桂军排列成战斗队形，沿通向界首的公路开过来。桂军或以为刚才远远看见的是友军，或以为什么也没有只不过看花了眼，所以步履很轻松，毫不警惕。当进了红四团射程之内时，只听一声驳壳枪发令的枪声，仅半秒钟，两千支步枪疾风暴雨般向他们射击，几挺机枪也哒哒哒地打响了。桂军先头部队倒了一片，活着的转身就跑，与后面的大队人马撞在一起，队形顿时大乱，不少被挤下公路两旁的稻田里。紧接着，红四团五名司号员吹响了冲锋号，指战员们一跃而起，冲向敌军。桂军十分被动，无奈地与红军拼起了刺刀，一开始还且战且退，后来被刺倒的官兵越来越多，便都扭头逃走了。

红四团抢占了先机，占领了重要渡口界首。

等红三军团六师的先头部队一到，双方马上交接阵地。因为按照中革军委的部署，界首归红三军团防守。红四团奉命马上赶回脚山铺防区。

守住了脚山铺，守住了界首，两地之间三十公里空隙即可控制。这三十公里的缺口是红军的生命线。

红四团横穿这条通道时，见红军各部队正陆续抢占各处要隘：右翼红一军团主力全部抵达湘江渡河据点；左翼红三军团前锋四师占领了界首以南的光华铺；红八军团、红九军团由于西进途中受阻，改道向这个方向接近。

天刚亮时，红四团到了脚山铺。

陈光师长命他们抓紧时间加固工事。

四团抢修工事之际，林彪登上了他们的阵地——怀中抱子岭。他用那一架在龙岗战役中缴获的德国蔡斯望远镜，细细观察北面那片死寂的敌方临时阵地。敌方隐蔽得极好，林彪暗暗赞叹。这说明了这支白军平时训练认真，也说明了战场指挥技能不弱。当然，林彪是更为杰出的将领，他从敌方调动部队的号声、构筑工事、装卸弹药的声响规模及疏密度，判断此处应为敌人发动主攻的战场；根据感觉，他认为隐蔽在发起冲锋的第一线阵地的敌方兵力应在三四个团之间，而且判断出这三四个团就隐蔽在正对面那片浅丘的斜面。他禁不住奢侈地幻想，只要给他一个榴弹炮团——一个营也行，配上一个基数的齐射弹药，他准把那几千隐蔽得十分符合陆军操典规定的敌军打得灰飞烟灭。然而他手里只有三十尊小迫击炮，远远打不到那个距离，而且威力远不能与榴弹炮相比。

他脚下的怀中抱子岭云遮雾罩，就像这战场态势一样难以捉摸。山上，树下，人影晃动，但没有人声，只有锹镐挖地的声响。

一个小时许，雾散日出。

林彪估计敌人差不多准备就绪了，他借助望远镜看到了无数闪动的光点。这些光点在井然有序地向前移动，渐渐清晰起来：那是敌人的钢盔。把望远镜拉向纵深，调好焦距，他看到了敌人的炮群。一排排卸下了炮衣的山炮、野炮、榴弹炮、步兵炮，在阳光下闪着瓦蓝色的光。

陈光来找他，请他到指挥部去，敌人的炮击要开始了。

急于抢关冲过脚山铺以便向界首靠拢的敌军开始进攻了。炮击和飞机投弹同时进行，将红二师尚未完竣的工事炸成一片火海。从上午9时一直轰击到11时，基本摧毁了工事之后，白军的步兵开始冲锋了。林彪后来回忆说，冲锋的敌人黑压压一片，"像蚂蚁一样，把整个山坡都盖满了"。红二师各团的阵地没有回击。为了节省有限的弹药，林彪有规定，不到百米以内不准射击。

红军阵地上的沉默让冲锋的白军产生了误解。他们以为在两个小时的炮击和飞机轰炸中，红军非死即伤，少数没中招的也给吓晕了。于是渐渐把弓着的腰直了起来，趾高气扬地往山上走去；有的甚至"王顾左右而言他"，闲聊起了与战场毫无关系的乐子来。

当他们进入红军一百米近距离时，突然间，几十挺机枪与几千支步枪同时喷出火舌，子弹像骤雨般泼向他们。走在最前面的白军官兵全部被打倒；后面的赶快掉头向山下逃，然而又被追上来的迫击炮弹轰倒了一大片。

攻打红二师阵地的白军共有湘军十六个团。虽然被打退了一轮冲锋，但其第二轮、第三轮又上来了。白军的人数与火力都占了绝对的优势，而且兵力还在继续增加，所以胜负尚在未定之数。

正如林彪预料的那样，红四团的怀中抱子岭是敌人的主攻方向，每一轮冲锋多达三个团以上。打退了一批，另一批又冲上来。红军毫不畏惧，每一轮冲锋都静候敌人进入一百米以内才射击；如果敌人逼得太近，则跃出战壕，冲上去拼刺刀，霎时硝烟滚滚，刀光闪闪，喊杀声惊天动地。红四团的近距离射击火力虽猛烈，拼刺刀虽能令敌人胆寒，但不能完全压倒在数量上占绝对优势的敌人。白军一轮退下去后，又一轮马上冲过来，不给红军喘息机会。就这样整整激战了一天，白军死伤无数，红军减员也很大。

夜幕降下来时，激战的双方不约而同地停战。都疲劳极了。

清冷的月光笼罩着灌木丛，秋风掠过树梢发出飒飒声，红军指战员沉入梦乡，发出轻微的鼾声。此外就是一片静寂，恍惚间会怀疑这是不是刚发生过激战的战场。一些伤员没睡着，卫生员在给他们换纱布、上药。他们大都是弹片击伤和刀伤；头部与上肢受伤的较多，伤势都不轻。杨成武、耿飚去探望时，没听到有呻吟声，更没听到怨言。他俩不约而同在心里叹息，我们的战士真好啊。

杨成武在伤员里看见了一位熟悉的小战士，兴国人。杨成武以前一直戏称他"小老表"。此刻小老表躺在木板上，头上缠着厚厚的纱布，杨成武在回忆录中说"但我还能认清他那胖鼓鼓的脸蛋儿"。

卫生员告诉杨成武，小老表头上伤得较重，胸部、腹部都有重伤，恐怕过不了今晚。医生正在做最后的抢救。

杨成武蹲下去，握住他冰凉的手。

小老表意识到有人抚摸自己，用力睁开眼睛，几次翕动嘴唇想说什么，始终说不出来。

杨成武望着他，想说些什么来安慰他。但是能说什么呢？

他认出了杨成武，一边喘息一边挣扎着用微弱的喉音说：

"政委，放心，我会好起来的！我还能去打白狗子……"

这是小老表的最后一句话，是他的遗言。杨成武在回忆录里写道："我很少流泪，可是，这时我的泪水禁不住悄然而下。我们的红军战士，多么好的红军战士啊，为了无产阶级的翻身解放，为了祖国和民族的前途，英勇无畏地献出了自己的一切。直到他生命的最后一刻，他想到的都不是自己，而是他信奉的革命事业。"

月光从树木的枝叶间漏下，映照到一具具肢体完整或不完整的尸体上，但看不清是什么颜色的军装。只有借着一堆堆篝火的光，才可以看见山坡上、山坡下穿着残缺不全草黄色服装的湘军官兵尸体；红军的服装是灰色，尸体大都在战壕内或距战壕不远处。红军官兵的遗体已收容，正在装殓。没有什么仪式，仅仅是登记姓名、籍贯、部队番号、年龄，然后洗去脸上血污，端正军帽，就放上担架抬走；如果情况紧急，就连这样的草草从事也办不到。这就是战争。为了更大多数人的生存，战争又是必要的，牺牲也就难免了。

林彪、聂荣臻、左权、朱瑞（军团政治部主任）走出米花山的军团部，步履沉重，他们要去看望烈士们最后一眼。

那条小路逆溪水而上，已为炸断垂落的树木枝叶覆盖。枝叶下面汪积着血水，一脚踩下去如踩在棉花上，挤出一股股猩红的泥浆。这是一条敌人进攻时必经之路。途中横七竖八躺着穿草黄色军服的湘军官兵尸体，没人收殓。路旁的战争残火东一处西一处，噼啪作响，忽明忽暗地照着那些尸体的嘴脸，显得狰狞可怖。白天的惨烈战斗，在这一地段展开；几个小时天亮后这里的战斗将会更惨烈。

林彪放缓了脚步，注意观看附近的工事。后来就和聂荣臻等人跳下战壕，一道检查刚修复的工事。量一下深度、堆土的高度，看看胸墙是否筑得规范，看看机枪掩体是否坚固，机枪、步枪的射界有无残留的障碍。林、聂交换了一下赞许的眼色。

工事旁和工事里，指战员们沉酣未醒。他们太累了！

值班连长跑过来敬礼，要张嘴报告，林彪赶紧挥手制止，免得吵醒同志们。

他们离开了工事，走到树林里烈士停灵处。那里是一片松林，没有一棵杂树。一钩残月垂挂在树梢，光影斑驳洒下。林间空地，政治部工作人员特意铺上了一层厚厚的松枝和松针，就像一张巨大的床，铺向松林的更深处。烈士的遗体，庄重地摆放在这散发着干净的松香味的"床"上，排了一列又一列。没有香烛，没有贡品，也没有殓服。他们一律穿着草鞋，有的破了，有的没破；一律是褪了色的破了、烂了的灰军装；遗体的脚下，放着统一配发的黄色瓷缸，还有一条也是配发的长条米袋。黄色瓷缸是空的，米袋是空的，烈士的腹中也是空的。部队已近断粮，所有的粮食都集中起来，每餐配发，约为正常饭量的六分之一。大家几乎都是饿着肚子作战、饿着肚子受伤，饿着肚子阵亡。他们的作战地域并非贫瘠之地，全州县志记载，该县"年产稻米二百万石，鸡鸭鱼……出产富甲全省"。而这支危境中的军队，这支为中国未来而战的军队，却饿着肚子慷慨赴死。因为他们坚守着自己认为神圣不可犯的共产主义纪律。

林彪弯下腰，拿起烈士脚下一条空空的米袋，将袋口朝下轻轻抖了抖——无一粒米倒出来，又将米袋放回烈士脚下。此刻他脸上有一种与年龄不相称的悲怆，禁不住泪如泉涌。他庄重地向烈士们敬了一个军礼，然后摘下军帽，长久地低头默哀。聂荣臻、左权、朱瑞等一行人也如是。然后，林彪接过警卫员背着的水壶，把水倾倒进烈士的空瓷缸；在场的同志们，都纷纷摘下水壶，将清凉的水注入烈士的瓷缸。

三

湘军明白，朱毛红军渡过湘江，进入龙胜，然后直趋湘西，会合红二军团、红六军团，将会声威复振，在湘西开疆拓土，逐步侵吞他何键的地盘。所以何键必须将这股红军消灭在广西境内，再不济也要阻挡在广西境内，让其荼毒桂系去。而要想在湘江截住他们，就必须冲破脚山铺的红军阻击线。只要冲破了阻击线，乘汽车取道湘桂公路疾驶，两小时即直达界首附近的湘江渡口，即可居高临下，俟红军"半渡而击之"。

按照中革军委的部署，红军将在全州、兴安之间西渡湘江。其间从北到南分别为屏山、大屏、凤凰嘴、界首等四个渡口。每个渡口之间相距五六公里。这一段江面宽阔，水流平缓，可架简易浮桥，有的地方还可徒涉。

中革军委计划是11月28日开始渡江，30日全部渡完并进入西延山区。但国民党的飞机30日在天上发现，当天尚有大量红军滞留在湖南境内，最快也要到黄昏才能抵达渡口。这正是蒋介石实施"半渡而击"计划的最佳时机。

林彪从各种来电了解到，跟在中央纵队后面的尚有隶属他红一军团的十五师、红三军团的六师、红五军团、红八军团、红九军团共八个师。此刻，确为"半渡而击"的最佳时机。蒋介石不会放弃这一个失则不会再来的绝佳战机。粉碎这一毒辣之计，必须死守湘江边的三个角，即红一军团的脚山铺，红三军团的兴安县光华铺、灌阳县新圩。林彪遥闻新圩方向炮声激烈，进攻那里的是桂军。红三军团情况不明；而红一军团自顾不暇，无法派兵驰援。这个脚山铺防线29日守住了，30日还能守住吗？林彪自己心里没底。此刻已是30日凌晨了。他眉头深锁，抬头看了一下由黯淡而变得明亮的启明星，转身缓缓走过躺着烈士遗体的长长的"灵床"，然后加快脚步回军团指挥部去。

到了军团指挥部，他并没马上进去，而是站到门前的一块小高地上，遥望一个方向。那是他的红一师回来的方向。他已送电命令在潇水一线完成了阻击任务的红一师，克服一切困难，火速赶来脚山铺参战。他十分希望在天明时就能看到远处飘拂红一师的战旗，但也明白这多半只是个奢望。红一师在潇水之滨苦战数昼夜，没一分钟休整，接到命令就急急上路了。极为疲困的状态，一昼夜之间走完九十多公里，这实在是天方夜谭。他抱着无望之望在那里站了很久。聂荣臻出门来劝了他三回，他只虚应知道了，却并不转身。而就在聂荣臻第四回出来，催他回指挥部"休息一下"之际，他头也不回地伸手指着朦胧的远处，小声而有力地说："老聂，你看！"

聂荣臻赶快登上小高地，顺着他抬手前指的方向仔细观察。

黎明前的黑暗中，黑黝黝的崇山峻岭阴影下，出现了星星点点的萤火虫般的亮光，连成了线，没有尽头。那些光点轻轻飘动着，向脚山铺这里缓缓接近。

林彪赶紧用望远镜辨别那些是什么。很快他就判定，那是火把！

火把的最前面，飘拂着一面军旗。林彪甚至还看到了旗上无数的破洞。他兴奋地吩咐："吹号联络！"

在不断呼应的号声中，红一师更快地向脚山铺运动。

林彪命令左权参谋长："速去迎接红一师！直接把他们带到左翼阵地。记住：叫他们多砍树伐木，制造鹿砦障碍工事；一线只摆放少数部队，强敌来犯，则节节抵抗，节节后退，尽量拖延时间。最后将部队收缩到工事坚固的高地，死守。"

聂荣臻吩咐埋锅造饭，把早餐送到红一师阵地上去。

白军阵地上，燃烧了一夜的篝火，一堆接一堆熄灭。战马开始嘶鸣，军号此起彼伏。东方现出一线亮光。那一线亮光逐渐扩大，越来越大，将天上的黑暗挤到不知什么地方去了。

一架又一架敌机飞来，在脚山铺的上空没有投弹，也没有扫射，而是径直往界首飞去。

敌机过后，脚山铺陷入沉寂。白军阵地上的马鸣与号声没有了，红军阵地上也没有一度出现过的驳杂声音。双方都在做着战前的最后准备。双方的无数眼睛都在遥望对方阵地，寄望能看出点什么；结果当然是什么也看不出，只能猜测到对方眼里的杀机与久等后的不耐。

忽然，界首方向传来连续的爆炸声，分不清是炮击还是飞机投弹。可能两者都兼而有之。

林彪和聂荣臻重又跑出指挥部，三步两步登上那个小高地。左权也跟了出来，站在他俩旁边。遥望界首，只见一个又一个火球冲天而起。每团火球的中间部分炽白刺目，周围血红，刹那间消失后又变成了乌黑的烟团。火球越来越多，终于连成了一大片。是白军炮击和飞机轰炸。林、聂都意识到，狂轰滥炸之下，是中央纵队在界首一线强渡湘江。

"毛主席怎么样了？"左权不安地喃喃道。

林彪和聂荣臻没有开腔，但从他们焦急、忧虑的眼神里可以看出，他们有着与左权同样的担心。自从第五次反"围剿"惨败，突破三道封锁线过程中一路上的损兵折将，红军将士没有人不在牵挂毛泽东，没有人不在心里暗暗呼吁：毛主席，你快救救红军吧！所以，无神论者的他们，都在心里暗暗祈祷：老天爷保佑我们的毛主席纤毫无伤，平安过江啊！

他们的忧虑很快就被一发炮弹撕裂空气的尖啸打断。紧接着又是一发。对红一军团不断的炮击开始了。

他们站立的地方不是炮击目标，炮弹一律飞向红五团阵地。

林彪心里揪紧了，两额也津津汗出。五团阵地是侧翼，所以部署兵力较少，乃薄弱环节。五团自突围西征以来充当先锋，过关斩将，自身也伤亡严重，至今尚无条件补充恢复，所以把他们放在那个次要的侧翼。不料白军玩了个花招，不再攻打正面主阵地了，企图从侧翼撞过去。五团能守得住吗？军团部已无一兵一卒可派，没有能力增援他们。他只能耍赖，命左权打电话给五团政委易荡平同志，死守阵地，绝不许后退一步；至于补充和增援，一概没有。

刚说完话，空中又是一阵尖啸。炮弹拖着一条光带，落到红四团阵地。

林彪又是一紧,心里嘀咕:看来敌人兵力集聚得更多了,今天不只攻侧翼,也要继续攻打正面主阵地。今天的战斗将更惨烈。

是的,30日这天的战斗,空前激烈。据耿飚将军回忆,那天白军新增加了将近一倍的山炮、飞机,对红一军团阵地狂轰滥炸的密集程度几乎达至"间不容发",所以大面积伤亡不可避免;昨天炸塌了又修复的工事也被夷为平地。红四团的指挥所已找不到合适位置,只能根据炮弹和炸弹落下的声音,进行跳跃式运动,从这个弹坑跳到那个弹坑。红军部队也只能被动地等炮击和轰炸停止、敌人步兵行动时,指战员们才从厚厚的泥土下钻出来,向敌人射击。许多伤员就是这样流尽了最后一滴血。

激战最惨烈之际,一营营长罗有保跃出弹坑时遇见了耿飚,悲愤地大声问道:

"团长,还要顶多长时间呀?"

耿飚用一支步枪向几名距此约莫五十米的白军进行"点射",弹无虚发,一枪一个,边开枪边回答道:

"不知道,反正得顶到中央过江以后……"

而中央过江了吗?只有军团一级领导才知道:只过去三分之一,而且中央后面还有大量后卫部队在湘江以东几十公里处,不知什么时候能抵达江边!

下午,他们左翼的米花山阵地上,枪声突然减弱下来,山头上出现了黑压压一片白军。米花山阵地失守了。

军团指挥部撤离米花山,来到红四团阵地的右侧。

白军有了米花山,就有了跳板,得以自如地向美女梳头岭以东红一师各山头阵地炮击,然后频频发起集团进攻。

不久,红一师支持不住,奉林彪命令向怀中抱子岭靠拢,完全放弃了美女梳头岭。这么一来,红二师的右翼阵地一下子变成了火线。

白军的后续部队源源不断开来。作为红二师四团右翼,红一师五团的几个小山头阵地,相继停止了枪声。因为死守不退的指战员全部阵亡了,红一师五团守卫尖峰岭的残部,放弃了第一、二道工事,退到山顶上最后一道工事拼死抗击。白军指挥官调整了一下部署,重点攻击尖峰岭。尖峰岭只剩下两个连了,由红五团政委易荡平率领。最后,无可避免地,尖峰岭失守了。

旋即,白军集结了绝对优势的兵力,向红二师主阵地压过来,将红四团负责的红二师主阵地三面包围。白军直接从红四团侧翼的公路上,以"宽大正面展开突击"（耿飚回忆录语）。首当其冲的是红一营。团指挥部也在这里，霎时成了前沿。十多个白军士兵利用一道土坎做掩护，突然窜到了团指挥部前面。一营正在一线阵地与大批敌人厮杀，耿飚没有通知他们，组织团部文职人员用手榴弹打退了这伙突袭者。

不料打退了一批又钻过来一批。

警卫员杨力用身体护着耿飚，大声催促团长快离开，同时用驳壳枪向敌人射击。耿飚推开警卫员，抄起桌上的马刀，大吼一声冲向敌人，迎头陆续砍倒了两个。团部人员也都奋勇砍杀。约莫二十分钟，全部消灭了这伙敌人。这时的耿飚浑身被血浸透，血腥味弥漫不散。

红一营阵地越来越危急。坐镇二营的团政委杨成武获悉后，急忙率领通信排从公路右侧向这边增援。途中敌我双方犬牙交错，他和通信排不慎陷入包围。激战中，一颗流弹打中他的右膝，血流如注。

有人向耿飚报告杨成武受伤的事。耿飚心急如焚，既担心杨成武流血过多支撑不住，同时为失掉了搭档须独立指挥恶战而沮丧。耿飚在回忆录中这样叙述当时的心情："我们两人自从藤田改编并肩指挥战斗以来，总是配合默契，得心应手。一次次的恶仗、险仗，都被我们战而胜之，闯了过来。现在正是决定红军命运的关头，我们这个前卫团却突然失去了政委，这对下一步的战斗是多么大的损失啊。但是，现在急也无用，得赶快把政委送到后方。"

这时，师长陈光也赶到了红四团面授机宜，叫他们且战且退，尽量减少伤亡，"向黄帝岭收拢"。

陈光解释："退守是为了更有效地拖住敌人。已命令全师最后的预备队投入战斗！"

耿飚问他中央纵队渡江情况怎样。

陈光面色黯然，说："可能，渡过去一部分了吧……"

耿飚明白了，心里想："看来这场血战还得继续下去！"

全团伤亡达三分之一。每坚持一分钟，都得付出血的代价。

他把部队分成三批，交替掩护着向后退却。

此时别说师部，军团部也混杂在阵地中了。因为前一分钟还是后方，过一会儿就会成了前沿。林彪、聂荣臻、左权带着无线电报务组，在一道道残缺不全的战壕里办公，干脆把中革军委的命令直接下达给靠近他们的团、营、连，不时直接指挥营、连的战斗。他们守在译电员身边。往往一份来电译完，后一份电令又发来了，而且无不冠以"十万火急""万万火急"，无不要求一军团

"全力阻击，保证时间"。

红二师五团退守黄帝岭时，一师也只剩下一个怀中抱子岭了。两师的中间完全被白军隔断。这对白军是个很大的成功，对他们的指挥官是很大的鼓舞。他们用重赏组织了敢死队，对黄帝岭和怀中抱子岭都是志在必得。

耿飚回忆道："当时的战斗情况，已经无法回忆出确切的层次。因为敌人太多，几乎是十倍、二十倍于我。我们四团（属红一师）和五团（属红二师）退下来的部队，以及六团上来的预备队，完全失去了建制。反正大家只有一个心思：见敌人就打。我们团指挥所已经没有具体位置了，跟在我身边的只有警卫员杨力、通讯部主任潘峰两个人。我们基本上是围着山头转，见到几个战士或一挺机枪，便下令往左边打，或向右边突击。战士们也仅仅从我背的一个团袋上，辨认出我是指挥员。因为彼此都衣衫褴褛、蓬头垢面，眉毛头发都烧焦了，只有两个白眼球还算干净。"

在半山腰的一堆乱石后面，他们遇到一挺重机枪。副射手浑身是血，看样子伤得不轻，只能躺着辅助正射手射击。正射手一边对敌扫射或点击，一边对耿飚等人说："你们快点到东边去！"

耿飚一愣，诧异地问道："到东边去干什么？"

他说："这是团长的命令！"

耿飚自己就是团长呀。怎么回事？再一问，才知是五团的。都杀红了眼，谁是谁都认不出来了。

耿飚对这位机枪手说："东边已经由我们四团顶住了，放心吧！你们就在这里坚守，我们去抽调援兵！"

然而，他们离去没一会儿，那地方就落下几发炮弹。从此，耿飚再也没见到那两位英雄的战士。

黄帝岭终于还是守不住了。

夜幕降下后，陈光师长命令耿飚率部殿后，逐次突围。此时红一师已经撤离，耿飚红四团成了孤军。耿飚留下了一个排为全团打掩护，团主力撤离了黄帝岭，退到珠兰铺、白沙，构成第二道阻击阵地。

二师五团政委易荡平是最后一个撤离二师阵地的。

他的团负责守卫尖峰岭。最后一道工事被炸塌后，他从泥土里钻出来，用刺刀与白军展开白刃战，一连刺倒了七个敌人。自己肚子上也中了一刀，仍然勇不可当，鼓励地呼唤道："同志们，杀尽白匪呀！"

后来，他抱起一挺轻机枪，掩护同志们撤退。一批批白军官兵倒在他的枪口下，一批批地又拥上来。他与敌人之间的距离越来越近，从一百多米到十多米；敌人从几十倍发展到几百倍，终于将他团团围住。他毫不畏惧，斗志依然昂扬，转着圈向敌人扫射。正在危急之时，他的部下们返回来接应他。一阵排子枪驱开敌人，大家拉起他就跑；几十名战士挡住追兵，且战且退。不幸的是他们最终没能冲出包围，来救易荡平的战士大部分陆续战死。易荡平在与敌人交火时，胸部中弹。他不由自主地腾出一只手捂住伤口，血从指缝间涌出。他大口喘息，嘴角溢出鲜血，意识到必须止住血，摘下头上军帽，用力塞住胸前伤口。但无济于事，血仍在大股溢出。他挥手用驳壳枪向敌人射击，由于半躺在地上，力气又大不如前，射击的准头大打折扣了。最后，子弹打完了。他用尽力气，将驳壳枪扔下山沟。

白军看出他没有子弹了，狂叫着抓活的，一步步围上来。

易荡平挺起上身，命令上前来扶他的警卫员道："向我开枪！这是命令！"他知道警卫员的驳壳枪里还有子弹。

警卫员泪如泉涌，根本无法下手。易荡平大怒，一把夺过警卫员手中的枪，又一掌推开他，叫他快跑，然后把枪指向自己的头，砰的一声壮烈牺牲了。

白军被惊呆了。所有在场的白军至少呆了一分钟，警卫员才得以逃脱。后来他写下了这一段往事。

脚山铺阻击战最终失败了。尽管林彪早就预料到了，但没想到会败得如此之惨，损失如此之大。

苍山如海，残阳如血。呼啸的山风吹不散浓烈的血腥味，漫山遍野躺满了人——死人和暂未断气的活人。湘军在这里打扫战场，他们把自己的战死者、伤者收容起来，送下山去；然后就地掩埋红军的死者和伤者。对于伤者，他们不会施救，一股脑儿混同死者掩埋，这个省事。

林彪在远处用望远镜观察昨夜才撤离的黄帝岭、怀中抱子岭等阵地。这位不容易动感情的年轻人，再也忍不住了，眼泪夺眶而出，犹如泉涌，久久不断。他为同志们的牺牲而扼腕悲痛，为上边的乱指挥而愤慨。就像所有的红军将领一样，他心里一定在寻思：再让三人团执掌大权，红军必被带上绝路。这个状况决不能再继续下去了！毛主席必须站出来！

第五章

一

红军必须守住的铁三角的另外两角，是由红三军团承担的兴安县所辖光华铺和灌阳县所辖的新圩。

红三军团的防务大略是这样的：

红四师十团负责湘江西岸界首南面光华铺一线；十一团前出到石门及其西北区域；十二团留守唐家市、光华铺之间湘江东岸的渠口，阻击从兴安东北进攻界首的桂军。红五师十四团、十五团在新圩阻击桂军；十三团在渠口待命。

红六师担任军团后卫，其十八团去新圩增援红五师。

11月29日，桂军开始进攻新圩。照例先是炮击、飞机轰炸，其密集度与频率对桂军炮兵、空军来说都是从未有过的。半小时后几乎把红五师的工事全部摧毁了；步兵散兵线分布之宽阔、纵深之厚也是空前的。除了正面攻打，还分别配出几支小部队不断地迂回，企图切割红军的阵线。战斗开始不到一个小时，红五师就失守了前沿几个小山包。因为坚守在那里的红军指战员全部阵亡了。

战斗持续到中午的时候，各团向师部报告的情况令李天佑师长心如汤煮：十四团政委受重伤，全团伤亡三百多人；十五团团长[①]、政委都负伤了，两个营长阵亡，全团伤亡一半。

类似的损失还在持续，又一个不幸的消息令他悲痛欲绝：在前沿掌握局面的师参谋长胡震牺牲了。

李天佑记起了战斗刚开始时胡震向团长们交代完任务后大声吼叫的话："决不能后退一步，必须坚决顶住敌人；如果敌人冲破了我们的阵线，中央纵队就会被拦腰截断，毛主席、朱总司令就完了，中国革命也就完了！"说罢他就亲自带领团长们奔赴前沿去了。

没有了军政主官的十五团急需有人主持。五师政委钟赤兵向李天佑扔下一句话"我去吧"，不待回应就冲向十五团阵地去了。

李天佑没拦住他。师里哪能没政委呢？他略一考虑，调十四团团长黄冕昌

---

① 原稿有录十五团团长为白志文。此处作补。——编者注

去把钟政委换回来。向黄冕昌交代了任务，李天佑问他道：

"记得胡参谋长的话吗？"

二十三岁的黄冕昌翕开嘴巴笑着，露出了两颗虎牙，说：

"哪能不记得呢？'只要阵地上还有一个人，就不能让敌人穿过新圩！'"

李天佑赞许地拍了一下他的肩，叫他出发。

约莫过了半个小时，钟赤兵被换回来之后，李天佑在激烈的枪炮声中接了一个电话。对方报告是十五团的。他大声问道：

"是黄冕昌吗？这么快就打电话来，我不是跟你说过，不是非常情况一律不必请示吗？搞什么搞！"

"报告师长，我是二营长……"

"什么？"李天佑紧张起来了。

"黄团长用马刀和冲进团部的敌人拼杀时牺牲了！我团又没团长了，请师里再给派一个来吧！"

"好吧，我来！"李天佑提起驳壳枪冲了出去。

从界首渡口往南五公里的公路旁，有一个名叫光华铺的小村落，是中革军委部署的三角阻敌阵地之一。那是个交通要道；北临界首，南向新安，东濒湘水，西可进入越城岭大山之中。村北是一片开阔的平坝，另三面是浅丘。浅丘坡度小，视野开阔，藏兵不易，并非理想的阻击阵地。然而要挡住来自灌阳、兴安的桂军，彭德怀别无选择，只能在这里背水一战。

在界首的湘江西岸边，距渡口约百米之处，有个道观，名为三官堂。彭德怀把指挥部设在这里。

29 日早晨，桂系部队的驱逐机①发现界首渡口架设了几段浮桥，东岸红军部队正准备过桥，立即俯冲下去用机枪扫射。桂机飞行员感觉破坏力不大，不足以完全阻挡渡江行动，就飞回去招来轰炸机多架，将浮桥炸毁殆尽。

到了夜晚，在夜幕掩护下，红军依靠当地群众协助，搜集船只，重又架起了多座浮桥。

刚刚架设成功，擅长夜战的桂军又摸了过来。他们企图避开光华铺红军前沿阵地，乘黑夜偷袭渡口，炸毁浮桥。

防守光华铺的是红四师之沈述清第十团。张震②第三营负责光华铺南面，他

---

① 歼击机，属于战斗机的一种。"二战"期间曾广泛称为驱逐机。——编者注

② 解放战争时担任华野副参谋长、三野参谋长。

将两个连摆放在面向兴安县城方向，机枪连和另一个连为预备队；一营、二营部署在渠口渡附近高地；团指挥所也设在渡口不远处高地上。

红三营的哨兵发现江边的山坡上不时有手电筒的光在晃动，急忙向营长张震报告。

张震大惊，立即派出一组战士前去搜索，结果没发现打手电的人。正当搜索的战士感到纳闷时，忽然发现两岸出现了密集的手电光芒晃动。随即，枪声骤起。

原来桂军一部已迂回到三营阵地后面。他们窜到界首渡口南面两三公里时，被红十团发现，双方打了起来。

张震见渡口危急，忙收缩兵力，往回攻打，与红十团其他部队前后夹击。于是，红白两军在黑暗中短兵相接，展开激战。桂军兵力不小，两下里打成了胶着。

桂军还两次攻到红三军团指挥部三官堂不足百米的近处，旋被卫队驱走。

知道桂军处心积虑要破坏浮桥，彭德怀叮咛红十团要不惜一切代价确保界首渡口，坚决打退兴安窜犯之敌，保住光华铺北端的畅通局面。

彭德怀30日凌晨又用电话通知各师、各团指挥员，今天是中央纵队从界首过江的第一天，无论敌人投入多大兵力、无论其攻击如何疯狂，都必须顶住，一兵一卒也不准退后一步。

拂晓时分，张震率三营与团部会合。一股桂军已突破他们团的防线，占领了渡口。

这时，由中央主要领导和红军总部组成的军委第一纵队即将抵达界首东岸，准备渡江。对于红三军团尤其是红十团来说，火烧眉毛了。沈述清团长命令伤亡较大的张震三营撤出休整，作为预备队；自己亲率一营、二营直奔渡口，向占领渡口的桂军发起猛攻。红、白两军都没有工事作依托，裸露而战，反复拼杀，战斗十分惨烈。不幸战斗正酣之际沈述清团长阵亡，部队只好暂且退却几百米。

彭德怀命红四师参谋长杜中美速去代理红十团团长。

杜中美奔赴十团，马上就叫团政委杨勇掌握预备队；他自己拔出驳壳枪，率领十团主力，身先士卒，杀向渡口敌阵。哀兵必胜，红十团战士高呼为团长报仇，紧随杜中美之后，杀得白军鬼哭狼嚎，伏尸枕藉，不到一个小时就夺回了渡口。旋即进一步巩固了光华铺阵地。

天大亮以后，又有几架桂系轰炸机窜到界首渡口上空，轮番投弹、机枪扫射。江面不时被掀起十几丈高的水柱，正在渡江的人们被炸倒了很多，江水也被染红了。敌机的主要目标是浮桥，来回投弹多次，终于炸塌了。正在渡江的红军战士不顾敌机轰炸、扫射，跳进江里，徒涉渡江，但一批批被打倒在水里，再也没能起来。

彭德怀派军团政治部主任袁国平主持抢修浮桥，又以十万火急电报催促中革军委："火速过江……每一秒钟都是战士的鲜血换来的！"

11 月 30 日上午，湘江战役达到了白热化程度。

从平乐县开来增援的桂系韦云淞四十五师立刻投入到争夺界首渡口的战斗。至此，湘桂两军加上中央军，国民党部队参加湘江战役者大于红军五倍！他们以强大炮火开路，整营、整团地冲锋，漫山遍野地疯狂扑去。桂系部队改变战术，正面进攻红十团的同时，以强有力部队沿湘江西岸向据守界首渡口的红四师十一团、十二团侧后攻击，另以一支部队偷渡湘江，在唐家市东面沿湘江东岸疾速向界首渡口推进。当时，中央二纵队刚抵近界首以东之月亮山附近，若桂军这支偷袭部队继续北进，后果不堪设想。

彭德怀获悉后大惊失色，急令红五师十三团黄振团长率部火速出发抵近，打击这支偷袭部队，不惜一切代价阻止其继续北上。

同时，整体态势越发恶化，红三军团处境越来越艰难。

红四师十一团、十二团在湘江西岸界首渠口与桂军主力激战，十团在黄花铺阵地苦撑苦熬；红五师十三团在湘江东岸阻击两倍于己的北上桂军，十四团、十五团新圩阻击战遭到惨重损失，正奉命撤往界首；红六师主力因伤亡过半而退出灌阳，十八团接替红五师新圩阵地后已无力抗阻敌人越来越凶狠的进攻。

各条阵线都激战不息，战况无不吃紧，局势危如累卵。红一军团遭受重大损失，继续在一线阵地坚持将面临全军覆没的危险，不得不逐步退出脚山铺阵地，进入二线阵地。但以越来越恶化的态势观之，消耗过半的一军团在二线阵地也坚持不了多久了。

如果三军团的界首渠口阵线再出问题，待渡的中央纵队乃至整个西征大军都将出现被拦腰截断的严重后果。

彭德怀军团长、杨尚昆政委自然明白这一切。他们一方面发电报以越来越严厉的口吻催促中革军委加快渡江速度，一面命令三军团各部队拼死挡住敌人，甚至还派出了在红军部队中极少出现过的战场纪律执行队。

然而，客观重压大大超过了主观诉求之后，任何主观努力都无济于事。防守光华铺的红十团多次打退敌人的冲锋，由于兵源断绝、弹药补给断绝，加上敌人越聚越多，渐渐支持不住了。激战至 30 日中午，光华铺失守，杜中美组织部队多次反攻，冀图夺回阵地，都未能如愿。

在攻打高家岭一段阵地时，杜中美不幸中弹牺牲了。

团政委杨勇继续率部反击，仍未能收复失去的阵地。激战中杨勇也负伤了。

最后红十团只好全线退却，直退到光华铺北面，在那里构建第二道阻击线。这道阻击线西自石门飞龙殿，北至碗渣岭、大洞村丘陵，东至茅坪岭的湘江沿岸。

从第一线阵地脚山铺退却的途中，林彪忧心如焚的目光投向了三军团防守的光华铺和新圩。根据军情通报，他明白三军团的艰危程度不比一军团弱。把目光收回到刚刚失守的脚山铺，他沉重地叹了一口气，旋又遥望界首渡口，默默祈祷中央纵队赶快、安全渡江。

他的目光最后落在脚山铺南面那片低得多的浅丘。浅丘间零散摆布着几个小村庄：珠兰铺、白沙、下壁田、水头。这里是战斗打响前预设的第二道阻击线。这里更难防守。从湘江岸边直到西面大山脚下，是一片地形开阔、坡度很缓的浅丘，南低北高：高处满是低矮的松树，不知是尚未长高还是根本就长不高；低处全是稻田，已收割完毕，田里堆叠着一个个稻草垛。显而易见，这样的地形对于有飞机和远程重炮、又是由北向南攻击的白军有利得多。但没办法，这里是不得不守之地，因为浅丘后面再无高地可守了。

红一军团曾经对付过不少困难局面，有的还是重重包围；但总能先敌自主地决定自己的意志，操控战局的主动权。现在面对敌人的迂回包围，又是敌众我寡，还需要像钉子似的钉在敌人眼皮底下，自己的野战机动性全部丧失。这样的窘迫，林彪头一次遭遇。他与聂荣臻、左权反复磋商，决定给中革军委发一份措辞虽委婉、态度却颇严厉的电报。电文大意是：

我军若向城步前进，则必须经过大埠头。此去大埠头，须经白沙铺或经咸水圩。由脚山铺到白沙铺只十公里，沿途为宽广起伏的地段，敌易展开大兵力，接近我军亦易；我火力难发挥，正面太宽。若敌人明日以优势猛进，我军在目前训练装备情况下，难有固守的绝对把握。"军委须将湘水以东各军，星夜兼程过河"。因为第二道阻击线至多只能守一天半，超过这个时候，我军团即有覆没危险。

这就是那份著名的"星夜兼程过河"的电报，给中革军委带来极大的震惊。行军途中四面不断的枪炮声使他们明白局势险恶，但未料想到险恶到如此程度。

修建第二道防线的工事，连轻伤员也加入了进去。指战员们超越极限用尽最后一丝一毫的力气，砍伐树木、挖掘战壕。揩一下汗，吃一把渗进了汗水甚至鲜血的炒米，喝一口溪里冰凉的水，咬紧牙，继续干。但是，干着干着，不时有战友突然倒地不起，尽管狂呼急唤也不再醒来；偶有被唤醒过来的战士，立即又自动抢起了铁锹。这样超极限的劳动为什么能坚持下去？他们都记得政委聂荣臻在战前动员中的一句话："排除一切困难，连夜抢修工事，坚决战胜白匪，一切为了苏维埃新中国、为了解救苦难深重的中国人民！"

红一军团的三位领导都守在电台旁，又像上次那样苦苦等候着中央复电。终于等来了呜呜作响的来电，大家紧张地把头聚拢在收报员的手上，后来又移聚到译电员的笔尖上。译好的电文终于送到林彪手里。林彪阅罢，签上名，递给聂荣臻签阅。

这份电报没能给他们带来丝毫的轻松感，他们的心情反倒更加沉重了。

这是中革军委统一发给全军的电报，发报时间为1934年12月1日凌晨1时30分。涉及红一军团的话是："全部在原地执行消灭全州之敌由朱塘铺沿公路向西南前进部队的任务。无论如何要将由汽车向前进诸道路保持在我们手中。"

也就是说，必须死守第二道阻击线。

要命的是并没有说要死守多久，亦即并没有说中央纵队何时才能全部过完湘江，后续部队距湘江渡口还有多远。

林彪一反常态，拍一掌桌子，指着聂荣臻怒目相向，咆哮道："为什么还在继续干蠢事？一定要把两个主力军团消耗殆尽他们才心甘吗？"他霍然转身，像一头困在小屋里的狮子般无望地走来走去，旋又喃喃道："天呀，天呀！什么时候打过这样的糊涂仗啊！"

他随后省悟，找错了发泄的对象，抱歉地拍了一下聂荣臻，然后转身走出了屋子。他是想让外面的风吹一吹脑子，使自己冷静一下。

他背剪双手而立，仰望天空。天似乎放晴了，满天繁星，缀在冷寂的天幕上，只闪烁不移动。脖子仰酸了，平视远眺。山下田畴平展，收割完的稻田里，稻草堆这里一堆，那里一块，像坟墓一样；干稻草和泥土的味道被夜风送过来，飘过他的鼻际，使他不禁想起了家乡和自己的家，又毫无来由地从那些坟墓一样的稻草堆联想到死亡，联想到明天不可避免的血战。还有五天，就是他二十七岁的生日了。也许过不上这个生日了吧？他自嘲地想着。他并不害怕为自己的理想而死节。青山处处埋忠骨，也许这片距湘江并不太远的丘陵就是自己的陵墓了。

中革军委第一纵队赶到界首渡口是30日下午。中革军委副主席、红军总政委周恩来在湘江东岸往来穿梭于混乱的人群中，亲自指挥部队渡江。

敌人的炮击与空袭交替进行。一阵远程重炮的排击、一组炸弹次第落下，总会使大地剧烈颤动几下，随即升起几股或几十股黑色的冲天烟柱，当然还有沉雷般的隆隆声。血肉混合着泥沙、碎石横飞，清澈的湘江水两天来完全变了颜色，被无数红军的血染红。江面上漂浮着数不清的灰色八角帽和身着灰色军服的尸体，几乎覆盖了这一段湘江，缓缓漂向下游。渡口、道旁，丢弃的笨重机器、行李挑子、成捆成箱的物资，比比皆是，简直就是一副大溃败的景象。

更严重的是在熊熊烈焰中，渡口半径半公里内一片混乱，枪炮声、各种喊叫声、骡马嘶鸣交织成一片。战士们冒着密集的炮弹、炸弹争相渡江，有从水里徒涉，有从刚刚修复的浮桥上挤过去的，有在岸上正在往江边挤的，完全失去了纪律。周恩来跑过来审过去，不断做着手势，大声疾呼，命令大家听从指挥，千万不要乱。然而，也许是战士们早就满腹怨气了，根本没人听他的。

此类场景，一个桂系空军军官在其战场笔记里写道：

> 二十九日晨，我侦察机在界首又发现浮桥数处，均似昨夜始完成。其南岸道旁，有近万散匪正欲渡河，见我机飞来，即借伪装帽隐蔽。我等自高下瞩，几不能辨识。降低一视，乃赫然敌人也。即以机枪扫射……我机知尚有大帮共匪渡河未成，乃飞回报告。复命轰炸机数架，前往破坏浮桥，以断匪之逃路……我乘其不遑之际，实施酷烈之黎明轰炸，耗弹尽百，匪徒伤亡甚众。各机于数分钟内，投弹皆命中，悉予炸毁浮桥无遗……

> 是夜，共匪复搜集船只，乘夜恢复浮桥，偷渡者万人。次晨，我机见之，予以再度轰炸其正渡、将渡、未渡之匪众。其奔驰道余，欲强渡已不可及，反给我机以攻击目标。我机复从低空以机枪扫射。匪死于枪弹下者有之，不堪急走跌倒尘埃者有之，其完全不能动弹坐而待毙者更属不少……

应该说这个军官所记全系实情。

红八军团无线电队政委袁光，多年后含泪回忆当时景况：刚刚抵达湘江时，"看到波光粼粼的江水，大家不约而同地欢呼起来。我们终于在敌人的前头赶到湘江了。可是，还没等大家缓过劲来，后面枪声大作，敌机偏在这时赶来凑热闹。队伍在湘江边挤成一团，简直乱了套。我看见毕占云参谋长①也赶到了江边，便跑过去问他：'队伍怎么办？'他一挥手说：'你带电台立刻过江！'我一看，江面一百多米宽，水势很急；但已有人涉水而过，看来江水不深。就喊了一声：'无线电队跟我来！'带头冲进水里。大家跟着跳下水。江水深只及腰，但寒冷刺骨。敌机不停地扫射、投弹，把江水掀起一道道水柱。队伍中不断有人倒下，被江水卷走……走到江心，可恶的敌机再次俯冲过来，又扫射，又投弹，江面上水柱冲天而起。挑收发报机的同志应声倒下。收发报机随之沉入红红的江水中。'哎呀，收发报机！'有人失声喊道。话音未落，只见一个同志冲过去紧追几步，把收发报机捞起来，扛在自己肩上。我一看，原来是运输排的一个班长……有一架敌机俯冲下来，一排机枪子弹打在我面前，溅起无数血红的水花。抬充电机的两个运输员，后面那个被子弹打倒了。我抢上去，抬起充电机往前走。看着身边一个个同志就这样倒在江中而无法抢救，我心中万分难过。可是，眼前最要紧的是保护电台的安全，我急切地朝大家喊道：'一定要保住机器！'"

敌机终于飞走了。那只是暂时回去补充弹药了，一会儿又会回来。被爆炸撕碎的曙色，渐渐弥合；天边残红似血。

湘江不断涌动，把血浪、残缺不全的尸体推向下游；血水和尸体将会被推涌到下游的大回水湾里。据尚健在的当地下游老百姓说，红军的尸体多得惊人，密密麻麻浮在那里，一眼望去，江面一片灰色和红色。

硝烟正在消散，枪炮声也稀疏了。然而有点战场经验的人都明白，这个间隙不会超过半个小时。

一头浓黑头发的毛泽东戳在江边，注视着血红无尽的江水，泪如泉涌。

他身旁是王稼祥和张闻天，还有朱德。

"必须开一次会！要讨论失败的原因，再不能听之任之了！"他愤慨地说。这句话，说给自己听，也是说给身边的同志们听。

"要讨论失败的原因"，这句话既是深深的愤慨情绪的表露，也反映了毛泽东的谋略已趋成熟，是湘江边红军血流成河将它推向成熟。那不仅仅是毛泽东的谋略，也是广大红军指战员渴盼的心声，那是三军呼唤统帅的心声啊。诚如美国人特里尔《毛泽东传》所云，此时"红军就像波涛汹涌的大海中失舵的小船"。再不调换舵手，扭转航向，等待红军的必是全军覆没。

在这中国革命的危急关头，在这节节失败的危险征途上，王稼祥、张闻天

---

① 红八军团参谋长。

等中央高级干部们重新审视党在一年多来的经历，创剧痛深之下，认识到了毛泽东的深谋远虑、高瞻远瞩的无比正确，也认识到了自己的错误。他们意识到，必须好好做做三人团的工作，争取让他们也认识到自己的错误；至少也要分化他们，促成他们中的一位甚至两位转而支持毛泽东。

王稼祥躺在毛泽东身旁的担架上。他听到毛泽东说话，努力地撑起上半身，去看湘江上的惨状。然而，除了血红色，他什么也看不清，因为眼镜的镜片不断被眼泪的水雾遮挡。他不得不一次次摘下眼镜，吃力地擦拭，然后戴上。现在，心灵的伤痛已超过腹部的伤痛。

他也是被残酷的现实斗争教育过来的"左"倾教条主义者。

他是当初王明派往中央苏区，取代以毛泽东为核心的中央苏区领导班子的"中央三人团"之一。一到苏区他就组织召开了"赣南会议"，批判毛泽东的三大错误："狭隘经验主义""富农路线""右倾机会主义"，撤销了毛泽东的中央苏区中央局书记、红一方面军政委的职务。后来，在革命实践中，王稼祥很快就被毛泽东所折服，特别是毛泽东对第四次反"围剿"作战所施加的巨大影响、对第五次反"围剿"策略的批评和预言，都让王稼祥意识到红军不能没有毛泽东的领导、党不能没有毛泽东的指导。当白军的第五次"围剿"节节胜利，红军损兵折将、节节败退之际，新三人团执迷不悟，粗暴拒绝毛泽东的耐心告诫。毛泽东则与王稼祥、张闻天等已经省悟或正在省悟的同志进行倾心交谈，谈政治，谈军事，谈马列主义，谈国际共运与中国革命具体实践如何合理结合，谈中国的国情与民情，探讨中国革命中带规律性的问题。毛泽东的循循善诱与深入浅出的分析，让这些同志认识到，真理、马列主义并不在三人团那里，而是在毛泽东手中。一个久经思考、反复酝酿的谋划在这些同志心中趋于成熟了，那就是拥戴毛泽东重新走上党和红军的领导岗位。最好的办法就是召开一次政治局扩大会议，用民主的方式，摆事实讲道理，分清是非，认清道路。

所以王稼祥在担架上听见毛泽东说"必须召开一次会议"时，马上用力撑起自己的上身，用尽力气呼应道：

"对！召开一次政治局扩大会！"

二

博古、李德骑马从人群中穿过，来到湘江东岸渡口附近，便下了马。好几位政治局委员都在那里。博古神色仓皇地四处打量，然后对周恩来说：

"恩来，这么乱不行呀，要严重影响渡江进度的！"

周恩来瞥了他一眼，没说话。他已经尽了力，此时连气都还没喘匀，能有什么办法呢？

正好这时有人驰马来向周恩来报告，说红五军团参谋长刘伯承抱怨渡口太乱，有的争先恐后过江，有的争挤浮桥时掉下河去，就这样无谓地淹死不少人了。

"刘参谋长派我来请示总政委，是否由渡江指挥部统一规定，先不忙过江，按建制整理好队伍，然后一个单位一个单位地过……"

博古看到江边混乱的情景，想到敌人的炮击和飞机轰炸即将临近，大批步兵也正在开进，仅咫尺之遥，禁不住心烦意乱，随口训斥道：

"现在还讲什么建制和单位，冲过去一个算一个，能冲过去一半就不错了！"

周恩来不满地又看了他一下，摇了摇头说：

"这不行！刘伯承的意见是对的，像这样乱挤要出大问题！"

博古无奈地望着周恩来，默然片刻之后，说：

"我听说你已经做了半天努力，大家都不听，怎么办呢？现在靠军纪也解决不了问题呀！"

王稼祥在担架上，谁也不看，望着天空，冷笑道：

"这个时候，用军纪去吓人，不搞糟才怪；必须靠威望和才能！仗给打成了这个样子，还有什么威望呢？"

大家面面相觑，默然无语。

周恩来看了看不远处默默吸烟的毛泽东，便几步走了过去。他说：

"主席同志，你来指挥过江，如何？"

毛泽东没说什么，也不看他，把烟头扔掉，向前走了几步，登上一个小土堆。

他一边用湖南口音大声喊话，一边挥动那如椽的手臂以加强效果：

"同志们，同志们呀！大家不要乱，听我说两句好不好？"

距他较近的指战员们先是惊愕地转身望着他，呆了一忽儿，然后惊喜和疑惑地互相询问道："毛主席出来了！怎么回事？是出来指挥红军了吗？这是真的吗？"旋即一传十，向成千上万的人堆深处传话过去："毛主席？是毛主席！"

无数的红军战士奋力扩散这个振奋人心的消息。

"毛主席出来了！大家静一静，毛主席出来了！"无数的红军战士像久旱逢甘霖般尽情享受着这由他们想象出来的幸事。

"不要乱，毛主席要指挥我们了！"无数的红军战士惊喜不已。

"毛主席！毛主席！您救救红军呀！"无数的红军战士热泪盈眶。

"毛主席！毛主席！毛主席！"无数的红军战士欢呼雀跃，忘记了疲劳与伤痛。

大家终于静下来了，湘江东岸霎时寂无人声，只听见远处正在向此地飞来的敌机的隆隆声由远及近，越来越近的敌兵脚步声密集得有如骤雨般的枪声。

毛泽东抓紧时间叫营以上干部迅速过来开个短会。

他命令各级干部先掌握好各自单位的党团员，整理好各单位队伍，服从团首长、师首长指挥，不许乱，谁乱就枪毙谁，各级指挥员有执行战场纪律的权力。

有人问他，谁指挥过江？

他说，总政委周恩来。

红军战士误以为毛主席又有权指挥包括总政委在内的一切人了，秩序霎时井然。

中央纵队三梯队的代号是小松。有一位营长首先高举着自己紧紧握着的手臂，含着眼泪，高声召集他的部属："我是小松炮兵营！我是小松炮兵营！请炮兵营全体同志向我靠拢！向我靠拢！注意了，这是毛主席的命令！"

码头上四处响起一片番号的呼唤声，寻找自己单位的大声询问及其应答声。极短的时间，渡口、河滩、公路一带，排起了井然有序的队伍。一堆堆人马，牵拉着连接成长绳的绑腿带子，你搀我扶，涉水过江。这些在渡与待渡的红军战士，一边遵照命令行动不辍，一边频频回望站在河滩高地上也在望着他们的毛泽东。毛泽东浓黑的长发向后纷披，眼里含着忧虑与希冀。这就是威望、爱戴和信赖，是人心所向，这是靠强制绝对无法达到的境界。

朱德激动地问毛泽东："主席，我做什么，请指示！"

毛泽东感激地拍了一下他的肩膀，说："老总，赶快修复所有浮桥！只靠徒涉速度太慢！"

朱德向他庄重地敬了个军礼，转身跑步到指挥部，揩了一下湿润的眼睛，大声命令道：

"梅坑①工兵营火速架设浮桥，必须赶在敌机再次轰炸之前，把毛主席送过江，把中央纵队送过江……"

三人团目瞪口呆地看完了这一席由乱到治的过程，总共不过半个小时；这

---

① 中央纵队第二梯队代号。

是他们此前把中央保卫局的执法队全部派到码头上，架起机枪，开枪执行战场纪律也完全没办到的。三个人心里想的当然不会一样，理解也一定不会一样，发生的变化也一定不会一样。不久以后召开的遵义会议将证实这一点。

枪炮声更激烈地响起了，从脚山铺以下的第二道阵地，从新圩方向，从光华铺方向；声响密集，震动湘江边的中共领袖们。博古心力交瘁，惶惑不安，抬眼环顾他的同僚们，眼光最后落在毛泽东脸上。没有人知道他此刻在想什么，而几年后他自己解释是已开始觉悟了。

朱德拿着一沓电报纸从渡江指挥部走出来，快步径直走到周恩来身边。周恩来瞥了一下那沓电报纸，向毛泽东努了一下嘴巴，对朱德说：

"请毛主席先看吧！"

朱德拿给毛泽东的是各阻击线的十万火急告急电。

就在这时，敌人的远程重炮又开始了对这里的炮击，黑压压的一群敌机也飞回来了。而浮桥尚未架好，中央纵队在继续涉水过江。

敌机已经临空，旋即发出俯冲的尖啸。一排排炸弹散落而下，落在江里，落在岸上，巨大的爆炸声震耳欲聋。又有不少红军战士倒在江水里、倒在沙滩上。这次敌机带来了高爆炸弹和凝固汽油弹。高爆炸弹凌空爆炸，把湘江覆盖在数万块四处横飞的灼热弹片之下；凝固汽油弹在界首、湘江燃起一片又一片火海。天和地刹那间又变成了可怖的血红色。正在徒涉的红军、集结在岸边待渡的红军无法疏散也无法隐蔽。

黄昏后，中央第二纵队开始渡江。至当晚 10 时许，中央一、二纵队全部渡过湘江。

而形势仍很严峻。

红一军团的一师、二师在珠兰铺至水头一线血战，阻击企图冲向界首渡口的湘军；十五师在文井、石塘一线向全州警戒。

红三军团四师在界首附近阻击兴安之敌，伤亡甚重；五师从新圩退却到渠口；六师十八团接替五师守卫新圩，师主力开到界首东岸拱卫布坪。

负责断后的红五军团仍在湘桂边界。其十三师抵达石塘圩，三十四师前往新圩枫树脚准备接替红三军团六师十八团的防务。

红八军团从灌阳的水车出发，开到石塘以南的青龙山。

红九军团进至石塘圩。

军委一纵队过湘江后到达界首西北的大田，二纵队进至鲁塘区域。

红军的十二个师，到湘江以西的只有四个师（以及中央纵队），即红一军团的一师和二师、红三军团的四师和五师；尚未过江的还有红一军团的十五师、红三军团的六师、红八军团和红九军团的六个师，共计八个师。

　　而蒋、桂、湘三系白军的口袋正在收紧。尾追红军的蒋系周浑元部已越过湘桂边界；从全州南下的湘军四个师力图突破红一军团珠兰铺至水头的防线，以便南下封锁湘江渡口；从新圩北上的桂军七个团也已在临近古岭头（红军过境通道的要隘）一线展开，分路向北和向西追击；西南方向桂军四个团已向石塘方向推进，意在配合新圩之敌抢占界首至凤凰嘴的湘江渡口，会攻红军后续部队。稍有疏忽，中央红军仍有可能被截成两半，陷进蒋介石半渡而击的安排。竭尽全力保住湘江渡口，组织尚滞留江东的红军各部星夜兼程赶赴渡口过江，乃重中之重。

　　遵照中革军委命令，为掩护后续部队过江，彭德怀指挥红三军团从新圩至光华铺这一左翼防线展开阻击，以边打边次第退却的策略消耗敌军的实力和锐气。其中，红四师主力首先控制了石门附近的制高点飞龙殿，拱卫界首西南；从新圩撤下来的红五师之十四团、十五团正疾驰光华铺以北的界首，阻敌向界首突进；红六师除了十八团接防新圩，主力在界首东岸的石玉林阻止敌人向江边靠拢。

　　聂荣臻派人把站在外面很久了的林彪请回军团部。

　　聂荣臻告诉他，中央纵队和毛主席都过江了，但由于中央纵队过江行动蹒跚，致使在"走廊"两侧拱卫和断后的部队刚刚开始渡江，他们不得不在此血战一整天。说完将之前那份中革军委电报交给他。发报时间是12月1日凌晨1时30分，是总发给全军的。涉及一军团的是"全部在原地域以消灭全州之敌由朱塘铺沿公路向西南前进部队。无论如何要将汽车路以西之前进诸道路，保持在我们手中"。

　　两小时后，周恩来以中革军委名义致电林彪、聂荣臻，通报战况：

　　"灌阳之敌三十日占领新圩，击溃我六师部队，并于追击中进至古岭头的上林家之线。三十四师、六师之二团被切断。八军团失去联络，五军团未联络，但我们估计主力已通过，在麻子渡方向。四师一部在光华铺被敌截住。五师、六师尚未抵达。已令三军团在界首西南集结自己的部队，并遏阻敌人于界首西南，同时派小部队警戒界首之东，另派一团袭击光华铺之敌。万不得已时，1日晚间经路塘向路江圩撤退。"

电文后半部命令红一军团"特别是无论如何要保持由白沙铺西进之路"，"这是一军团撤退的主要道路……1日晚间依此路撤退"。旋又给红一军团外加了一个任务，"必要时派出有力部队掩护界首"。最后提醒林彪、聂荣臻，"1日整日应确时①保持与军委（的）无线电联系"。

林彪意识到红一军团到了生死攸关时刻，立刻下令："1日12时前绝不允许敌人突破白沙铺！要同志们记住我们是红一军团！"

做完这一切，聂荣臻、左权要去巡视部队。

林彪歪在担架上一下子就睡去了。不知睡了多久，被冻醒了。他穿的是单衣单裤，而且多处破损，不是被炮火气浪撕烂，就是摸爬滚打之间磨破。

战士们的衣着更为不堪，是真正的衣不蔽体。就是那一身破衣烂衫，也不知被汗水、雨水、河水几次浸湿又几次风干。敌我双方距离太近，双方都不敢生火，怕暴露位置遭迫击炮袭击，只能挨冷受冻。战壕边、工事里，冷得无法入睡的战士瑟瑟颤抖着，咬紧牙，用力擦拭自己的兵器，借以驱赶寒气，也是发泄对"上边"的怨气。丢失苏区以来，怨气在部队里很普遍，根本无法批评某一个具体的战士。反倒是政工人员到处都遭到战士的质问，被问得张口结舌：毛主席怎么不出来指挥我们？毛主席指挥的时候哪里像现在这样一败再败啊！

聂荣臻带领政工人员连夜分头深入阻击线上的各部队，传达中革军委指示，进行战前动员；左权则是去检查备战情况。

走之前，林彪曾与他俩一起研究防务。三个人再三分析、权衡，都认为一条防线的坚固程度，取决于事前找出它最薄弱的环节藏在何处。最后林彪用手指头在地图上敲了敲一个微不足道的地方，说："就是这里！"左权探头细看。那是赤兰铺，乃红一师、红二师的接合部。

林彪吩咐，立刻调整，把红二师耿飚四团换去防守这个地方。

左权就是到前沿去做这事的。

林彪信得过红四团，但又不是完全放心。这种不放心不只是对红四团，而是对整道防线。血战两天以来，各师损失过半。红四团的满员编制为两千人，大多数时候保持一千七八百人，一路拼杀到现在不到八百人了。区区八百人防守五公里的防线，从地理条件来说也无险可守，战壕又是匆匆急就而成，效能不言而喻。

拂晓，浓雾吞没了以脚山铺为中心半径二十公里地段。经过数日血战的这

---

① 应为"切实"之误。

一带像死一般寂静。这当然是暂时的，湘军因为大雾推迟了进攻的时间。

朝霞出来的时候，敌机也来了。有二十多架飞机飞过红一军团的阻击线，径奔界首渡口而去；另外的二十多架在高空盘旋，然后一架接着一架俯冲下去，向红一军团阵地投弹。一个轮次的狂轰滥炸完毕，一架接着一架爬高，隐没在云层里。接下来继之以远程重炮群的排击。红一军团阵地上弹坑累累，滚滚黑烟遮天蔽日。半小时后，炮击停止。

硝烟尚浓之际，白军的步兵就不声不响冲过来了。

黑压压猫腰前进，人数最多的是红一师三团阵地前面那一伙，看情况有两千人。连续猛攻了九次，都遭到红三团的坚决反击，不得不狼狈退下去。

另一批白军攻打红一师、红二师接合部的赤兰铺。耿飚红四团正严阵以待。冲在最前面的士兵不是端着上了刺刀的步枪，而是抱着手提式轻机枪，约莫五十挺，边逼近边猛烈射击，形成火力网。后面才是一千多端着传统样式刺刀步枪的散兵线。

这伙白军越来越近，距离阵地前一条干涸的河沟不远了。

耿飚本来打算预先占领这条小沟，又实在无兵可派，只好放弃。现在多少有点后悔了。这小河沟弯弯曲曲、杂草丛生，攻击的一方容易隐蔽，防守的一方不易发挥火力。耿飚认为，不能任敌进入小河沟。踌躇了一会儿，决定采用反冲锋将敌人逼退一段距离，乘机在河沟内布设拉线明雷①，线头牵入红军阵地内。用这种方法，一次又一次地打退了几次冲锋，使敌人无法靠近小河沟。

另一个严峻问题就是弹药锐减。从根据地突围出来，一路打仗，弹药得不到补充；又是败退，乏有缴获。如果不节约使用，很快就会全部用完，那时红四团就进入冷兵器时代了。耿飚寻思，与其耗尽了弹药而落到冷兵器时代，不如及早投入冷兵器，把弹药留到关键时刻再用。他开始组织反冲锋。

布置就绪之后，待敌人步兵靠近，十几只冲锋号忽然伸出战壕，齐声吹响，声震旷野，足以震慑敌人。十几名体魄高大的掌旗兵，各打一面红旗，跃出战壕。他们高擎弹痕累累的军旗，带头冲向敌军。紧随其后的是端着上了雪亮刺刀的步枪的红军战士。

敌军见状，愣了一下。不少士兵转身欲逃，在军官和督战队制止下，重又返身回来，无奈地准备厮杀。

敌军领头冲锋的是抱着手提式轻机枪的士官和下级军官。一路扫射前进，顷刻弹如雨发。

---

① 来不及埋入土中露天布设称为明雷。

冲在最前面的红军掌旗兵毫不畏惧，迎着弹雨照旧向前冲，一个一个倒了下去，再也没有起来。他们后面的红军指战员随即也一个个倒地。但前面的倒了，后面的照旧向前冲，没有一个人发生过半秒钟的踌躇，前仆后继，踏着战友的尸体和鲜血前进。

反冲锋的红军拼死前进，冲锋的敌军也没有后退。面对面搏杀的阵势正在形成。红军战士看到了敌兵眼里的骄横和凶蛮，领略到了"无湘不成军"的传说，感慨"真是不怕死呀"。白军从红军战士眼中看到的是仇恨和庄严赴死的决心。渐渐地，彼此都能听见对方发自胸腔的短促、疾速、沉重的呼吸，甚至年轻心脏激越的跳动声，当然也能感觉到身上的杀气。终于，提着大刀走在队伍前面的耿飚发一声喊——其喊出的话有的回忆录说是"为了苏维埃"，有的则说是"杀尽白匪军呀"，有的说没那么长，耿团长只喊了两个字："冲啊！"

总之，冲锋的红军战士紧紧跟随他们的团长，愤怒地高声斥骂敌人，怀着因战友牺牲而产生的百倍仇恨，怀着血战到最后的悲壮心情，不顾一切地杀进敌人群中。无数支寒光闪闪的刺刀戳进敌人胸腔，白军的刺刀同样也抵进红军战士身体。渐渐，短兵相接地带失去了别的声音，连最初的叫骂声也没有了，只剩下利刃穿进皮肉、碰着骨头、穿破内脏发出的沉闷声响，以及中刀的人发出的惨叫声。

搏杀的时间并不长。兵力占绝对优势的白军在红军惊天地泣鬼神的悲壮气概下气馁了，害怕了。首先是几名士兵终于承受不住沉重的心理压力，恐惧地号叫着，扔掉武器，抱头发疯似的往回逃。然后像山崩似的，大批白军也都扭头往回跑，督战队也阻挡不住了。他们的身后扔下了大量尸体和伤员。

红军乘胜掩杀了一阵，扩大战果。最后见好就收，迅速收兵回到自己的阵地。

耿团长检点回来的人数，三分之一永远归不了队了。

但正面阵地终于守住。

守住了正面阵地，并不等于正面阵地减轻了压力；敌人并未放松对它的攻打。所以一旦侧翼有急，正面阵地仍无法分兵驰援。

敌人兵分两路，决心拿下侧翼阵地，撕开口子，解决全线。

其一路迂回到红三团背后，突然包围了红三团两个营。

红三团政委林龙派遣快骑驰赴洛口镇通知三营迅速向团部靠拢，准备协助一营、二营突围。

黄永胜团长操起一支上了刺刀的步枪，命令全体干部都拿起武器赶赴前沿，告诫必须身先士卒作战；然后自己亲率两个营，排成散兵线，扑向敌人包围圈，向师部方向突围。

他们拼杀了三个多小时，反复冲锋十二次，杀开了一条血路。一个营突出重围后，摆脱了敌人；另一个营突出去后走错了方向，又撞进了另一个敌群，被分割成了几小股，损失惨重。

这三个多小时的激战，红三团共损失一千二百多人！

另一路白军钻进茂密的松林后，又兵分两路：一路杀向红一团和红二团；一路突然从松林中冲出，径直扑向红一军团指挥部，企图捉拿林彪。他们利用地形、地物掩护，隐蔽前进，悄然包围红一军团指挥部所在的山坡。几道警戒哨都被这股白军毫无声息地拿掉了。

林彪和聂荣臻正在破败的小屋里摊开地图研究战况。

一师、二师接合部正面付出了重大代价后终于守住了，整条阵线的侧翼却遭到突破。这两个战况同时报到了他们的案头。林、聂很忧虑。本来就很薄弱的整条阵线，只要一个地方被突破，就可能形成全线崩溃的结局。旋即又传来红三团被包围、阵地失守的消息，紧接着又传来红一团、红二团被分割包围。事态极为严重。

他们数次急电军委陈明危境。

回电总是严令坚守，不惜一切代价坚守。

林彪愤懑地说，这个"一切代价"指什么？是指红一军团打得不剩一兵一卒吗？太荒唐了！军团部现在直辖的部队只有一个刘辉山警卫排；所有的预备队、总预备队全部都派到第一线救急去了。防线上再出现缺口，该怎么办？林彪束手无策，感到从未有过的窘迫和无望。

左权刚从前沿回来，就着凉水吃两把炒米充饥。

电台的电键被收发报员急促地敲击着，手摇发电机嗡嗡作响；指挥部前后左右的枪炮声震耳欲聋。这一切或细小或震天的声响都成了偷袭者最好的掩护。

这一股执行斩首行动的敌军，以红一军团指挥部电台天线为航标，衔枚潜行。抵达距军团部二十米处，居然仍未被察觉。

林、聂埋头地图上，商讨种种方案，对逼来的危险更是一无所知。

聂荣臻的警卫员邱文熙不放心门外的哨兵，步出门外，在屋子周围巡视。他似乎感受到了某种不祥的氛围，拔出了驳壳枪，打开了保险，提在手里，竖起耳朵捉摸。突然，在种种杂乱的声音中，邱文熙捕捉到了一种类似千军万马衔枚疾走的声音，细小而穿透力极强，难以名状的声音。他立刻下意识地伸长脖子尖起耳朵细听，忽然窜出哧的一声，特别尖锐，像刺刀尖不经意碰到岩石上发出的声响。他循着声音的方向往前急窜十余步，顿时大吃一惊。草丛、树丛里、岩石后面，有上百上千的光点忽隐忽现。他判断是钢盔。

白军已由最初望着无线电天线杆方向，改为向林、聂所在的茅檐草舍潜行了。他们看见了十八岁的邱文熙胸前挂着的望远镜，认定了红军大官确在这里。

邱文熙急忙跑进屋子，声音急促地向林、聂报告："首长，敌人来了！"

林彪听而不闻，埋头在地图上用红铅笔标注着一些点和线，似在谋划大军的撤退路线。

"别大惊小怪，这小邱！"聂荣臻也没抬头，视线顺着林彪笔尖移动，"恐怕是我们自己部队过来了吧。"

邱文熙急得上前拉扯聂荣臻："政委，确实是敌人，一大片钢盔呀！"

林、聂这才直起身，神色都有点紧张，又有点困惑。也许都在寻思，敌人是怎么找到这里的？我们的几道岗哨呢？

警卫排长刘辉山也发现了敌人。他一边派人通知军团首长，一边率部前去阻击敌人。

敌人兵力很多，警卫排只三十多人，恐怕抵敌不住。

军团部所有人员都拿起了枪，神色紧张地望着林、聂、左，等待他们的命令。情况太突然，太紧急，太危险。大家都明白，军团首长完了，红一军团就可能群龙无首，在此压力超越极限的阻击线上就有崩溃的可能。那么敌人冲过了阻击线，到界首一线拦腰斩断红军各部将毫无悬念。

林彪示意秘书收好地图，低声与聂荣臻、左权商量了几句。然后由左权发布命令：

一、通讯人员迅速收好电台，按照预定路线撤退；

二、马上通知山下刘亚楼红二师师部转移，以免遭偷袭……

林彪脸色铁青，补充了一句："还有第三，军团保卫局罗瑞卿局长立刻率领战场执法组上前沿，查清敌人从哪个单位防线溜进来的，把责任人抓回来。我亲自审问，执行战场纪律！"

警卫排与敌人已经交火，周围不断有树枝被打断；树叶被打得满天飞，飘下来洒了一地。

在步枪、手榴弹和敌人呼喊"不要放走林彪"的声音中，红一军团指挥部匆匆向他们身后一个险峻的隘口赶去。那是林彪早就探测好的撤离之路。他平常爱说，"未行军先找败路至关重要"。

那隘口是两道冲天壁夹一条小道，仅可一人通过。只要在这里放一挺机枪，就可称"万夫莫开"。一出隘口就能进入茂密的松林，顿时无影无踪。

罗瑞卿手提着子弹上膛、大张着机头的驳壳枪，背上插一柄大砍刀，率领十几名同样装束的小伙子，冲向红四团阵地。他已跑遍了前沿，查清了袭击军团部的敌人是从什么地方溜到我军后方的。一句话，红四团团长耿飚难辞其咎。尽管敌人是从侧翼突入，但侧翼也是红四团必须负责的阵地。

罗瑞卿的战场执法队就是法庭，职责很明确，对团级（含）以下干部有先斩后奏之权，对团以上干部则有当场逮捕，送到军团部的权力。

现在，敌人打开的突破口尽管已被红军封锁住，但突入的敌人已在红军后方建立了一个据点，这给前沿本已十分艰危的阵势雪上加霜，不是芒刺在背，而是尖刀抵着背心呀。若敌人里应外合，猛攻红一师、红二师接合的赤兰铺防线，红一军团的整个防线就可能被撕得稀烂。罗瑞卿边向红四团奔去边用四川话嘀咕："格老子，非杀耿飚这厮不可！"

耿飚和他的参谋长李英华也为此事心急如焚，正急急忙忙抽调战士组织突击队，准备马上向后发兵，去将突入之敌消灭，至低也要驱逐。忽然看见罗大个子冷峻的脸和他那支大张着机头的驳壳枪，耿飚心里一凉，自己对自己说，完了，完了，罗大个子就是活阎王，谁见他闯入你的部队，谁就会遭殃了。

我们看看五十年后耿飚是如何评说这段经历的吧：

> 当我看到罗瑞卿局长提着大张机头的驳壳枪，带领执行小组向我们走来时，心里不由得一悸：糟！
>
> 在战场上，尤其是战斗失利的时候，保卫局长找上门来，大半是不利的。
>
> 果然，罗瑞卿同志来到我面前，用驳壳枪的枪尖点着我的脑袋，大声质问道："格老子，怎么搞的？丢失了阵地，让敌人窜到了军团，格老子晓不晓得有多么危险？给你五分钟，快说！"
>
> 罗瑞卿同志当时膝部有一处伤口，是二次反"围剿"时在观音岩负的伤，由于愈合不好，加上他那严厉的神情，颇像是"咬牙切齿"，令人害怕。

耿飚说："罗局长，我可不可以辩解几句？"

罗瑞卿冷笑，那意思是罪证确凿，不信你能辩出一朵花来。

"你说，没人封你的嘴巴！"

"罗局长你看，全团伤亡过半，政委也治伤去了，我这个当团长的也上阵拼刺刀了；敌人兵力处于绝对优势，一个残缺不全的团要抵挡五六公里的正面攻击，危难可想而知！何况接合部的失守，让敌人冲到了我军团后面，也是防守那一段的战士全部牺牲以后才发生的！"

团参谋长马上接着耿飚的话茬，解释道："我们正在组织突击队，把敌人赶走，把缺口重新封上！"

又有人小声对罗瑞卿说："团长一直在打摆子，从苏区出来就没间断过！"

罗瑞卿这才端详了一番耿飚灰黑色、皮包骨头的一张脸，不禁叹了一口气，略带责备道："红四团一向英名在外，我说不该是这样的嘛！好吧，抓紧时间把敌人赶出去，把缺口封上！耿飚，今天的事就算了，我去向军团长解释！"临走前，对耿飚的警卫员杨力说："过了江你来找我，带你去戴胡子①那里给你们团长拿点好药回来。"

红四团封住了敌人冲进来的缺口后，又组织兵力把溜进来袭扰军团部的那股敌人就地歼灭了。

转移到安全地带的林彪，站在一块稍高的地带，用望远镜巡视血战之后还在淌血的战场。

收割后满是稻茬、稻草垛的田野被炸得到处都是弹坑和翻过来的新土，怪石林立的山坡也给炸得七零八落。

远远近近，尸体狼藉，成百上千，数也数不清。这些未被掩埋的尸体都在双方射程之内，双方都无法去收容。于是，都保持着阵亡片刻的姿势和表情。他们有的是胸部被枪刺戳穿，有的是颈部、背上被大刀砍开。林彪长时间观望那些穿灰军服的尸体，那都是他的部下。很难猜度他此时的心情，唯有望远镜下两行不干的泪水。

聂荣臻站在他旁边，久久地举着望远镜，看的也是一个方向。

战壕里的上万战士，也都和他们的首长望向一个方向，同一个地方。

真是万人无语，"唯有泪千行"。

战士们头发蓬乱，满脸污垢，疲惫憔悴；衣衫破烂，无人不带血痕，有的还有伤口在流血。他们的眼里充满迷惘、焦虑，也充满了愤怒和仇恨；更多的是在心里呼唤他们信赖的统帅，那个带领他们转战经年从来没失败过的统帅。

---

① 军团医院院长。

1934年12月1日，是湘江之战的最后一天，是在中央和红军两翼担任掩护重任的部队一军团和三军团战斗最激烈、最残酷的一天。这两个军团在两侧死顶、红五军团在后面硬抗，与强敌展开了一场惊天地泣鬼神的殊死血战，用血肉之躯筑起了一道走廊，在一块狭窄区域堵住了二十多万白军的围攻，保障中央纵队和战斗力较弱的红军部队过江。左、右、前、后总长度四十公里的阵地上炮声隆隆，杀声震天，红白两军在各线的拼杀达到白热化，红军的伤亡也越来越大。

上午11时，渡过湘江的军委纵队已穿越桂黄公路进入越城岭山区；后续部队大部过了湘江，只红五军团三十四师、红三军团十八团尚落在后面，距湘江渡口有一段距离。

正午12时，太阳像流尽了血一样，惨白惨白。战场形势又发生了变化：桂军大规模疾进，湘军主力疾进、偏师迂回，中央军源源不断开来。这个意图谁也看得出来，既然消灭共产党中央纵队在湘江西岸成了泡影，那就退而收拾尚留在原地的阻击部队吧。

在新圩、光华铺阻击桂军的红三军团已开始撤离。

红一军团也接到了脱离战场的命令。

极少表露情绪尤其是悲情的林彪，在临离开这片让他产生太多伤心太多愤慨的战场时，大为失态，任由泪如泉涌，甚至一度泣不成声。他遥望短暂沉寂的战场，没有用望远镜，而是用泪眼。他要最后看一眼并在心里道个别，对他的成千上万永远留在这里的部下、战友、同志。

聂荣臻也是同样的情绪，所以理解地扶着他的肩，无声地劝离。

终于挥去了滂沱泪雨的林彪，命令各部队以运动防御方式，轮番掩护，做梯次退却。

红一师和红二师就是这样行动，边打边退，进入越城岭西延地域（今广西资源县境内）大山区。

就在部队开始后撤时，林、聂获悉彭绍辉、萧华率领的少共国际师还在湘江的东岸，两位主将焦急万分。

少共国际师是1933年8月在中央苏区宁都成立的，辖三个团，共一万人，归红一方面军总部直辖。全师平均年龄不到十八岁，师政委萧华也只十七岁，大部分是十四五岁的红小鬼，身材还没枪高。1934年春，改称十五师，归红五军团，6月转隶红一军团，彭绍辉接替陈光担任师长。在第五次反"围剿"中损失很大，湘江战役前，全师只有五千多人。在这险恶局势下，这支娃娃部队靠自己的力量是突破不了白军封锁冲过湘江的。

　　林、聂十分牵挂这支年轻部队，在兵微将寡的此时此刻，也毅然派出一个团打过去，将少共国际师接应回来，保住了这支新生力量。

第六章

一

作为全军殿后的董振堂红五军团，伤亡超过作战责任最艰巨的红一军团和红三军团。在中央红军里，除了一军团、三军团，五军团就是最有战斗力的了。这支部队原为国民党的二十六路军，1931 年 12 月 14 日在宁都起义加入了红军。

红五军团辖两个师六个团，共一万二千人。军团长董振堂、政委李卓然。奉命担任后卫，走在全军的最后面。

他们面对的围追之敌是中央军薛岳的吴奇伟、周浑元两个纵队的九个师，兵力相差十倍以上。红五军团一路对围追之敌顽强抗击，吃不饱、睡不成，边走边打，艰苦卓绝。

所幸蒋介石给薛岳的密令是"以机动追击为主，匪行即行，匪止即止；堵截另有布置"。意在逼粤、湘、桂军阀打头阵，待两败俱伤后，中央军相机赶上去收渔翁之利。薛岳心领神会，率九个师在后面紧追不舍，但总是不追上，与红军保持一天、两天的距离。所以红五军团过三道封锁线并无太大损失。

然而进入湘桂边境后，形势变了。蒋介石调集了二十五个师在越城岭和都庞岭之间的湘江两岸布下了口袋阵，图谋将中央红军一网打尽。

担任后卫的红五军团奉命扼守道县的蒋家岭，以及湘桂边境的永安关、雷口关一带，迟滞敌人的围追大军，使其口袋无法完善。

11 月 29 日，中央军周浑元部向位于水车附近的红五军团三十四师发起了七次进攻。

当天下午 3 时，中革军委电令"红五军团之另一个师二十九日夜应在文市河西岸之五家湾①地域宿营，30 日晨应接替红六师在红树脚②、泡江以北的部队，主力应控制于红树脚，顽强保持上述地域，以抗击灌阳之敌"。

董振堂与军团政委李卓然，被三人团从一方面军参谋长贬抑下来做军团参谋长的刘伯承商榷，决定由红三十四师完成这一任务。

---

① 应为"伍家湾"之误。
② 应为"枫树脚"之误。后同。

红三十四师是 1933 年春天，在毛泽东张罗下，由闽西几支游击队组建、升格而成的；辖三个团，每团一千七百人，共五千多人；师长陈树湘、政委陈翠林、参谋长王光道，师、团干部大多是原红四军调去的骨干和红军大学毕业生。这些指挥员追随毛泽东多年，指挥能力强，作战经验丰富；全师官兵出身穷苦，阶级觉悟高，士气旺盛，战斗力强。自组建以来，隶属关系几经变更，而毛泽东的教导深入骨髓，"听党指挥，服从命令"的意识坚定不移。撤离中央苏区以来，董振堂军团担任后卫，红三十四军则是后卫中的后卫，一路表现优异。

董振堂军团长和李卓然政委把陈树湘、程翠林叫到军团部，当面传达中革军委命令。

董振堂说，蒋介石调集了数十万大军陆续开赴湘江地区，向我们步步紧逼，情况十分严重，周总政委已经命令全军尚未过江的部队加紧抢渡。现在八军团落在后面，这是一支组建不到半年的部队，都是新战士，缺乏战斗经验。周总政委很看重你们，指名调你们在后面掩护八军团过江。

"怎么样，能完成任务吗？"李卓然问道。

陈树湘、程翠林都意识到这是个十分艰危的任务，只相觑一眼，毫不踌躇就做出了决定：坚决完成任务，为全军团争光。

董振堂紧紧握住两位部下的手，提醒道："你们既要完成军委交代的任务，又要做好万一被敌人截断后孤军作战的准备。这副担子非常沉重！师、团干部事先要组织好应付各种变化的队列，以免临时手忙脚乱，被敌人冲垮。记住，全军团同志们期待你们完成任务后迅速过江归建！"

陈树湘、程翠林回到师部，火速作出部署：红一〇〇团接防枫树脚阵地，阻止桂军北进；陈树湘率红一〇一团随后跟进；程翠林率一〇二团担任后卫。

但红八军团尚未赶到水车，红三十四师只好暂不赶赴枫树脚，继续留在原驻地水车等待。

入夜，白军集结兵力向红三十四师发起全线进攻。红军奋起反击打退了敌人几次冲锋。

午夜时分，敌人只得暂停行动。

红八军团赶到时，奉命临时改变计划，就近在水车不远处渡过灌江，然后直奔青龙山、石塘圩一带。

这时，红三十四师接到中革军委急电，命他们即刻摆脱当面之敌，赶赴灌阳新圩枫树脚，接手红八师十八团阵地；同时，从现在起直接归中革军委指挥，并一小时报告一次情况。

30 日早晨，红三十四师组织了一次反冲锋。面对敌人密集的优势火力，这种冲锋无异于悲壮的自杀。但猛烈赴死的突击，使敌人惊骇不已，其一线部队招架不住，不得不向后退却。红三十四师见好就收，突如其来地脱离与当面之敌的接触，渡过灌江，向枫树脚跑步前进。

此时，红五军团指挥部跟随红十三师从文市渡过灌江，进占王家湾。

12 月 1 日凌晨一时半，中革军委给全军发布作战命令，涉及红五军团的是："应向麻子渡前进，并有遏阻桂军及周敌①追击的任务。被切断的部队应自动突围，向麻子渡前进。"

这一天，白军向湘江两岸的红军各部发起了全线进攻。

湘江东岸，红五军团的阻击阵地上，炮声震天，遍地烈焰，喊杀声惊天动地。这是长征以来红五军团遭遇的最大战斗。连日激战，部队伤亡空前严重，弹药也消耗得所剩不多了，处境越来越困难。但当时中央纵队和红军各部的后续部队正在渡江，董振堂、李卓然、刘伯承只能咬紧牙关，指挥同志们在阵地上苦苦撑着，牢牢地封住了尾追之敌的道路。

当中革军委来电通告中央纵队、红军大部已过江，并命他们相机撤退时，几天几夜没合过眼的红五军团将士们这才大大松了一口气。

董振堂当即命令红十三师师长陈伯钧、政委李雪山指挥部队交替掩护，向西撤退，准备抢渡湘江。

陈伯钧马上做出部署：红三十七团在泥口坪、马鞍山一线占领阵地，阻击围追而来之敌；师主力和师部继续前进，掩护军团部过江。

红十三师主力出发没多久，西南方向就响起了密集的枪炮声。

先锋部队派人返回来报告：一部分桂军抢先进至全州两河乡鲁枧村隔壁山一带，阻断了我师去路。

红十三师竟陷入了前后受敌的窘迫状态。

陈伯钧展开随身携带的小地图研究了片刻，命令红三十八团占领隔壁山的西北面高地阻敌，掩护大部队绕过隔壁山，开往石塘圩方向。

午夜，军团参谋长派人送来中央驻红五军团代表陈云的函件。

陈云要求陈伯钧下最大的决心，尽快抢渡湘江，能过多少就过多少，不可踌躇。

红十三师忍着疲劳和饥饿，不顾一切地向湘江跑步疾进，终于在天亮前从凤凰嘴渡口渡过了湘江。

---

① 周浑元部。

"但是五军团的三十四师被丢掉了……"（陈伯钧回忆录中语）

红三十四师自从临时直归中革军委指挥以来，就踏上了不归路。

11 月 30 日早晨，红三十四师完成了掩护红八军团西行的任务，奉命开赴新圩枫树脚的楠木山增援红十八团。

不料抵达水车附近的灌江浮桥时，遭遇敌机狂轰滥炸。事出突然，红军没有准备，伤亡一百多人，只好先行四散躲避，然后按确定地点集结。

红三十四师不熟悉当地地形，又没有向导，陈树湘只好按照地图上最近的距离，取道大塘、苗源、洪水箐前往枫树脚；这个方向从地图上看似捷径，实际上是羊肠小道，途中多峡谷峭壁，还得翻越海拔一千多米的观音山。数千官兵携带骡马辎重，艰难地跋涉，进度十分缓慢。12 月 1 日才翻过观音山。

而红十八团已经撤离楠木山，向陈家背、古岭头退却。桂军王缵斌四十四师正尾随追向湘江。

这么一来，红三十四师不仅没能接替红十八团挡住桂军，自身也陷入孤军奋战的险境。

当日 14 时，中革军委电令红三十四师"由板桥铺向白露源前进，或由杨柳井取道大源转向白露源，然后由白露源再经全州向大塘圩前进，以后则由界首之南的适当地域渡过湘江"。

中革军委指示的这条路是直线。在敌军鹰瞵虎视之下走直线乃兵家大忌，这是在断送红三十四师啊。

当红三十四师穿过灌阳至新圩公路，取道湛水、流溪源，翻越宝界山之际，等待他们的是什么呢？红军主力已过湘江进入西延地区休整；桂军完全控制了脚山铺至界首之间的湘江两岸。红三十四师陷入孤军作战、进退失据的窘境。

12 月 3 日凌晨 4 时，中革军委给红三十四师发出了最后一份电报。电文说："如于今三日夜经大塘圩从凤凰渡河，由咸水、界首之间赶到洛江圩，有可能回归主力；如时势已不可能，应依你们自己决心，即改向兴安以南前进。但你们须注意桂敌正向西移，兴安之南西进之路较少，桂河不能徒涉。你们必须准备在不能与主力会合时，要有一时期发展游击战争的决心和部署。"

此决定若在一天前下达，则红三十四师尚可有救。

陈树湘率部沿总部指示的路线前进。

他们翻越了宝界山，从全州万板桥往北刚过四所不远，在安和乡文塘村附近，陷入了桂系四十四师的包围。

此刻，陈树湘意识到，总部指示的往北去大塘圩进至湘江的路被堵死了，退路也没有了。他和政委程翠林商定，"不惜一切代价，坚决杀出一条血路"。

战士们把身上全部子弹压进弹仓；师属炮连的全部炮弹也倾箱而出，摆到炮架跟前。

敌人开始长达一小时的炮击，将这支因上级指挥严重不当而身陷险境的英雄部队淹没在烈火与硝烟中。血肉横飞，弹片四溅之后是敌人步兵的冲锋。红三十四师奋起抗击，与敌人短兵相接，做刺刀见红的拼杀。搏斗共进行了八轮，持续时间长达十多个小时。红三十四师伤亡过半，粮弹告罄，四面受敌的困境未能稍有疏解。师政委程翠林、政治部主任蔡中、一○○团政委侯中辉、一○二团团长吕宫印壮烈牺牲，为共产主义理想流尽了鲜血。这一仗下来，红三十四师只剩下一千多人了。

陈树湘见向北冲不出去，率部队向南撤，另找西进之路。

但是，他率部南撤，准备从兴安以南相机西进之际，又遭桂军强有力阻击。西进之路彻底阻断，红三十四师残存的一千人陷入绝境。

现在剩下的兵力不足一个团了。陈树湘明白，要杀出数万敌军的重围殊不可能；只能设法隐藏下来，留在江东打游击。

当夜，陈树湘烧毁了全部文件，下令毁弃无弹的火炮。他向大家说明当前态势，决定寻找敌军薄弱环节突出去，到湘南发展游击战争；如果突围不成，那就战至最后吧。

一小时后，他们借着夜幕掩护，开始突围。

湘江两岸全是白军：兴安到处都有桂军，还有湘系刘建绪部、中央系周浑元部，多如牛毛的地主民团。突围没有成功，又损失了近千人。陈树湘率领剩下的五百多人到灌阳、道县打游击。但环境生疏，又毫无群众基础，不断遭到白军攻击、地主民团的袭扰。此地不能久留，陈树湘决定和参谋长王光道率师部、一○一团、一○二团共三百人，从灌阳水车的先工坝渡过灌江；命令一○○团团长韩伟率残部一百多人断后，徐徐跟进。

不料又遭敌军截击。

陈树湘只好再次改道，向八工田进发并渡江，然后向东，沿泡江前进。一路冲杀，突破层层围追堵截，翻越了明渚岭，12月9日进入湘南。检点人数，只剩下一百四十二人了。

担任后卫的一○○团没能突出来。他们战至最后几个人，在韩伟团长带领下，高呼共产党万岁、中华苏维埃共和国万岁，英勇跳崖。所幸有三人被半山腰藤蔓缠绕，大难不死：韩伟团长、三营教导员胡文轩、五连通讯员李金闪。不幸的是三人逃难途中又遭地主还乡团阻击，只有韩伟冲出去，最后回归部队。

12月11日，陈树湘率残部抢渡牯子江，遭当地保安团伏击。

陈树湘率部奋勇反击，战斗中腹部受重创，肠子流了出来。为了不当俘虏，他下令警卫员向他头部开枪。

警卫员拒绝，强行为他包扎好了伤口，抬上他且战且走。

走到四眼桥附近的早禾田，又遭道县保安团第一营截击。激战数小时，打退了这股白匪。然而，宁远县保安团闻讯从鲁观洞向道县开来，尾追的江华县保安团也即将赶到。陈树湘命令师参谋长王光道率领余下的九十多人躲避；声称自己伤势严重不堪上山折腾，藏匿于驷马桥附近的洪东庙疗伤。其实他是打算用自己引开敌人，保住上山的王光道等九十多名战友。

保安团抓到了陈树湘，如获至宝，抬着去向主子请功。他失血过多，一直处于昏迷状态。途中，被一颠一簸的担架折腾得醒过来的陈树湘，知道自己被敌人俘虏了，庆幸王光道等同志终得脱险。他乘敌不备，暗中解开衣服，撕开绷带，将手插进伤口内，把自己的肠子拉出腹腔外扯断，然后用尽浑身力气滚下担架。这位坚贞的共产主义战士为自己的理想壮烈献身。

前面曾提及，白崇禧暗中撤兵让路之后，不久又杀了红军的回马枪，而且可不只为"击尾"，而是与湘军、中央军协同动作，对红军"半渡击之"。所以然者何？一是震惊于红军压境时的声威浩大出乎意料，担心桂境被割裂占据；另有一个重要原因是蒋介石对其让道的质询并摆出一副要清算的姿态。为此，白崇禧还与蒋介石展开了电报争论，为桂系辩白之余还对蒋介石反唇相讥。

蒋介石的斥责电报是11月28日发出的。他对白崇禧闪避红军锋芒，开放兴、全、灌三县区域，以让红军轻易通过，大为恼怒，称"任匪从容渡河"，暗示这种行径难免"通匪"之嫌。此前蒋就多次借南昌行辕之名数落桂军"围而不击，堵而不剿"，一直对李宗仁、白崇禧没有好的颜色。

白崇禧不动声色改弦更张，令桂军回师，部队进入准备攻击红军区域；过了两天给蒋介石复电，对蒋还以颜色，反唇相讥。电文摘要如下：

> ……赤匪盘踞闽赣，于兹七载。东西南北四路围剿，兵力百余万，（却）任匪从容脱围，甚为愧惜；迨其进入湖南，盘踞宜章，我追剿各军，坐令优游停止达十余日不加痛击，尤引为失策。及匪沿五岭山脉西窜而来，

广西首当其冲。其向桂岭东南之富、贺，抑向东北之兴、全，无从判定。职军原来遵委座电令，将兵力集中兴、全；后以共匪分扰富、贺，龙虎关之警报纷至沓来。复奉委座电令，谓追剿各军偏在西北，须防共匪避实就虚，南扰富、贺西窜，更难剿灭——等因。兹以湘桂边境线长七百（华）里，我军兵力不过十七团，处处布防，处处薄弱。故只得以军一部，协同民团防堵；而以主力集中于龙虎、恭城一带，冀以机动作战，捕捉匪之主力而击破之。又虑匪众我寡，顾此失彼，迭电请进入全州附近之友军，推进兴、全；并经与湘军协定，共匪主力进入兴、全时之夹击方案。自匪以伪一、九两军团由江华、永明方面分扰富、贺及龙虎关，与我防军接触后，当指挥进击，经两日激战，将其击溃。并判明匪之主力窜入四关，即以十五军全部及第七军主力星夜兼程转移兴、灌北方之线截击该匪。感日以来，在文市方面苏江、新圩之线与匪第三、五、八军团主力决战四日，未结战局。其经过情况，曾经陆续电呈在案。委座电责各节，读之不胜惶恐骇异。无论职军在历史立场上，已与共匪势不并存，而纵观湘赣边境数年之萧匪主力，目前为我七军追至黔东将其击溃。即此次共匪入桂以来，所经五日苦战，又何尝非职军之独立担负，不畏螳臂当车之识，更无敌众我寡之惧。至于全、咸之线，因守兵单薄，被匪众击破，则诚有之；谓觅守兵，则殊非事实。以我国军百余万众尚被匪突破重围，一渡赣江，再渡耒河，三渡潇水，如职军寡少之兵力，何能阻匪不渡湘江？况现届冬季，湘江上游处处可以徒涉乎！职军之历史士气，职历来作战指挥，向抱宁为强敌粉碎之志，决无畏敌苟存之心。尤其对于共匪，向来深恶痛绝……究竟何（键）军与匪决战，战斗经过几日，共匪死伤几何；又何军瞻望不前，何军迟迟不进，便明真相矣！……唯目前问题似不全在计划，而在实际认真攻剿，尤忌每日捷报浮文自欺欺人，失信友邦，贻笑共匪。至若凭一纸捷电即为功罪论断，则自赣、闽剿匪以来，至共匪侵入桂北止，统计共军捷报所报，斩获匪众与枪械之数早已超过共匪十几倍，何至于此次与本军激战尚不下五六万乎！……

做贼心虚的白崇禧居然摆出了一副大义凛然、兴师问罪的模样。其要害当然是以攻为守，免得蒋介石对桂系深追穷究、多方责难。军事部署方面尽管决定认真剿共以塞世人耳目，但仍密嘱部曲，不仅驱共，也要坚拒任何"客军"（主要指蒋军）入桂。

就在白崇禧接到蒋介石斥责电的当天，桂军与中央军遭遇了。

桂系七军之二十四师追蹑红军之后，从灌阳追到文市附近。正巧薛岳部周浑元纵队正由清水关进入，其先头部队万耀煌师与桂系前卫部队七十二团遭遇。双方相距两公里许，都止步探测对方是红军还是友军。桂系前卫团长程树芬派人驰报师长覃连芳。覃连芳带上参谋长覃琦"快马赶到程团位置。他（覃连芳）用望远镜略一探望，即对程树芬说：'那是共军，立即攻击前进！'我（覃琦）鉴于过去同湘军成铁侠部队发生误会的教训，再用望远镜仔细观察，然后说：'确系中央军服装，不要发生误会。'覃连芳坚定地说：'即使是中央军，也不能放过！'"（摘自覃琦多年后的回忆）

程树芬心领神会，立即派出一营兵力向当面中央军攻击前进。

随后，覃连芳加派七十团副团长黄炳钿率一个营向右前方包围攻击。

顷刻，迫击炮、机枪一齐射击，炮击声、枪弹尖厉的呼啸声与桂军的喊杀声混成一片，煞是热闹。

中央军突遭两面夹击，霎时蒙了。一边四处躲避，一边高声呼喊道：

"是桂军弟兄吗？误会了误会了！"

"别开枪！别开枪！大水冲了龙王庙了！"

桂军杀得兴起，不容置辩，加大火力，放倒了一排又一排。

中央军见对方越打越起劲，如梦初醒，明白并非误会，而是故意为之。哀叹道，这群广西猴子是要我们的命呀。一面还击，一面退却。而桂军的速度太快了，中央军这支尖兵部队被黄炳钿部截断退路，就地缴械了。

桂系七军军长夏威和十五军参谋长蓝香山"及时赶到"，装模作样地下令吹号联络，"制止了这场误会"。

覃连芳也佯作省悟，将人枪放回，并致函周浑元道歉，称纯属误会。

覃琦不解地问覃连芳："师座，为什么要这样做？"

覃连芳神秘地一笑，说："这是上面的意思！"

这场误会的直接受害者万耀煌不但不抗议，反倒亲赴桂军前指向"健公"道歉。

周浑元其实明白是桂军故意制造事端，乃敲山震虎之举。怕影响桂军剿共情绪，坏了蒋介石大事，只好隐忍不发，怏怏地率部退出广西。

白崇禧长长吁了一口气，笑了。

二

1934 年 11 月 25 日至 12 月 1 日，中央红军在湘江两岸浴血奋战，在指挥策略极为错误的情况下，仰赖全体官兵极高的政治素质和过硬的作战技能，突破了蒋介石用几十万大军构筑的四道封锁线，渡过了湘江。红军为此付出了惨重代价，由八万六千人锐减到三万人。有的军团、师、团因减员严重，大部队被撤销番号。

这时，博古深感自己责任重大，痛苦万分，一度举枪自杀，被人制止。

周恩来表情沉重，自己是军委副主席、红军总政委，三人团里分工负责军事，难辞其咎。也许此时此刻认识到了红军不能没有毛泽东、中国革命不能没有毛泽东，所以他开始多次把目光投向这位失权的中华苏维埃共和国主席。

李德变得心焦气躁，整天用极少人听得懂的德语或俄语骂骂咧咧，不知具体骂谁。他准备诿过于人，先拿周子昆开刀。

周子昆是独立二十二师师长，率部在湘江以东阻击敌人，部队被打垮了，只有负伤的周子昆等十多人逃回来归队。

李德指责周子昆临阵脱逃，用俄语训斥道："你的部队呢？没有兵还有什么脸逃回来？"骂完了命警卫战士捆了，送军事法庭议处。

警卫班的战士没动，都把目光投向博古和周恩来。两位领导没发话他们是不会动的。

结果，博古没开腔，周恩来也没开腔，显然是不同意这样办理。

毛泽东直接站出来干预了。他要求把周子昆交给他来处理。

周恩来径直向毛泽东点头。

毛泽东对周子昆讲了一番话，也问了周子昆一些情况。最后叫他准备不久以后继续带兵打仗，鼓励他好好干。

周子昆流着眼泪向他郑重敬了个军礼，感激地说：

"谢谢主席对我的保护，我以后一定好好干！"

李德知道后，暴跳如雷，攻讦毛泽东"收容败将，笼络人心"。

诿过于人是没有用的，谁都知道失败的原因是什么，谁都明白葬送五万红军性命、丢失中国最大的苏区的责任应该由哪些人来负。

正如刘伯承所说："广大干部眼看五次反'围剿'以来，迭次失利，现在又几乎濒于绝境；与四次反'围剿'以前的情况对比之下，逐渐觉悟到这是排斥了以毛泽东同志为代表的正确路线，贯彻执行了错误路线所致。部队中明显地增长了怀疑、不满和积极要求改变领导的情绪。这种情绪，随着我军的失利日益显著，湘江战役达到了顶点。"①

---

① 《刘伯承回忆录》，上海文艺出版社，1981年版，第4页。

这时，蒋介石判断中央红军将会"走萧克的老路"，去和贺龙以及萧克会合。"除电令王家烈率黔军在黔东堵截外，一面电令何键、李宗仁派兵尾追，一面电薛岳率主力经武冈、芷江入黔以防阻红军会合。"①

毛泽东洞悉其奸，意识到若按照三人团原计划北去湘西会合红二军团、六军团，必然会遭遇国民党大军。与二十万以逸待劳的敌军决战，剩下的这三万人马将一朝覆灭。

12月12日，中央在通道县城召开久已不开的政治局会议讨论是否坚持原议去与贺、萧会合。参加者为博古、周恩来、张闻天、毛泽东、李德。周恩来主持会议。

博古、李德不顾已然变化了的客观情况，坚持主张去湘西同红二军团、六军团会合的原计划。李德在《中国纪事》里写道，我在会上"提请大家考虑，是否可以让那些在平行路线上追击我们的或向西南战略要地急赶的周部②和其他敌军超过我们；我们自己在他们背后转向北方，与二军团建立联系"。

周恩来把目光转向毛泽东，问道："主席同志，你同意顾问同志的意见吗？"

毛泽东正在用刚吸完的烟头点燃新一支烟。深深地吸了一口，徐徐吐出浓浓的烟团，这才不疾不徐地说：

"李德同志的主张值得商榷！据我所知，白军正以五六倍于我军的兵力构筑起四道碉堡线，张网以待，等我们去钻呢！因为蒋介石已经判定我们在想什么，他可比我们有些同志聪明啊！我们对应的办法只有一个，表面上仍是做出一副要走萧克老路的样子，实际只是虚晃一枪，然后转兵到贵州。为什么去贵州呢？一者是蒋介石意料之外，他来不及调集大军对付我们，我们可以就此摆脱他们；二者贵州军阀王家烈兵微将寡，没有能力阻挡我军入黔，我们还可以相机在川黔交界地域创建苏区。"

伍修权替李德翻译了一句质询："何以见得贵州容易进入？"

毛泽东微微一笑，觉得此公如此不了解中国地方军阀情况，还当什么军事顾问呢。出于团结的愿望，这种尖刻之词他是不会说出的，而只会耐心的解释。

他看了一下伍修权，说："你告诉他，贵州贫富悬殊极大，官民对立、地主与农民的对立都较其他省份严重。首先就只这点就是发展革命最肥沃的土壤！贵州省主席王家烈所兼军长的二十五军总共五个师，分属四个派系。王家烈自己有两个师，下辖五个旅共十五个步兵团，另有特务团、山炮团各一个；副军

---

① 引号内为当时任侍从室主任的晏道刚多年后回忆语。

② 周浑元部。

长侯之担掌握教导师，下辖四个旅八个团；副军长犹国才兼掌独立第一师，下辖两个旅六个团；第三师师长蒋在珍没有副军长名头，手下只有两个旅四个团。从表面上看，番号不少，人也不少；但编制复杂，派系林立，缺乏训练，吃空饷的不少。而且上至军长，下至火头军，人人吸食鸦片，号称双枪将（步枪、烟枪）。军纪很坏，每到一处洗劫如匪，《大公报》说他们'军行所至，鸡犬不留'，可谓所言不诬！这样一群乌合之众，说他不堪一击，并非夸张！"毛泽东停顿了片刻，继续说，"如果固执地进军湘西去找二、六军团，就会钻进蒋介石的大口袋，就会再来一次湘江之战，那么等待红军的就只有一个结果：覆亡！"

李德不再开腔，默默地吸他烟斗里装填的马合烟。他从苏联带到哈尔滨、上海再到瑞金的这种烟丝已经所剩无几了。

王稼祥、张闻天相继发言，支持毛泽东的这个主张。

"恩来，你以为如何？"毛泽东友好而希冀地望着周恩来。他希望周恩来能同意这个主张，更希望借着这种"同意"和以后的更多"同意"，逐步把周恩来从三人团中分化出来。他十分欣赏周恩来的执行能力，只要确定了方向，周恩来会如愿把事情推向这个方向，圆满地完成一切。他认为若能让周恩来做自己的助手，将会形成最佳搭档。

周恩来自从五次反"围剿"以来，已经不由自主地开始在反省三人团的路线，湘江之战的惨重损失，有力地推进了他的这种反省。此刻他看到了毛泽东的那种眼光，感觉到了毛泽东的热望；旋又探询地看看博古。博古却茫然地回望着他——每临大事，他总用这种目光看着李德，或者周恩来。

周恩来看着博古说："我看毛主席的意见是符合实际的！"

博古点了点头说："好吧，那就这样！"

就这样，会议通过了西进贵州的主张。

李德在《中国纪事》里这样写道："毛泽东又粗暴地拒绝了这个建议，坚持向西进军，进入贵州内地。这次他不仅得到洛甫[1]和王稼祥的支持，而且还得到了当时就准备转向'中央三人小组'[2]一边的周恩来的支持。因此毛的建议被通过了。"

红军主力西进，12月15日攻占黎平。

但北上还是西进的争论并没有真正结束。

---

[1] 张闻天的别名。
[2] 李德对毛泽东、张闻天、王稼祥的戏称。

18 日，政治局在黎平县城二郎坡胡荣顺店铺开会，讨论途中发生的争论——今后的行动方向。会议仍由周恩来主持。参加者有政治局委员博古、周恩来、毛泽东、张闻天、朱德、陈云，候补委员王稼祥、刘少奇，各军团的领导列席。

博古在路上受到了李德影响，又提出还是北上湘西会合红二军团、六军团为宜。另外也有同志支持北上湘西的主张。由是发生了坦率的交锋。结果，大家最后还是被真理在手而又极富辩才的毛泽东说服了。

会议根据毛泽东的发言制定了决议《中央政治局关于战略方针之决定》，这份文件的中心意思是："鉴于目前所形成之情况，政治局认为过去在湘西创立新的苏维埃根据地的决定在目前已经是不可能的，并且是不适宜的。""政治局认为新的根据地区应该是川黔地区，在最初应以遵义为中心之地区，在不利的条件下应该转移至遵义西北地区。"①

会后，周恩来去看望因病未参加会议的李德，把文件的译文给他看。李德大发脾气，向周恩来提出一些质问。周恩来的警卫员范金彪新中国成立后回忆，两人是用外语对话的，"吵得很厉害。总理批评了李德。总理把桌子一拍，搁在桌子上的马灯都跳起来，熄灭了。我们又马上把灯点上"。

尽管博古的意见被大家否定了，但他还是坚决服从会议决定，而且决议文件也是他签署的。周恩来向他抱怨李德的行径时，他回答说："不必理他（李德）！"②

中革军委副主席、红军总政委周恩来命令红一军团、红九军团编为右纵队，从剑河向遵义方向前进；红三军团、红五军团、军委纵队编为左纵队，从台拱（今台江县）向遵义方向前进。同时命令湘西的红二军团、六军团和川北的红四方面军积极行动，牵制湘军、川军，策应中央红军西进。

20 日，中央红军分两路向川黔边地区开进，具体目标是遵义。从此开始了具有决定意义的战略方向的转变。

蒋介石获悉红军没有向湘西前进去钻他新造的口袋，急忙令湘军刘建绪部沿清水江西进，赶赴黔东石阡、印江，沿乌江东岸布防，堵住红军北上之路；令已在鄂川边区的徐源泉部到酉阳、秀山，同刘建绪联防。

最慌张的是王家烈。

---

① 《中共中央文件选集》第十册，中共中央党校出版社，1991 年版，第 441 页、442 页。
② 《任弼时延安整风笔记》，1943 年 12 月 2 日。藏中央文献档案馆。

对于朱毛红军这次大举入黔，他明白黔军不是对手。一个多月前红六军团入黔，不过八九千人，王家烈亲自率部堵截，尝够了苦头；朱毛红军据说湘江之战后尚余三万，是红军中最凶悍的部分，弱小而又派系林立的黔军如何招架得住呢？同时，王家烈深知，蒋介石觊觎贵州多年，这次红军入黔，给了中央军开进来的充分借口。以前为了抗蒋保黔，他千方百计扩充兵力，一方面将贵州盛产的鸦片运出去，换取武器、装备；一方面暗中勾通陈济棠与李宗仁、白崇禧，订立三省同盟，协同对抗蒋的并吞。不料这个密约被陈济棠的部下余汉谋盗出，向蒋告了密。

对于蒋介石来说，中央红军突破湘江转进贵州，他是恼、恨、喜俱有。恼的是本来"流徙千里，四面受敌，虎落平阳，不难就擒"的"朱毛集团"竟然突破了数十万国军铁桶般的包围；恨的是陈、李、白这些地方军阀拥兵容寇以自重，采取"送客式追击，敲梆式防堵"，对他蒋某人的严令虚与委蛇、大打太极拳，致使功亏一篑。不过，坏事变成了好事，是乃一喜：他认为红军选择贵州作进军方向只有覆灭一条路。那里穷山恶水，久据必大亏，届时不难剿灭。同时这也为染指大西南、削藩提供了一个绝好的机会。毛泽东选择打击对象时，总是强调先挑弱的打；蒋介石也深得此中三昧，削藩大西南，他首先选中的正是最弱小的王家烈。多年后晏道刚回忆道：

> 蒋介石早已安下乘追堵红军的机会完全掌握西南的一个双管齐下的计谋。我最初是从陈布雷处得知这一消息的。当红军于12月进入黔边时，蒋在南昌对陈布雷说："川黔滇三省各自为政，共军入黔我们就可以跟进去，比我们专为图黔而用兵还要好。川滇为自救也不能不欢迎我们去，更无从借口阻止我们去，此乃政治上最好的机会。今后只要我们军事、政治、人事、经济调配适宜，必可造成统一局面。"

王家烈早就见识过蒋介石剪除异己的手段，但对他图黔决心之大之猛却始料不及。眼见红军大举入黔，王家烈的确是又惧又怕，深知以自己的力量根本无法驱逐能纵横黔境的三万红军；危险程度不亚于红军的是中央军跟在后面长驱入黔。那将如何是好？新中国成立后王家烈在回忆录中这样写道：

> 红军主力到贵州来了，共产党要占据我的地盘。要阻挡他们，我无力办到；蒋介石对我又不怀好意，他早就想攫取贵州，进而控制西南各省。

这次他的中央军乘追击红军的机会要进贵州来了。想拒绝他也不可能。前思后想，心绪非常烦乱。在当前形势下，我只有执行蒋介石命令阻击红军，使其早日离开黔境；一面同两广联系，保存实力，以图生存……联系结果：广西四集团军李宗仁、白崇禧同意派他的七军军长廖磊率两个师开到贵州都匀、榕江策应；广东一集团军陈济棠同意派张达军长率第二军推进到广西浔州（桂平），必要时进到柳州策应。他们说，若再远离其各自的省境，就感觉自己后防空虚，无法办到了。

即使王家烈不向两广求援，两广也会主动出兵相救。因为桂粤黔三省有诸多共同利益，防共防蒋并举不说了，单是鸦片烟的种植和运输方面，一省有什么闪失，都会掉链子。

白崇禧早就察觉蒋介石要趁此机会染指贵州。

薛岳大军集结于武冈至洪江一线，何键置湘军重兵于城步、绥宁、靖县一带。黔东南极为空虚。而蒋介石又限制桂军入黔，规定洪州（不含）以南为桂军守备区域。贵州一旦落入蒋介石囊中，广西将失去主要财源（鸦片买卖），其军事上对广西也是直接的威胁。

陈济棠当然也有同感。

两广于12月11日联名电蒋，主动请缨入黔追剿红军。

蒋介石一眼就看穿了两广的心思，当然不会允许他们置喙。复电断然拒绝，命令他们谨遵"前令"，"各军守备区域，按照"原来的"规定地点，迅速完成碉堡，严守之"。①

王家烈盼粤桂两军不来，慌乱中召集贵州各路诸侯侯之担、犹国才、何知重、柏辉章开会，商量应变之策。

这些家伙平日拥兵自重，各自为政，但面对共、蒋方面的双重威胁，也知道须团结一致对外。于是商定了基本方针，红军进来，对之采取"防而不打，堵而不追"的策略，尽量避免真打；若不能免时，则退避三舍，让其通过。具体部署是：侯之担负责乌江以北，原驻湄潭王家烈部第八团归其统一指挥；犹国才部开到乌江以南，犹本人跟随王家烈到马场坪，任东路的左翼指挥，负责平越、瓮安一线；王家烈本人，担任东路的右翼防务，以便于联络广西。

王家烈的算盘打得精。他把一向与自己不睦的侯之担、犹国才两部放到首当其冲的位置，先与红军对消；自己的部队则放在紧挨广西的黔东南，坐观局

---

① 《重申湘水以西地区会剿计划大纲电》，藏中国第二历史档案馆。

势变化。若堵截顺利，就把部队开上去；若失利，可就近联络桂系出兵协助，保全自己实力。

他的算盘打得滑溜，不过只是一厢情愿。

他率军部人员从贵阳出发没走多远就获悉朱毛红军已然进占黎平、剑河一带，声势十分浩大；看势头有攻击镇远、施屏、黄平，然后向北推进的意思。驻守黎平的周芳仁弃城后退至大坡顶，死守待援。

王家烈失望地长叹一声："来得好快呀！"

他只好赶紧命二旅旅长杜肇华率两个团去增援；命一旅旅长李成章率三个团进至剑河策应；命榕江、下司、黎平、永从民团总指挥何韬率乌合之众增防榕江，相机解黎平之围。

三

红军从黎平出发，分两路强渡清水江，继续挺进。18日攻克剑河县城，22日攻占台拱，红一军团十五师直逼镇远县的鼓楼坪。

镇远乃黔东重镇，处湘黔要冲，自古有"黔东锁钥"之称。镇远有失，对黔军是严重威胁。驻守镇远的省主席兼东路行营主任黄烈侯慌忙派第四团的蒋德铭营驰赴鼓楼坪助战。

蒋德铭部是王家烈最亲信的部队，武器装备精良。不料刚与红军交手就败下阵来，退守清溪。

红军当即轻取镇远。

王家烈惊慌失措，绕室而行，挠头不迭。叹道：

"仅仅一天，镇远就丢失了！这个仗还怎么打呀？"

杜肇华也打电话告急："共军来势太猛！我想避其锐气，让开正面，转进到重安江以西布阵以待。军座以为如何？"

王家烈明白杜肇华此乃退却，哪是什么"避其锐气"？但又无法可想，只好有限地同意。

"避开正面以保存实力是对的，但不可退那么远！只许撤到马站街、老木哨一带，相机侧击！"

红军入黔以来，不旬日就连克黎平、剑河、台拱、镇远、施秉，进抵余庆、瓮安。似此势如破竹，一举打到贵阳将毫无悬念。王家烈急得抓耳挠腮，无计可施。魂不守舍之余，埋怨起其盟友——广西的李宗仁、白崇禧和广东的陈济棠来。

正值此时，又惊闻薛岳率中央军九个师星夜兼程直奔贵阳。薛岳打电话约他到福泉县马场坪会见。

1934 年的最后一天，红军抵达乌江南岸。军委纵队经瓮安境内的老坟嘴到猴场（今称草场）。

1935 年元旦，中共中央政治局会议在是处召开。史称"猴场会议"。

这是进军途中毛泽东的思考，并会商王稼祥、洛甫、朱德，也取得了周恩来一定程度的支持。他特别多次找周恩来谈话，引导周恩来的认识向正确路线发展。

会议一开始，摆脱不了李德影响的博古又老调重提，说是一路上考虑再三，还是觉得渡乌江有危害，遵义一带建根据地也不合适；应该突然转身回师，仍依原计划去会合二军团、六军团。

李德马上起而附和他的意见，并恐吓道，乌江很可能又是一条湘江，强渡或者要付出重大代价，甚至全军覆没。

毛泽东立刻对这个论断给予了批评。用事实和以事实为依据的推论指出强渡乌江的方向是目前唯一安全的道路，强调了黎平会议的决议没有错，所以没有理由不坚持贯彻。

大多数出席和列席会议的同志都支持毛泽东的意见，否决了博古、李德的动议。

毛泽东又指出："近年来出现了一个极不好的现象，居然长期以来得不到纠正；那就是严重违背组织原则，少数人凌驾于政治局之上，指挥政治局，指挥全党、全军。请问中革军委是什么机构？是党和苏维埃共和国的军事指挥机关。现在是这个军事机关反过来指挥党，指挥党中央政治局，指挥苏维埃共和国。请问，这不变成了枪杆子指挥党了吗？那还了得！也许有同志认为我危言耸听，我提请掌控着中革军委的三人团的同志们注意一个事实：自从第四次反'围剿'以来，你们所做出的哪一项重大决定、指挥的哪一项重大行动没有违背政治局之前的决议？又有哪一项重大决定、重大行动提请过政治局审议、批准？大家没有话说吧？好，那就是默认了。不管默认不默认，政治局是党的全国代表大会闭会期间的常设最高权力机构，这一点恐怕没有人否定吧？好，我看到博古同志郑重地点了一下头。这是位好同志，有勇气认同真理！那么我们今天是不是应该把这一条写进会议决议去呢？好，恩来同志也点头了！恩来同志作为今天会议的主席，我希望能把这一句话写进决议去：'关于作战方针，以及作战时间与地点的选择，军委必须在政治局会议上作报告。'①

这一天，红军各部都在杀猪宰牛，方圆几公里内肉香飘荡。

政治局会议的出席者、列席者在一起会餐。大家围着几盆用猪肉和猪下水烧制成的菜肴蹲着用餐；饮料是当地用玉米酿成的土酒，名叫"苞谷烧"，度数很高。李德喝了几碗，醉成了一摊泥。

周恩来也喝了不少，两颊酡红。饭后他拉着毛泽东说：

"主席，到我那里去，我们畅谈一番如何？"

毛泽东扶着他笑道："恩来，夜深了，你先休息，明天再说好不好？"一边示意周恩来的警卫员把他扶回去。

总的说，气氛很好，维护了高层的团结。

毛泽东不会喝酒，常常都是少饮辄醉，所以今天基本上一口也没真饮。回到下榻处后，已是次日凌晨2时，可他毫无睡意。点燃烟，久久地在屋子里徘徊，他在考虑李德那句话，"乌江很可能会变成另一条湘江"。

防守乌江的是黔军二十五军副军长兼教导师师长侯之担。按照在贵阳与王家烈商定的方案，侯之担将驻川南、黔北的大部分兵力向遵义集结，做出如下部署：第一旅旅长刘翰吾任右路指挥，率两个团防守乌江的江界河一带渡口及河岸沿线，重点放在江界河；川南边防军第一旅旅长易少荃任中路指挥，率一个团防守袁家渡一带河岸，并与防守湄潭的另一个团衔接；第三旅旅长林秀生为左路指挥，率一个团又一个机炮营防守孙家渡、茶山关；教导师副师长侯汉佑为前敌指挥，率特务第二营进驻猪场；川南各县由川南边防军二旅侯之玺部防守；侯之担率特务第一营驻遵义。

乌江是贵州省内最大的一条河流，从西南向东北贯穿全省，河道弯曲，水流湍急；两岸悬崖峭壁，当地百姓戏称鸟也飞不上去。自古有天堑之说。主要的几个渡口，黔军修筑了坚固的防御工事，配置了得力部队、强大的火力。而且国民党中央军薛岳所属吴奇伟四个师、周浑元四个师正向乌江做半月形包围而来，距此只有一百公里许。

毛泽东明白，必须在白军中央军到达前打过乌江去。昨天他已建议周恩来及早采取措施。此刻，林彪、聂荣臻红一军团和彭德怀红三军团正在驰赴乌江；在毛泽东斡旋下恢复总参谋长职务的刘伯承也亲自带领工兵营赶去了。走前，刘伯承见毛泽东双眉深锁，特意上前小声宽慰道："主席放心吧，我会弄

---

① 这句话被周恩来原文写进了《中央政治局关于渡江后新的行动方针的决定》。

好的!"

中革军委安排的几处乌江渡口突破任务,红一军团负责了两处。一处为耿飚红四团,一处为杨得志红一团;都在元旦这天放弃了驻地已经烧熟的鸡鸭鱼肉,急匆匆出发了。

红四团抵达名叫江界河的乌江渡口,部队就地休息。

耿飚带领侦察小分队登上岸边山崖,观察战场情势。但云雾缭绕,什么也看不清,只闻惊涛拍岸的声音。向当地老百姓打听,这才知道,即使晴天,这段江面也总是雾锁云遮。耿飚命令进行火力侦察。侦察参谋端起步枪向对岸打了几枪。对岸敌人也开火了,机枪步枪齐发,乱打一气。参谋们将火力点一一记到小本上。耿飚叫加大射击力度,还亲自抱起一挺轻机枪进行扫射。对岸敌人大约以为红军要渡河了,急忙用全部火力压制江面。耿飚微微笑了,判断出敌人守渡口的兵力为一个连。他命令部队大张旗鼓地砍伐竹子编织竹排,高声呼叫着把竹子拖来拖去,把声势搞得像有上万人的样子,以为"疑兵"之计。

对岸黔军乱作一团,大部队过江,"岂谓天堑不能飞渡,投鞭不足断流耶!"他们不知如何是好了。

耿飚组织渡江突击队。报名的有三十多人,他挑了八名,叫三连连长毛振华做队长。

毛振华是湖南农民,家里是佃农,与佃主地主有血海深仇,很早就参加了赤卫队。耿飚拍着他的肩戏谑地说:

"振华,你是湖南人,毛主席的本家,知道怎么做吧?"

"团长放心,我不会给主席丢脸的!"毛振华的回答却严肃认真。

八个突击队员都是水性好的。他们腰上插着压满子弹的驳壳枪,头顶上捆着几颗手榴弹,在距江界河渡口几百米的乌江上游,纵身跳下去,消失在江上的云雾里。为了抗拒江流,耿飚用一条粗绳子连接着这八个勇士,亲自牵着绳头。

对岸敌人发现了,机枪步枪一股脑儿射击,还用迫击炮胡乱往江面上打。

忽然,耿飚顿觉绳子松弛得全无力度;观察哨也大声报告绳子被炮弹打断了。

耿飚扼腕大骂,妈的黔军!命令赶紧派人去下游救援。

七个浑身湿淋淋的突击队员被救回来了。毛振华向耿团长报告牺牲了一个同志。

耿飚再组突击队,仍由毛振华率领,改用竹筏划水过去。

三只竹筏坐满了突击队员。夜幕降下后才下水。

但江水湍急，竹筏掌控困难，有两只未到中流就被冲走了。好在筏子上的人游到岸边，回来了。另一只筏子却失去了音讯，毛振华也在那只筏子上。

对岸火把晃动，敌人在干什么呢？耿飚有点束手无策了。

乌江的另一个渡口，红一军团一师一团团长杨得志忙着在附近村庄找寻船只。四方八面都找遍了，别说船，就连可以做木排的木板、木头都被黔军搜走了。当地老百姓说，山上碗口粗大的竹子多得很，砍下来扎成竹排一样可以渡江的。杨得志大喜，命令赶快操办。

红一团官兵花费一个小时才扎成一只大竹排。八名同志划着竹排还没到中流就被激浪打翻了。

对岸的敌人也察觉了，射来密集的子弹。

杨得志对一营营长孙继先下了死命令，再次派人强渡，这次不准再失败了。

孙继先把杨得志的话对新挑选的八名突击队员说了一遍，还着重加了一句他自己猜测的话：同志们，现今是毛主席在指挥大军，要给他争光呀，如果我们失败了，那些人又会赶他下台的！

竹排下水之后，好长时间没有音讯。后来，终于听见了对岸颇有节奏的几响枪声。这是约定的信号，说明孙营长的突击队已经到达了对岸。

红三军团五师负责乌江茶山关渡口的强渡。

防守茶山关的是侯之担部最能打仗的第五团以及一个机枪营、迫击炮营。

红军准备采取泅渡的方式强行登陆。红五师在江岸上部署了十几尊迫击炮和二十多挺机枪，以密集射击来掩护渡江勇士。泅渡勇士付出了巨大牺牲后，终于有一批登陆成功。这批同志一上岸，分秒必争，立刻扑向敌人阵地。

黔军被红军的勇猛吓坏了，肝胆俱裂哀号着"妈呀"，扔下枪就跑了。黔军机枪营营长卞林建用督战组不许士兵逃跑，组织火力封锁红军泅渡处的两个侧翼。

但是，红军数十只竹筏已从对岸飞奔而来，江面上喊杀之声和枪声震天。

士兵冲垮了督战组的封锁，一哄而逃。卞林建也被乱枪打死。

红五师工兵营在两岸交火期间就开始用竹排搭建浮桥，借着火力压制，浮桥的两条粗大绳子伸到了对岸。

2日拂晓，刘伯承和张云逸①率总部工兵营，军委干部团团长陈赓、特科营

---

① 时任军委作战局长。

营长韦国清率干部团工兵营，同时到红一军团二师四团所在的江界河渡口。刘伯承提醒大家，蒋介石的追击大军距这里不远了，拼死也要尽快渡过去。

红四团组织官兵捆扎了六十多个竹筏，在猛烈火力掩护下，不惜代价地实行强渡。其中一部分竹筏距江岸不远的时候，黔军集中迫击炮轰击这批靠近的竹排，机枪也向这里射击。

二连连长担心竹筏有被打翻的危险，他大声喝令："机枪班随我来！"然后跳下水去，直扑江岸。说时迟，那时快，江岸峭崖下突然有几个人像一群鹞子般飞跃而起，疾风闪电一样冲向敌人火力点。原来是昨天不见了踪影的三连连长毛振华和他带的几名战士。他们忍饥挨冻藏了一夜，就只为等候这一刻的到来。

在毛振华等同志的有力配合下，红四团即将冲破黔军阻击阵地。不料正在这关键时刻黔军投入了一个预备营冲过来。这伙敌人援兵沿小路从高处往下冲，红军仰面射击十分不利，在一段陡峭的山路上没法动弹。陈光师长见状，在对岸集中了重机枪，封锁了黔军向下行动的小路，又用迫击炮连发四弹，弹弹命中正向山路下攻击的那一队黔军。红四团的突击队趁机冲了上去。霎时，敌人阵地崩溃，黔军官兵四散逃命。

刘伯承、张云逸指挥工兵部队紧张搭建浮桥。这在两岸壁立、江水湍急如下山猛虎的乌江来说绝非易事。红军战士巧思善工先在岸上将三层竹排重叠放置，形成了一个门桥，将门桥一组一组陆续放到江中，用粗绳连接起来；又将填满沉重石块的近两丈的竹片编织的笼兜坠入江底（如轮船的铁锚一样）以固定每一节门桥。刘伯承自始至终都和战士们一起作业，淋漓大汗湿透了衣服，几次坚拒战友们请他离开的要求。工兵在江上作业，在两岸打桩固定，都须冒着敌人的弹雨，不断有同志被击中掉入江中。但是，前面的牺牲了，后面的红军战士立刻上前替补。一百多个巨大的门桥被牢固地连在一起，花了三十六个小时。完工后，刘伯承试走了几个来回，流着泪说：

"快去催请党中央过江！"

1935年1月3日，中央纵队和中共中央在江界河渡口过江，红军各部也分别在各个攻克的渡口过江。

红军入川对西南数省军阀的震动很大，都在盘算如何既有效地抗红，又能有效地拒蒋；还有野心大而又自恃实力不弱的甚至寻思可否借机拓展地盘。

云南龙云的心思就有这么复杂。

龙云的内心一直并不十分相信红军会大举入滇，至多不过会有小股"游杂部队"偶尔窜扰一番，搜罗点钱财、粮食而已。因为云南远不如邻近的四川富庶，红军入黔后，入滇入川距离相差无几，何必舍富就穷呢？况且张国焘拥八万之众在川北闹腾得那么红火，现存的立足之地，不去何为？

而当红军真正入黔后，龙云开始不安了，莫名其妙地对自己最初的判断怀疑起来了。但后来幕中人物不断说红军绝不会在滇内建据点，他又恢复了对自己判断的信心。所以驻重庆的中央参谋团主任贺国光致电建议他派重兵到云南边境防堵，他也没有理会。

云南省的文官相对于武官成为一派，称为政系派。这一派睿智地向龙云指出，红军已成流寇，到处逃窜，唯求生存。西南只有四川这块天府之国可供其吃用不尽，料朱毛对此必筹之熟矣，朱德乃四川人更知之甚详。云南边鄙之省，无回旋余地；物产也欠丰，难养其吞云吐月之志，入滇乃不智之举。所以他们不会来的。

以参谋长孙渡、团务督练处副处长高荫槐等武官为代表的军系派则提出相反看法。四川境内的长江宽阔，红军缺乏运载工具，加上国军的堵击、追击，渡江很难；但对于拥有渡江工具的中央军来说却又成了有利条件。而且四川公路不少，川军和中央军投送部队方便。这一切，朱毛不会不考虑到。云南却没有这些难题，所以他们很可能西渡金沙江，到云南寻找立足之地。

龙云最初对政系派意见颇赞赏，认为军系派的主张有点危言耸听。不料红军入黔以后势如破竹，运动自如，几次兵薄滇边。龙云又紧张起来，开始怀疑政系派意见了，急忙召开旅以上军官开会，商讨对策。

多数将领虽然对红军入滇无异议，但认为在追剿大军紧追不舍，各省防堵不辍之下，红军实力大不如前，"断无幸存之理"。当年"发匪"① 只存在了十三年；红军已成流寇，恐怕还拖不了这么长的时间。于是在云南方面如何应对红军入侵云南这个问题上，产生了颇大分歧。

一种意见主张与其消极待敌，不如主动出省参战，拒敌于"国门"之外，说不定还可相机拓展地盘。出省参战，既保护了云南利益，又符合中央政府意图，不失为万全之策。

另一种意见认为应命令各县修建碉堡，预作坚壁清野之计。待红军侵入，再以逸待劳，与之周旋。

孙渡和二旅旅长安恩溥是出省参战意见的代表。其认为蒋介石追剿红军是

---

① 反动统治者对太平天国的蔑称。

怀有一石二鸟的阴险企图,灭共之后顺手夺取各省实力派的权柄,这是毫无疑义的。为今之计,最好遵蒋令出省参战,使他无口实可借,也可防中央军入滇。

龙云接受了孙渡、安恩溥主张,任命孙渡为他龙云的行营主任,率三个旅入黔参战。

出发前,龙云设宴为孙渡及以下旅长们饯行,席间密嘱孙渡,入黔后相机将王家烈部强行收编。

滇军总共为十三个团,比黔军少一半,但兵精粮足,齐装满员。龙云掌控大局,内部巩固,不似黔军派系林立,各自为政。因此,龙云认为吞并贵州不会太难。

然而龙云犯了一个致命的错误,他低估了红军战斗力。

第七章

一

途中，毛泽东无数次与各军团的师以上将领交谈，对大家的抱怨甚至愤慨多方安慰，一律告诫必须坚持服从中革军委指挥，决不允许有非组织活动；对大家一致指出的中革军委"瞎指挥"，他除了表示有同感，就是要求大家必须按照组织原则向上提出意见。

有的军团领导明确希望他站出来指挥红军，广大红军官兵一定拥戴他。

他严肃指出，我们不是军阀部队，是无产阶级的革命武装，是共产主义者，所以必须听从中央安排；这一类的建议可以在必要的场合向中央提出来，比如某些会议。但决不允许在组织程序之外"拥戴"什么人出山，因为那就是枪指挥党了。

五军团政委李卓然主动找到毛泽东，谈论自己对党中央政治路线、军事路线问题的看法。认为第四次反"围剿"以来之所以不断打败仗，不仅仅是军事战略出了问题，根子在政治路线上，其中包括组织路线。

毛泽东欣然点了点头，旋又沉吟了一下，说：

"卓然同志政治水平不低呀，一下就看到了实质！这些话不要只对我讲，可以在中央开会的时候拿到会上公开发表嘛！到遵义以后，如果开会，希望你到会上讲一讲；只是不要一下子提到政治路线上来，我是担心有的领导同志会接受不了。你只讲事实就可以了！"

李卓然说："我听主席的！"

毛泽东笑着纠正道："不，是听组织的！"

在政治局内部，两条政治路线的争论并未因黎平会议的闭幕而结束。

周恩来多年后回忆道："从黎平往西北，经过黄平，然后渡乌江到遵义，沿途争论更烈。在争论的中间，毛主席又说服了中央许多同志。"[①] 周恩来说那些被"说服"的"中央许多同志"，也包括自己。王稼祥也回忆道："一路上毛主

---

① 周恩来1972年6月10日撰《党的历史教训》，人民出版社，1985年1月版，《遵义会议文献》第66页。

席同我谈论了党和国家的问题，以马列主义的普遍真理和中国革命实践相结合的道路来教导我，从而促使我能够向毛主席商谈召开遵义会议的意见，更加坚定了我拥护毛主席的决心。"①

王稼祥向毛泽东说："遵义城就在前面了，我们该开个会总结经验教训。如果再这样拖下去，节节败退，革命损失太大！"

毛泽东点点头，又想了想，看着担架上的王稼祥，不无担心地说："会开得成吗？他们不同意怎么办？只有我们两个人呀！"

王稼祥满有信心地说："一定要开！我去分别做思想工作。一定要把博古、李德轰下台才行！"②

毛泽东踌躇了一下，说："你最好先找洛甫商量一下！"

王稼祥点头说："好，拉上他分头做其他同志的工作，力量更大一些！不过，恩来……你恐怕要亲自找他谈一谈！"

毛泽东说："我找他谈，没问题！"

张闻天听了王稼祥的意见，马上就同意把博古和李德"轰下台"，并且说，毛泽东同志打仗有办法，比我们有办法，现实已经证明了这点！我们是领导不了啦，还是要毛泽东同志出来才行!③

获悉乌江失守、前线兵败如山倒，侯之担惊慌失措、方寸大乱，赶紧吩咐收集金银丝软，弃城逃跑。

卡车起动，他也钻进了小汽车。副师长侯汉佑就气喘吁吁跑来，向他请示部队撤退路线，以及下一步集结地。

他一边急不可耐地叫小车司机发动车子，一边将头伸向车窗外吩咐道：

"我要去重庆请刘湘发兵助战；回来以后可能到赤水坐镇。你赶快收容部队到仁怀、茅台一带集结，听候我的命令……"

话未说完，城内响起了一阵密集的枪声。旋即一连串惊惶的呼叫声，内容大都是"共军打进城来了，快跑呀"或"不好了，共军来了，部队垮了"一类。

侯之担脸色大变，不再向侯汉佑交代任务，大声喝令司机道：

---

① 王稼祥《回忆毛主席革命路线与王明机会主义路线的斗争》，载《红旗飘飘》第八期。
② 这个对话系王稼祥夫人的回忆，见中共党史出版社《铁流二万五千里——长征》，2011年版，第97页。
③ 耿飚《张闻天对遵义会议的特殊贡献》，载《人民日报》1994年12月18日。

"狗肏的，怎么只发动不开动？老子……"

汽车在侯之担满嘴"乡骂"中突然开动，向城外冲去。

其实不过是一场虚惊。从乌江溃逃回来的几伙散兵，进了城之后到各餐馆吃霸王餐，后来互相起了纠纷，从拳脚相加发展到枪炮相向。如是而已。

侯之担丢掉防地，丢下部队，取道桐梓、仁怀、习水，一路狂奔，径直往重庆逃去。

他两年前在重庆袁家岗买了个大宅院，平时又百般修好于刘湘，自称"甫帅部下，替甫帅看守川南"，所以把重庆当成失势后的退地。这次带走的一卡车金银细软也是要准备长期储藏到袁家岗公馆的。距战场越来越远，他渐渐冷静下来。觉得这一跑不仅没远避危险，说不定危险越发近了。临阵脱逃是杀头之罪，蒋介石说不定会以此为借口把自己拿下。想到这里又害怕起来。

他在路上思来想去，终于想出了一个自以为是办法的办法：立刻炮制了一篇颠倒黑白、夸大红军兵力、邀功诿过的电报，加急发给了南京各政要和贵阳的王家烈。

电报发出的次日，侯之担就抵达了重庆。他急急忙忙跑去见刘湘，但却被通知中央驻渝参谋团主任贺国光召见他，只好折转车头去重庆行辕。

贺国光对他十分客气，一切礼数周到细致，说：

"老兄既然来了，不必急于回去，先休息几天，我还有事情请教！"

不料，侯之担回到自己的袁家岗公馆就再也出不来了。卫队被缴械调到参谋团听候改编，宅第也被参谋团的宪兵队包围起来。

原来，蒋介石见黔军一败涂地，尤其是侯之担最不像话，竟然临阵脱逃，跑到重庆躲避战火，可恶至极，拍案骂道：

"娘希匹，这个该死的'猴子蛋'必须严惩，否则一个个争相效尤起来，这个仗就不必打了！"

即下令将侯之担缉拿法办。其教导师改编为新编二十五师，师长一职调薛岳部五十九师副师长沈久成充任。这个叫作"杀猴给蛇看"（王家烈属蛇）——当年香港报纸这样戏评。

作为大军尖兵的红一军团二师六团过了乌江，未稍停留，又马不停蹄出发了；官兵身上还带着乌江的水汽。途中下起了大雨，山风吹拂得半干的军衣又湿透了。他们乘着遮盖一切的雨声进了一个名叫团溪的小镇，准备在这里休息一下，等待下一个命令。

这个地方距离遵义约摸三十公里。

此时一个名叫罗福元的地方小知识分子发现了他们，立刻发动老百姓去邀请他们，分散到各家各户去避雨、用餐。这罗福元向来反感国民党，在遵义地下党启发下，成立了一个"红军之友社"的组织，骨干成员居然有一百多人，最近正在研究红军到遵义时安排住宿和筹集粮草。但红军官兵坚持不入屋扰民，宁肯借屋檐外的干地避雨。团溪镇的百姓十分感动，他们没有见过这样讲礼的军队啊，真是"王师所过，秋毫无犯"——几天前，从乌江退下来的白军，一进镇子就乱放枪，还抢了几家店铺。

不久，总参谋长刘伯承也来了。

次日凌晨3时，刘伯承接到了中革军委迅速占领遵义的电报，马上就率领红六团出发了。

此时雨仍未停，而且越下越大。

抵达遵义外围据点时，雷雨交加。刘伯承命令迅速拔除这个据点，全歼敌人。

黔军一个营驻防这里。他们认为这么糟糕的天气，红军过了乌江后一定在雨中某个镇子休息，所以十分放松，都睡大觉去了。红军没费多大劲就把他们缴了械。

刘伯承从俘虏口中了解到遵义城内的详细敌情。

红六团团长朱秋水、政委王集成商量用俘虏服装化装，争取兵不血刃而取遵义。刘伯承同意了，指定第一营为化装部队，未化装的跟在后面。一营营长曾保堂带上了几名黔军俘虏，以备缓急之间使用。

当晚9时，这支假黔军出发了。接近城门时，城上哨兵厉声质问什么人。俘虏兵用当地方言回答是外围营的，遭到共军包围，营长阵亡了，我们好不容易才跑回来；又准确地说出了营长姓名。经过一番应答，城门打开了。红军发一声喊，呼啸着拥进城去。城内守敌被打死了一百多，其余缴枪投降；只少部分从北门逃走。

此前从乌江溃逃来遵义的黔军官兵为了掩盖自己的无能，说渡乌江的红军个个身穿"盗甲"，胯骑"水马"，在江面上如履平地。

城里百姓都跑上街，想看看红军是什么样。

六团的司务长喜欢开玩笑，便在曾保堂营长的下榻处贴了一个白条子，上面歪歪斜斜地写着"第一水马司令部"。

百姓闻讯拥来，把这里围了个水泄不通，要求看看"盗甲"是什么，"水马"是否与唐僧的白龙马一个样。

曾保堂笑嘻嘻走出来，大声向大家问了好。

百姓对"第一水马司令"很失望，事后向没去过现场的"同好"说，"没啥子特别，衣服上糊满了烂泥巴"。

曾保堂却不放过这个机会，对老百姓宣传，红军是共产党领导的穷人自己的军队，一不拉夫，二不派款，三不打人骂人，专打军阀、恶霸、土豪劣绅。

红六团将遵义社会治安整顿一新。奉刘伯承命令，先去选择一个全城恶名昭彰的土豪予以打击，并以此询问老百姓。

老百姓异口同声说，那要数黔军师长柏辉章了。

柏辉章在城里有一座巨宅。两层木楼，又长又宽的凉台，下面是一条小街。

红军进去后发现一个人也没有了。搜查之后，没什么金银财宝，显然被柏辉章家人带着跑了；只搜出大量布匹和一些衣物、大量点心。一天多没进水米的红军战士一边吃着香甜的点心，一边把衣服和布匹从凉台上扔到街上，号召老百姓来拿。

这里的老百姓与别的地方害怕遭到报复不敢分浮财的老百姓大不一样，穷人争先恐后地拿，兴高采烈地离开，这很让战士们惊讶之余又十分开心。战士们专门向那些衣衫最破烂的老人、孩子身上扔最好的东西。一位抱着奶娃的妇女挤不上去，红军排长叫一名战士抱上一匹好布，跑下楼去塞给她。

遵义城里的老百姓在红军进城的当天就有了结论：穷人的救星来了！

穷教书匠则说：吊民伐罪，王者之师呀！

到了1月8日，各军团抵达指定位置：红一军团驻防遵义北面；红三军团驻防瓮安县江界河，该军团另有一部驻草塘镇一带；红九军团驻守湄潭、牛场一带，与红五军团协同构成遵义东南面的防线。

这么一来，红军控制了黔西北地区南北长两公里、东西宽一百公里的区域。这样布防，看得出中央最初曾打算在这里创建以遵义为中心的苏区。

1月9日，中央纵队进城。

走在头里的是中央领导们，都骑上了高头大马。

城里的老百姓和红军战士都在街道两旁观看。人们举着一些欢迎标语，都是地下党和"红军之友协会"组织的学生和教师。走在最前面的是博古、李德、周恩来、张闻天、半躺在担架上的王稼祥、朱德。

当长发纷披的毛泽东出现时，惊人的一幕出现了。

据美籍作家采访了诸多目击者写下的《周恩来与他的世纪》这本书叙述：

> ……随后是毛泽东骑马进城了。看到毛，战士们跃跃欢呼："毛主席！毛主席！"他们一遍又一遍地呼喊他的名字。军队已经选择了自己的领袖。

据遵义当地的目睹者回忆，战士们呼喊"毛主席"时，脸上都是欢欣鼓舞的笑容，不少红军指战员在欢笑之后又泪如雨下。他们已经很久没看见毛泽东走在中央领导行列了。

进城之前张闻天就向中央保卫局长邓发打了招呼，把他和毛泽东、王稼祥安排在一处下榻。邓发把他们安排到黔军旅长易怀之的公馆。那是个两层小楼，坐落在新城区穆家庙附近的一个小山丘上。

上了小山坡，毛泽东走到这座宅院门前观看一番，笑嘻嘻指着大门对张闻天说：

"洛甫呀，看来这是个大人物住的地方啊！"

张闻天戏谑道："今天我们三个人就做一回大人物嘛！"

大家都打了一阵兴会淋漓的哈哈。

看来心情都不错。

毛泽东、王稼祥住在楼上，张闻天住在楼下。

周恩来、朱德、刘伯承住在柏辉章那座两层的楼房里。中革军委办公地点也设在是处。

博古、李德分别住进柏辉章楼房近处的两个小院。

红军派出大量的工作人员深入集镇、村庄，发动穷苦百姓，打土豪、分浮财，建立党组织和各级政权。短短几天，各级革命委员会（政权机构）就建立起来了，游击队、红色工会、儿童团、土改委员会、贫农协会、红色妇女先锋队也如雨后春笋般纷纷出现。声势浩大的"扩红"运动，数天之内就有五千多青年报名参军。不能不佩服共产党的政工人员那出色的工作能力和组织才华。

大街上到处都贴着标语，大都是这么几类内容：

"红军为土地革命而战！为耕者有其田而战！"

"红军要推倒不合理的社会，建立人人平等的新中国！"

"打倒地主老财的总头子蒋介石！"

"工农应该坐江山！"

"红军不拿群众一针一线!"

"欢迎白军弟兄带枪参加红军!"

遵义召开了两千多人的群众大会,成立遵义县革委会。大会临近结束时,博古宣布中华苏维埃共和国的首都从瑞金迁到遵义了。

解放后,那些当年参加过这次大会的遵义当地人都说,亲耳听见一位戴眼镜的瘦高个子青年领袖宣布了这个决定。那很可能是博古。

会后,红军篮球队和省立三中学生篮球队进行了友谊赛。红军篮球队里有一名"半老头子"队员,后来才知道是朱总司令。

二

住下来以后,王稼祥有伤,累着了,躺到床上就睡着了。

张闻天上楼来,听警卫员说他睡着了,就没进房间惊动,径往毛泽东房间去了。他征求毛泽东意见,博古与周恩来各自在写一份报告,准备拿到会上讲,我们要不要请他们先交给政治局成员传阅一下?

毛泽东拿着刚划燃的火柴,正要点香烟。听到这儿停住手,瞅了他一下,不置可否地唔了一声;待点燃烟,吸了一口,吐出一团烟雾,才说:

"没有必要吧?以前没有过这个审读程序,这次如果添上了,会给人强加于人的感觉!如果他们主动向我们透露内容,我们可以说说我们的意见;如果没说,我们在会上听了再提出赞同或否定也不为迟。这样,是不是更合乎组织程序?也更民主一些?"

张闻天端着贺子珍刚给他沏上的茶,喝了一口放下,脸上露出嘲弄的微笑,乜视着毛泽东说:

"人家从来不给你民主权利,你倒是忘不了给别人这个!"

"错误的东西怕民主;正确的东西不唯不怕,还欢迎民主!民主争论会把真理越争越明!"

张闻天由衷地点点头:"是这么个道理!所以大家希望由你来领头,你主事不会像他们那样一手遮天!"

毛泽东微笑摇头:"不是我来领头,是我们来领头!"

张闻天执拗地哎了一声说:"可是总得有一只'领导团体'的'领头羊'吧?革命实践已然证明,这个非你毛润芝莫属!"

毛泽东朗声大笑,又摇了摇头,说:

"只要坚持民主，坚持集体领导，这个领头羊不存在非谁莫属的问题！而且，这个领头羊如果由我来做，负面作用将远大于正面作用，万万使不得！"

张闻天愣了一下，端详毛泽东一番，见他神情郑重认真，困惑地问道：

"此话怎讲？"

"我们和共产国际失去联系这么长时间了，也没有办法向他们请示总书记人选。但是我可以肯定，如果恢复了联系，你们向他们推荐我毛泽东做总书记，定会遭到反对！从法理上讲，任何一个国家或地区的共产党都是共产国际的支部，总部的意见，甚至好恶，都不能不顾及。所以我认为，我们在考虑推举总书记的时候，必须考虑到这个因素！"

张闻天沉默了片刻，觉得毛泽东言之有理。共产国际长期以来对毛泽东的布尔什维克品行是否纯洁，始终存在争论，就因为他从来没有去过苏联，也没有发表过阐释马列主义理论的文章。中国共产党与共产国际中断联系是因为电讯密码遗失造成的，这个问题一旦解决了，就得向莫斯科禀报博古等人下台后的中央委员会新成员名单及其分工，毛泽东做总书记在那里一定得不到通过。他抬头问毛泽东道：

"那么你认为现在由谁来干比较好？"

"你，洛甫，张闻天！"毛泽东神情郑重，斩钉截铁地指着他说。

"怎……怎么会是我？"张闻天的脸渐渐红了，看了看毛泽东，又避开了他的目光。"不，不行！总书记，我不合适！"

"稼祥受重伤，承担得了吗？不行，除非你想累死他！你有民主作风，从谏如流，现在又站在正确路线一边；共产国际也信得过，通得过！你是再好不过的人选了！"

"我担心我能力有限……"

"我们大家帮你呀！当仁不让，不要犹豫！"

"那你可得好好帮我！"

"那是当然！"毛泽东说罢，停顿了一下，皱眉思索，然后说，"不过，这次会议我还是倾向于主要集中解决军事路线问题，这个是当务之急！党的总负责人，最好缓一步再换。洛甫以为可否？"

"缓一步，缓一步……"

正在这时，周恩来的警卫员来了。警卫员说，总政委请毛主席过去坐坐。

毛泽东在自己的警卫员陪侍下，由周恩来的警卫员引路，走下小丘，穿过小巷大街。见每条街的商铺都开张了，买东西、闲逛的人进进出出；饭馆酒店也重新营业，进去出来的人大部分是红军战士。每个战士身上都有从苏区带出来的十来个大洋。总部鼓励暂时没有任务的指战员下馆子、进商铺消费，支援遵义当地的商业。商人们喜笑颜开，多年后都在回忆，红军在的日子是他们生意最繁荣的时候。方圆一两公里内外的打土豪运动，将大量物资分给了穷人，只留下一部分布匹，由当地几十家缝纫店协助红军被服厂为红军赶制新军装和被盖；收缴的黄金、银元数量很大，除了总部保管之外，每位指战员也携带了一些，以备作战掉队时使用。毛泽东见到街上百姓、红军人流如织，满意得笑逐颜开。

周恩来站在柏辉章公馆大门外迎接。

毛泽东笑嘻嘻地打趣道："我又不是客人，何用在此迎候？"

周恩来边往内延请，边笑道："没住在这幢楼里，就算是客人，何况主席还住在半公里外的山上！"

两人在周恩来的卧室落座。

周恩来将一杯早就沏好的茶放到毛泽东面前，说：

"这是警卫员从茶叶店买回来的，据说名字叫'黔绿'。主席尝尝味道如何！"

毛泽东急于知道周恩来找他谈什么，所以对茶心不在焉，只应付地品了一口，口称好茶。

周恩来明白他此时心不在茶，笑着将一沓草稿交给毛泽东，说这是他写的会议发言，请毛泽东以私人身份给看看，有没有什么不妥之处。解释这是根据毛泽东、张闻天、王稼祥的提议，对五次反"围剿"以来总的方针进行一次总结和解释。会上将由博古谈政治方针；周恩来本人因分管军事，就专谈军事方针。

毛泽东看完这份草稿之后，一时沉吟不语，只品茶吸烟。

周恩来审慎地看着他，不禁有些担心，微笑着问道：

"怎么，主席觉得有什么问题吗？"

"不不，恩来多心了！稿子写得很坦诚，也颇有自省精神……我在想，强调了敌我力量悬殊、本次反'围剿'以及其后的湘江强渡的特殊情况之外，可不可以找一找我们自身的主观原因——军事路线上的原因？如果把着重点放在这里，恐怕更能服众吧！恩来以为然否？"

周恩来沉默了一下，深深点了两下头，说：

"啊，是这样，是这样，主席指点得对！一会儿我重写一稿，然后再请……"

"恩来，你不要再客气了！"毛泽东摆手打断他的话，恳切地说，"自从前几次我们在路上深入交谈，我已经感受到你的坦诚与无私。有了这个，不仅稿子可以修改得更好，一切都可以办好的！稿子不必看了，我们在会上再讨论如何？"

他们谈到了政治局领导班子的调整问题。在这个问题上，毛泽东态度十分坚决。他说：

"你们那个三人团绝不可以继续存在下去了！凌驾于政治局之上，一切独断专行，怎么能不一而再、再而三地吃败仗呢？"

"是的，这个我也已经痛切感受到了！"

"对于将来组建新班子，恩来有什么好的想法吗？"

"博古和我不能继续担任领导职务了，这个是肯定的；至于李德，他只是个军事顾问，只要没人听他的，他也就起不到什么作用！"

毛泽东沉吟了一下，轻轻摇了摇头，恳切地看着周恩来，说：

"我个人认为，具体的人和事，不应该一刀切！三人团当然要坚决切掉，但三人团的人都是我们自己的同志，决不可一刀切！只要把党的路线端正了，以前执行过错误路线的同志也能在今后的工作中发挥好作用。比如恩来你吧，我个人认为应该继续留在领导岗位上，仍然负责军事！"

周恩来苦笑道："第四次反'围剿'是听了你的指点，所以获胜了；第五次反'围剿'和湘江战役，我们没听你的意见，一败涂地！事实已经证明，党的领袖、红军的统帅应该是你，毛泽东同志！我再干下去……"

毛泽东鼓励道："以前的失败，不能全记在你一个人头上，要记在错误路线头上！大家如果能同意我的建议——也就是请你继续主持军委工作，我一定会尽全力协助你！"

周恩来没有说话，动情地握住毛泽东放在椅子扶手上的手，长叹一口气，感慨系之。

后来，周恩来说："博古同志让开后，总书记一职，我个人希望你来担任！据我所知，这也是不少同志的愿望！"

毛泽东笑道："总书记这职务我可干不了，太累人！再说我还要集中精力协助你打仗呢！而且，没有经过全党代表大会认可，我们不能过早用这个名头，应该叫总负责为宜！"又说，"洛甫干这个活儿最合适，我知道他一定愿意干的。不过不必一定要在这次会议解决太多的课题，弄不好会吃夹生饭的。缓一步再说，不知恩来同不同意？"

这天，他和周恩来交谈空前融洽。可以说是从这一刻起，开启了他俩的终身合作。

毛泽东回到下榻处，刚要休息一下，五军团政委李卓然就来了。

李卓然敬了礼之后，笑嘻嘻地说，临走之前董振堂再三叮咛他，一定要告诉主席，这次"汇报思想"，他李卓然是代表全军团指战员，并非个人意见。

毛泽东哈哈笑着，拉李卓然落座，说：

"代表大家也好，只代表你个人也罢，都可以说！"

李卓然说："也许我的意见不仅代表五军团，也能代表更多的同志，反映广大红军指战员的愿望。第五次反'围剿'以来，败仗连连，特别是湘江一战就损失了几万人！红军第五次反'围剿'前九万多，突围离开苏区时八万多，湘江之战以后仅剩三万多人！大家要求必须清算这笔账，必须撤换中央领导，否则现在的三万人会被他们糟蹋精光的！"

毛泽东说："中央马上要开一个重要的会，请你们几位军团负责人列席参加。你可以把这些话拿到会上去说一说。"

李卓然兴奋地说："中央给我这个机会，我一定把话讲透！"他沉吟了一下，又说："广大红军指战员盼星星盼月亮一样期盼主席指挥我们！以前主席指挥我们，从来都是红军获胜，白匪吃亏，大家十分怀念那样的日子呀！"

毛泽东点头不语。

报告完毕后，李卓然正要辞别，一军团的林彪、聂荣臻和三军团政委杨尚昆、总参谋长刘伯承也来了，接下来各军团的负责人陆续都来了。李卓然又坐了回去。大家七嘴八舌地说了很多带情绪的话，主要内容其实与李卓然大同小异。李卓然哑然失笑。

毛泽东叮咛他们，各自带好自己的部队，不准出任何差错。中革军委的人事问题，要相信中央会解决好的。

毛泽东、张闻天、王稼祥在他们的居住地紧锣密鼓地做着开会前的各种准备。

三人商定，张闻天起草了一份反对"左"倾教条主义军事路线的报告提纲，并就此与毛泽东、王稼祥进行了反复磋商。

毛泽东也准备了一份书面发言提纲，并将要在会上发挥的具体内容向张闻天、王稼祥两位战友交了底，听取他俩意见。

关于三个人谁先放第一炮（发言），张闻天、王稼祥主张由反三人团的主将、两条路线较量的中心人物毛泽东来放。

毛泽东不同意，他认为最策略的顺序应该是张闻天来击发第一炮。理由是政治局常委除了博古、周恩来、项英就是张闻天，而且排列顺序是在博古之后、周恩来之前，张闻天还是书记处书记。将来共产国际若要过问这次会议的合法性，张闻天的身份也足以抗住可能发生的质疑。

遵义会议的议题，毛泽东建议由张闻天去找周恩来商榷，可否暂定两点：总结第五次反“围剿”以来的教训，分清是非，明确责任；就中央红军下一步行动做出决策。

毛泽东指出，关于中央红军下一步行动，根据最近了解到的敌情，最初打算以遵义为中心建立根据地已不相宜，应该迅速北上，在川南渡过长江，寻求与红四方面军会合。

三

柏辉章公馆二楼有一间比公馆内其他屋子大得多的屋子，作为中央政治局扩大会议的会场。屋子中间放一张长方形桌子，是从附近学校借来的。桌子上摆放了几小堆当地产的糖食、点心，然后就是十几副茶杯。桌子周围摆放着木质椅子、藤椅、长条木凳，还有一盆木炭火的火盆。

15 日傍晚 7 时，吃过晚饭的人们陆续来到这里。王稼祥是用担架抬进来的。人们帮助他起身，坐到一张舒适的藤躺椅上。

参加会议的共二十个人，除了政治局委员、候补委员，还有列席的各军团负责人以及《红星报》社长。据伍修权回忆，这些人的名单为：“政治局委员博古、周恩来、张闻天、毛泽东、朱德、陈云，政治局候补委员王稼祥、刘少奇、邓发、凯丰，红军总参谋长刘伯承，政治部代主任李富春。”李德为列席身份。此外列席者还有“一军团长林彪、政委聂荣臻，三军团长彭德怀、政委杨尚昆，五军团政委李卓然，《红星报》负责人邓小平到会采访①”。

会场没有排名次，也就没有排座位，战争环境中开会常常如是，有时还在溪边田中。各人随便找一个地方就坐下来了。

博古看了看会场，见还有几张凳子空着，掉头问周恩来道：

“彭德怀、杨尚昆、李卓然、刘少奇还没到，怎么回事？”

“他们几位都分别来过电话，”周恩来小声解释，“交代完工作就来。也就

---

① 会议后期在毛泽东竭力举荐下被任命为中共中央秘书长。

稍晚一会儿吧！”

"是不是……"

"先开着吧！"

于是，博古就对大家说："有几位同志还没到，时间紧迫，不等他们了，我们先开着吧！"

会场里原先的小声交谈都停下来，顿时静得能听见人的呼吸。

博古从他那只莫斯科带回来的黑皮公文包内取出报告提纲，工整地放在桌上，用手扶了扶眼镜，然后开始讲话。

"同志们，根据黎平会议决定，我们现在召开政治局扩大会议。进军湘南以来，大家抱怨很多，有用书面形式批评中央的，更多的是直接找我和恩来同志谈。一路争论，各持一端，说得上十分激烈。归纳起来，争论的中心有两个：一是对第五次反'围剿'作战的看法；二是对突围西征以来军事指挥的看法。其实这两条也可归纳为一条，一言以蔽之，对本届中央领导集体不信任。现在，我们在遵义安顿下来了，趁这个机会，大家好好讨论，认真总结过去的工作，以利于下一步行动。这就是本次会议的宗旨。不知恩来同志还有没有什么意见？"

周恩来摆手说："没有意见，就这样开很好。"

博古满意地点了点头，又下意识地扶了扶眼镜，说：

"那么我就代表中央做一个五次反'围剿'的总结报告。完了后，恩来同志做一个军事方面的报告。然后大家讨论，各抒己见，集思广益……"

这时邓小平轻脚轻手溜进会场，找了个靠墙壁的空位子坐下。坐在门附近负责为李德翻译的伍修权对他点头打招呼。

博古看了看摊在面前的提纲，不紧不慢地讲起来："同志们，国民党蒋介石对我们的第五次反'围剿'，我们没有能予以粉碎，作为党中央主要负责人，我是有责任的。"但这个"责任"，他自始至终都讲得很抽象，说到头与会者也不明白他究竟认为自己该负什么责。接下来他把这次反"围剿"战役失败的主要原因归之于帝国主义和国民党力量过于强大；抱怨当时白区反帝反蒋运动没有进展，瓦解敌军的工作做得差，游击战争的牵制作用没发挥出来，各根据地之间互相配合不密切；还夸大了后勤供应问题。

毛泽东从棉大衣下边的大口袋里掏出一沓折叠成本子的毛边纸，放到面前的桌上；又从上边小口袋里掏出一支用去一半的铅笔，认真听博古说话，不时记着什么。但脸上没有表情，看不出对博古的话是赞同还是反对。

讲完后，博古边收起桌上提纲，边说：

"下面请主持军事工作的周恩来同志做军事报告！"

据参加会议的同志多年后回忆，此刻没人鼓掌。不明白是什么原因，也许是大家对博古的报告不感兴趣，也可能是那些年还没有鼓掌的习惯。

博古把提纲放进皮包里，就留神观察大家的表情，冀能捉摸出大家对他报告的态度。透过镜片，不难看出他眼睛里颇有几分焦虑和紧张。有人回忆说还有点诚惶诚恐的味道。

周恩来站起来，拿起他那份报告提纲，客气地环顾了一遍大家。他发现毛泽东、张闻天、王稼祥都在注视他，眼里含着一种鼓励与期待。

周恩来做的这个报告，算是作为红军主要领袖和战争的主要指挥者进行的交代，也算是博古主报告的副报告。他详细分析了第五次反"围剿"失败的主、客观两方面的原因，指出根本而论是军事路线出了问题，并诚恳地做了自我批评，也不客气地批评了博古、李德。约莫讲了五十分钟，与博古的时间旗鼓相当。

对这一个时刻，李德多年后在其《中国纪事》里这样评述：对于第五次反"围剿"以来的一系列"作战失利"，"博古把重点放在客观因素上；周恩来则放在主观因素上，而且他已经明显地把自己同博古和我划清了界限。这就给毛（泽东）提供了他所希望的借口，把他的攻击矛头集中到我们两人身上，让到会的多数人起来反对我们；而他从此也对周恩来多方加以庇护。他把周恩来的真正错误，例如周关于在长期战争中通过战术上的胜利来夺得战略上胜利的理论，都算在我和博古账上"。

此时的李德坐在过道的门旁，脸上显然有恼意，一个劲地用吸烟来平抑心中的风暴。李德认为，周恩来今天的态度，其实已在他意料之中。因为从湘南开始的争论到"通道会议"，他察觉周恩来开始动摇了，出现了不与博古和他合作的倾向。"黎平会议"后，周恩来否定了他与博古的意见，转而按毛泽东的主张办，为此他和周恩来还大吵了一场。此后他越发感到周恩来抛弃了他与博古，倒向毛泽东一边。他记起了突围前夕项英叮咛博古的话：要警惕毛泽东夺权！

会场沉默了好一会儿。

博古温和地说："对两个报告有什么看法，请大家讲讲！"

毛泽东第一个表态："我不同意博古同志的报告！"

张闻天接着说："我也不同意！"

王稼祥也说："我不同意！"

其他有表决权的人也纷纷表态。

尽管应该是意料中的事，可真的发生时，博古还是感到惊惶起来。

毛泽东大声说："洛甫同志有重要发言，请他讲一讲！洛甫，开始吧！"

张闻天站起来，拿起刚才根据博古讲话又临时改动过的那份提纲，说："我和博古同志的看法完全不一样！我现在讲一讲，请同志们批评指教。"

他首先批评了三人团在指挥第五次反"围剿"中错误的战略战术原则，拒绝了毛泽东的合理化建议。其具体表现为：不顾敌我兵力悬殊，大兵团对阵，堡垒对堡垒，死打硬拼；毛泽东一再提醒他们与闽变当局合作，以分蒋介石之势，但三人团断然拒绝；战略转移与突围，又犯了逃跑主义错误；在前进路上敌军云集之际还要坚持去湘西会合二军团、六军团。

对于张闻天空前尖锐的批评，博古颇为震惊，心里寻思：这不像以往开会的气氛，他们想干什么？对了，还把这么多军团负责人招来列席！是要夺权，把毛泽东抬上去么？他这才开始不安起来。

而在场的绝大多数人，从他们脸上看得出来，对张闻天的发言普遍持肯定和欢迎的态度。

屋子里挂在墙上的大钟敲了十二下。

博古宣布休会，用餐、休息两个小时，下午 2 时 30 分继续开会。

大家三三两两低声议论着三个报告，纷纷离开了会场。

吃过午饭，向大家道了暂别，毛泽东与张闻天、王稼祥一路回小丘上的穆家庙巷子休息。途中，他高兴地对张闻天说：

"你讲得很好！第一炮打成功了！"

"承蒙过奖！"张闻天多少有点腼腆，"可能讲得不深不透吧？下午的主炮还得你来放，你一定要好好讲！"

"要讲的！是要好好讲讲！"

彭德怀、杨尚昆策马离开三军团司令部所在地懒板凳①，径奔遵义。

进城来到老城区柏辉章公馆，已是午后 1 时了。两人将马匹留下，上楼向周恩来报到。

周恩来向他们介绍了会议情况，大略讲了一下三个报告的内容。最后说：

"你们好好休息一下，一会儿还要继续开会。争取都发个言，讲讲你们的意见！"

---

① 今遵义市南白镇。

"毛主席住在哪里？我先去看看他吧！"杨尚昆说。

"一块儿去吧！"彭德怀说。

彭、杨在往毛泽东住地去时，一路上说着话，猜度这个会可能导致的结果。

午后的会是按时开的。

没有人迟到。可能是上午听了张闻天与博古针锋相对的报告，以及周恩来检讨式的副报告，大家都十分关心会议的发展，更关心最后的结果。

博古宣布继续开会。

凯丰要求发言。

张闻天做手势请他稍候，说：

"请毛泽东同志先说，他上午就该说了，被我僭了先！怎么样，博古同志？"

博古迟疑了一下，点点头，说："好的，毛泽东同志先讲。"

毛泽东向后拢了拢乌黑的长发，款款起立。

那时他比较年轻，身材高大挺拔；长期在疾风暴雨和硝烟里出没使面部呈古铜色，而秀气的双目却黑白分明，闪烁着时而柔和时而刚毅时而两者融合的光，顾盼之间从容潇洒，风度翩翩。

毛泽东手里拿着那本毛边纸的铅笔记录稿，但言谈间却很少看一下，因为他有着惊人的记忆力。他侃侃而谈，不讲北平官话，满口湖南湘音，从容的举止、儒雅的风度、自信的神情，使那湘音显得特别有魅力。

"……博古同志上午的报告里，对五次反'围剿'的失败，总结出的那些原因，我认为不能成立。因而，这个总结报告不是实事求是的，是刻意在替自己的错误做辩护。我认为，三人团在指挥红军对付敌人的第五次进攻时，不客气地说，犯了军事路线的错误。这个错误，在整个战争中，归纳起来，表现在三个阶段。其第一阶段是进攻中的冒险主义，第二阶段是防御中的保守主义，第三阶段则是退却中的逃跑主义。大家看看，是不是这样？"①

毛泽东用询问的目光环顾大家。包括被批评的周恩来在内，一多半人都在默默地点头。

毛泽东继续他的发言。

"恩来同志企图在全部战线同时阻击敌人，提出过'全线出击'的口号；在五次反'围剿'战争中则变为全线抵御。其实，在战略上这二者都是错误的。"②

---

① 《遵义会议文献》，人民出版社，1985年版，第67页。
② 石永岩著《从遵义会议到延安》，贵州人民出版社，2001年版，第92页。

说到此，毛泽东把目光移向周恩来。

周恩来迎着他的目光，坦诚地点了点头，又掉头对身旁的同志悄声说"主席说得对"。

毛泽东接着说："为什么敌人的一、二、三、四次进攻，都被我们打败了，唯独第五次我们不能取胜？当然，有一些客观原因；但主观上的原因，博古同志分析得少了一些！我想趁此机会，把前后五次战争的基本情况向诸君做一个介绍，道理就明白了：第一次反'围剿'时，敌军是十万，而红军只有四万，是 2.5 比 1；第二次反'围剿'时，敌军二十万，红军四万，是 5 比 1；第三次反'围剿'时，敌军三十万，红军三万，是 10 比 1；第四次反'围剿'时，敌军五十万，红军五万，仍然是 10 比 1；第五次反'围剿'时，敌军五十万，红军五万余，不包括地方武装，仍然是 10 比 1，而我们为什么失败得那么惨，连个地盘都保不住，来个大搬家，逃之夭夭？这难道可以说，我们在军事策略方面没有一点儿过错？"①

毛泽东讲到这里颇为愤慨，不自觉地提高了声音，而且把目光投向博古。

博古一脸忧愁，避开了他的逼视。

毛泽东继续说："前四次反'围剿'，各根据地同样也是被敌人分割；根据地范围，比第五次反'围剿'时还要小，瓦解敌军、白区工作的开展也很有限，为什么我们却赢得了胜利？其实，根据地人民，通过四次反'围剿'斗争的胜利，后方支前的工作是做得很出色的，根据地内的土地革命、经济建设的开展也是好的，在'一切为了前线胜利'的口号下，广大群众参军参战，革命积极性空前高涨，扩红运动形成热潮。十万工农积极分子武装上前线，红军力量空前扩大。前方红军的财政、粮食和其他物质上需求，都得到了供应和保证，这些都是粉碎敌人进攻的有利条件。"②

毛泽东此前已放下了手里那一沓毛边纸，自由发挥开了。

"这里，我要斗胆说一说华夫（李德）同志的工作，很不称职呀！华夫同志最擅长的就是手执一支铅笔，在地图上这里画条线、那里标注个点；还有就是把西班牙内战的模式搬到中国来。典型的闭门造车、典型的纸上谈兵啊！华夫同志从来不考虑战士要走路，也要吃饭，还要睡觉；也不问走的山路、平原还是河道，只知道在总部草拟的略图上一画，限定时间赶到打仗。这样哪能打

---

① 陈果吉等主编《重大事件中的毛泽东》，山西人民出版社，1994 年版，第 194 页。
② 陈果吉等主编《重大事件中的毛泽东》，山西人民出版社，1994 年版，第 194 页。

胜仗？完全是瞎指挥！"①

由于毛泽东说这话时不断瞥视李德，眼里含着嘲讽与愤慨，使坐在门口的李德敏感察觉到是在指名道姓说自己，于是督促翻译译给他听。伍修权本欲略过，免得李德又暴跳如雷，此时只好照译了。李德听了，将手中的半截香烟用力掷向过道外，霍然起立，指着毛泽东用俄语呵斥道：

"毛！你这是报复，报复我以往批评过你，是不是？今天，你是抓住机会找我算账了！"

毛泽东笑吟吟地把视线固定在他脸上，一头云雾地眨巴着眼睛说："伍修权，他说些什么？"

伍修权赶忙起身，把李德的抱怨准确地译出来。

毛泽东"啊"了一声，没有理会李德，只微微一笑平静地说道："有话好好说嘛，发什么火呀！"②

参加会议的绝大多数人都意识到毛泽东揭示了问题的实质。他的发言好像为第五次反"围剿"以来错误的军事路线拟就了一个批判提纲，只待大家去补充和完善。

王稼祥在躺椅里费力地调整了一下身子，稍稍坐起来一点，说：

"我同意毛泽东同志的发言！诚如他所指出的那样，第五次反'围剿'之所以失败，是我们在军事战略上犯了严重的错误；决不能归咎于其他原因。客观因素有一点，但不是主要的！"③

张闻天也明确表示同意毛泽东意见。他说：

"……他对问题的分析是有道理的，可以说言之成理，顺理成章。他对指挥五次反'围剿'三个阶段的分析归纳，我很欣赏，指出了问题的症结之所在。"④

聂荣臻说："毛主席指出顾问同志是瞎指挥，我们完全赞同，我们对此有痛感呀！华夫顾问对部队的一个军事哨位应放在什么位置，一门迫击炮放在什么地方，这一类连我们军团指挥员都不干涉的事，他都要横加干涉、强行改变。这不是瞎指挥，又是什么呢？"

李德听了伍修权的翻译，气得用力挥了一下手。但说不出什么反驳的话，

① 《张耀祠回忆录》，中共党史出版社，2008年版；《南巡中毛主席同我的一次谈话》，见中国共产党新闻网。

② 《遵义会议，历史的丰碑》，毛泽东旗帜网，2006年9月8日。

③ 《革命危急关头的王稼祥与毛泽东》，载《福建党史月刊》，2003年9期。

④ 《张闻天与长征》，载《国防》杂志2006年8期。

因为他记得那都是事实。

林彪没有直接批评三人团的错误，只把一军团在五次反"围剿"以来惊人的伤亡数字罗列出来，与前四次反"围剿"进行比较，然后扔出一句话：再这样用兵，一军团只能打光。

李卓然说："我们五军团在瞎指挥之下付出了惨重牺牲后，基层指战员口没遮拦，不下一百人次质问我，'政委，上边究竟是哪些人在指挥呀？毛主席在干什么呀？'"

毛泽东慨然叹道："五军团的同志们在批评我呀！惭愧！惭愧！"

彭德怀是个脾气不好的人，对谁他都敢顶撞。他对第五次反"围剿"以来三人团的瞎指挥深有痛感。他想起了广昌战斗后与三人团的一次大吵，心情便难以平抑。

"今天我要说的话，其实几个月前就对中央领导说过了，当时还吵了个一塌糊涂！今天既然是全面总结，那就有必要旧话重提，再说说！那场战役，中央领导坐在瑞金，指挥我们第二次进攻南丰。荒唐啊，居然连迫击炮放在某一曲线上都规定了！实际上，这一带的十万分之一的地图，绘制者事前根本就没有实测过，有些时候连方向都不对。这种主观主义，就像毛主席刚才嘲笑的，是典型的纸上谈兵！如果不是红军作战经验丰富，善于应对突发战况，一军团、三军团早就被中央领导们断送了！广昌战斗，完全就是逼我们同敌人拼消耗，损失空前惨重啊！中央苏区从1927年开创到现在，八年啦；一军团、三军团活动到现在也有六年了，创造根据地八年了，不容易啊！就这样被你们的瞎指挥断送掉了，真是崽卖爷田不心疼呀！"[1]

博古坐在那里，双眉紧锁，一言不发，就像个被告一样。

李德不断吸烟，倾听伍修权的翻译，神情十分沮丧。

刘伯承感触良多。他最初对三人团的错误看得并不是很清楚，甚至一度还缺乏认识。后来逐渐感到这种打法有问题，不然为什么尽吃败仗，根据地越打越小，红军越打越少？大家对军事指挥有抱怨，也只能背后发牢骚，不敢公开向上面提出来。他用四川话说道：

"第五次反'围剿'，毛主席分析得对极了！我们确实在军事路线上犯了严重错误——前面好几位同志已经说得很具体了，我在这里不必重复。我要说的是，这些来自中央的错误，其实过去不是没有察觉，是不敢说呀！谁敢说就是

---

[1] 《毛泽东与彭德怀》，北京出版社，1998年版，第58—59页。

思想动摇，就是机会主义，甚至反革命。这顶帽子吓死人啊！"①

接着又有几个人发言，都从不同的角度批评了三人团的错误。人们的发言基本上是摆事实讲道理，尽管气氛肃然，但没有任何过分的言辞。但是，后来讲出的问题越来越多，越多的问题摆出来大家越有气。

终于，一直被三人团实际上当传令兵使用，甚至被人戏称为天蓬元帅的朱德终于拍了一掌桌子说：

"把毛泽东同志排斥出领导集体，是一系列错误中最根本的错误！如果继续这样的错误领导，我们就不能再跟着走下去了！"

朱德这话可是说到要害了，大家心里一震，无不面露赞赏之色。但一时却没人说话，会场上出现了短暂的沉默。人们都在深思这个问题；特别是几位在场的红军将领，感到总司令说出了广大红军指战员的心声。

博古抬腕看了一下表，说："五点半了，今天的会是否就开到这里？"他用询问的目光看了一下周恩来。

周恩来点头说："好吧，明天继续。"

博古说："总司令刚才的话，对我震动很大！我建议大家会后好好考虑吧！"

后来的会议，毛泽东拒绝了大多数人要求他做党和红军一号领导人的呼吁，主张现有的党和军委领导班子不必做太大变动，以体现思想路线从严、组织处理从宽的原则。

会议经过了三天讨论，做出了几项重要决定：增选毛泽东为政治局常委；取消三人团，仍由中革军委主席朱德、副主席周恩来指挥红军，毛泽东协助他们；指定张闻天起草决议，经常委会审议后，发到支部一级讨论。

会内会外，许多同志要求毛泽东取代博古领导全党并主持军事。毛泽东坚决推辞，借口自己身体不好，重病缠身。所以张闻天在决议上写下"常委中再进行适当分工"，以示总负责人尚未定，暂时由博古代理。

伍修权在回忆文章中这样说：

> 遵义会议的成功，表现出毛泽东同志杰出的领导才能与智慧。他在会议上，只批临时中央在军事问题上的错误，没有提政治（路线）问题上的错误，相反还在决议中对这个时期的政治路线，说了几句肯定的话。这是毛泽东同志的一个英明决策。在会议上，曾经有人提出批评和纠正六届四中全会以来的政治错误，毛泽东同志机智地制止了这种做法。正是这样，

---

① 《历史的选择——长征中的红军将领》，中共党史出版社，2006年版，第23页。

才团结了更多的同志，全力以赴地解决了当时最为紧迫的军事问题。①

最初以《红星报》总编和记者身份列席会议，后来在毛泽东竭力举荐和多方斡旋下被任命为秘书长的邓小平，这样评价会议的成果：

> 遵义会议以后，毛泽东同志对全党起了领导作用……尽管名义上他没有当什么总书记或军事主席，但实际上他对军队的指挥以及重大问题上的决策，都为别的领导人所承认。

周恩来也心悦诚服地这样评价：

> 由于毛主席拨转了航向，使中国革命在惊涛骇浪中得以转危为安，转败为胜。这是中国革命历史的伟大转折点。毛主席的正确路线在党中央取得了领导地位，真正取得了领导地位。遵义会议一传达，就得到全党全军的欢呼。②

会议结束以后，过了一段时期，由张闻天取代博古担任"总负责"（因为无法召开党代会确认，故不能称总书记），后来又组建了由毛泽东、周恩来、王稼祥组成的军事领导小组，也就是新的红军统帅部。

王家烈驰赴马场坪会见薛岳。

眼看红军入黔锐不可当，自己的部队一败涂地，王家烈方寸大乱，不知道如何是好。薛岳高举尚方宝剑督促他主动与红军决战，如是硬碰硬之下，自己的部队拼光，蒋介石不仅不会给予补充，还会撤销番号。那自己就彻底玩完了。

最初有幕中人宽慰他，恐怕红军无意图黔；根据是红军进入贵州后并无夺取贵阳之意，看样子是要取道余庆向北，渡过乌江。幕中人有一点猜得没错，红军确是要渡乌江，而且就在王家烈去马场坪的同一天就开始强渡了。于是王家烈打定主意要效仿陈济棠、白崇禧，以"保境安民"为口实，保存实力为宗旨，避敌锋芒，让其过境。以此为指导思想，一路上盘算如何对付薛岳。

薛岳有薛岳的小算盘，他决心贯彻蒋介石的削藩计划，立上一个大功。要

---

① 伍修权《遵义会议的前前后后》，《星火燎原》丛刊，1982 年 2 期。
② 《周恩来在党中央召集的一次会议上的讲话》，载《文献和研究》1985 年第一期。

实现这点，就得用逼和骗两手把王家烈推到第一线去与红军对消实力，然后一切就顺理成章了。他先是主动提出在这次追剿行动中对黔军的损失一定尽数补充，而且所有装备及时运到决不延宕；然后就把无形的尚方宝剑悬在头上不停地晃动。

王家烈也打定了主意，虚与委蛇，满口豪言壮语。

就在王家烈亦步亦趋地准备效仿陈济棠时，红军的行动打破了他一厢情愿的幻想。

红军拿下了遵义后，立刻以之为中心在黔北构建了庞大的防线，显然是要在川黔边区建立根据地。

王家烈先是傻眼，继而就成了热锅上的蚂蚁。同样要命的是薛岳的十万大军以追剿为名拥了进来。其吴奇伟第四军不向西北地区追剿，却转向贵阳方向，结果把部队屯驻在距城仅十几公里的观音山。

王家烈强颜为欢，送去四卡车茅台酒，犒劳吴奇伟的数万官兵。

薛岳率卫队进入贵阳。

他在欢迎会上以贵州主人的口吻对大家说："共军为国家民族公敌，犯有严重的反人类罪。惜乎侯之担敷衍戎机，放纵共军窜过乌江，实属罪不可逭，现已在重庆拿办。我们现在亡羊补牢之举是在乌江以北、长江以南区域将红军歼灭。望黔军上下以侯之担为戒，奋勇杀敌。战后论功行赏，党国将不吝黄金、军衔、官职！"

欢迎会刚一结束，薛岳就命令贵阳城防由九十九师师长郭思演率部取代黔军；旋又将贵阳的军政财权全部控制在手。

王家烈叫苦连天，意识到引狼入室了。后来他本人出入城门也得接受中央军检查，真是体面尽失，狼狈之至。

更严重的是薛岳反客为主，派人接收了他的财税机关，黔军的军饷也要到他那里去领。他以种种借口或调防、或收编军纪荡然的黔军，欲将王家烈整成光杆司令。

预感到末日来临的王家烈明白在贵阳已无法立足，寻思另谋他途。他在新中国成立后回忆道："贵阳已被中央军占领，我不能立足了；遵义已被红军占领，未见行动。遵义的资源比较丰富，倘被红军占领太久，若将地方民团的枪支搜尽了，以后想恢复就更不容易了。我认为黔北是我的桑梓之地，应该恢复黔北。到不得已时候，再向西北，在川、滇、黔三省交界找地盘，求生存。"

于是就主动向薛岳请缨，要求带黔军残部外加少部分中央军，去黔北追剿共军。

薛岳不同意，说是要待入川的中央军郝梦龄、上官云相两个师向川黔交界处靠拢时，此间才好出兵，收两面夹击之效。

王家烈召来第一师师长何知重、第二师师长柏辉章商量。他对两员大将说："贵阳以北，中央军侵吞了一切，没有我们吃饭的地方了！唯一的办法是把遵义夺回来，以徐图发展。"

两位师长面有难色。

何知重说："主席，我们这点人马，恐怕打不过共军吧？"

王家烈摇头说："不不，你们有所不知，朱毛志不在此，我有确凿情报，他们意欲图川，入黔不过借道而已！我们此去不会有大的战斗，遵义唾手可得！你们赶紧回部队去准备，我来想办法筹集军饷和一应粮草。"

何、柏两师长信以为真，立刻领兵出发。

第八章

一

红军控制了以遵义为中心的黔北一带，固然是个重大胜利；但突围离开苏区以来严酷的战略态势并未改观。东有刘建绪率领的湘军四个师，西有孙渡率领的滇军六个旅，南有薛岳的中央军十万之众，北有刘湘川军十二个旅。要率领三万红军（遵义会议前后招募了数千人）就地击败敌人，回旋、运动空间不大，操作困难；而且黔北人烟稀少，少数民族众多，党在这里缺乏工作基础，不是创建根据地的理想区域。

毛泽东提出放弃遵义与黔北，另寻合适地方。他有意识地询问熟悉四川情况的刘伯承和聂荣臻，入川如何？

刘、聂两人立刻建议到川西北创建根据地。理由是：四川乃西南首富，人口稠密，有利于筹集粮款、扩大队伍；周围崇山峻岭屏护，出可攻，返可守；四川军阀一向排外，蒋军入川并不容易；更为重要的是川陕根据地是现成的落脚点，八万红四方面军是有力的接应。

毛泽东等中央领导对此论深以为然，决定舍弃遵义地区，北上四川，从泸州以西的蓝田坝、大渡口、江安北渡长江，到川西北地区。然后与四方面军一起赤化四川；若渡江不成，可暂在川南活动，再相机从宜宾上游北渡金沙江。

1月中旬，薛岳的九个师尾追逼近，集结于贵阳、息烽、清镇等地，先头部队进至乌江南岸；黔军的两个师担任黔北各县城守备，另外三个师分别向湄潭以及遵义南面的刀靶水、懒板凳进攻；川军十四个旅分路向川南集结，其中两个旅已进至松坎以北的川黔边境；湘军四个师位于湘川黔边境的酉阳至铜仁，并在这一线构建碉堡，防堵红军东进湘南；滇军三个旅正向毕节开进；桂军两个师也抵达独山、都匀。

针对敌情的发展，中革军委下令兵分三路北上：

红一军团从桐梓西进，红三军团取道仁怀北上，红五军团、九军团和军委纵队随后跟进。

第一个阶段是向土城、赤水方向攻击前进。

如此，首当其冲的就是川军了。

22日，中央政治局、中革军委致电红四方面军和红二军团、红六军团，通报中央北上计划，指示红四方面军"向嘉陵江（以）西进攻"，威逼重庆，吸引和钳制川东之敌；令红二军团、红六军团积极向东出击，威胁长江交通，牵制湘鄂之敌，配合中央红军北上。

川军情况如何呢？

当初刘湘、刘文辉两支军阀部队在蜀中打得不可开交之际，红四方面军大举入川并扎下了根，迅速发展到五个军八万之众，在川陕边区建立了二十二个县、一个市的苏维埃政权。

刘湘纠集四川各派军阀部队共二十万人，分三路围攻川陕苏区。战事历时十个月，川军屡遭重创，最后全线崩溃，损失八万多人、各种枪支三万多支（挺）、火炮一百余门。

此时红四方面军旋又为接应中央红军，开始了主动进攻。

红四方面军刚成刘湘的心腹之患，中央红军又直逼川境。刘湘惊呼道："北有张国焘、徐向前股匪打到了嘉陵江边，南面再有朱毛赤匪窜来，南北夹击，一旦会合，我只有跳长江了！"

刘湘判断中央红军很有可能"沿赤水河出合江，渡长江北上；或经古蔺、永宁（叙永）出泸州北上"。

这个判断与红军总部下达的《关于渡江的作战计划》[①] 基本一致。红军首先须攻取的是土城、赤水，控制了这一南一北两城，中间地带可供西渡赤水用。

土城濒临赤水，东南北三面是险峻的山崖。24日，红一军团轻取土城。守城黔军逃过赤水河。

红一军团稍作休息，埋锅造饭。饭后，林彪率主力奔向北面的赤水县城。

林彪原以为赤水县城更易攻取。因为城里一个小军火库的工人曾在几天前举行过反对国民党政府的示威活动，这可能对红军攻城有一定帮助。不料，红一军团抵达距县城十五公里的黄洞陂村，获悉川军章安平旅抢先一步赶到。道路一侧就筑有坚固的碉堡，另一侧的小丘山顶上也修筑了大片工事，川军来后就全部控制了。这样，战略先机双方便各得一半：红军抢先占领土城，取得了西渡的第一步条件；川军占领了赤水城，则可阻挡红军北上。因为赤水县城位

---

① 油印件，中央文献档案馆藏。

于黔西北边界，只有取得这里中央红军才能进入川南。

红一军团不得不对可能付出重大代价的赤水县城发起强攻。

川军凭恃坚城和两侧的有利地形、工事，死守不退。激战了一整天，战事陷入胶着状态。红一军团入黔之后残存四千多主力，精华中的精华，竟打不开前进道路。

黄昏之后，林彪主动撤出了战斗，立即向毛泽东报告了这一情况。

此刻，军委纵队与红三军团、红五军团、红九军团全部抵达土城。

周恩来告诉毛泽东，川军将领郭勋祺率部尾随而来。

毛泽东问，此人带了多少人马？

周恩来回答，据可靠情报，不过四个团而已，是川军两个旅的编制。

但是，随着战斗的一步步展开，毛泽东开始怀疑这个情报的准确性了。

1月27日，中革军委决定调派兵力在土城附近的枫树坝、青岗坡一带与郭勋祺率领的川军决战。旋又获悉川军另有两个旅正在赶赴土城而来。毛泽东只好稍作调整，命红一军团一部、红九军团阻击土城增援而来的川军两个旅，红三军团、红五军团在土城地区消灭郭勋祺两个旅。本来这个计划是行之有效的，但事后发现情报不确，参战的川军实际兵力要大得多。

28日凌晨3时，红三军团在左，红五军团在右，向青岗坡川军进攻，踏破沿途几道敌阵，向北侧制高点营盘顶冲锋。而川军火力不弱，顽固程度也出人意料，红军进攻数次也未能得手。几个小时过去了，双方付出了极大代价，红军终于占领了营盘顶。

红军马不停蹄，继续攻击前进。

前面山下有一块平地，有个叫永安寺的村庄，以村外寺庙得名。川军前敌指挥所就设在寺庙内。寺庙四周挖了一圈战壕，配置了足够火力。

红军抵达此地，立刻开始进攻。共打了三个多小时，未能攻破。不久，川军将领潘佐率其独立第四旅本部人马来增援，使红军的作战更加艰难。

中革军委命令沿赤水河向北开进的红一军团二师抽出一个团返回增援。而红二师距离已远，最快也需三个小时才能赶到此地。

川军的兵力达到压倒优势，逐渐就从守势转为攻势。红三军团出现了大量伤亡，后来子弹打完了，就冲上前与川军纠缠到一起，进行肉搏。红十团政委杨勇负伤，子弹从右臂打入，从嘴唇穿出，掉了六颗牙，血流如注。

土城方向也出现危局。

突破了红军阻击阵地的川军扑向土城，打到了红军总部一公里处。一旦土城被川军攻占，后面是赤水河，红军将背水而战，十分危险。

朱德要求亲自去指挥战斗。

毛泽东惊愕有顷，没能开腔，只用担忧的眼神打量朱德。他明白朱德上前沿，此时会有作用，但又怕朱德有失。

朱德低声对毛泽东说："老伙计，你就同意了吧！只要我们胜了，区区一个朱德又有何惜呢？"

毛泽东紧紧地握了一下他的手，终于同意了："老总，一定要注意安全呀！记住，红军不能没有你，我毛泽东不能没有你呀！"

朱德、刘伯承匆匆赶赴火线。

毛泽东向大家问道："附近还有部队吗？"

身后的陈赓跨前一步，站到他面前，大声说：

"报告主席，还有我们干部团！"

"好！你们上，跟着总司令、刘参谋长，把敌人压下去！"

"是！请主席放心！"陈赓向毛泽东敬了个标准的军礼，转身跑出去，大声呼唤干部团集合。

这个红军干部团组建于突围前夕，由红军大学、红军第一步兵学校、第二步兵学校、红军特科学校合编而成。陈赓为团长，宋任穷为政委，下设三个步兵营和一个特科营；还有一个是上级干部队①，队长为萧劲光，政委为余鸿泽。全团总兵力为一千五百多人。

干部团真是一支劲旅，不愧红军精英称号。他们头戴瑞金军服厂仿造的苏式瓦蓝色钢盔，端着上了刺刀的步枪，巧妙地闪避川军密集的火力，高声呐喊着"为了共产主义，冲呀"，毫不犹豫地捣入敌阵。

川军被他们前仆后继的大无畏气势吓呆了。他们根本没见过上阵还戴着漂亮钢盔的红军队伍，惊疑不定地互问，这是个什么样的精锐呀？

干部团四营营长韦国清指挥特科营把仅存的九发迫击炮射向川军指挥所。引起敌军一阵混乱。

当天14时，红一军团二师的一个团赶到了。增加了生力军，形势大变，红军一直打到川军指挥所门前。

一直用望远镜观察干部团作战的毛泽东兴奋地说："陈赓可以担任军长！"

他见川军凶焰被压了下去，高兴之余又慨叹道："干部团的学员是红军的宝贵财富，以后千万不能再这么用了！"

---

① 即由团以上干部组成的部队。后文简称"上干队"。——编者注

28 日下午，中革军委调整了部署，各线同时向川军发起总攻：红一军团二师从正面，红三军团从左面，红五军团从右面。

红一军团二师仍不顺利。川军占据着有利地形，红军只能仰攻，攻势一直未能奏效。后来红二师改换打法，抽两支部队迂回至川军两翼，正面部队佯攻的同时，两翼部队突然出动进行腰击。川军被迫掉转火力拱卫两翼。红军正面部队趁机猛攻，直薄永安寺，一举拿下川军指挥所。

指挥所的失陷令川军全线动摇，从原先的攻势变为被动挨打的守势。

1 月 28 日 17 时，中央政治局召集紧急会议。

毛泽东在会上不悦地指出，战斗打成胶着，主要原因是情报有误。原以为川军来的只有三个团，结果是六个团共一万多人，而且其另外两个旅马上就会抵达。土城战斗不能再打下去了，这简直成了消耗战啊。这么一来，从赤水北上入川，从泸州至宜宾之间过长江的原计划无法实现了。我们必须尽快脱离战场，西渡赤水河，向川南古蔺前进。

朱德、刘伯承指挥部队脱离战场，周恩来负责指挥工兵在天亮前架好浮桥，陈云指挥后勤部门安置重伤员、处理不符合轻装原则的物资，毛泽东统一指挥全局。

1935 年 1 月 29 日凌晨 3 时，"一渡赤水"正式开始。红一军团、红九军团、中央纵队第二梯队和第三梯队、干部团之上干队组成右翼纵队，由林彪指挥，从猿猴场渡河；中央纵队第一梯队、干部团、红三军团第五师组成中部总队，由陈赓指挥，从土城下游渡河；红三军团直属队、红五军团直属队、红三军团第四师组成左翼纵队，由彭德怀指挥，从土城上游渡河。

刘新金为红一军团二师五团二营营长，奉命抢占猿猴渡口。计划选三十名水性好的战士组成突击队，由三挺机枪掩护，泅渡过河，抢占滩头。

突击队由陈国辉排长率领出发了。他们用一个杀猪用的长形木盆，让机枪手抱着自己的武器藏在里面，三名战士在水里推着这艘"舰艇"前进。到中流时，被对岸的黔军发现，两下里交起火来。此岸红军的机枪与步枪也向黔军射击，压制其火力，掩护分散在河中泅渡的突击队战士。突击队登岸后，迅速聚集一处，发起突袭，很快就攻占了两个碉堡。此岸的红二营也乘势展开强渡，最终以阵亡十人的代价控制了猿猴渡口。

土城战斗还没结束，周恩来就集结各部队的工兵，向土城百姓购买包括船只在内的各种架设浮桥的物资。他亲自在现场指挥，把十几只木船在河中用沉锚固定，然后用竹竿将船连接起来，船上平铺木板，用铁钉固定在船上。拂晓时分浮桥架设成功。

29 日 12 时，中央红军从三个渡口全部过了赤水河，然后分三路向川南的古蔺、叙永进发，以寻求战机。

刘湘的算盘是红军只要不入川，或入川只是借道，便采取虚晃一枪办法，保存实力，绝不对消；若红军要深入四川腹地，与红四方面军联手扎根不走，那就只有不惜忍受蒋介石的控制，与红军血战到底。毕竟蒋介石感兴趣的是军政两权，是削藩，不会打土豪分田地，不会动他刘湘与川中群雄的经济根基；而共产党则要把他们连根铲除。所以生死关头宁肯赠蒋，决不让步于共产党。刘湘的阶级意识向来是很清楚的。当获悉中央红军寻找渡江地点，深入四川与红四方面军会师的迹象越来越明显时，他便下决心硬拼到底了。他委任潘文华为"川南剿总"总指挥，率三十个团，沿长江南岸古蔺、叙永一线布防，封锁长江；在宜宾至江津、宜宾至金沙江（长江上游）滩头的北岸，以及川南各县的要隘，抢筑工事。

1 月底，红军主力由猿猴场穿越古蔺的官山老林，然后经过叙永东面大寨，逼近叙永县城。此时驻防叙永的是川军第一路指挥范子英的部队。

红军这么快就突袭川南，出乎刘湘意料，不免有些惊慌。因为郭勋祺、潘佐、廖泽、穆肃中、达凤岗等几支川军劲旅已被拖得筋疲力尽，远远落在了红军后面，远水不济近渴；叙永、古蔺兵力单薄，只有范子英的一个旅和章安平旅留在叙永城里的周瑞麟团。刘湘急电入黔各部火速回川增援叙永、古蔺，令刚入黔增援的刘兆藜旅、周成虎大队立即回撤到叙永、古蔺边区的桂花场、登子场一线；令尚未入黔的陈万仞师之袁筱如旅，以及魏楷的江防部队，赶往叙永。这样，刘湘配备在川南的十多个旅纷纷赶赴叙永方向。

2 月 1 日，红军兵薄叙永，未稍休整即开始攻城。

叙永是东西两城。东城是商业区，城垣低矮；西城是官府各衙和居民区，城垣高大坚固，周围开阔。东西两城之间有一条河，名永宁河。范子英的布防重点在西城。因为东城外有山丘高过城池，红军若夺取到手，可以之作为据点瞰制县城；西城则易守难攻。范子英亲手划定周瑞麟团和教导旅的两个连各自的防守区域。

范子英判断红军若进攻古蔺、叙永，必由仁怀渡过赤水河，径直向古蔺逼近；或由仁怀渡赤水河斜插姚家坪、营盘山绕道进逼叙永、古蔺。所以把防御重点定在赤水河正面。

离开叙永，范子英又去了古蔺布防，其派顾晓帆团沿赤水河各要道渡口警戒防御；第四团驻营盘山，与叙永、古蔺互为犄角。他本人率余下部队驻守古蔺县城。

不料红军开抵仁怀后，并没渡赤水河，而是沿着河的东岸向土城方向疾进，冷落了范旅的防御正面，兵薄赤水县城。

刘湘认为土城既已咬住了红军，应设法粘牢其主力，下令外围各部火速离开原防向土城靠拢。

殊不知，红军玩透了"兵无常势"之道，突然脱离战场，从土场附近渡过赤水河，然后穿越官山老林，出桂花场，直逼叙永县城。这便使潘文华在赤水、古蔺的防御部队形同虚设，叙永门户洞开。

叙永的守将之一先智渊回忆："当时叙永的防御，由我负责指挥。东城由周瑞麟团担任防守；西城由我率领范旅留下的两个连及'义勇大队'五个大队防守；桂花场方面原派有'义勇队'一个中队在该处警戒。1935年2月1日，我接该中队飞报，谓中央红军已穿越官山老林分数路而来，番号是一军团、三军团、五军团，人数不详。我当即令该中队一面警戒侦察，一面向县城靠拢。这天，红军先头部队已逼近县城，向西城南北门进攻。很快就攻占北门外望城坡等小高地，当夜即将西城包围。"

红军首攻叙永，是因为从古蔺北渡长江就必须占领叙永。

红军分成若干突击分队，在机枪火力掩护下架设竹子绑扎的云梯，强行登城。守城的川军、民团用步枪、马刀、长矛、钩镰枪居高临下阻击，红军死伤无数，多次强攻都未能成功。

当晚，红军在当地穷人的指引下，派出二十名突击队员，潜入东北角大碉堡的地下交通壕。正行进间与十二名便衣敢死队遭遇。双方展开近距离肉搏，枪刺无法施展，只好都用大刀和手枪。

原来那十二名便衣敢死队员是防守这个区域的川军营长刘光耀每人二十块大洋招募来的，都是一些地痞流氓。这些家伙除了吹牛皮，没多少实战能力，很快就倒在红军壮士刀下了。

刘光耀没法，只好用乱石封闭了地道口。

叙永成了红军的拦路虎，久攻不克。

刘湘委派的川南剿总总指挥潘文华，判断朱毛红军的意图依旧是从叙永北渡长江，便调整部署，抽调八个旅和一个警卫大队增援叙永。同时，蒋介石也督令黔军、滇军和薛岳的中央军组成第二路剿匪军，共十三个师又四个旅，分为四路纵队，星奔川南地区。

面对这种不利的变化，毛泽东毅然决定放弃在叙永一带北进的计划，向云南东北部的扎西（今威信）转移。

龙云察觉了红军的新动向，立刻改变主意，把正往川南开拔的孙渡纵队的安恩溥、龚顺璧、鲁道源三个旅调回云南，到滇东北镇雄县布防，与川军遥相呼应，瞅机会在川滇边境狭窄地段夹击红军。

8日，安恩溥旅从毕节向北进发。其前卫连向扎西以南的镇雄县大湾子老场坳口前进。

毛泽东发现战机出现了，便派出部队佯作阻击，引诱安旅推进，准备在扎西附近予以歼灭之；进而相机占领镇雄，在是处休整、补充。

斑鸠沟一带的红一军团二师从右翼向镇雄县境内两河、芒部、板桥隐蔽推进；红九军团一部从左翼向坡头、母享运动；红三军团一部向花朗坝和老场坳口公开推进，牵制向北前进的安恩溥旅。

老场坳口位于扎西、镇雄两县交界处。从东到西有一条长达三十公里的山，把两县分为南北，适成县界；中间只有一个狭长的坳口，成为两县交通要道。这个要道上松林密布，很像《水浒》里描写的猛恶林子，当地人称为黑松林。这个黑松林虽然是两县来往的必经之路，但根本没有人工修筑的道路。这是个设伏的理想地段。

林彪向毛泽东汇报了设伏地点。

毛泽东听了，说："这是你的权力范围，不必向我们报告！"

第二天，天刚亮，滇军步兵借助强大重火器掩护，冲向红军阵地。

前沿阵地的红军认真阻击了一个小时，佯作不支，且战且退。

安恩溥大喜，以为得手了，催促部队快速追击，不许"共匪"溜掉。滇军官兵不识轻重，一路狂追十公里，冲进坳口，拥入黑松林中。突然，两侧射来密集的机枪、步枪子弹，手榴弹也犹如下雨般从天而降。滇军顷刻倒了一大片，这才情知中计，慌忙后退。而坳口以北已经被红军用几挺机枪封闭了去路，只得又扭头往回跑。能往何处跑呢？四周都弹如飞蝗，没一尺一寸之地可以躲避。结果，进入黑松林的滇军一个营又一个连全部就歼。刚刚开抵坳口外的滇军知道前锋吃了败仗，赶紧后队做前队、前队做后队落荒而逃。

红军乘胜追击，一路上又消灭了滇军数百人，一直把他们赶出了大湾子。史称"扎西战役"。

滇军扎西一战，损兵折将，龙云又惊又心疼，而且害怕。心疼的是伤亡一千多人马；惊的是红军被一路追击，损失了数万人马之后，竟还有如此战斗力，完全超出了他的预料；害怕的是红军主力集结扎西，看样子有图滇之志。这可如何是好？有人向他出主意，把入黔参战的孙渡纵队调回来参战，滇军分路向扎西挺进，将红军逼出云南省。

此时，红军在扎西从容进行整编。

毛泽东下令精简机关、充实连队。除了红一军团外，各军团一律取消师一级编制，两万多红军编成十七个团，加强基层部队战斗力。

同时，中央在扎西的江西庙召开政治局扩大会议，以确定下一步行动方案。这是毛泽东第一次主持中共中央的最高会议，史称"扎西会议"。

会前张闻天找毛泽东商议，认为遵义会议博古受到大家批评，恐怕再领导下去大家不服，而且困难很多。毛泽东考虑良久，认为还要与周恩来等其他常委交换意见，再做决定。

毛泽东找到周恩来，将张闻天的意见告诉给他。

周恩来也认为遵义会议以后博古领导是有困难的，还是毛泽东领导比较合适。

毛泽东仍然提出了不同意见，认为由张闻天来做好一些。毛泽东的考虑是很深远的，他认为张闻天"……也是莫斯科学习归来的，对团结一大批留苏回来的干部有好处。同时共产国际对他也很信任，这样也好向共产国际交代"。[1]

在毛泽东主持下，"政治局常委开会分了工，决定由张闻天代替博古的职务，负总责。当时政治局候补委员凯丰在背后劝博古不要交权。但博古尊重政治局大多数人的意见，没有听他的意见"。[2]

当滇军主力大量拥向扎西时候，红军已挥戈转兵。毛泽东以军委名义分别于 2 月 10 日、15 日发布命令，着各军团东进入黔，向白军因追击红军而力量顿显薄弱的桐梓、遵义进攻。

二

为了尽快摆脱川、滇两军的侧击，红军隐蔽东进，18 日至 21 日突然在太平渡、二郎滩渡过赤水河，向白军兵力薄弱的桐梓方向前进。史称这一行动为

① 《铁流二万五千里》，中共党史出版社，2011 年版，第 27 页。
② 《铁流二万五千里》，中共党史出版社，2011 年版，第 27 页。

"二渡赤水"。

红一军团一部在土城附近渡过赤水河后，向土城和猿猴场发动进攻。两地守军抵敌不住，慌忙北撤到葫芦市，呼吁友邻部队增援。附近的黔军教导师三旅五团称没有得到过上峰交予的防守土城的任务，然后就慌忙撤走了。该团二连的少尉书记官卞怀春回家过完元宵节刚返回部队，正遇上全团疯狂溃逃。他只好转身加入溃逃的队伍，不料只跑了二十分钟就被红军包围。二营营长徐定远的坐骑（一头黔驴）中弹，将他摔了下来，腿受了伤。卞怀春扶起他，拼命奔跑，好不容易才逃脱。卞怀春后来回忆称"我团损失很大，被打死打伤的士兵遍地都是。死的无人掩埋，伤的无人救护，械弹全被红军缴获去了"。

红一军团打通了道路，径直向桐梓以北开进。红三军团则向桐梓以南开进。

就在红军二渡赤水这一天，蒋介石发布命令"在赤水河以西消灭共匪"。他说："查朱毛残部不足万人，粮弹两缺，状极疲惫，毫无作战能力。经川滇军压迫，似有回窜入黔模样。我军宜集歼该匪于叙、蔺以南，赤水河以西，仁怀、毕节以北地区之目的可望达成。拟联合各军对匪围剿。"

可惜只不过两天时间，红军就突破了黔军的防守，从赤水河西岸打到赤水河东岸。蒋介石的部署倏忽就变成了一纸空文。

蒋介石聚集幕僚研究地图，捉摸半天，得出了一个结论：朱毛回窜，是要与红二军团、六军团会合。

于是他又调整部署：命郭勋祺率川军三个旅向土城前进，"蹑匪尾追，穷匪所至，不灭不安"；命孙渡率滇军三个旅由扎西向赤水河以西前进，"协同川军，觅匪进击"；命中央军周浑元部沿赤水河两岸，"协同川滇军寻匪兜剿"；命潘文华率川军主力星夜奔赴赤水、习水，协同黔军"堵匪北窜"。

21日，他又从汉口电令王家烈听从薛岳指挥，火速率部开赴前线。

这天王家烈正在家里给母亲做寿。红军回师贵州的消息让他大惊失色，差点没把酒杯跌落地上。

他慌忙返回遵义召开紧急会议。他对与会的几个部下悲哀地说：薛岳已然篡夺了贵阳的一切，那里没有我们的立锥之地了。黔北是我起家的地方，只有保住这个地盘，以后才有规复全黔的机会。大家只有拼死一战，我们才有生机。

2月23日，红一军团抵达习水县新罗坝，红三军团抵达桐梓西面的花秋，红五军团抵达习水县良村，红九军团抵达习水县碗水，中央纵队抵达吼滩。

当晚，红一军团、红三军团各一部会攻桐梓县城。没费多大事，一举攻克。红三军团离开桐梓，向南面的遵义开进。

部队听到宣布打遵义的命令，一片欢腾。战士们对第一次占领遵义时的印象太深了，繁华的街市，一家又一家的商店，餐馆里便宜得出奇的酱肉丝和白斩鸡（每个战士兜里都有五六个甚至十来个银元，几天时间也只花去不到一块），热情的老百姓，"鲜红的橘子，松软的蛋糕"（彭雪枫将军语）。这些美好的记忆无不令他们一路上兴高采烈。我们的红军战士那时不过都是些十七八岁的孩子啊！沿途的穷人都远远近近地跑来欢迎自己的队伍，不少青年当场索性就站到队伍里去了。

毛泽东赶到龙城看望红三军团，号召战士们奋勇杀贼，尽量别打击溃战，要打歼灭战，消灭王家烈、周浑元的主力。他说，一路上追堵我们的白匪就像蒋介石的一只手，那手上有五根指头。我们要集中一切力量，割掉一根指头，暂不去管另外的四根指头；然后再割掉另一根指头。就像这样一根一根地割下来，用不了多久，蒋介石的这一只手就没用了。那么具体怎么去割第一根指头呢？就是一面"牵牛"，一面"杀猪"。所谓牵牛，就是派一支偏师佯装主力部队，大张旗鼓地北上，与川军周旋，给敌人造成我们仍要北渡长江的错觉，至少要在桐梓以北牵住川军这头牛三天；而我们的主力则隐蔽南下，直取遵义，杀掉黔军这头肥猪，来犒劳我们自己。

红军官兵都被自己的统帅逗得哈哈大笑。

其实毛泽东做这样的战略考虑，是基于并不乐观的战略态势。红军突然东渡赤水，固然出敌预料，把敌人大军甩出了五天路程之外。但是，南面的黔军正向桐梓和娄山关方向开进，中央军吴奇伟五十九师、九十三师正离开贵阳向遵义前进；北面又有中央军上官云相部从重庆南下，已进至綦江、松坎一线。此刻面对南北夹击的不利态势，红军必须毫不踌躇地向一面的敌人冲去。蒋介石的判断是，红军突然机动后，必会在撕开的缝隙中钻出去，再次尝试渡长江向西北方寻求与红四方面军会合，或者去东北方向与红二军团、六军团会合。然而毛泽东却选择了一步似险而实安的怪棋：向南，攻下娄山关，再占遵义。

国共两军的命令几乎是同时下达的。白军是向北推进以捕捉红军踪迹，红军是向南攻击前进。

两军卷土而进相向而来，相遇之处是遵义北面的娄山关。

26日，王家烈部离开遵义，企图在红一军团抵达娄山关将其截住。

娄山山脉的最高峰海拔一千四百米，是即为娄山关。周围山峰，直插云霄，犹如刺天长剑；其间有窄小的简易马路，十步一湾，八步一拐，为川黔公路。关口西侧是主峰，陡峭如壁；东侧山峰名叫点金山，是控制关口的制高点。以"一夫当关，万夫莫开"之说谓之，毫不夸张。此乃黔北门户，由川入黔而去夺取遵义，娄山关成为必争之关。

彭德怀命令红三军团突击部队十二团、十三团快速前进。时大雨如注。

红三连连长邹方迪经过南溪口时抓到了从娄山关方向来的白军侦察兵，获悉黔军主力窜达板桥镇，其杜肇华旅两个团已上了娄山关。杜肇华的指挥所设在黑神庙；从黑神庙到娄山关关口一线设置了阻击阵地。

入夜，红十三团团长彭雪枫命侦察连连长韦杰攻取娄山关关口。

侦察连改疾步为跑步，连续换了三个向导，25日早上抵达红花园。是处距娄山关两公里许。在这里捉住了几个白军官兵，领头的是个少校参谋。审俘之后获悉，杜肇华共带来了四个团！

韦杰毫无惧色，率全连风驰电掣般前进。不久就与黔军前哨部队遭遇。韦杰端着手提式轻机枪身先士卒，一路冲锋一路扫射，将敌人打得落荒而逃。他也不穷追，就地挖掘简易工事，部署阻击阵地。新阵地刚做好，南面公路上就有黔军蚁群般黑乎乎爬行而来。

彭德怀率红三军团全部人马抵达。此时红三军团由于撤离中央苏区前后损失严重，扎西整编时取消了师一级，缩编为四个团。

彭德怀亲临十三团阵地，命彭雪枫天黑前务必拿下娄山关。

彭雪枫计划三营攻占左侧的高地，随后由一营攻取制高点（点金山）。

黔军六团杨国舟营居高临下，用机枪封锁通向关口的公路。红三营进攻时遭受不小损失。

红三营改换策略，派出一个连，迂回到黔军阵地的侧翼，配合正面进攻，发动袭击。

黔军两面遭打，惊慌失措，只好向点金山退却。三营占领了左侧高地，为攻打点金山取得了跳板。

随后，红一营开始进攻点金山。黔军十团凭恃有利地势和工事顽固抵抗，其身后火炮也对之提供了有力支援。红一营的几次冲锋都铩羽而归。

天已垂暮，彭雪枫十分焦急，对连长们说，马上就天黑了，点金山拿不下来，娄山关就无法打通，我们十三团就会给三军团丢脸，给毛主席丢脸！

红一营命令三连担任突击部队。

三连战士们发一声吼，向山上席卷而去。他们冒着居高临下的弹雨，攀登陡峭的山岩，不断有战士中弹落下，但前仆后继，进攻没有片刻停顿。三名战士口衔大刀的刀背，身上捆满手榴弹，沿着可以暂避弹雨的绝壁之间的缝隙，一寸一寸向山顶上攀缘。他们刚攀上山顶，黔军惊惶万分蜂拥而至。这三位红军的英雄背对绝壁，投出一枚又一枚手榴弹，然后勇猛地冲上去。三柄寒光闪耀的大刀电击般挥向敌人，倒毙的黔军官兵不计其数。

三连乘势全部攀登上来，立刻发起冲锋，将前沿黔军压退。

后方一个营的黔军又反扑过来。

三连连长高呼，为了苏维埃，同志们冲啊！

当三连全部捣入敌阵时，一营的一连、二连和重机枪连也攀上来了。红军终于将黔军逐下了山顶。

然而，红军还来不及整修工事，黔军十团团长宋华轩督促部队反扑，欲要夺回山顶。双方在山顶上展开了相互距离不到三十米的对射。

彭德怀用望远镜观战，对彭雪枫部境况十分揪心，旋即命军团直属炮营支援彭雪枫。

而炮营只有三发炮弹了。营长明白一发也不能打漏，命技术娴熟的三排排长张量操作。

见山顶上战况危急，张量来不及架设炮架，便利用山坡的斜度进行杵击发射。真是好样的，三发炮弹准确命中，将黔军炸得一塌糊涂。

红十三团官兵乘势大规模冲击，终于完全控制了点金山这个重要制高点。黔军落荒而逃。

再往前就是娄山关了。

彭雪枫决定由一营固守点金山，防备黔军反扑；机枪连掩护三营攻取娄山关。

五挺重机枪、三挺轻机枪对关口密集射击，掩护廖九凤连长率九连冲向关口；七连、八连跟进，很快就占领了关口附近的制高点小尖山。然后三个连分为三个方向同时向关口冲锋。三营营长中弹倒地；教导员代替他指挥，冲到最前面。黔军火力密集，教导员也中弹倒地。

南部山坡上的一支黔军向红十三团发动了多次反冲锋。红军发现黔军的冲锋队里有一名凶恶的军官手提大刀，凡后退的士兵都被他毫不手软地砍倒，所以士兵们不得不没命地向前冲。红军选了几名神枪手，从不同方向同时向这个家伙开枪，将他打倒在地。黔军士兵们这才获得了"解放"，踩着他的尸体跑掉了。

黔军抵敌不住，从关口退到南部山坡上，图谋集聚兵力再夺回关口。

夜晚11时，彭德怀命令红十二团代替十三团担任正面作战任务；张宗逊、黄克诚率红十团从左侧迂回攻击黑神庙；张爱萍率红十一团迂回板桥断敌逃路；红十三团稍事休整，从点金山出发侧击黔军右翼。

红十二团到娄山关把红十三团替换下去后，命三营镇守关口阵地，一营担任二梯队，二营放置在山腰做预备队。

26日早上8时，黔军乘着大雾向娄山关反击，企图把这重要隘口再夺回去。

十二团政委钟赤兵、参谋长孔权坐镇三营防守的主阵地。

三营营长很沉得住气，是位游击战和近战的专家，一直等到敌人进入十米内他才用驳壳枪打死了领头的敌人军官。这是发令枪，此刻全营的步枪、机枪才开火。由于距离很近，所以弹无虚发，打倒前头的一大摊；后头跟进的敌兵也在有效射程之内，一枚机枪子弹接连穿过两名敌兵绝非神话。这一轮冲锋很快就给压下去了。

10时许，黔军展开了第二轮冲锋。这次的兵力，看那密集的程度，比第一次多了一倍。初级军官在前面带队，中级军官在最后督阵，哇哇嗷叫着向上拥来。待他们来到近前，红三营在杨威营长率领下，挺起上了刺刀的步枪，冲出工事，杀进敌人的核心。红军官兵或用刺刀狠戳，或用大刀猛砍，黔军倒毙者不计其数，队形也被冲得乱作一团，旋即开始找路狂奔，逃掉了。

这时，作为总预备队的干部团在其上干队队长萧劲光率领下前来增援，在关口南面连续攻占了几个小山包，协同三营把黔军压进了山谷中。

红三营沿公路追击逃敌，冲到了黔军指挥部所在地黑神庙。不料黔军蒋德铭旅四团隐蔽在附近，突然从山坳内冲了出来，打倒了几十个红军，将红三营打退了近百米。

红十二团团长谢嵩命二营火速赶过去增援三营。

营长邓克明、教导员谢振华率二营赶赴黑神庙；抵达半山坡时，担任前卫部队的四连指导员丁盛报告，跟随三营冲锋的团政委钟赤兵身负重伤。谢振华二话不说，带着四连就冲上去抢救钟赤兵。他们打退了敌兵，赶紧给钟赤兵包扎伤口，然后派人把他抬下战场。

红二营越过三营冲向黑神庙，快接近时遭到敌军严密火力的阻击，再也无法向前。

团参谋长孔权与二营两位指挥员商量，并请示了谢嵩团长，决定五连担任突击队，先打开通道。孔权亲自带领五连去执行任务。谢团长带领一营进行火力掩护；二营五连分成三个梯队前进。黔军向他们密集射击，竭力阻挠他们靠近。红五连突破了几道阻击阵地，距黑神庙仅五六十米时，黔军一支生力军赶到了，迅速向红军反扑。红五连迅速分成两队，利用公路两侧黔军的工事顽强阻击。黔军仗恃人多，不断进行冲锋，打倒七名红军官兵。前来增援的红四连、红六连抢占了公路两侧的制高点，在红五连于正面配合下，牢牢守住阻击线，不使增援黔军靠近黑神庙。因为越过了黑神庙就靠近了娄山关关口一步。在这场殊死战斗中，红五连伤亡逐次增大，几名干部非死即伤，团参谋长孔权胯骨被打折。

26日16时，彭德怀调集红三军团分几个方向迂回到娄山关，发动总攻。

红十三团、红十二团和中央干部团向黑神庙谷底的黔军实施聚歼；黔军的背后则是红十团和红十一团压了过来。

黔军垮了，沿山间小道往遵义方向逃窜。

至此，娄山关被红军牢牢控制。

当天19时，毛泽东率军委纵队和几支红军部队过娄山关，从而产生了那首不朽的辞章：

> 西风烈，长空雁叫霜晨月。霜晨月，马蹄声碎，喇叭声咽。雄关漫道真如铁，而今迈步从头越。从头越，苍山如海，残阳如血。（《忆秦娥·娄山关》）

20时，毛泽东指示以朱总司令名义发出《关于我军乘胜夺取遵义致红一、三军团电》[1]。大意为黔军六个团已为我军击溃，目前遵义城内空虚，薛岳中央军27日前无法到达遵义，我军须"乘敌喘息未定，跟踪直下遵义"。

红一军团、红三军团举得胜之师向遵义方向追击溃逃黔军。

27日，在遵义北面的董公寺、飞来石地区，遭遇黔军三个团据壕阻击。红军以锐不可当之势仅用半小时就打垮了这一线守军。

28日晨轻取遵义；同时控制了城西南战略制高点老鸦山、红花岗。

薛岳所部吴奇伟纵队（以第四军为基干）从中央红军离开苏区就一路尾追，沿途没有和红军发生过成规模的冲突，基本上是若即若离，送客式。在遵义城

---

① 中央文献档案馆藏。

外的忠庄铺，吴奇伟碰到逃出遵义的王家烈。他惊讶地发现，王家烈身边只剩下一个手枪排，基本上成了光架架。他叹息着调侃道，王主席何落魄一至于此耶？

吴奇伟踌躇满志，自以为装备远优于红军，而且红军乃久疲之师，势不能穿鲁缟，不难一举击溃。他拍了一下王家烈，说：

"王主席不用跑，就在这里收集从娄山关逃回来的贵部官兵，配合我夺回遵义吧！我第四军的两个主力师正往这里赶……"

3月1日，即红军进占遵义的次日。早晨，吴奇伟所属部队抵达遵义外围。唐云山九十三师进至忠庄铺地区，前锋占据着遵义南门外三公里许的洛江桥；韩汉英五十九师进至新站，正向忠庄铺靠近。吴奇伟命令五十九师两个团、九十三师一个团担任主攻，经桃溪寺向遵义城南的红花岗、老鸦山攻击；黔军两个团配合行动，从忠庄铺向北攻击；九十三师主力另配五十九师一个团组成预备队，集结在忠庄铺一线。

毛泽东闻讯，喜上眉梢，决定趁吴奇伟孤军冒进，歼其一部于遵义城南。他命红三军团在红花岗、老鸦山阻击一部分敌军；红一军团从遵义东南迂回，绕到敌军侧后，届时夹击敌军，争取全歼，再不济也须寻歼其大部。

上午9时15分，双方开战。

韩汉英在打响后才发现右翼地形对自己太不利，建议吴奇伟赶紧夺占红花岗、老鸦山，红花岗右侧的主峰老鸦山更须夺取。

中央军战斗力确实不弱，猛打猛冲之下，陆续攻占了红花岗、老鸦山前的几个山头。红军立刻组织反攻，一口气又夺了回来。敌人志在必得，反复争夺，几度把红军打退，又几度被红军打退。就这样在红花岗、老鸦山前反复拉锯，胶着无果。

打到中午，吴奇伟见久攻不克，便改换打法：用两个团牵制红花岗方向的红军；以四个团集中攻打老鸦山，图谋攻克后借势发展，以臻全功。

红三军团第十团是个善打硬仗的团队，负责防守老鸦山主峰。双方在这里也打成了胶着状态。好几次，白军冲到了主峰的百米之内，又被冲出战壕的红军用大刀砍了回去。

白军的兵力占了优势；其督战队也凶狠异常，士兵只得不顾死活地冲锋。打到18时，红十团伤亡很大，张宗逊团长负伤，钟伟剑参谋长牺牲，老鸦山主峰失守。

这一来，红军的红花岗阵地便受到居高临下的威胁，遵义城内红军据点也在老鸦山白军的重机枪、迫击炮射程内。

老鸦山必须夺回来。

正当三军团与白军反复争夺老鸦山之际，红一军团军团长林彪在城东的山包上用望远镜观战。他的部队奉毛泽东命令正隐蔽在丘陵下面待机。待什么机呢？待吴奇伟的部队大量被吸附到红三军团防守的老鸦山、红花岗，而且被红三军团拖得精疲力竭的时候，毛泽东才投入红一军团这只以逸待劳的猛虎，一口吞下对方。

当老鸦山、红花岗的战斗打到白热化，双方都无法攻下对方立足点的时候，山谷内突然有二十支冲锋号吹响。在山谷这个天然大音箱的作用下，冲锋号的音量被幻化得特别巨大，音质特别浑厚，响彻云霄，令红军战士情绪激越，让白军惊心动魄。红一军团的一师、二师像两只巨虎，不，更像两条巨龙，越过公路，排山倒海般冲向吴奇伟的指挥部。

公路上约莫有两个团的吴奇伟部队，见到红军那规模、那阵仗，顿时都吓坏了，纷纷掉头四散奔逃。整个阵线随即发生不可控制的动摇。同时，吴奇伟把大部分兵力都投往老鸦山、红花岗对付煮不烂、烧不化的红三军团去了，而且被拖得锐气荡然，皮搭嘴歪；指挥部周围只有一个团守卫。他吓坏了，怕当了林彪的俘虏，索性扔下部队，在卫队簇拥下跑掉了。

占据老鸦山主峰的白军居高临下看得清楚，发现指挥部附近的国军部队一片混乱，狼奔豕突，其四周红军多得不可辨识，意识到全线崩溃了。多数部队调转身向来时的道路往乌江狂奔。

林彪急欲扩大战果，命令各部以乌江为界，红一师向西，沿鸭溪、白腊坎方向猛打，红二师向南追击。要求以夺取装备为主。

林彪当时也许还不知道，这支被他杀得丢盔弃甲、四处鼠窜的部队，就是他曾经服过役的部队。当初吴奇伟是国民革命军北伐军十二师三十四团团长，林彪是独立团属下一个排的见习排长，吴奇伟应该算他的老长官一辈。

红一军团一口气追至懒板凳，打垮了五十九师；旋又追至刀靶河，击溃了九十三师。这两个师参加第五次反"围剿"以来从未败过，这次被红一军团打得溃不成军，狼狈逃窜，两个师部和后方机关都来不及撤除，委弃物资、武器无数。

吴奇伟率两千残部逃到乌江边。幸好他来时搭的浮桥尚在，过了河便安全了。他立刻联系南岸，急调本军所属欧震第九十师火速开来接应溃败下来的五十九师、九十三师。

欧震寻思，北岸兵败如山倒，自己若是遵令过了乌江，就得背水为阵。此乃兵家大忌呀。便回电东拉西扯地数落了一大堆难题，结论是只能在南岸占领阵地，掩护溃兵过河。

吴奇伟绝望地长叹一声。北岸局势溃烂，不可收拾；南岸的部将欧震见死不救。部队几近全军覆没，怎么向上交代呢？他颓然坐到地上，放声大哭，说：

"一败涂地如此，有何面目见江东父老？今天就死在这里算了！"

可惜此乌江并非彼乌江，他的级别离项羽也远得很。几个卫兵强行将他抬过江去。

南岸是一片略有点陡的山坡。吴奇伟爬到半山坐下来休息。此刻北岸枪声大作，红军已追到了对岸山上。吴奇伟看到北岸山下渡口那里麇集一大片他的部队，乱哄哄拥向浮桥，人喊马嘶，争相抢渡，混乱不堪，都成了红军机枪、步枪、迫击炮的活靶子。他慨然长叹，又仰天大哭起来。

身边参谋劝他莫哭，提醒他若红军利用浮桥追过来可不得了。他顿时省悟，不再哀号了，下令赶紧炸断浮桥。

三

只听轰然巨响，浮桥被炸断了。江面上一片撕心裂肺的惨叫，正在过桥的官兵全部掉下水去。

跟在吴奇伟后面逃窜的九十三师残部有一千多人被甩在北岸，连同大批辎重、械弹做了红军的俘虏。该师另一部不到千人向南逃窜二十公里，用竹筏渡过江去侥幸逃生成功，但重兵器一律扔在了北岸。五十九师残部往打鼓新场方向逃走。

吴奇伟这次增援遵义带过乌江的两个师，仅带回去不足一个团。他向蒋介石禀报，浮桥是士兵们拥挤抢渡压断的。蒋介石大骂娘希匹，损失了两三万人呀！

遵义之战历时五天，红军在毛泽东指挥下，取桐梓、夺娄山关、占遵义城，共击溃、歼灭白军两个师又八个团三万之众，俘敌五千人，缴获械弹不计其数。这是红军离开苏区以来首次大胜。

这立刻引起了白军各部队以至国民党极峰的强烈震动。

各部队对红军来去难料的机动神速十分恐惧，担心哪天不慎出现在自己身后，就像当时《大公报》前线记者发回的报道所云，"畏红如虎"。滇军说红军是"曲线运动，难以捉摸"；川军驳斥"滇说"，认为并非"曲线"，而是"太极图形，神出鬼没"；黔军则认为是"磨盘战术，出奇制胜"。蒋介石没有去捉摸红军的战术，只愤慨地说"这是国军追击以来的奇耻大辱"。

薛岳向蒋介石上报检讨，千方百计把伤亡损失的数字缩小了两倍；又开脱他的亲信吴奇伟、韩汉英，把罪责转嫁到王家烈、唐云山身上；然后故意自请处分，以求得过关。

在陈诚斡旋下，薛岳如愿以偿。蒋介石下令：唐云山撤职，到陆军大学"深造"；韩汉英名义上撤职，却得以留任，连军衔也没降；身为战役指挥官、应负主责的吴奇伟毫发无损，只记大过了事；最倒霉的是王家烈，过了一段时间就被免去了本兼各职，到军事参议院做中将参议去了。

蒋介石觉得黔北局势严峻，带上陈诚飞到重庆，准备亲自过问防堵战事。飞渝之前向前线各部长官发了九份电报，指导他们行事。

有的电报说，以后无论是追剿或防堵，若不与城池共存亡，未得令而私逃者，一律以失土纵匪问斩；有的电报则进行了具体战术的"教导"，说鉴于遵义战败的教训，今后对神出鬼没的共匪既要猛追猛打，但也要稳扎稳打，步步为营。追剿部队每进一地，宿营前一定要修筑碉堡，未筑成前不准入营。堵截部队也须依此行事。最有趣的是他抵渝前给刘湘和潘文华的电报。他声称痛感于国军的军纪欠佳，扰民害民之事时有发生，中央军也未能"免恶"，川军尤甚。各地老百姓不是畏共匪如虎，而是畏国军如狼。电文摘要如次：

> 前朱、毛匪部窜川南时，对人民毫无骚扰。有因饿（而）取食土中萝卜者，每取一头，必置铜元一枚于土中；又，到叙永时，捉获团总四名，仅就内中贪污者一人杀毙，余均释放，借此煽惑民众。望严饬所属军队、团队，切实遵照上月（2月）养巳行（22日）参战电令，爱护民众，勿为匪所利用，为要。①

到了重庆后，蒋介石向各部下令收复遵义，还亲自做了具体部署：郭勋祺除了继续指挥所率川军，还须兼领位于桐梓的黔军，六天之内集结完毕，进攻遵义东北地区；周浑元部6日必须集结于枫香园、鸭溪，然后进攻遵义西南地区；吴奇伟部仍在茶山渡至乌江城一带防御，抽调得力部队靠近鸭溪、枫香园，与周浑元协同作战。强调无论红军如何行动，"不失时机取直径堵截"。

---

① 中国第二历史档案馆藏。

蒋介石攻取遵义的计划，被红军意外截获。毛泽东据以做出部署，决定设伏围歼周浑元部。具体安排为：红一军团由北向南断其后路，红三军团由南向北迎头堵击，红九军团警戒大渡口，红五军团屯驻白腊坎做预备队。先伏击全歼萧致平九十六师、谢溥福五师，再转兵求歼万耀煌十三师。

不料周浑元的这三个师都没有进入红军的设伏区域，却于3月11日至14日先后到了鲁班场。

原来就在3月5日毛泽东根据截获的情报做出了伏击周浑元的部署时，蒋介石又发布了一项电令，全盘否定了他自己在3日做出的收复遵义的计划，要求贵州境内的全部国民党部队改为"攻势防御"。

蒋指示吴奇伟部暂缓过乌江，待"共匪"的动向明确后再行动；命令周浑元部暂缓向遵义进攻，改为在鸭溪以南的长干山一带集结，构筑坚固工事。"若匪不敢向我进攻，仍在枫香园附近停止，则我军可逐步前进，先诱其来攻，然后夹击之；匪若向黔西窜去，则周纵队亦应取最速行动，向黔西之西北地区兜剿。"

红一军团、红三军团积极在遵义—鸭溪—白腊坎一带频繁调动以诱使周浑元部离开坚固工事来攻。

但是，周浑元有了3月5日蒋介石的电令，便始终不为所动。

蒋介石后来又命令他们，"若匪有他窜迹象"，即火速追击围歼；若其主动挑战，则"我军应凭恃坚固工事缠敌"，等待各路大军赶到时一举围歼。蒋介石的意图是决不与红军比机动，企图根本不交战就逐步将红军包围在狭窄地域内。黔西北山区陡峭地势不利于大部队运动回还，而且给养困难，所以只需合围成功，便可毕其功于一役。

红军反复诱敌无果之际，白军的包围却在稳步完成：

川军三个旅、中央军上官云相两个师从桐梓向遵义方向推进；周浑元部也用步步为营策略陆续占据遵义西面的怀仁、鲁班场；孙渡的滇军进入黔西后正向东前进；黔军在打鼓新场配合周浑元缠住红军，另一部守在土城以防红军突然北渡长江；吴奇伟四个师从贵阳开往遵义；湘军、桂军、粤军在遵义的远东和远南构建了阻击线。

应该承认，蒋介石的这个部署无破绽可寻。

周浑元不上套，遵义四周的敌情便越来越严重了。

毛泽东感到忧虑，意识到原先了解到的敌情有大变化，所以原来的计划不可行了。商诸政治局常委会，决定大军西移；中央纵队也离开遵义城，去鸭溪。

政治局在鸭溪开会研究下一步行止。

朱德将红一军团林彪、聂荣臻向中革军委的建议书向大家读了一遍。两位将领建议攻歼打鼓新场的黔军，打破僵局，开掘新的更大战机。言语之间不无抱怨之意，认为中革军委太过于谨慎，锐气不足，失掉了一些战机。中革军委决策者事实上是毛泽东，然则林、聂是否事实上在抱怨毛泽东，则不得而知。

除了一个人，会上全体同志都主张接受林、聂建议。

唯一的反对者——毛泽东所持理由表面看来确实显得"太过于谨慎"。他指出，以目前各路敌军主力与红军的距离揣测，打鼓新场战斗若不能迅速结束（这是大有可能的），我军就会遭到赶来的各路敌人四面八方的攻击。一旦如是，我们如何善其后呢？大家一直反对他的"太过于谨慎"的主张，使他明知真理在自己手中，也无法说服情绪躁动的同志们。周恩来后来回忆道：

> 从遵义以①出发，遇到敌人一个师在打鼓新场那个地方，大家开会都说要打，硬要去攻那个堡垒。只毛主席一个人说不能打，打又是啃硬的，损失了更不应该，我们应该在运动中去消灭敌人。但别人一致通过要打，毛主席那样高的威信还是不听，他也只好服从。但毛主席回去一想，觉得这样不对，半夜里提着马灯又到我那里去，叫我把命令暂时晚一点发，还是想一想。②

毛泽东反对攻打打鼓新场，除了判断将会严重失利，还基于一个重大考虑：红军已陷入敌人正在形成的大包围中，必须及时冲出去，不能留恋任何战役小利——此刻的任何小利都可能在客观上是陷阱，后果不堪设想。

而3月14日中革军委发布的命令却又改成了打周浑元部占据的鲁班场。那里有中央军八个齐装满员的团共一万八千人，而且工事坚固，以逸待劳。显然，比诸打鼓新场，鲁班场的敌军实力大八倍以上！

正式开战是3月15日拂晓。

红一军团三团、六团担任主攻，锐气很盛，猛打猛冲，迎着敌人密集的火力，前仆后继。几次打到了敌人的核心阵地。但最终又铩羽而退。红军伤亡了一千五百人，指挥作战者只好放弃不顾一切的猛攻，寻思另寻他途。于是两军

---

① 疑为"一（yī）"之误。——编者注
② 《长征回忆录·周恩来卷》，人民出版社，1956年版。

形成了胶着。

蒋介石最希望看到的就是这样的战场胶着，这给予了国民党各路人马合围而来最需要的时间。

16日19时，在毛泽东火冒三丈一再坚持下，大家终于同意放弃鲁班场，照毛泽东的意见立即向北，出敌不意在茅台附近渡过赤水河，以大幅度摆脱敌军。

遵照命令，突然脱离战场的红军向南行进了二十公里许，又出敌意外地掉头转向西北，当天进入茅台镇。

毛泽东命令在茅台渡口过河。他叫部队不必隐蔽，大张旗鼓地渡河。

蒋介石获悉，马上断定朱毛部队是打算循旧路向北进入川南，然后循其故伎北渡长江去找红四方面军。

蒋介石的这个判断正是毛泽东需要的。

蒋介石严厉督促各部队迅速转兵，"会猎于川南地域"。

不料被红军打怕了的各部，又见红军突然脱离战场，不知又将会弄什么机关，无不心存胆怯，踌躇其行，慢得出格。蒋介石大怒，将薛岳、吴奇伟、周浑元一顿呵斥，勒令加快进军速度。

经过土城、鲁班场等一系列失利，毛泽东痛感于作战方略宜当机立断，不能那么多人来集体讨论。他建议成立一个不超过三个人的小组全权指挥作战。于是，中央决定以毛泽东、周恩来、王稼祥组成这个新的三人团。

渡过赤水后，红军遵照命令进入西岸附近密林中隐蔽，一边休整，一边待命。

20日，毛泽东下令"秘密、迅速、坚决地出敌不意折而向东，限今夜由二郎滩至林滩地段渡赤水东岸"；同时强调，再渡赤水是此后行动的关键，"渡河迟缓或阻碍渡河的困难不能克服"，都无法实现战略预期。又命令一军团派出一个团，多打旗帜，虚张声势，继续向西，逼近古蔺，让敌人误以为是红军主力西进。完成任务后，"限于明晚渡过太平渡"，回归建制。

刚过河又要突然隐蔽东渡，从两天前走过的路线又原路返回，还迎着蜂拥而来的白军各路大部队，这是怎么样也想不到的。所以十多万白军依然毫无察觉地向北扑去，在相距不足五公里的地方与红军擦肩而过。这样的生花妙笔是毛泽东在鲁班场战斗之前就已"筹之熟矣"。当初撤离鲁班场西渡赤水时，毛泽东问刘伯承，我们二渡赤水时候，太平渡、二郎滩的浮桥还在不在？刘伯承是个合格的参谋长，立刻心领神会，马上派了一个连去那里把浮桥看管起来。现刻正在西渡赤水，为什么还要去问另两个渡口的浮桥？刘伯承不问，心里明白主席定会有什么妙用。

伪装成主力继续西进的红军团队在临近古蔺时与川军一个团遭遇，一阵猛烈冲击，将其歼灭一半，余下的狼狈逃窜。这一情况被白军指挥官夸大其词地上报时，层层加码，最后报到老蒋案头竟被说成了"数万之众"！由是，蒋介石更加确信朱毛将会"北渡长江无疑矣"。

于是，就在红军第四次渡过赤水隐蔽前进之际，白军各路大军依旧兴冲冲向川南兼程前进。

蒋介石兴高采烈飞到贵阳，在机场发表讲话，兴奋之情溢于言表。得意地说，"浩浩长江犹如天堑，已成了强弩之末的红军，刻正为渡江之地四处寻找"，"剿匪成功，在此一举，愿与诸公共勉"。

哪里知道，在他满以为战场转至川南，他的在黔部队大部分亦已向那里参与"会猎"时，红军主力的触须已然伸到了乌江岸边。这根触须就是充当大军先遣团的红一军团第三团。

红一军团政治部组织部长萧华奉派临时到这个先遣团指导工作。

红三团黄永胜团长获悉对岸有白军一个营凭借天险防守，便组织了一次偷渡。不幸被敌人发觉，旋即改为强攻。以竹筏运载三十名战士突击过江，开掘阵地，接应全团两千人过江。

红三团主力过去后，将白军一个营全歼。

时大雨倾盆，惊雷动地。

红三团打开了通道，中央红军大部队和中央纵队分别从大塘、江口、梯子岩等三个渡口渡过了乌江。

毛泽东冒雨到红一军团二师视察，询问陈光师长、刘亚楼政委关于部队的伤亡以及思想情况。

陈光和刘亚楼问他，下一步到哪里去。

他在摊开的地图上用红蓝铅笔画了一条粗粗的曲线：从乌江向南，穿过贵阳和龙里之间，然后渐次向西弯曲，最后直端端向西，从黔西南入滇。他说，第一个动作是把滇军调出来，只要办到了这个，那就是胜利。

蒋介石得到了三种不同的报告，令他失去了前些天的自信，坠入了五里雾中。

一份是来自上官云相，称其部在桐梓方向与红军主力遭遇，正激战中。

第二份来自空军，说共匪正在清水江上搭建浮桥，看规模似有大部队过河。难道朱毛仍要东去湘西与贺龙、萧克会合？

最后一份报告令他暗暗惊惶。"大股共匪"居然径奔贵阳而去！

面对三份报告，他绕室徘徊，频搔秃顶，苦寻毛泽东的用意。兵力不足之际分兵作战乃兵家大忌，一向"知兵"的毛泽东不可能思不及此吧？况且毛泽东向来是讲究集中兵力作战的，为什么当此走投无路之际还要分兵三股自减战力？

突然，又来了一份电报："共匪正向贵阳逼近，一路正奔向机场！"

蒋介石这一惊更为不小，脸都变了颜色，忙命侍从室速调部队来筑①拱卫。

可是人们告诉他，中央军、黔军，悉数被他调到了黔北，大部分还在继续向川南开进，即使是最近的地方——驻有上官云相一个师的黔北重镇桐梓，距贵阳也有两百多公里。

---

① 贵阳简称筑。

第九章

一

红军兵薄贵阳的信息越传越玄乎，闹得住在贵阳城内的蒋介石夫妇一夕三惊。蒋介石紧急命令李云杰率湘军两个师火速西进驰援，到清水河东岸布防，挡住红军；命孙渡率滇军三个旅取道黔西星夜奔赴清镇，协防贵阳外围；令吴奇伟、周浑元、王家烈、李韫珩各部，分别在敌后尾追勿舍；令廖磊率桂系七军进至独山、都匀一线，防备共军南窜。随后命令贵阳城防司令王天锡组织力量在三天内把城外所有碉堡修筑完善；萧树经别动队拱卫行辕，严查出入者证件，稍有疑点可就地处决。

安排好一切后，他特意把王天锡叫到跟前，亲切地叫着表字问道：

"纯武，三天把周围所有碉堡整修好，有没有把握？"

"禀委员长，一天一夜就可以完成！"

蒋介石听了，满意地点点头，旋又严肃地提醒道：

"一定要重视工程质量，不许出现豆腐渣工程！贵阳的安危，你的责任不小呀！"

"请委员长放心，我马上就组织人工开始干，明天早上可以完工！届时请委员长派员视察！"

蒋介石唔了一声，又点了点头，沉吟片刻，说：

"你在贵州服务多年，贵阳是熟悉之地，防务方面有什么破绽，请你及时报告！"

"委员长，职部是向委员长直接报告情况吗？"

"紧急情况就直接告诉我；一般情况就向辞修[①]、墨三[②]报告，你们是熟人，不必拘束。另外……你搬到行辕来住宿，方便联系。"

王天锡受宠若惊，觉得自己一下子从外藩偏裨变成天子近臣，惊喜、激动得半晌说不出话来。

---

① 陈诚，字辞修。
② 顾祝同，字墨三。

据侍卫官多年后回忆，蒋介石当晚不能安寝，辗转反侧，后来又下床绕室而行。

蒋介石次日一早就亲自到城外视察工程，见王天锡果然不辱使命，工事整修、加固得很好，点头不断说好。他又把王天锡叫到跟前，狠狠地夸奖了一番。

回到办公室，刚刚落座，立刻有人送来比先前准确的情报：大股共匪已过水田坝，快到天星寨了！

他霍然从椅子上站起来，指着一直陪侍身边的王天锡问道：

"这个是……这个什么水田坝多远距离？"

"在贵阳东北方向，距离……大约十五公里。"

"距机场多远？"

王天锡还没来得及回答，陈诚就跑来报告紧急情况，称红军大部队已过乌当；清镇机场发现共军便衣，叫嚣捉拿蒋介石；二十五军一部分叛变了，在机场附近滋扰。

蒋介石霎时脸色大变，不知如何是好，又开始绕室而行。

陈诚明白他是思考怎么才逃得出去，机场已经不安全了，便问王天锡，不经过清镇，有没有便道可去安顺场？

王天锡回答可从次南门出去，经花仡佬走马场到平坝镇。平坝镇到安顺场仅有三十多公里。

蒋介石不待王天锡说完，猴急地指着他命令道：

"快去找二十名忠实可靠的向导，预备几十匹好马、两乘轿子，送到行辕来！"

王天锡立正称是，转身飞跑而去。

恰值此时，李韫珩电告，其七纵队在息烽黑神庙遭到红军攻击。

顾祝同宽慰蒋介石，称红军主力距贵阳绝不可能已近到五六十公里之内，不少报告疑有夸大敌情之嫌。况毛泽东既已掌权，当不致在国军几支大军尾追之下来攻此坚城。那不是自寻死路吗？这不符合毛泽东用兵心智；即便有部队接近贵阳，必不会超过一个团，不过是声东击西，掩护主力东移而已。贵阳部队虽少，只要坚守一天，我追剿大军完全可以赶到。

"现在的关键是确保清镇机场，扫清其外围……委员长以为然否？"

蒋介石沉吟了一下，眉头略有舒解，点点头说：

"墨三高见！就请王司令官照此办理吧！"

"是！"王天锡又飞跑而去。

然而，此后贵阳郊外二十公里内外不断有小股红军进出。消息不断传到城内，层层加码，直至说有一万多红军两天内就要攻城。城内官兵人心惊惶，富商大贾人家更是鸡飞狗跳。

　　这也不能不波及蒋介石，甚至怀疑自己是不是被顾祝同误导了。

　　蒋介石一向喜欢表现自己临危不惧、临难不苟的大元帅风度；这次却失掉了自控力，动辄发脾气乱骂人，平时少有出口的"娘希匹"这两天成了口头禅。搞得手下众人提心吊胆，生怕触了霉头。

　　当夜城外到处有机枪声、手榴弹爆炸声，下边禀报是红军攻打机场。蒋介石又无法入睡，在床上翻来覆去，比昨晚还要紧张。他从床上坐起来，拨打电话问侍从室主任晏道刚，黔灵山、东山、螺丝山、图云关、大小关的工事及城防守备兵力的强弱，当晚他竟然"遗屎于床上"①。蒋介石把这归咎于居住了"透风"的房子之故，一大早就破口大骂侍从一组组长蒋孝镇，"娘希匹"不断，全不顾自己作为蒋孝镇族长辈②所应有的风度。

　　蒋孝镇莫名其妙遭骂，心里不服，当面唯唯诺诺，背后却对侍卫官陈镇昆抱怨道："明明是受惊了，偏要怪我们没选对房子！"

　　红军当然并非真要夺取贵阳，这只不过是毛泽东的一箭双雕：逼蒋介石不得不调集在黔各部赴筑勤王，同时也逼其调取滇军入黔帮忙。红军声东击西，在大张旗鼓打往贵阳途中，约莫二十公里地段，不动声色地转向西南，隐蔽疾进。积极准备相机北渡金沙江，摆脱白军各路大军。

　　参加这次贵阳勤王的中央军十三师万耀煌师长抱怨道："共军转个弯，我们跑断腿！"

　　红军总参谋长刘伯承回忆道：

　　　　……敌人完全按照毛主席的指挥行动了。于是，我军以一军团包围贵阳东南的龙里城，虚张声势，迷惑敌人。其余主力穿过湘黔公路，直插云南，与驰援贵阳的滇军背道而行。这次，毛主席又成功地运用了声东击西的战术，"示形"于贵阳之东，造成敌人的过失，我军得以争取实际突然西去。

　　　　……已过公路，甩开了敌人，部队就像插上了翅膀，放开大步，一天

---

　　①　侍卫官陈镇昆《我记忆中的蒋介石》，香港华夏出版社，1958年版，第109页。
　　②　蒋孝镇为其未出五服的孙辈。

就走一百二十里。途中，连克定番（今惠水）、广顺、兴义等县城，并渡过了北盘江。四月下旬，我军分三路进军云南：一路就是留在乌江北牵制敌人的别动支队九军团，他们打败了敌人五个团的围追，入滇时，占领宣威，后来经过会泽，渡金沙江；另两路是红军主力，攻克沾益、马龙、寻甸、嵩明等地，直逼昆明。这时，滇军主力全部东调，云南后防空虚，我军入滇，吓得龙云胆颤心惊，忙将各地民团集中昆明守城。我军却虚晃一枪，即向西北方向金沙江边推进。①

蒋介石致力于追剿红军的同时，并未放松对红军的另一支重要力量红二军团、六军团的攻击。红二军团、六军团初创的湘鄂川黔苏区于1935年2月展开了英勇卓绝的反"围剿"作战。

各路白军的进攻谨慎、缓慢，害怕又会中了红军的什么招。

红二军团、六军团这次反"围剿"作战的第一仗，是在慈利溪口地区主动攻击白军郭汝栋纵队。郭汝栋是国民党将领中诡计多端的一个，他给红军设置了一个小圈套，贺龙中了招，所以此仗失败了。3月14日，红军转兵高粱坪，打垮了白军两个地方保安团；旋又对闻风窜来捞便宜的湘军十六师两个团迎头痛击，歼灭了一个连。

从正面进攻苏区的郭汝栋、李觉两个纵队，乘大庸城空虚，一举袭占。

3月21日，红二军团、六军团瞅准机会，决定围歼李觉一部。但战斗的结果令红军上上下下都十分丧气：自身伤亡七百多人，敌人伤亡五百人。任弼时慨叹道，像这样杀敌一分、自损两分的蠢事不能再干了。

白军乘虚攻占桑植城。然后其五个纵队向红二军团、六军团三面围攻，离苏区中心地段塔卧、龙家寨分别仅有三十公里、六十公里路程。

任弼时认为，主力在溪口、高粱坪、后坪的战斗中伤亡太大，两个军团现在已不足万人，不能硬碰硬，必须放弃塔卧，避敌锋芒，保存红军有生力量，另寻战机。

4月12日，任弼时召贺龙、萧克、关向应、王震开会，做出决定，放弃塔卧，取道秭归附近北渡长江，向鄂西的南漳、兴山、安远等地转移，相机在鄂西创建新区。

驻防桑植的白军五十八师师长陈耀汉获悉后，派一七二旅前去截击。该旅沿澧水到陈家河地区，此乃红军北上必经之地；陈耀汉本人率另外一个旅跟进。

① 《刘伯承回忆录》，上海文艺出版社，1981年1月版，第7—8页。

同时联系北面的张振汉纵队，邀其夹击红军。

红军也得知了白军动向，认为白军一七二旅孤军深入是一难得的战机。于是，贺龙、萧克率主力向陈家河隐蔽前进。

13日8时，白军一七二旅企图先发制人，派出一个营向红六军团之五十一团先发起进攻。

红五十一团沉着应战，先不理睬敌人，任其放枪前进。待其进入一百米内，突然将几百枚手榴弹投向敌群。一阵鬼哭狼嚎中，白军倒了一大片。红六军团趁敌转身溃逃时的混乱，奋力直追，夺取了敌人几段阵地。随后利用新夺得的敌人阵地，集中十挺机枪猛烈扫射敌人；同时发起步兵的集团冲锋。陈家河敌军大败，企图渡澧水逃跑。红二军团按照预定计划适时配合，徒涉澧水，阻击逃敌。红六军团直捣陈家河，消灭了白军一七二旅旅部。狼狈逃窜到澧水河边的一七二旅旅长李延龄，被涉水上岸的一名红军小战士一刀挥下了脑袋。

白军一七二旅由是被全歼。

任弼时乐得合不拢嘴，赞扬贺龙、萧克指挥得好；又说："毛主席一向主张不打击溃战，要打歼灭战；今天我们这就是歼灭战呀！马上发报，向中央报捷！"

陈家河之战刚开始时，五十八师师长陈耀汉亲率直属部队以及两个团离开桑植，增援一七二旅。途中获悉该旅全军覆没，大惊失色，慨叹"贺胡子厉害"，立刻率部掉头，向塔卧的郭汝栋纵队靠拢。

获悉陈耀汉率部逃到桃子溪，红军决定将其围歼。

15日17时，萧克率红六军团开赴桃子溪。见敌军只是先头部队进入桃子溪，后续部队还在途中，这是个难得的战机。萧克决定先歼白军先头部队，立即下令三个团和随后赶到的红二军团一个团四面包围桃子溪，发起进攻。不到两个小时，一个团的白军全部就歼。萧克立即转兵迎头痛击白军后续部队，一阵猛冲猛打，消灭无数。五十八师师长陈耀汉在警卫连保护下得以逃脱。

乘着消灭五十八师之势，红二军团、六军团收复了桑植县城和永顺、大庸县的半数地区。各路协同围剿的白军见势不妙，纷纷退回自己的原防。红二军团、六军团夺得了战争主动权。

党中央代表、事实上的两军团政委任弼时总结说：红二军团、六军团摆脱了此前的溪口、高粱坪、后坪之战以后的战略困境，取得了陈家河、桃子溪歼灭敌人两个整旅的胜利，就在于贯彻了毛泽东同志的战争思想，大敌当前之际，舍得扔掉一切包袱，大幅度运动，转道敌人侧翼，突然将其包围，出乎敌人意料之外。

萧克总结了这次战斗的心得有两条：抓住了运动中各自分散的敌人部队；给敌人以错觉，认为我军退出塔卧是失败逃跑，所以放胆猛追，孤军深入。

任弼时主持会议商定放弃原来北渡长江的计划，继续在原地坚持斗争，发展红色根据地。

4月底，红二军团、六军团主力前出慈利县城北部，摆出一副要攻取慈利、石门、津市、澧县甚至北渡长江的姿态，使湘鄂两省军阀大为震惊，认为其声势之大不少于三万之众。湘军害怕红军东取津市、澧县，切断其后方补给要道；鄂军害怕红军乘虚插入湖北腹地。所以湘鄂两军纷纷后缩集结，以免分散被歼。

红二军团、六军团虚晃这一枪后，5月上旬返回永顺、龙山，准备相机消灭盘踞在苏区的敌军。后来因为敌情变化，红二军团、六军团改变主要作战方向，对湘军取守势，对鄂军取攻势。诱使敌人离开驻地，与之展开运动战。

二

4月26日15时，红三军团包围了沾益县城；20时，红一军团包围了曲靖县城。这两座城池各有两千滇军防守。但红军的主力部队却不在此，而是埋伏在通往县城的必经之路上。

孙渡的安恩溥旅奉蒋介石直接发给的严令，作为追剿大军（中央军为主）的先头部队，正往曲靖方向奔来。

狡猾的龙云对红军的神出鬼没十分担心，很害怕红军是声东击西，主力指向昆明。龙云立刻给所有参与追击红军的滇军，当然也包括奉蒋介石和薛岳命令走在中央军前面而距红军最近的安恩溥旅，发去十万火急密电，命其口称是昆明附近发现红军，须紧急回援。就这样，大部分滇军突然拔寨回昆明，拉开了与金沙江渡口的距离两百多公里；安旅后面的中央军则更远，共有五天距离。也就是说，滇北金沙江出现了大空白。红军向北穿过滇东去金沙江的条件成熟了。

27日，红军没等来安恩溥旅，放弃了在通向曲靖、沾益路上伏击它的计划，迅速奔向金沙江。

途中，红军发现公路远处开来三辆卡车，车头上有一面小小的国民党军的军旗。红军后卫部队迅速散开做警戒状，并挥手命令停车。

三辆卡车规规矩矩停下来。

第一辆司机座旁边迅速下来了一名愚蠢的少校，陪着笑脸说：

"各位是中央军弟兄吧？兄弟奉龙主席命令，给各位送慰劳品来了！"

"多谢多谢，"红军中央纵队警卫团的秦连长笑嘻嘻调侃道，"不过我们不是中央军，而是中央红军！哈哈哈……同志们，把这位'弟兄'抓起来！"

这名少校被送到了周恩来那里，并得到了红军的优待。

原来卡车上装的是十大箱云南白药、几箱普洱茶、三百只宣威火腿，更重要的是还有红军急切需要的十万分之一比例的云南省军用地图。

中央纵队 4 月 27 日抵达寻甸县一个叫哨口的村子。此地处在昆明与金沙江之间，两段路程差不多。当晚中革军委召开会议，商讨按原定计划继续向西到元谋县，从那里渡江。有同志认为应立即放弃原定的这一计划，脱离不利态势，就地强渡金沙江，速奔川西北与红四方面军会合。

毛泽东摇了摇头，不同意。他指出，尽管敌人被红军误导和龙云自拨小算盘，滇军已放弃了追到宣威、威宁，但三万多滇军在云集昆明途中，若蒋介石察觉红军将在或正在此间渡江，必会严令他们转身追过来纠缠，然后其十万中央军必随后星奔而来。宣威距东川不远，东川距返回昆明的滇军也不远，滇军再返回此地用不了多少时间；同时，滇北乃崇山峻岭，那里的元谋距金沙江很近，却离滇军很远，离蒋军更远，渡江十分安全。毛泽东当场用缴获的龙云军用地图确定了各单位从现驻地到滇北的金沙江的行军路线，并暂定龙街、皎平渡、洪门为渡江点。为什么要做这样考虑呢？毛泽东进一步解释道："遵义会议以后，红军大胆穿插，忽东忽西，飘忽无常，把蒋介石弄得晕头转向，将其几十万部队甩到了侧后。但我们切勿太乐观，他正在拼凑七十个团的兵力，一旦发现踪迹就会尾追而来。其前锋部队万耀煌十三师离我们的后卫红五军团不过三天路程；而金沙江两岸没有白军有力部队防守江岸，我们应迅速强渡过去。"

接下来他进行了具体安排。

一军团为左纵队，向西进发，抢占元谋县的龙街渡口；三军团为右纵队，取道寻甸北进，抢占洪门渡口；中央纵队以干部团为先锋，直取皎平渡口。三路大军须兼程前进，沿途最好不要攻取城镇。五军团为后卫，分出一支小部队到寻甸以南的嵩明附近佯动，做出准备兵发昆明的样子，以迷惑龙云。

4 月 29 日，各路红军出发。

在红军即将强渡时，蒋介石才从各类情报中综合判断出红军的真正意图，不禁拍案叹道："毛泽东太狡诈了，决非攻取昆明，而是渡金沙江！"他急忙命令川军火速到北岸堵截；命令薛岳部、滇军火速赶赴元谋。还专门电嘱龙云"凡金沙江上游、从巧家至元谋一段之船舶及一切可渡江之材料……全部移至绥江以下叙州附近管理"。要进行"坚壁清野","竹木板片亦应严密收集、或烧毁"。

龙云当夜就电令相关地段各级主官贯彻执行。

红一军团以红四团为先锋，取道富民县西进。获悉沿途禄劝、武定、元谋三座县城的敌军有可能阻击，无法绕行，只能拿下。但不敢硬攻，那太费时，只能"赚取"。王开湘团长、杨成武政委商定，部队化装成国民党中央军，赚开城门。结果，不费一枪一弹便赚开了城门，连续轻取三座县城，为身后大军打通了道路。

红一军团夺取了龙街渡口。在永仁附近架设浮桥，未能成功；敌机又不断飞来骚扰。军委命他们转移到皎平渡口过江。他们立即从龙街渡口转兵向皎平渡疾进，在一条被急流淹没的公路上行走，一夜之间过了四十八次急流，赶完六十公里路，到了皎平渡。

薛岳部队追到龙街渡口时，红一军团已不见了踪影。

红三军团的任务是夺取洪门渡口。是处没有敌人，红三军团进占后，只搜寻到了一只木船。只能靠这只木船，因水流太急无法架设浮桥。唯一的木船来回多次才渡完十三团一个团。军委命令他们也转往皎平渡过江。

刘伯承率领干部团作为中央纵队的先遣队5月3日抵达皎平渡口。

船只已被敌人抢过江去；但找到了一只敌探过江来侦察的小船，敌探却没见人。

毛泽东说，找到一只船，就会有若干只船。

听起来，这像是一句笑话。

不料，干部团遵照他的指示扩大搜寻纵深，果然陆续找到了十几只船。后来第一批部队偷渡成功后，夺取了敌人更多的船。

为保证主力部队从龙街渡、洪门渡转赴皎平渡，顺利过江，毛泽东派总政治部代主任李富春到五军团传达命令，并解释加重五军团任务的原因。

李富春召集五军团的团以上干部说：原计划全军从三个地方北渡金沙江；由于敌情发生变化，现在只能集中在皎平渡过江。所以过江时间会延长几天，你们阻击敌人的任务也大大加重了。两万多红军正倚靠几只小船，在毛主席亲自指挥下日夜渡江。现在已渡过一半，只要你们能再坚守三天三夜，白匪几十万军队的围追堵截就宣告破产了。这是中国革命的关键时刻，"毛主席要我转告同志们，中央相信五军团能够完成这个伟大而艰巨任务的！"①

---

① 《星火燎原》选编之三，战士出版社，1980年版，第50页。

此后，白军十三师继续攻打红五军团阵地；周浑元、吴奇伟、孙渡的部队也陆续向红五军团防守的石板河阵地扑来。敌我兵力悬殊，而五军团官兵听了李富春传达的毛泽东的指示后，毫无怨言，勇气倍增，以一当百地顽强战斗，牢牢守住了阵地。

张闻天、毛泽东、周恩来、王稼祥、朱德等领导人是5月3日过江的。在北岸一处石洞建立了临时指挥部。陈云、刘伯承、蔡树藩具体组织渡江。两万多红军，依靠七只木船，三十六位少数民族船工，昼夜不停秩序井然地北渡。当时，干部战士热烈地议论道："真好玩！诸葛亮5月渡泸，深入不毛，我们也是5月来渡泸啊！我们一过江，就把几十万白匪甩到后边去了，让老蒋哭去吧！"①

红五军团圆满完成阻击任务，迅速而巧妙地脱离战场，飞奔皎平渡。亲自在那里接应他们的刘伯承，马上安排他们过江。那已经是5月9日的事了。

不得不单独行动了一段时期的红九军团是5月7日过江的。

红五军团刚刚过完最后一船战士，白军就赶到了江边。他们只能望江兴叹了。

巧渡金沙江的重大胜利，刘伯承在指挥干部团夺取皎平渡、组织大军渡江中表现了卓越的才能。毛泽东当时就给予了极高的评价。这一评价，让这位忠于革命、忠于革命领袖的共产主义战士后来每一谈及就热泪盈眶。毛泽东说："前几天，我们一些同志还担心我们过不去，被人家挤上绝路。当时我就对恩来讲，不要紧，四川人讲刘伯承是天龙下凡，区区江水怎么会挡得住龙呢？放心，他会把我们带过江去的！"②

周恩来说："还是主席的判断正确呀，我们果然过来了！"

获悉朱毛红军完整渡过了金沙江，蒋介石在自己的办公室骂了半天的人，从薛岳到龙云骂了个遍，就只没骂他自己。骂完后还得赶紧调整部署，继续追剿。命薛岳率其主力北渡金沙江；命川军二十四军主力在泸定至富林镇（汉源县城关）沿大渡河左岸筑堡阻击；以另两支川军即二十军、二十一军向雅安、富林推进，加强大渡河以北的防御纵深。如此南攻北堵，围歼朱毛红军于大渡河以南地区。

西康省主席刘文辉是川康边防军总指挥兼二十四军军长。其实所谓川康边

---

① 红军老战士吴凤中亲笔回忆《巧渡金沙江》，原件藏中央文献档案馆。

② 陈石平《中国元帅刘伯承》，中共中央党校出版社，1992年版，第87页。

防军只不过是刘文辉把自己的职级抬高一点而报请设置的一个虚编制，所辖部队也只有二十四军那三万人，外加一些没什么战斗力的地方团队而已。

刘文辉派遣其侄第一旅旅长刘元瑭率本旅四个步兵团、一个手枪营、一个工兵营，负责会理、西昌一带的防守。首先要固守红军过江首当其冲的会理一带，而刘元瑭却颇感艰难，会理一带纵横一百多公里，金沙江防线也太长，防不胜防。他琢磨红军主力不可能走会理南面的通安县（正好在皎平渡对岸）渡江；通安坐落在川滇交通正道上，方便国军大部队堵击。所以极有可能在云南境内的巧家渡江，经宁南（会理东北面、黑水河边）攻打西昌。他决定把二十八团部署在会理以东，与宁南守军组成掎角之势，扼守金沙江西北岸。也考虑到或许红军会以另一种策略，一部虽从巧家过江，另一部却从姜驿方面直攻会理，便把三十团部署在会理西边的姜驿、黎溪一带的金沙江段；同时动员当地彝族奴隶主沙家土司、自家土司，派私家武装协防。刘元瑭本人率旅部及其手枪营和工兵营、二十九团全部，驻会理县城，做预备队。

有幕中人提醒他，红军向来避实就虚或声东击西，通安方面的防堵力量应加强。刘元瑭深以为然，即派二十九团之刘北海二营去，又派江防大队长汪保卿协防渡口并负责检查过往行人。

这个汪保卿就是通安土人，其团丁也是两岸的农民和船夫，非常熟悉情况。这是刘元瑭委以重任的原因。

不料人算不如天算，问题正好出在汪某人身上。

汪保卿奉命后，高兴得很，以为搜刮民财的机会又来了。这厮拿着刘元瑭的令箭，把两岸的民船全部征调到北岸由他的团丁看管，只留下一只放在南岸用于摆渡；派了几名团丁押渡。渡江者，徒手客人每位收一块大洋①，肩挑客加收半块大洋，空马一匹收一块，驮子收两块，对抬滑竿的轿夫和公家邮差也照收不误。

获悉红军要来，受国民党政府宣传的煽惑，通安一带有点家资的富裕之家逃难的剧增。汪保卿大大发了一笔横财，喜不自禁，抓耳挠腮。这个蠢人竟不去想一想，红军会不会借机混在老百姓中渡过江来？

这天夜晚，江防大队的团丁都在大烟馆里烧烟、睡觉。有十几条手持驳壳枪的青年汉子冲进去，将他们全部缴械，捆作一团。其中一位看模样不过十五六岁的小伙子大声喊道，红军优待俘虏，谁敢动就杀死谁！同样的情况在十几个烟馆发生，绝大部分团丁都当了俘虏。

---

① 当时一块大洋的购买力为一石半白米、两头大肥猪。

汪保卿得到报告，吓得魂飞魄散，提起盛金银的箱子一溜烟逃了。

混过江来的红军抢占了通安渡口，同时将船只输送到南岸；红军大部队得以源源不断地过江。先头部队轻易就将川军二十九团二营击溃，缴获一批械弹。

刘元瑭得知通安失守，红军正在渡江，并不慌乱。因为他认为该段江水十分湍急，仅几只小木船，只可能输送少数先遣部队，大部队要过来尚需时日。从容率领二十九团一营、三营、迫击炮连和旅属手枪营、工兵营，向通安进发，意欲夺回渡口，消灭过河的红军先遣队。

途中遇到二营营长率残余兵马窜回来，刘元瑭给予一顿臭骂外加拳脚，然后令其整顿败兵一同去反攻，将功赎罪。

他们抵达名叫一把伞的高地，遭遇红军干部团第三营。宋任穷命吹冲锋号。在号声激励下，红军战士杀向敌阵，用枪刺或马刀与敌人短兵相接，瞬间就放倒了一大片，川军手枪营二连长熊联勋被砍掉了脑袋，排长庞云以下一百多人被俘，余部争先恐后向会理狂奔。望着满山遍野的溃兵，这样的结果太出乎刘元瑭意外，他不禁放声大哭。

聂荣臻回忆道："过了金沙江，我们就真正把长征以来一直尾追我们的蒋介石中央军甩掉了，隔了有一个多星期的行程。这无疑是长征中的一个巨大的胜利。"

当薛岳追到金沙江时候，已是 5 月 16 日了，七天前红军就已全部过江。

刘元瑭吓破了胆，不敢再主动找红军挑战了；退回会理城中，又觉得最终守不住，迟早要到西昌去。于是他派人把两个老婆严容华、伍碧容先行送走，还给了老婆们每人一包毒药，千叮万嘱道："如果遭共匪捉住，赶紧服药自尽，免得给送去当慰劳队！"

红军来势汹汹，很快就兵薄会理，刘元瑭大惊失色，叫苦不迭。现在弃城而逃极有可能被追歼，家当丢光了不说，还会落得黔军侯之担的下场。想到这里，又大哭起来。最后只好横下一条心，紧闭城门，死守待援。赶快派人把刚出城不远的两个老婆又接回来，然后急调本旅二十八团、三十团星奔回援会理。电禀雅安的叔父刘文辉以及直属上司、堂兄刘元璋（驻防西昌，一三七师师长），请求发兵增援。

刘元璋的防守范围是会理、德昌、西昌一带。具体兵力部署为：刘元瑭一旅驻节会理，指挥地方团队负责金沙江防务；许剑霜十六旅（仅一个团又一个营），负责西昌、会理正面阻击红军；以许剑霜旅一个营摆放在西昌西面的盐源，彝人邓秀廷一个团及彝兵五千人守在西昌东南的宁南；刘元璋亲率刘元琮、刘元瑄十三旅之三十一团驻守西城，作为总预备队。

刘元璋不是草包，不在金沙江沿岸设置重兵是有他的考虑的。他认为金沙江的江岸那么长，防不胜防，一处失守，必致全线崩溃。守江莫如守城，只要凭借坚城固守，薛岳中央大军开到，红军自然会退去。所以他沿会理、德昌、西昌部署三道防线，并且前薄后厚，计划逐次抵抗，迟滞红军，消耗其实力，以待薛岳大军。

他接到刘元瑭求救电，立刻派一个主力团火速奔往会理，嘱其团长聂秋涵转告刘元瑭以保存实力为上，可以相机放弃会理。

5月8日，聂团抵达会理城外几公里的三元桥。这时红军尚未完善对会理的包围。刘元瑭亲率两个连冲出北门，接应聂团进城。

后来本旅所属的三十团也来了。一下子增加了两个团兵力，刘元瑭又胆粗气壮起来。

然而二十八团却几次电催也不见踪影，连电报也不回复。刘元瑭抱怨道，这个狗日的毛国懋跑到哪里去了？

负责在金沙江西北岸进行防堵的二十八团，其团长毛国懋获悉通安失守后，惊慌失措，急召手下营长商议如何是好。不久刘元瑭电令回防会理，他如逢大赦般额手称庆。

参谋长小声提醒他，遵命回会理，龟缩在弹丸小城内，凶多吉少。红军如此势头，会理焉能守住？不遵命也不行，若战后刘元瑭没死，一定会苛以违抗军令罪而清算。参谋长旋即献计：莫如以遭共军阻击和分割为理由，直接返回西昌向刘师长（元璋）报到。

毛团长眉舒目展，认为此计大妙，立刻下令照此办理，由披沙退往西昌。

通安一战中被俘的手枪连排长庞云带着十多个士兵回了会理。红军俘虏了他们之后，欢迎他们参加红军；不愿参加者，每人发一块银元路费释放了。受伤的还给上药、包扎。回来后官兵们都很好奇，问他们红军是不是青面獠牙，杀人煮着吃。他和回来的十多个士兵无不哈哈大笑说，哪有这回事，人家跟我们是一样的面孔，比我们讲礼得多，不打人不骂人，客气得很。他们官兵服装一样，都在一起吃饭，营长、连长一点架子都没有；如果不介绍，根本分不清官兵。

会理城里到处贴满了一副对联："红军中官兵起居饮食一样，川军内官兵薪饷不同。"① 还一时成为儿歌，流传大街小巷。

---

① 有误，原稿如此。对联版本较多，能查到较权威的版本，是朱德总司令写的春联："红军中，官兵伕衣着薪饷一样；白军里，将校尉饮食起居不同。"——编者注

刘元瑭认为是这些放回来的十几名官兵干的，下令全部用马刀砍死。进一步追查后，又株连到十多人，当然还是杀无赦。

5月9日，红三军团完善了对会理县城的包围。彭德怀亲自指挥三个团轮番强攻。

刘元瑭为防止红军夜晚用云梯登城，沿城墙雉堞，一路安装电灯。城墙上的灯火照亮了半个会理城；城上守军日夜呼啸，名为恐吓红军，实为自己壮胆。刘元瑭则装成士兵，暗中巡视城上防务。遇有私议惑乱军心者，即予斩杀。

红军缺乏重武器，迫击炮打如此厚的城墙作用甚微。第一轮攻打，红军十一团攻进了东城门、红十二团攻进了西城门；但未能攻破第二道城墙。

为阻止红军逼近第二道城墙，刘元瑭决定清理两道城墙之间的民房，将那些民房全部烧掉。

东关、西关这样的民房形成了两条街，是会理最繁华的区域。所有房子系全木质结构，泼上煤油，点火就着。纵火的时候是夜半，浓烟罩住了全城，东、西关两条街烈焰冲天。老百姓呼天喊地，扶老携幼向北逃命。大火一直燃到次日下午。这一疯狂举动，"引起城外居民之大愤。因被红军鼓动，数千居民，协同红军攻城。后闻此数千人加入了红军。会理既有刘师（刘元瑭旅隶属刘元璋师）死守，红军亦未强攻……全军在会理休息五天，并命各部队加紧居民中宣传工作，规定招募红军新兵五千人的计划……五天后果然有五千人加入红军"。[1]

刘元瑭的火攻奏效了，红军不得不退往外城城墙。

这么一来，刘元瑭信心倍增。又想出了个恶毒的怪招：下令在城墙的每个垛口安装铁锅和简易柴灶，熬上粥，在红军攀爬城墙时倾倒下去。不少红军战士遭到严重烫伤，还有被粥倾倒在脸上而摔下云梯牺牲的。

红军几次强攻都失败了。

彭德怀没想到在这么个偏僻地方遇上了难啃的骨头，决定改强攻为智取，秘密采取爆破的方法；命令部队在东、西关两处挖掘坑道，计划挖到城墙脚下。

不料刘元瑭对此早有防范，早就命人在城内的墙脚挖五尺深的坑，把空坛子放进去，用以监听挖洞的声音、方位。听到了声音、判明方位后，就挖掘灌水。效果如何呢？看看川军一名军官的回忆吧：

到了10日夜半，忽然天崩地裂的一声巨响，西北角城垣倒塌下来成坡

---

① 廉臣《随军西行见闻录》，《谁最早口述长征》，解放军出版社2006年版，第99页。

形。红军纷纷往上爬。枪声与手榴弹爆炸声混成一片,震耳欲聋。刘元瑭提着马刀,满脸是血地在阵地上督战。少数红军冲上了城墙,同地主武装马元龙的便衣队及刘元瑭身边的手枪兵展开肉搏,混在一块儿。由于红军后续部队因土湿泥陷,无法跃进;城墙上又连续投下手榴弹、倾下滚烫的稀饭,致使红军无法强行登城。结果已上城的红军全部被消灭。一场激烈战斗持续到天亮时才停息下来,仅在缺口一隅,双方就各阵亡一百多人。

蒋介石得到刘文辉会理激战的报告,派出三架飞机支援;还亲临会理上空视察,投下一封亲笔信,称刘元瑭"吾弟"(蒋介石与刘文辉同辈,此时为表激励,对刘元瑭的称呼连辈分都顾不上了),慰勉有加,将其少将衔升为中将衔,奖赏官兵一万大洋(战后发放)。

受宠若惊的刘元瑭犹如注射了兴奋剂,督促城内军民抢修坍塌的城墙,填补缺口;不断上城巡视,宣称哪个龟儿子敢不奋力作战,老子的马刀不认人。但他也清楚,红军的战斗力他的士兵已领教了,不少官兵已无斗志,认为再打下去必然城破。这种怯战情绪可不是靠手里那柄马刀能消除的。

参谋长张肇南献上一计:用谣言给部队壮胆。

次日大街小巷都在传说昨夜很多人看见城墙上有一个身高十丈、面如重枣的神灵,全身披挂,手提青龙偃月刀,到城墙上巡视了一遍。不用说,这是关二爷驾到了呀!此后每天都有官兵到关帝庙上香,都以为关公真的帮忙来了。

5月12日,政治局扩大会议在会理城郊铁厂的一座草棚里举行。

召开此会的原因是过了金沙江后,敌情相对缓解,红军高层产生了一些意见分歧,甚至要求改组中革军委:毛泽东、周恩来、朱德、王稼祥应继续主持大计(并非电视剧《长征》说的要求毛、周、朱、王下台);但是要更换前线主将,让彭德怀独立指挥(当时毛泽东常常实际担任前线主将)。理由是部队东奔西拐不断行军,走了很多不必要的弓背路。部队已精疲力竭,再这样下去会被拖垮。其主要内容是林彪在致中央的一封信里说出来的,但是反映了一部分将领的嘀咕。

张闻天首先发言,批评了林彪对毛泽东战略指挥的怀疑,又批评了有人"在苦难中产生了动摇情绪"。

接下来是毛泽东发言。他阐述了从四渡赤水开始,红军成功地进行机动灵活的运动战,如何摆脱了白军的合围和追击。毛泽东把话题转向林彪那封信时,脸上竟露出了慈爱的神情，语重心长地说：

"林彪同志，有意见坦率说出来是对的，但是你的意见我不能同意。我们的战略方针没有错，一点也没有错，此前已经得到了证明。不是吗？渡过金沙江后，我们摆脱了白军的追兵；这已为下一步去同四方面军会师创造了条件。为了实现我们的战略目的，走了一些弓背路，多磨磨脚板皮，我看没什么要紧。战争就是如此，为了进攻而防御，为了前进而后退，为了攻取正面而进行侧面袭击，为了走直路而先走弯路——且夫兵不厌诈，有何不可？天下事，有时并不以你的意志为转移，如果绕上一圈避开锋芒，也许转回来就办成了事。作为一个高级指挥员，我们一定要学会走曲线；该直则直，该曲则曲，要依据敌情变化而定！"

林彪说："我同意主席关于战略原则的主张；但是，前线敌情千变万化，为什么主席总是要去直接指挥呢？放手让彭德怀同志来干不好吗？"

毛泽东心里嘀咕道，要真能放手我又何乐而不为呢？这个当然不会说出来。他默然片刻，正色道：

"你还是个娃娃，懂得什么？不要再说了！"

大家都笑了起来。

林彪也讪讪笑着不开腔了。

会开了两天，确定了下一步的行动：向北穿越彝区，过大渡河，与红四方面军会师。

三

川陕苏区的红四方面军自从获悉中央红军转战入川之后，就做好了接应的准备。

1935年1月22日，中央致电四方面军称，中央红军"转入川西，拟从泸州上游渡（长）江……你们应以群众武装独立师团向东线积极活动，钳制刘（刘湘和刘文辉）敌，应集中红军全力向西线进攻……于最近时期实行向嘉陵江以西进攻"①。

四方面军在旺苍召开会议，对中央电报做认真讨论。会议认为，迎接中央红军是当务之急，乃决定暂停与来自陕南的胡宗南部的角逐，适当收缩东线部队，集中主力强渡嘉陵江，暂离川陕苏区。

---

① 原电文藏中央文献档案馆，以下不再一一注明。

就在这一天，针对白军的会剿，红四方面军主动发起广（元）昭（化）战役。当天攻占转斗铺，24 日拿下羊模坝后就近包围昭化，27 日占领广元飞机场，29 日占领机场东侧敌人主阵地乌龙包（五龙堡）。

敌军死守广元。红军久攻不克，主动撤离。

1935 年 3 月初，红四方面军九军、三十军、三十一军各一部向川军罗泽洲部发动攻击。红八十八师、八十九师夜袭苍溪城东的老鹳场、红山庙，歼敌两个团并占领之。5 日，红八十八师、八十九师又在红九军一部配合下，在阆中县境内歼灭罗泽洲部两个团并占领仪陇。

5 日、8 日，红四方面军两次电告中革军委，报告四方面军向仪陇地区进军和扫清嘉陵江沿岸外围之敌的情况。

8 日，中革军委以主席朱德名义电询四方面军"目前所采取的战略方针和发展方向"，以及川、甘、陕白军对四方面军的进攻部署。

四方面军复电报告敌军动态之后，说"目前我军在南路大捷，拟大进，彻底灭敌，配合西方面军[1]行动"，表明了西渡嘉陵江配合中央红军的决心。

嘉陵江的江面宽，水深流疾；两岸悬崖绝壁。川军邓锡侯、田颂尧分段设防。

张国焘[2]根据下面部队送上来的报告，审察了每个可能的渡江处，选定从苍溪县城附近渡江。

是处江面较宽，对岸又有敌人重兵防守，很多同志认为不妥。

张国焘解释，用兵之道在于攻其不备，敌人以为那里地势险、兵力足，极有利于他们，判断我们不会从那里过去，所以失去警惕、放松戒备就难免了；这对于我们来说就很有利了。

嘉陵江上的船只悉数被川军搜罗到对岸去了。红四方面军首先须解决渡江工具问题。红四方面军指挥员亲自下到连队，选拔五百多个懂造船、掌舵、熟谙水性的战士，组成特别工程营，先行造船。他们发挥创造才能，建造了一百多只样式颇像登陆艇的船只；每只船可载十二人，船头专门造了个可稳当放置沙包的地方，用以屏蔽敌人子弹。他们用这些船在苍溪东面三十公里王家坝[3]训练官兵渡江技能。为了隐藏战略意图，专门修建了一条由王家坝到苍溪的道路，以便将造好的一百多只船翻越高山运到苍溪附近与嘉陵江相通的小河去，

---

① 此系张国焘对中央红军的称谓，他故意不称中央红军而称西方面军或一方面军。

② 时任西北革命军事委员会主席。

③ 集镇，嘉陵江支流东河边。

做好渡江准备。

不料川军密探侦悉了红四方面军在这一带的活动。但得到禀报的川军将领亲赴苍溪对岸坐镇，在红军最可能渡江的时间一直监视到午夜也没发现什么动静。将领怀疑情报的准确性了。他们讨论了很久，认为在这个宽逾三百米的激流中渡江，又要对付对岸川军的强大火力，除非是疯子才会做这样的选择。川军的警惕又松懈下来，将领们也回去睡觉了。

就在那夜 3 时许，隐藏在小河里的一百多只土登陆艇悄悄出发，划进嘉陵江，直驶对岸。凭借突然性，顺利袭取了滩头阵地，旋即向左、右扩大之。

后续部队陆续跟进，逐一攻取了苍溪对岸敌军全部险要高地。

先过江的红军夺得敌人扣留的大批船只，迅速在苍溪县城的嘉陵江渡口上建成一座浮桥。数万红军得以更快地全部过江。

邓锡侯、田颂尧因后路被红四方面军抄袭，怕遭歼灭，慌忙全部放弃嘉陵江防线，退守剑阁、梓潼、盐亭。

红四方面军控制了约五十公里长的东西沿岸，然后向剑阁、梓潼、盐亭追击。

因张国焘率红四方面军主力渡过了嘉陵江向西转进，东面的大量川军乘虚占领通江、巴中，并威胁南江。

是时徐向前①率部由仪陇前线后撤，经苍溪渡江；陈昌浩②率殿后部队随后从苍溪渡江。

没几天，张国焘、徐向前、陈昌浩就在剑阁附近地区会合了。

红四方面军主力从剑阁挺进，直逼江油。

江油南面的中坝镇是川北商埠，素有"小成都"之誉。红军从剑阁向江油挺进的三十公里途中全是平坦地带，种满了一望无际的罂粟。这是四川军阀重要的财政来源。

到了 5 月间，张国焘召开了高级军政干部会。他在会上说，"川北苏区已放弃，红一方面军能否渡过长江仍是一个疑问"；他认为现在不能傻等，应根据红四方面军自己的景况来决定行止。于是，"决定以北川县一带地区为据点，向川西北、甘西南、西康东部一带地区发展，形成一个川康根据地"。

张国焘再次提出他早就主张建立西北联邦政府的主张。他认为在红四方面军的新占领区内，只能实施初入川时所制定的废除苛捐杂税的那个条款，暂时

---

① 时任红四方面军总指挥。
② 时任红四方面军政委。

不组建苏维埃政府，不实行土地改革。"对于少数民族政策的尺度更要放宽些。我们不反对少数民族部落中的酋长、头人、喇嘛、阿訇等，并且要帮助他们组织区域内的自治政府。这些自治政府会同汉族所推举的代表，共同组织一个西北联邦政府。"

张国焘当场就指定红四军政委出任这个联邦政府的主席。张国焘进一步解释，"红一方面军离开江西以后，中华苏维埃共和国中央政府事实上已不能行使职权，现在我们根据实际需要组织的西北联邦政府，将来在中华苏维埃中央政府能行使职权时，仍是它的一部分"。

红四方面军总部在北川县驻节三个星期之际，发起了土门战役，奇袭千佛山成功，控制了北川河谷，歼敌近万人。

为了接应中央红军，红四方面军总部移旌茂县。

陈昌浩在这里主持召开高级干部会议。

陈昌浩站起来，满脸笑开了花，扬着手里一份刚收到的电报说：

"报告大家一个好消息，红一方面军渡过了金沙江，正向川康边挺进！我们两路大军会师指日可待了！"

三十一军军长余天云高兴得忘乎其形，拍了一掌桌子，跳了起来，把椅子也撞翻了。大声说：

"太好了！两军合一，天下无敌呀！"

张国焘大为不满，招手示意余天云把椅子扶起来坐下，教训道：

"你这个同志怎么搞的，一点都沉不住气？还是个军长呀！"

大家本来大受鼓舞，欣喜雀跃，却见张国焘一脸肃然，都赶快敛眉坐正。短暂的欢乐之后，大家抑制住狂跳的心，重新严肃起来，进行一个又一个的讨论。

集思广益之后，张国焘决定三十军政委李先念率八十八师、二十五师一部、二十七师一部，西进小金川，扫荡挡道敌军，迎接红一方面军。四方面军大部队随后跟进。

大家一致赞成立即行动起来，深入动员部队和各级机关，大力筹集慰劳品，作为送给南来的红一方面军同志们的礼物。

会议还决定王树声率三十一军作为全军的后卫。陈昌浩宣布了这个决定后笑嘻嘻打趣道："树声的屁股厚，铁屁股，不怕川军打，只有你能殿后掩护大家呀！"

许世友说："一块大屁股掩护十万兵，厉害！"

张国焘问大家："大军出动，总要有一条口号震慑四方，我们用什么呢？"

张国焘此前曾对不了解情况的同志说过中央红军有飞机大炮，还有坦克，苏联援助的。这个对于没有离开过鄂豫皖苏区、川陕苏区的同志们来说是深信不疑的。鄂豫皖苏区不也曾经拥有过"列宁号"飞机吗？中央红军拥有飞机大炮有什么奇怪的呢？

所以陈昌浩就提出以"欢迎三十万红一方面军"为口号。

徐向前觉得这是在吹牛，不大好，便说：

"说这么多不大好吧？还是留点余地为宜！"

"唉，向前，这是震慑四方，"陈昌浩解释道，"也是鼓舞士气嘛！"

这句口号后来顺利通过。此后红四方面军所到之处都响起了"欢迎三十万红一方面军"的口号，墙头、树干上刷的标语也是这样。

这样吹牛的口号，后来在四方面军造成了很不好的影响：两军会师时，看到中央红军只有两万多人，个个面黄肌瘦、衣衫褴褛，四方面军广大指战员落差很大。

北川、茂县、汶川，是成都平原的天然屏障。是处山高林密，层峦叠嶂，绵亘不绝；人烟稀少，居民主要是藏、羌两族人，也有少数汉人。红军可以凭借地势（峡谷、隘口）固守，经营一片相对安全的天地。但与川军重兵屯驻的灌县（今都江堰市）接壤，敌人增兵迅速；离成都等地也不远（灌县离成都也只五十公里），敌机轰炸、扫射频繁。红军要保护西出通道，掩护主力北上；川军要防止赤匪南下，千方百计要截断其咽喉要道，红白两军不可避免地在这里展开了殊死拼杀。

"以十二分的热忱，欢迎我百战百胜的中央西征军！"这样一条由陈昌浩拟的标语，红四方面军广大指战员是十分认同的，确实真实地反映了他们的心声。他们一方面英勇打仗，一方面筹集物资，一块银元、一件没穿过的军服、一双战场上缴获的胶鞋，他们都珍藏在身上，准备到时候送给自己遇到的第一个中央红军的同志；一无所有的同志，也不甘落后，利用宿营时分，努力打草鞋，一双又一双地积累，直到崭新的草鞋可以挂满一身才自我满足地住手。

红四方面军广大指战员，就是在这样热切的期盼中过了一天又一天。

第十章

一

中央红军巧渡金沙江，把蒋介石中央军甩到背后一周路程之遥；不料在会理延宕太久，从5月8日到14日夜晚，边打会理城边开政治局扩大会。15日决定放弃攻打会理转兵北上时，渡金沙江赢得的优势差不多耗光了。这个是毛泽东同志后来总结的教训。

前面要克服的大渡河天险，是太平天国数万西征将士殉节之处，这么多年来都像魔咒一样，折磨着任何一支被敌人紧追而又不得不从那里过去的军队。蒋介石极有可能截断红军退路，截住大渡河天险，一举歼灭红军，消除多年的心腹之患。一旦出现这样的局势，对于红军来说，唯一的生存之道就是穿越藏族山区突围。而这，艰险程度无以言表，成功的概率也许为百分之零点一。

红军电台侦悉，蒋介石已在向大渡河派遣重兵。红军不得不又要像过金沙江以前那样与时间赛跑了。中革军委组成临时先遣队，刘伯承任司令，聂荣臻任政委。

先遣队第一个目标是德昌县城，夺得以后才能打开道路。

德昌位于雅砻江支流安宁河的河谷中，是西昌的第二扇大门。驻军原为川康边防军十六旅的一个营。刘元璋最初不想守，以免兵力分散；后来听信了别人建议——不能放弃那么富庶的城池，便派十六旅旅长许剑霜率一个团去防守。

许剑霜其人值得多说两句。原名许颖，早年加入过共产党，是刘伯承做川军将领时的部下。后来参加刘伯承的泸顺起义失败，自动脱党，投靠了刘元璋。两人是四川讲武堂同学。

刘伯承希望兵不血刃而下德昌，甚至通过刘文辉防区，便致函许剑霜，解释红军是北上抗日的，假道西康，并无争夺地盘的想法，希望与贵部互不侵犯。

许剑霜反复研究来信，最后判断刘伯承所言不诬。他寻思，只是借道，不会待着不走，那么让路以避免对消实乃明智之举。便派专人把信送到西昌，劝刘元璋接受刘伯承意见。

刘元璋本来就不愿和任何部队对消。但又不便明确说接受——那被蒋介石坐探知道了非同小可，只对许剑霜说了一句"相机处置"。

许剑霜也心领神会。

5月17日，红一军团进逼德昌附近的丰站营、八斗冲，进攻许剑霜部队。许部象征性地抵抗一下就退了。这一退就连德昌城内的守军也全部出城一起跑了，一溜烟就到了西昌。

中央红军顺利进入德昌城。

德昌物资十分丰富，吃的用的穿的一应俱全。红军除了购买大量粮食，就是尽量收购医药器材以及布匹、鞋类。

休整了两天，拔寨继续前进。前面就是西昌了。

刘元璋调回自己统率的部队，部署在西昌周围，准备固守。

刘元瑭的胞弟、十七旅旅长刘元琮要求刘元璋"正法"许剑霜，理由是私通共匪刘伯承。这个刘元琮对许剑霜旅的两个主力团觊觎已久，企图借这个机会吞并；刘元瑭也大力支持这个意见。

刘元璋听了，冷笑道："笑话！哪有通敌的人还把敌人的信送给我的？"

他一向觉得刘元瑭、刘元琮哥俩很难驾驭；许剑霜是自己的心腹，情逾手足，当然不能杀。坚决不同意杀许，也不同意撤许。

刘元璋以刘文辉的命令叫邓秀廷率本部彝兵到西昌城南面阻击红军。

邓秀廷世代是彝族奴隶主，大凉山一带的彝寨都被他武力征服，不得不听其节制。他以刘文辉委任的彝务总指挥名义，辖两个团正规军；此外西昌、冕宁地区的彝兵上万人也是他的部属。

此前他曾奉派到西昌一百公里的宁南协防金沙江。当时他率一个团正规军、五千民团（彝兵）开赴宁南。途中遇到了从金沙江逃回的部队（刘元璋所属），见其一个个狼狈万分。这是他第一次看见平素自己根本惹不起的刘家军的败状。那红军难道比刘家军还厉害吗？这个凶悍残暴的奴隶主第一次感觉到恐惧了。所以，这次接到了刘元璋转达的刘文辉将令，他率领部队从驻节地慢吞吞开去，一路琢磨怎样去打这个仗，其实是琢磨怎么应付自己的刘家主子们。

到了黄水塘稍事休息，邓秀廷收到刘伯承托人送来的信。

刘伯承对他说，红军打击的是国民党，对彝民怀有同胞之情，绝不会有不友好的举动，即使彝兵不慎向红军开了枪，红军也不会还击；红军北上是去抗日，只是借路，并不侵吞彝家地盘。

这位著名的红军将领当年在川军中威名不弱，这个，邓秀廷是耳熟能详的。刘伯承的信让他颇费踌躇：如果打，肯定打不过刘伯承，这点自知之明尚未失去；不打，刘氏叔侄恐怕会借机收拾自己。召来谋士商议半天，最后决定虚晃一枪，尽可能不打。他把部队摆放在安宁河谷两边的山上，向部队下达了严令：没有本总指挥的命令，不能开枪。

刘伯承、聂荣臻率领的先遣部队进入了德昌通向西昌的河谷地带时，躲在山上树丛中观察的邓秀廷见红军部伍整齐，威武雄健，而且人很多。他暗暗吃惊，头里一面旗帜上是"先遣队"，已是这么多人，后边的主力该是多少啊！那一刹他就决定了："绝不能开枪，红军的部队来得很密，惹不起！"

他十分紧张，度日如年地等待红军走过他的地段，头上都冒出了汗。

突然，一名彝兵太紧张，不小心走了火，引得另几名彝兵也噼里啪啦开了枪。邓秀廷吓坏了，跳起来用话筒大声制止道："哪个狗日的胆敢开枪，老子杀他全家！"

红军果然信守诺言，并未还击，一路走一路高喊口号："彝汉一家是同胞！红军是彝族同胞的弟兄！"

红军就这样顺利通过了安宁河谷。

眼看红军大部队直逼过来，刘元璋急得像热锅上的蚂蚁。叔父来电说过，丢失了西昌，他就得脱下军装回家玩去。他一面迭电向叔父请求派援军来，一面构筑工事准备死守。他构筑了三道工事，据以组织了三层防线：第一层以外城土夯城墙为骨干，完善大量明碉暗堡（原来就有）；第二层是凭恃安宁河挖掘的战壕；第三层是拆除南门外西街的全部房子，只留下沿街墙壁作为部队的掩体。一、二层防线好办，唯第三层防线不好办。因为一公里长的西街是西昌的繁华地段，店铺林立，富商大贾的大量投资都押在那里。若彻底毁掉，必激起那些与刘氏家族不无关系的财主们的激愤。据说连南京高官也有"心血"在是处，那就更惹不起了。

刘元琮没什么顾忌，坚决主张毁掉西街，还主张纵火烧。他认为拆卸太费时，来不及；只有烧来得快。理由很充足：若不烧毁，红军就会利用西街林立的房屋接近城墙。城上的机枪步枪全都会陷入"鞭长莫及马腹"的窘境。

为了清理射界，刘元璋也颇认同堂弟意见，但他不敢承担责任。犹豫良久，最后决定致电雅安，向叔父请示。

刘文辉复电，教他"待匪近时候，相机办理"。

刘元琮指着电报说："幺爸①说待匪近时，现在还不算近吗？哥，快下决

---

① 四川称排行最末的叔父为幺爸。

心吧！"

红军到达距西昌十五公里的崩土坎。刘元璋决定纵火了，指定刘元琮负责这事。

西昌内城的城门早就用几十个重达一百公斤的石条子堵死了。士兵只能从城墙上向西街房屋泼下煤油，据说共泼了半吨。

刘元琮命令暂勿点火。

他又派了一些士兵从城墙上垂吊出城，到西街西北角连接的鱼市街去，也将那里的房屋泼上煤油。他想，烧一公里是烧，再加上半公里也是烧，一了百了。

这两条街共长一公里半，算是西昌的精华所在，可怜一夜大火化为灰烬。

最惨的是居住在这两条街的老百姓（富人只产业在是处，居住都在城里或邛海边上的芦山上），露宿城外，从此无家可归。

不料红军根本不来西昌，却在西昌的西南十公里许就取捷径经过礼州到泸沽去了。

这使刘氏弟兄十分尴尬。最初怕红军来攻，日夜祈祷红军统帅吃错了药率部他去；现在又恨红军不来攻，因为烧了那么多民房没法交代。

泸沽县城①到大渡河有大小两条路。大路伸向东北方向，经越西到大树堡，隔大渡河望对岸即是富林镇（汉源县治所），可到雅安、成都；小路伸向西北，经冕宁，通过彝族聚居区，到安顺场，从那里过大渡河也可到雅安。这条小路不仅崎岖陡峭，而且彝区是禁止汉人通过的，抓住了轻则收为娃子②，重则砍掉脑袋，所以从未有人行走，历久便都忘掉了它的存在。

刘文辉的川军二十四军沿大渡河布防：四旅守泸定桥一线，五旅守安顺场、富林镇一线。刘湘的增援部队正往富林兼程而去。

川军在前面堵，背后是薛岳率领的十万中央军。红军将何以为计？

中共中央充分吸纳了刘伯承、聂荣臻的意见，决定在泸沽兵分两路前进：主力部队、中央纵队隐蔽行动，秘密沿小路穿越彝区到安顺场，就在那里过大渡河；派红一军团二师政委刘亚楼和参谋长左权率红五团大张旗鼓地循大路走，佯装红军主力，进一步迷惑敌人。

此时的红军已然是在进退维谷中寻求生路。身后有薛岳的追剿大军，西面有沿雅砻江布防的滇军孙渡部队，东有川军杨森二十军、刘湘所属郭勋祺和陈

---

① 新中国成立后撤县划归冕宁县。

② 奴隶。

万仞两部阻截，前面大渡河对岸早就布满了刘文辉的二十四军。红军其实进入了一个狭窄封闭的区域，一旦过不了大渡河，就会重蹈石达开覆辙。

毛泽东指示刘伯承，过彝区要千方百计避免打仗，大力宣传党的民族政策，取得彝族人民的信任和同情。

刘伯承坚定地执行了毛泽东这一指示，用实际行动感动了彝族沽基家族首领小叶丹。他针对彝族各部落之间的矛盾，特别是沽基家族与罗洪家族的矛盾，劝导小叶丹，"彝人之间要团结一致，共同对付欺压彝人的国民党军阀"。

小叶丹觉得刘伯承看问题从大处着眼，抓得住要害，总是高人一着。为了答谢刘伯承赠送十几支新式步枪的厚礼，小叶丹送了两匹健壮的大黑骡子和两名漂亮的彝族少女。

刘伯承愉快地收下了礼物。大黑骡子用来驮伤员；两名少女送到卫生队学护士去了。

刘伯承和沽基家族的结盟，对红军顺利通过彝区发挥了重要作用，影响所及，大部分部落都派了代表与刘伯承联系。此后袭击红军的事很少发生了，购买粮食也容易了。

只有与小叶丹沽基家族存在较深矛盾的罗洪家族还是个障碍。这个罗洪家族面临红军大军压境时，疑惧参半之下，派了一名年轻美貌的女孩子以美色去试探红军①。

这个女孩子在红军的必经之路上被中央纵队发现，由部队里的女干部接待，并给予了热情的欢迎和礼遇。

女孩回去后向罗洪家族的头人叙述了自己的探访经过和受到的善意接待，称赞是从来没看到过的仁义之师。

头人感到极大的惊讶，难道世上真有这样的王者之师吗？

从此，罗洪家族的彝人对红军再也没有不友善的举动；红军所到之处，一律给予让道。

刘伯承应小叶丹请求，留下了一名团政委帮助小叶丹组建中国工农红军彝民支队。这支力量吸纳了罗洪家族、洛伍家族的能战之士，达到一千多人。

薛岳到达西昌后，邓秀廷向他报告共产党在彝区影响甚深，必须用铁血手段进行清洗。

薛岳深以为然，命令武力"剿办"，血洗彝区。

---

① 此处与前文小叶丹赠送少女的细节，原稿并未注明出处，或未被记录，或为文学创作。——编者注

小叶丹被害之前对弟弟沽基尼尔说："红军把我们彝人当人看！我死以后，你要告诉刘伯承，彝人相信的是红军，盼他们早点回来！"

这一盼就是十五年！

走出彝区后，刘伯承命红一团团长杨得志率一营换上国民党中央军制服，担任先遣队的先遣队，先行去占领安顺场渡口。

杨得志率部抵达擦罗镇，大模大样地进入镇内。

这个小镇有一座刘文辉用于专门供应西昌部队的粮库，存放了二十四万斤大米。

粮库主任姓卞，四十多岁，是个黑胖子。此人好酒贪杯，三餐饭必用酒，之外还把酒当茶饮，整天醉醺醺的。见杨得志等人来了，他大喜过望，以为真的是中央军，觉得巴结的机会不可错过，吩咐守库的一个排士兵全部去张罗酒肉款待中央军。

杨得志以下五百多名指战员大吃大喝了一顿后，把卞主任及几十名守库官兵全部抓了起来，打开了庞大的粮库。每个麻袋盛三十五公斤大米，仓库内共存放了四千包。

杨得志待先遣队主力抵达后，请示刘伯承如何处置。

红军总部知道后命令分配给各军团，剩余的全部分给镇子周围的穷人，不论男女老幼每人领走一麻袋。

老百姓争相传颂红军的好处，纷纷说："红军来了就有米吃了！"

当刘伯承接近了安顺场大渡河渡口时，下游的大路上，由刘亚楼、左权率领的红五军团也接近了大渡河。

他们冒充红军主力先遣队，一路大张旗鼓，咋咋呼呼，攻击前进，翻越大相岭，进占越西县城。他们砸开了监狱大门，放出了三百多名因参加针对刘氏家族的暴动而遭到关押的彝人，给每个彝人分发了布匹、粮食、银元；给城里的汉族穷人也发了粮食。城内要求参加红军的彝族青年就有一千多人。

刘亚楼率领假先遣队离开越西，继续进发。5月24日攻占了大渡河边的大树堡，消灭了川军守军一个连。

刘伯承率领的真先遣队一直是尽量隐蔽前进，抵达大渡河也是不动声色地筹集渡河物资。

刘亚楼率领的假先遣队则不一样，大规模地做渡河准备，到处都有各军团旗号，似乎千军万马即将抵达。公开征集造船、搭浮桥的材料；发动老百姓帮忙砍伐竹子、树木，把国民党的区公所拆了以取得木材。还根据百姓举报，把从越西逃亡到此又藏匿起来的国民党县长彭灿揪了出来，召开群众大会，数落其残害越西彝汉两族人民的罪行，然后拉到河边，当着对岸川军，砍下了这厮的狗头，踢下大渡河喂鱼去。

川军将领杨森接到报告称大渡河对岸大树堡一带赤匪如何声势浩大，不下两三万之众，急忙抽调部队加强大树堡北岸防线，共达五个团；加上当地的大地主羊仁安私家武装，一个小小渡口竟布防了七千多人。后来的结果是什么呢？杨森两万多人守在大渡河下游，等待红军主力强渡，除了观望刘亚楼那支假先遣队在对岸轰轰烈烈地折腾之外，什么也没做成。

这就是说，从川军诸将到蒋介石，在 5 月 25 日以前仍没有搞清红军强渡大渡河的位置。这样的耳目不灵还打什么仗呢？

大渡河是岷江最大的支流。其上游名叫大金川，发自青海南部，流经西康与小金川汇合，经泸定、安顺，东折之后，在乐山境内注入岷江。安顺场流段，两岸层峦叠嶂无法行走，仅沿河一条窄得两人对过也颇感困难的小路。据新中国成立后水文队测量，河宽三百多米，流速每秒四米，水深三十米；河底有几十个大小洞口通各种暗河，形成无数漩涡，能使鹅毛沉底，何况泅渡者。水深流急，也不能搭桥，各个渡口靠小木船横渡。而且因为水流太湍急，横渡时不能直达对岸，须先把船向上游纤拖一公里许，由经验丰富的艄公掌舵，十多名船工合作，顺应水流之力，斜斜地"挤"到对岸。船若不能准确地对接对岸渡口的石级，则会撞在石壁上，前功尽弃。

在倾盆大雨中疾步往安顺场行进的刘伯承明白，一天之内，红军主力就会陆续来到。所以必须尽快抢渡过去，占领南岸渡口。突击队最低限度必须得有一只船，否则一切都是空谈。而所有的船只全部被白军拖到对岸去了。怎么办呢？

5 月 24 日夜，先遣队在杨得志率领下抵达安顺场。他将仅有的一个营分成三队，从北面、东面、西面进行偷袭。

驻守安顺场的是刘文辉二十四军五旅余味儒团的第三营，营长名叫韩槐阶。

韩槐阶率部进驻安顺场的第一件事，就是把沿岸老百姓的船只全部搜罗一空，送到北岸；然后在场内街道上堆满柴火，准备纵火烧掉镇子，以免本部抵敌不住退走后，红军利用房屋木料制造渡河工具。

刚把一切准备停当正待纵火时，一个名叫赖执中的半官半匪的名人率领两百多残兵败将也赶来了。

此人是邓秀廷手下营长，从西昌间道奔来是为了自己的家产。安顺场大半条街的房子、大小铺面都是赖执中的家产。他来到后就和韩槐阶理论起来，不许烧街，否则兵戎相见。官司闹到北岸余味儒帐前。

赖执中说，他刚从西昌过来，亲眼看见红军数万大军径奔大树堡去了，根本就没上通向安顺场的小路，也许远道而来的红军甚至都不知道有这么一条小路。说罢又塞给余团长一张雅安西康省银行的现金支票。

余团长"笑纳"之后，断言赖营长言之有理，同意"暂缓点火"。

返回南岸的赖执中其实自己都不信对余团长说的那番话。他也担心红军万一神出鬼没跑到安顺场怎么办，便私藏了一只船，万一红军真来了，自己也好逃往北岸。

就是这只船后来救了红军的急。

杨得志的部队打进南岸镇子去，白军四散逃了。

一营营长孙继先命令二连立即沿河去寻找船只。见江边有几个人正在解缆，河边泊着一只大木船。原来赖执中已逃到附近一个彝民家躲了起来，他的家丁自作主张准备逃到北岸去。红军俘虏了这只大木船。

二

25日早上7点，刘伯承下令强渡开始。

红一团一营营长孙继先聘请了四名当地船工负责驾驶赖执中那只大木船；挑选了十七名战士组成突击队，乘船出发。

红军的轻重武器全部向对岸开火，打得北岸韩槐阶营官兵不敢抬头。

突击队乘风破浪，迅速登陆，一阵猛烈射击，边打边冲。白军韩槐阶营一下子垮了。

北岸的羊肠小道被夹在绝壁和大河急湍之间。韩槐阶营沿窄小的小道发疯般奔逃，将其所属的余味儒团冲得全线动摇，后者也挤进了逃跑队伍。于是，大队人马牵成了一条线，向下游逃去，甚至连尚未参战的预备队也跟着跑起来。官兵无不歪戴帽子斜穿衣，烧火棍般拖着步枪。跑得快的推挤跑得慢的，掉下河去的不计其数，像下饺子般成为一时奇观。

第五旅兵败如山倒。

突击成功，刘伯承控制了北岸。

然而他此刻丝毫没有轻松感。安顺场渡口水深流急，无法架设浮桥，费尽力气也仅找到四只木船。欲将全军两万多人送过河，需要二十多天。那还了得！薛岳的先头部队五十三师已过西昌，正向安顺场疾进；杨森二十军也转兵向安顺场逼来，只有四天路程。若不能在最短时间将红军主力部队送过河去，红军就有可能遂了蒋介石愿而做第二个石达开。

中革军委明白事态危急，毛泽东决定红军主力沿大渡河北岸兼程疾进；红一师和干部团在安顺场继续渡河，到了对岸与未过河的主力部队取同一方向前进，抢占一百六十公里外的泸定桥。

泸定桥在泸定县县城西门外，将引桥算在内共一百多米，宽不及三米；由十三条铁索组成，人过之处铺以木板。

刘文辉获悉红军在安顺场渡过了大渡河后，大军正夹河而上，急忙命令袁国瑞率第四旅驰援泸定桥。

袁国瑞命李全山三十八团先走一步去抢占泸定桥，阻止对岸红军过河。李全山派周桂山营取道冷碛跑步增援泸定桥；第四旅主力随后跟进，并以杨开诚十一团阻击从安顺场过河后沿岸北上的红军。

28日19时，周桂山三营先遣队二十个人跑到了泸定桥，将"青天白日满地红"军旗插遍全城虚张声势，也是给本营壮胆；然后动手拆掉铁索桥上木板，构筑工事。不炸断铁索以毁掉全桥的原因，据说是刘文辉觉得以后再修费时耗钱，划不着。是时大雨如注，周桂山营的那支小先遣队长途奔跑，又累又饿，加上鸦片烟瘾又发作了，干起活来皮搭嘴歪，拆除木板进度极为缓慢。

其营主力在沿着河岸北上时，突然发现对岸有火光绵延，不知道多远，显系部队行进。

周桂山命士兵向对岸大声喊话。

对岸回答是中央军周浑元部先遣团。

周桂山放下心来，中央军竟也赶到了，这一下不怕红军了。

他哪里知道，对岸与他对话的是红军北岸先头部队红一军团二师四团。

红四团在团长王开湘、政委杨成武率领下，两昼夜的强行军，29日早晨赶到了泸定桥，控制了西桥头。

川军周桂山营已先于红军抵达了东桥头。

一直与红四团隔江赛跑的川军李全山团主力李昭营也抵达了东桥头。

李全山命周桂山营负责守桥；李昭营在周营左翼构筑阵地，协同阻击企图渡河的红军。

天亮以后，红四团进入阵地的指战员沿铁索桥向对岸望去：桥的尽头便是泸定县城。城的一半在山上，一半紧靠大渡河。西城门堵在桥头，下桥后立刻就可钻进城门洞。敌军在桥头构筑了工事，两排轻重机枪黑森森的枪口对着空荡荡的铁索。

红四团在天主堂召开连以上干部会，选拔突击队。

杨成武政委刚讲完话，生怕别人伸手抢功的二连连长廖大珠弹簧般蹦起来。这位年仅二十岁的年轻指挥员有点激动，在大庭广众之下说话有点害羞，脸红到了脖子和耳根，平素流利的口舌也变得有点结巴了。

"一连过乌江立了功，当，当，当了乌江模范连；过乌江时候领导没把机会给我们，这次希望领导支持。我们要向一连学习，夺取泸定桥，也当个英雄！"

三连长王有才急了，忙站起来打断廖大珠的话："不行，夺桥任务必须给我们三连！我们三连虽然在营里排行老幺，但战斗力数老一，哪次战斗都是冲在全营前面！不让我们当突击队，我回去怎么向战士们交代？"

随后一连连长也参与进来，请求将这次夺桥突击任务给一连。

杨成武与王开湘见三位连长争执不下，便低声商量了一下，决定把任务交给二连。

杨成武笑嘻嘻地叫着二连长，用狡黠的眼神瞅着他，问道：

"廖大珠，你为什么要抢这个任务？"

"这还不简单？"廖大珠满不在乎地说，"往小里说，是为了挣个大渡河'英雄连'称号；往大里说，是为了全中国受苦受难的工人阶级，为了那些还没分到田的农民；往远里说，是为了建设一个没有阶级、没有压迫、人人平等的新中国！"

杨成武赞扬地拍了一下大腿，激动地说："廖大珠呀廖大珠，党没白培养你，说得真好啊！团党委已经决定，突击队由你们二连负责组建！"

王开湘补充道："三连担任第一后续部队，紧跟二连之后！"

5月29日16时开始夺桥。

红二连的二十二名突击队员匍匐在西桥头。人人都手提一支上了刺刀的步枪，背上插一柄马刀，胸前挂满手榴弹，双眼瞪着那一端的桥头，眼里燃烧着与他们年龄不相称的崇高而深邃的火焰。他们的后面，是背着长条木板的本连主力共一百多位战士。

红二连背后是全副武装的红三连。

王开湘团长向廖大珠挥了一下手。

这一刻，全团二十八挺机枪明白这也是他们的号令，惊天动地的突突声顷刻响起。随着二十八条火舌的吞吐，骤雨般密集的子弹飞向对岸敌人的机枪阵地。机枪的声音，是步兵射击的信号，两千支步枪也打响了。步枪的声响连成一片，甚至压倒了机枪的声音。

廖大珠率领二十二名突击队员，在全团机枪、步枪火力掩护下，在三十支冲锋号的鼓舞下，冒着敌人的枪弹，攀爬悬空的铁索，坚定不移地向对岸挺进。每一秒钟都有中弹掉下奔腾汹涌的大渡河的危险，每一位战士对此都十分清楚。但他们对此不屑一顾；他们只有一个意念：必须快速夺得桥头堡，打开大军过河的通道。这个通道是红军生存之道，是中国革命生存之道，是颠倒旧乾坤之道，是消灭人剥削人、人压迫人的丑恶社会之道，所以是光明之道，是中华民族复兴之道。怀揣着这种伟大理想的战士是无所畏惧的，因为他们深知自己的目标无上崇高。

他们逼近桥头时，敌人见再密集的枪弹也阻挡不住他们，便在桥头点燃了熊熊大火，形成厚厚的烈焰阻击线。而红军突击队员们哪里把这个"火墙"瞧在眼里，紧紧追随廖连长，毫不踌躇就蹈身火阵，冲进城里去。

敌人不甘失败，拼凑力量反扑进入街区的红二连。

巷战开始了。

麻烦的是红二连大部分战士的子弹打光了，只好挺着刺刀冲进敌人群中，与敌人厮杀在一起。好在王有才连长带领红三连同志们追上来了，将红二连的战友们接应出肉搏圈，并用猛烈的火力逼退了敌人。

王开湘团长率领团主力紧随红二连之后，跑步过泸定桥。

此前，紧随突击队的红二连主力，负责在铁索上铺木板，突击队前进到哪一段，木板就铺向哪一段。勇士们穿越火墙，冲进城去的顷刻，红二连主力、红三连以及后续大批部队也源源不断地跟进了。

川军泸定守军败象已现，巷战也支持不了多久了。

李全山用电话向旅长袁国瑞报告，说城池全部失守不过就在唾嗟之间。

而驻守龙八铺的四旅旅部正遭到红一师和干部团的猛攻，袁国瑞自顾不暇，只说了一句"我们这里也很危险"，就挂断了电话。

李全山更怕了，以为既然龙八铺也不妙，红军夹江而上，自己便有腹背受敌可能，赶快率残部没命地奔往天全县。

红四团占领了泸定全城。

中央红军大部队浩浩荡荡走过铁索桥。

苏联著名报告文学作家波列伏依对此充满敬仰之情地评价道:"红军夺取的不仅仅是那十三条铁索,而是夺取了整整一个时代!"

1935 年 5 月 30 日,毛泽东随中央纵队经过铁索桥时,他没有随队马上走过去,而是走到边上扶住铁索,从汹涌的波涛看到桥头的残火,眼神凝重,自言自语道:

"应该在这里立下一块碑啊!"

陪伴在他身旁的周恩来理解他此刻的心境,说:"好呀,我们以后就在这里立块碑吧!不过,主席是不是也应该赋诗一首以志今天的胜利!"

毛泽东点点头说:"大渡桥横铁索寒……是要写一首诗;不过今天只有这一句,以后再补全吧!"

二十二名强渡大渡河的勇士荣获中共中央通令嘉奖,每人得到了一套簇新的列宁服、一支钢笔、一个搪瓷缸。这是当时红军指战员所能得到的最高的物质奖励。而由于先遣队政治工作的疏忽,二十二名勇士中大部分同志已无法考知其姓名,在《中国工农红军第一方面军战史》一书里留下姓名的仅五名:廖大珠、王海云、李友林、刘金山、刘梓华。这是多么令人抱憾的事啊!

在泸定县城里停留期间,毛泽东完善了自从遵义会议以来他就酝酿的一个重大计划:为遵义会议在组织与路线方面的合法性而做出努力。这次会议事先没有向共产国际请示,事后也没有汇报,还对政治局与军委做了重大改组,这在世界各国共产党是没有先例的,对中国共产党来说也是破天荒的。这么重大的事件若不能争取到共产国际的认可,对中国共产党来说将是灾难性的。因为中共中央内部不少同志已习惯于认同共产国际,认为那是列宁缔造的领导机关,没有理由不信赖。这些同志始终对未经共产国际批准的遵义会议持怀疑态度。

毛泽东向张闻天、王稼祥说出了自己的考虑。后两位同志深表理解和支持,毕竟张闻天的"总负责"名义也须"合法化"呀。周恩来知道后,也完全认同。

中央红军二渡赤水以后就失去了大功率电台和与莫斯科直接联系的密码本,只能派人去苏联。大家商定由陈云去。

毛泽东招来陈云,把大家商量的结果告诉他,问陈云愿不愿承担这个重任,只身赴苏,向共产国际陈述一切。

陈云表示,坚决完成任务。但他还不能马上出发,得瞅准有利时机。

陈云是在 6 月上旬红军抵达天全县境内一个叫灵官殿的地方,辞别毛泽东等人,只身离开队伍的。辗转经过成都、重庆,登上了轮船,7 月间到达上海。

他还肩负了另一项使命，去苏联之前，领导白区的同志们恢复和开展白区的工作。

此时的中共上海地下党组织，已遭受连续四次的严重破坏。经潘汉年联络，陈云与中共上海局、共产国际常驻代表取得了联系。中共驻共产国际代表团收到上海电报后，叫他们无须管上海的工作，迅速赴莫斯科，因为共产国际执委会急于知道中国红军的近况。8月5日，陈云离沪赴苏。他同陈潭秋、曾山一起登上了一艘苏联货轮，先到海参崴，再乘火车去莫斯科。9月下旬，潘汉年也赶赴莫斯科。在赴苏前，陈云写下了著名的《随军见闻录》，发表在上海的一些报刊上。这篇文章假托一个被俘国民党军医之笔，详细记叙了中央红军从江西出发，行至川康的天全、芦山期间的传奇经历；以旁观者的口吻，盛赞红军领袖毛泽东、朱德。

10月间，陈云向共产国际做了长篇报告。共产国际对报告表示了充分信任与赞赏，对中国共产党自我纠正错误的胆略也表示了欣赏与肯定，对遵义会议的一切结果也给予了完全承认。

三

6月12日，中央红军先头部队红一军团第二师第四团翻过终年积雪不化的夹金山，到达懋功县城东南的达维镇木城沟，与前来迎接的红四方面军先头部队二十五师之七十二团会师。史称"达维会师"。

两个方面军会师的喜讯，通过电台迅速传到各自的总部。

进至懋功的四方面军第三十军政委李先念得到第二十五师师长韩东山的电报，立即电告理番（今理县，在杂谷脑地区）的四方面军总部。茂县的张国焘当天就致电毛泽东、朱德说，"数月来我方与西征军配合行动，今日会合士气大振。西征军艰苦卓绝之奋斗，造成了今日主力红军的会合，极为此间指战员所欣服。诸同志意见认为目前西征军须稍作休整"；他还请求"立发（给）整个战略（计划），以便致今后两军行动大计"。

张国焘又打电话给驻节理番的徐向前，吩咐他代表红四方面军领导人写一份报告，火速派人送到懋功，转呈中央。

徐向前便以张国焘、陈昌浩、徐向前名义起草了致毛泽东、张闻天、朱德、周恩来的信件，派人送到懋功。而中央尚未到达，便由中央红军二师的电台发出。

这封信详细介绍了川西北的敌我态势,然后向中央建议:"西征军万里长征,屡克名城,迭摧强敌;然长途跋涉,不无疲劳,休息补充亦属必要。最好西征军暂驻后方固阵休息补充,把四方面军放在前面消灭敌人。究以先打胡(宗南)先打刘(湘)何者为好,请兄方按各方商决示知为盼。"信末表示"红四方面军及川西北数千万工农群众,正准备(以)十二万分的热忱欢迎我百战百胜的中央西征军"。①

在以后的几天里,中共中央、中央红军的领导人和红四方面军领导人互致贺电,庆祝两军胜利会师。6月15日,张国焘、陈昌浩、徐向前以及四方面军全体指战员致电毛泽东、朱德、周恩来、中央红军全体指战员说:"我们与你们(指中央红军)今后在中国共产党统一指挥之下,共同去争取西北革命的胜利,直至苏维埃新中国的胜利。"以此观之,张国焘此时应该是同意中央北上的主张的。

6月16日,张闻天、毛泽东、周恩来、朱德、中央红军全体指战员复电称:

> ……我们久闻你们的光荣战绩,每次得到你们捷电,就非常欣喜。此次会合,使我们更加兴奋。今后,我们将与你们手携着手、打大胜仗,消灭蒋介石、刘湘、胡宗南、邓锡侯等军阀,赤化川西北……

以此电观之,中央似乎也同意短暂在川西北休整部队,然而最后的落脚点放在祖国的大西北却是明确的。毛、张、朱、周在《为建立川陕甘三省苏维埃政权给四方面军电》指出:"今后我一、四方面军总的方针应是占领川陕甘宁建立苏维埃政权,并于适当时机以一部远征占领新疆。"②

次日张国焘复电,明确反对向大西北发展的方针,主张长期经营川西北,以后时机成熟再经阿坝攻略青海、新疆。

争论就此拉开了序幕。

第三天,中央和红军主力开始翻越海拔五千米的夹金山。

夹金山位于宝兴之北、懋功之南、茂县之西,高耸入云,常常看不到山峰。中央红军从云南转战入川时是夏天,每人都只穿了一套单军衣,指战员又都是中国偏南的人,从未经历过严寒,更不知极寒为何物。此时要补充衣服是不可

---

① 《中国工农红军第四方面军战史资料选编(长征时期)》,解放军出版社,1992年版,第52页。
② 《是非曲直——长征中的政治斗争》,中共党史出版社,2006年版,第201页。

能的。后勤部门最初打算各个连队发一些酒，每人分配一两个辣椒，用于翻山时抗寒。而当地百姓不足百户，哪里去买那么多酒呢？

最后只好由各连烧些辣椒开水，每人喝一碗，然后上山。

山上每到下午，总是大雪纷飞，将寒冷推向极致；至于冰雹，那是不分时段，随时都可能泼洒下来。喝辣椒水御寒，在那样极寒之下，实在是一点用也没有。山上空气稀薄，呼吸异常困难，行动稍快就有可能缺氧而亡，所以只能一步一步慢慢行走。身体弱的人冷得牙齿啪啪地响，根本止不住；脸也变成了灰黑色。倒下去就永远起不来的同志沿途都是。

林彪体质也不强健，幸赖当时年轻气血旺盛，在卫队的帮扶下活着翻过了这白色坟墓般的大山。

毛泽东就艰难了，已届中年，又大病初愈。他是 6 月 17 日早上开始登山的。他身穿夹衣夹裤，手持木棍，沿着前面部队踩出的脚印，步履艰难地向山顶攀登。

他把白马让给了伤病员使用，理由是自己身体还行，说多一个同志翻过雪山，就为革命保存了一分力量。

走到半山腰，气候骤然一变，鸡蛋大小的冰雹劈头盖脸向他们打来。风也很紧，力度很大，足以把人刮走。毛泽东叫大家手拉手，特别要照顾好女同志，一个不落地前进。特别嘱咐道：

"低着头走，不要往上看，也不要往山下看，互相间千万不要撒手！"

后来，冰雹倒是停了，风也小了，而越往上走空气越稀薄。一些因伤病而致体弱的同志喘得上气不接下气，坐下去就没再起来。

毛泽东对坐在雪地上休息的战士焦有田说："你坐在地上非常危险！来，站起来，来吧，我背着你走一段路。"

毛泽东说着就蹲下身子催促他快趴到自己背上。

焦有田流着泪说："主席，我喘得太厉害，实在走不动了；可我还小你十岁，怎么能让你背我呢！"

不远处的警卫战士吴吉清目睹了这一幕，忙赶过来，不由分说就把焦有田拉到了自己背上。

毛泽东在一旁帮扶着吴吉清，终于攀上了山顶。

到了山顶，下山就相对容易了。

下山途中，大家获悉先遣部队红二师已经与红四方面军来接应的先遣队会师了。大家更是勇气倍增，几乎是跑步下山去的。

当快进入达维时，看见红四方面军三十军二十五师的音乐队和战斗部队在路旁高举几百面大红旗，爆竹声不断时，大家眼泪都夺眶而出。整个部队都沸腾了。

当夜，红四方面军的先遣欢迎部队二十五师韩东山师长组织了驻达维的两个方面军的全体指战员、中央领导开联欢会。巴黎《救国时报》1936年12月28日开始连载的《雪山草地行军记》是这样描述当时盛况的：

> ……红军的最高领袖毛泽东、朱德两先生均出席讲话。当朱、毛到会场时，"毛主席万岁"的欢呼声和鼓掌声震动了整个会场。朱、毛讲话后，即行各种游艺，一时各种南腔北调一齐欢唱，中西音乐同时合奏。红军中的歌舞明星李伯钊在台上且歌且舞跳个不休，弄得台下的人不断地叫"再来一个苏联海军舞""再来一个……"，弄得歌舞明星简直不能下台。

18日，毛泽东等人进入懋功县城。接见红四方面军先头部队三十军李先念政委。然后，中央组织了会师庆祝会。周恩来主持会议，毛泽东、李先念都讲了话。毛泽东说：

> 这次会师有很大的历史意义，是红军战史上的重要一页，是中华苏维埃有足够战胜国民党反动政府和完成北上抗日任务的力量体现。会师的胜利证明我们红军是不可战胜的。我们一、四方面军是一家人，要在党中央领导下为彻底消灭蒋介石反动派，赶走日本帝国主义而奋斗。[1]

毛泽东与张闻天、周恩来等同志以忧虑的口气谈论着张国焘的态度和主张，相约要以最大的耐心劝说这位老资格的共产党人放弃错误的主张，让一、四方面军能够越来越团结，与其他红军部队一起去创建川陕甘根据地。党中央、毛泽东个人分别致电张国焘，讲清北上方针利大于弊，请他来进一步商榷。

张国焘几个月来对中央的态度前恭后倨，原因很简单：渡嘉陵江之前，他支持陈昌浩在宣传中把中央红军夸大为三十万之众是有其心理基础的，他认为十万之数应该是符合实际的；达维会师部队将真实情况问清楚之后向他电禀，中央红军损失很大，衣衫褴褛、武器破旧，总人数恐最多就两万了。他惊愕之后，产生了世人永远也猜不透的心思，态度也变得异常固执，不仅要干预遵义

---

① 《毛泽东之路》，中国青年出版社，1993年版，第30页。

会议的路线斗争彻底不彻底的问题，甚至还要对遵义会议、对中央的人事安排提出异议，亦即"问鼎之大小轻重焉"。这样的一些心思，都将在未来极端事件内全部暴露无遗。

他接到毛泽东等人的电邀，立刻束装就道。他在回忆录里这样写道："我以兴奋的心情，由茂县赶往懋功与久别的毛泽东等同志会晤；茂县方面则由徐向前、陈昌浩等留守。我军的指挥机构也继续在茂县办公。我由茂县经汶川、理番前往懋功，沿途多为藏族聚居的区域。这一带河流湍急，竹索桥、悬空架设的木桥、牛皮艇和吊索等便是河上的交通工具，行走自然极为不便……6月的一天下午5时左右，在离抚边约三华里的地方，毛泽东率领着中央政治局的委员们和一些高级军政干部四五十人，立在路旁迎接我们。我一看见，立即下马，跑过去，和他们拥抱握手。久经患难，至此重逢，情绪之欢欣是难以形容的。"①

为迎接张国焘的到来，红军总部在两河口镇外的一块大平坝上搭起了草棚，布置了欢迎会场。

在欢迎会上，张国焘讲话，在两个方面军指战员们面前宣布了他的主张，并且陈述了理由："这里有着广大的弱小民族（藏、回），有着优越的地势，我们具有创造川、康（西康）大局面的更好条件。"②

张闻天很愤慨，未经政治局决议的事，怎么能公开宣布呢？张国焘枉为老党员，怎么如此缺乏组织原则？便要以党的总负责身份站起来批评他。

坐在他身旁的毛泽东将他的腿摁住，不动声色地咕噜道：

"洛甫，耐心点！"

会议结束，毛泽东笑盈盈挤上前，伸手去拉张国焘，说："国焘同志，请到我下榻处，子珍操持了个便宴为你接风！"又转身对张闻天、周恩来、朱德、博古等在场的政治局委员挥了一下手说，"都来陪陪国焘同志呀！"

"好呀，我还没见过嫂夫人，正好见见！"张国焘高兴地说。

大家一起漫步向镇内走。

毛泽东住在镇南端的一所房子里，中共中央书记处、军委、总政住在镇子的中段。毛泽东先领张国焘去看看给他安排的住处：是镇北端的一个店铺；内屋是办公室、卧室，铺子上是他的卫队。

漫步时的闲话中，张国焘突然插问一句，道：

---

① 张国焘《我的回忆（下）》，东方出版社，2004年版，第373—375页。
② 莫休《大雨滂沱中》，载《党史资料》1954年3期。

"润芝同志，我刚才在会上的发言，请不吝指正呀！"

毛泽东心里笑道，好你个张国焘呀，你明明知道你那个主张是跟中央的计划背道而驰的，还要我"指正"什么？他亲切地拍了拍张国焘的背，说：

"国焘，你的高见，大家可以再商榷；今天只吃饭喝酒，不谈国事，好不好？"

"好，好，当然好！"

中央息足的这个两河口镇，此时是很安全的。据张国焘回忆："这时红一方面军大体在休息状态中。彭德怀所属的第三军（应为三军团），董振堂所率的第五军（应为五军团），罗炳辉所率的十二军（应为九军团），正向抚边北面的卓克基地区集结；林彪的第一军（应为一军团）则在懋功附近。所有各方面的警戒任务，概由第四方面军担负：第三十军在懋功以南，阻遏着雅安方面敌军的围追；第九军、第三十一军仍在懋功、北川一带与东面的敌军激战；第四军则在松潘附近屏障北面，防阻敌军的南下。"①

毛泽东的家宴很简单，只有五样菜，主菜是辣子烧猪肉；喝的是当地造的青稞酒。毛泽东酒量小，只喝了两口；周恩来与张国焘酒量都大，直喝得满脸通红还不停止。但张国焘很少搭理周恩来，他心里一直认为，中央苏区丢失和湘江之战损失数万人，主持军事的周恩来难辞其咎，而遵义会议却仍保留了周的政治局常委、军委副主席、总政委职务，依然比他张国焘的地位高，这不能不认为是"斗争不彻底"的表现。既然"错误的政治路线没有得到解决"，那就要由他张某人来着手解决了。

席间，毛泽东边挑碗里的辣椒吃边开玩笑说："吃不了辣椒就不是真革命啊！国焘同志，你怎么不吃辣椒光选肉吃呀？"

张国焘笑着立刻夹了一筷辣椒，凑趣道："这不正吃着吗？润芝企图把我打成假革命，办不到呀！哈哈哈……"

可是博古不高兴了，反驳道："毛主席这话我可不敢苟同！列宁、斯大林也不吃辣的，难道他们也是假革命吗？"

毛泽东乐呵呵环顾大家，最后把目光停在博古那里，故作苦笑状，说：

"我还以为我甩出来的辣椒这顶帽子大；博古同志的这顶帽子更大呀，把老祖宗都抬出来了！不过还是怪我没把话讲全了。我应该说，江苏的同志不吃辣

---

① 张国焘《我的回忆（下）》，东方出版社，2004年版，第375页—376页。

椒例外!① 这么说行不行，博古同志？"

博古木然，不知说什么好。见大家都发出了兴会淋漓的大笑，他也只好咧了一下嘴巴，算是笑了。

6月26日，为了消除分歧统一认识，中共中央在两河口召开政治局扩大会议。参加者除了政治局委员外，还有总参谋长刘伯承、保卫局长邓发。

据张闻天回忆，这个会是在毛泽东下榻处召开的。

上午9时，大家陆续步入会议室。

张闻天主持会议。他只简单说了几句开场白，然后就说请毛泽东同志先发言吧。

毛泽东在发言中重新提出了此前致电张国焘谈到过的向陕甘宁交界处北进的计划；内容不算新，但增加了一条对这内容的强力支撑点。他说共产国际曾来电指示，要我们靠近外蒙古。现在根据我们所处的情况，也只有这样做。

张国焘当即插话问道："润芝，你可不可以告诉我，共产国际什么时候发来的这个指示？"

张闻天马上指着博古对张国焘说："这个问题可以请博古同志回答！"

博古点了点头，起身面向张国焘，说："离开瑞金的前两天，共产国际收到我们对当时艰险战局的汇报后，复电同意我们放弃苏区转移，并说可以相机靠近蒙古人民共和国，以便苏联直接接济物资。湘江之战后，密码丢失。按照约定，为了保密，我们与共产国际是要定期更换呼号的，所以就失去了联系！"

张国焘说了一句"原来是这样"，便不好再诘问什么了，只伸手向毛泽东做了个"请继续"的手势。

毛泽东继续谈笑风生地说下去。

"为什么我们要去陕甘宁交界的那一带呢？请同志们打开地图看一看吧，西北只有宁夏是最富庶的，那里的军阀马鸿逵实力也比较薄弱，比较容易对付。共产国际既有那样的指示，他们也一定充分考虑到外蒙与宁夏之间那片大沙漠，可以相信他们有能力通过沙漠向我们输送物资的。现在蒋介石很得意，他有飞机大炮对付我们，千方百计找我们对打。我们不中他的诡计，偏不和他打，不动声色地跑到陕甘宁交界的地方，背靠外蒙，看他还有什么办法！"

会议的正式讲话由周恩来承担。他代表党中央和军委做报告。

张国焘没说什么，但脸上带着不屑之色，还微微有点冷笑。也许他心里想的是毛泽东搞的什么鬼，为什么还要把这个曾经参与排挤他，后来又丢失了中

---

① 博古是江苏人。

央苏区，而且在湘江损兵折将的人保下来，还供到神龛上（指代表中央做报告）？

周恩来在报告里分析了一、四方面军会合后的形势，特别指出在岷江西岸的懋功、松潘、理番地区不宜建立根据地，由这一带向大西北、向东、向南发展均不可能。所以几年后的战略方针应是向北发展，在岷山山脉以北建立川陕甘或陕甘宁根据地。至于张国焘主张立足川西北，将来从阿坝向青海、新疆拓展，中央认为不够现实。因为这些地区多是穷乡僻壤，少数民族居多，存在着民族间的隔阂。红军若以此为根据地，必会遭遇供给、兵源的困难。因此，西进或南下都是错误的方针。

与会人员都赞同周恩来的报告。举手表决时，张国焘见自己成了孤军，只好随大流举起了手。

会后，政治局考虑到必须尽快解决一、四方面会师后统一指挥问题。

张闻天、毛泽东、周恩来、博古、朱德、王稼祥等人商榷了个名单，准备先送给张国焘考虑，然后正式开会确认。对这个名单的分工，各说不一，但大略无讹，张国焘的回忆录也是如此：周恩来"拿一份（即将给各部队的）电稿给我看，内容是中央政治局考虑中央军事委员会①由毛泽东任主席，朱德、周恩来任副主席，加派张国焘任副主席；所有军队，概归军委会指挥……我欣然表示赞成，认为这是会师后的当然步骤"②。

张国焘辞别中央，原路返回。在四方面军前线指挥部所在地理番，召开师以上干部会，传达两河口会议精神。其实是向四方面军干部宣传他自己的主张，指摘中央的决议是错误的。

6月30日，他又致电中央，重又提出他的原主张，反对北上。7月1日再电中央，要求"我军宜迅速解决统一指挥问题"。显然，他认为军委副主席的职务名分虽高，但并未实际掌握军队；旋又通过四方面军一些高级干部要求中央任命"张国焘同志为红军总政委"。

毛泽东摇了摇头，叹了一口气，对张闻天说：

"洛甫，你以为如何？"

"当然不能迁就他！北上方针是他在会上举了手的，岂能出尔反尔；给了他个副主席，嫌没有实权，又伸手要总政委！这样下去，那还了得？"

毛泽东沉默了一会儿，又长叹一声，无可奈何地说：

---

① 不是中革军委，而是中共中央军事委员会。
② 张国焘《我的回忆（下）》，东方出版社，2004年版，第388页—389页。

"该迁就还是得迁就！哪里是迁就他张国焘呀，主要应该考虑到四方面军几万指战员……当然，北上的基本方针不能变，那关系着红军的生死存亡；至于红军总政委的职务，还是满足他一下如何？如果都给他否定了，恐怕不利于团结！"

"你是说用乌纱帽换取他同意北上方针？"张闻天用嘲笑的目光盯着毛泽东。

"是呀！不得已之举啊！"毛泽东苦笑道。

张闻天默然半晌。最后他长叹一声，无可奈何地向毛泽东点了点头，旋又不无担心地说：

"教恩来让位，合不合适呀？"

"恩来不像张国焘，他一定会顾全大局！"

取得了张闻天同意后，毛泽东马上去周恩来下榻处。

落座之后，周恩来见毛泽东迟迟没开腔，面有难色，便笑了笑，打趣道：

"主席有什么难言之隐吗？"

毛泽东看了看周恩来，眼里的为难与歉意，让周恩来立刻意识到与自己有关，微笑道：

"有什么事情，主席尽管吩咐！"

毛泽东喟然长叹，旋即把张国焘的要求，以及刚与张闻天商榷的处置办法，详细告诉了周恩来。

周恩来听了，毫无难色，大度地说：

"为了争取四方面军北上，别说让给他总政委，即使把我另一个职务军委副主席让出来，也是值得的！"

毛泽东感动地点点头，说："让步是有限度的！军委副主席他已经当上了；把你的副主席再让出来，难道他是要陈昌浩来当吗？"

事情就这么定下来了。

四

毛泽东与中央其他领导人7月底到达毛尔盖一个叫沙窝的藏民村庄。

也来到这里的张国焘要求召开政治局会议，"解决政治路线问题"。因此，政治局8月4日至6日召开了会议。

在会上，张国焘认为红一方面军在遵义会议以后并未彻底扭转被动局面，根本原因就是遵义会议并没有解决政治路线问题，是一个典型的妥协性会议。

丢失了根据地、湘江之战损失数万人的几个领导人不仅没有受到应有的惩罚，还继续留在党内，留在政治局内（他指博古，说不定还捎带了张闻天、王稼祥），甚至还保留了原有的全部职位（他指周恩来）。他有理由怀疑，这些人还在影响着党的决策。不然，为什么还要扔下川西北这块现存的地盘硬要奔往北边去呢？

张国焘坐下去后，被他隐然点到的几个同志一时有点懵然，不便开腔。

毛泽东站起来了，把手里的烟头猛吸了一口，扔掉。他用和风细雨的口吻委婉而坚决地驳斥了张国焘的言论。

"国焘同志，关于遵义会议以后中央红军的基本态势是成功还是失败，你并没有提供具体的数据与事实来支持你的论点，所以很难说服我们大家。但是，现在我不准备纠缠这个问题，留待专门时间我再与国焘同志深入切磋，好不好？啊，国焘点头了！好，我们另择时间商榷。现在我要说的是国焘同志告诉我们的'政治路线问题'！我听了半天，又想了半天，终于明白他主要是指组织路线问题，是不是？啊，国焘又点头了！好，我现在就这个问题谈谈自己的浅见。国焘的主张，如果我没理解错的话，那就是对于丢失中央苏区、西征途中损失严重的负责同志应一律清除出党。哎呀，这个是不是有点残酷斗争无情打击的味道？如果是这样，那么当初放弃了鄂豫皖根据地转战川北，是不是也要进行同样的处置呢？党对犯错误的同志，哪怕是犯了严重错误的同志，只要不是叛党行为，那就不应该一棍子打死，而应该采取惩前毖后治病救人的态度，给予这些同志改正的机会。我认为这应该成为我党的一条法规呀！"

毛泽东的话，赢得了大家的掌声。张国焘也不得不应付大流拍了几下。

张国焘又一次被迫同意关于北上创建川陕甘根据地的方针，与大家一起举手通过了《中央关于一、四方面军会合后的政治形势与任务的决议》。

这个决议再次否定了张国焘向西南退却的逃跑主义路线，同时"重申了两河口决议的正确性"[①]。还针对张国焘破坏红军团结的行径，强调必须加强一、四方面军的团结，加强党对红军的领导，提高党中央而不是某个人在红军中的威信。

会议进行中，在此前已增选陈昌浩、徐向前为中央军委委员的前提下，张国焘提出了进一步要求：提拔四方面军九位同志当政治局委员。他这一个动作谁也看得出是想形成他在政治局内的多数。

为了争取四方面军一起北上，毛泽东委曲求全，多次劝说中央对张国焘趁

---

① 金冲及《毛泽东传（1893—1949）》，中央文献出版社，2004年版，第370页。

火打劫似的若干要求一再做出了重大让步。现在发现他得寸进尺，再也遏制不住情绪，拍了一掌桌子站起来，指着张国焘斥责道：

"你这算什么？你以为这里在开督军团会议吗，论兵力大小所占地盘宽窄来分配乌纱帽？这是中国共产党中央委员会的政治局会议，是以马列主义为标准论是非定行止的地方！你不要搞错了！"

大家怕闹僵，纷纷劝毛泽东息怒；张国焘也意识到刚索取到军委副主席、红军总政委，外加两个军委委员，这次又一次性索要九顶政治局委员乌纱帽确实太急了，显得霸道了一点，便向毛泽东赔笑道：

"润芝兄，我只是提个建议，不中听就当我没说，不要大动肝火嘛！自家同志，关起门来讨论问题，怎么就给兄弟扣了个'督军'的帽子？哈哈哈，息怒，息怒。"

余怒未息的毛泽东瞥了张国焘一下，抱怨道：

"提建议也不能那么不识大体嘛！其实，充实政治局的力量，也不是不可以考虑的；但是也不能一下子就增加九名，总数激增到十七人，这在党史上是从来没有过的！这不弄成了小孩子过家家了吗？"

仍然是为了团结四方面军共同北上，经过讨论，从张国焘最初提出的九个人名单中选出了两名加入政治局：陈昌浩，周纯全；同时任命陈昌浩兼总政治部主任。

张国焘脸上露出了笑容。

大家从他的笑容里恍然大悟，原来他是在做买卖呀，漫天要价落地还钱就是这样的手法。于是，人人都对两支主力红军的团结，对红军的前途，更加担心起来。

会议还决定恢复红一方面军总部（此前一段时间都是中革军委在直接指挥），由让出总政委职务的周恩来担任司令员兼政委。

由于张国焘一再拖延，战机已被延误；胡宗南得以从容抽调部队加强松潘防务，红军难以按照原计划取道松潘正道进入甘南。中央只得改变计划，从自然条件极为恶劣的大草地北上。8月3日，红军总部在毛泽东主持下制订了《夏洮战役计划》，将红军分成两路、并肩北上：右路军由红一方面军的一、三军（即原一、三军团）和红四方面军的四军、三十军组成。中央和前敌总指挥部随右路军行动；左路军由红一方面军的五军（原五军团）、三十二军（原九军团）和红四方面军的九军、三十一军、三十三军组成。张国焘、朱德、刘伯承随左路军行动。

张国焘、朱德率左路军的行动路线应为经阿坝穿越大草地到巴西；右路军由红军前敌指挥部（总指挥徐向前、政委陈昌浩）率领，行动路线应为经班佑、大草地到巴西。

张国焘一朝权在手，便把令来行，以集中统一指挥为由收缴各军团的密电码本。彭德怀回忆道：

> 我完成任务后，回到芦花军团部时，军委参谋部①将各军团互通情报的密电本收缴了。连一、三军团与军委、毛泽东通报的密电本也收缴了。从此以后，只能与前敌总指挥通报了，与中央隔绝了，与一军团也隔绝了。②

张国焘开完会回到毛尔盖，召开了军以上干部会。

在会上他居然又老调重弹，重提西出阿坝，北占夏河，向青海、甘肃偏僻区域西进的主张；还强调这是当前唯一正确的主张。

朱德和他在一起，但已找不到原始史料解读当时朱德的公开表态；刘伯承囿于地位，无法说话，这是可以理解的。

8月20日，中央政治局在毛尔盖再次开会。张国焘、朱德由于远在右路军，无法参加会议。

毛泽东在会上对北上的前景做了准确而又鼓舞人心的分析。他说，根据中央关于创造陕甘宁根据地的设想，红军北进夏河地区，有两个行动方向，一是东向陕西，一是西向青海。为此，红军应以洮河流域为基础，建立根据地。这一地区背靠草地，屯驻在四川的敌人不容易过来。临近回民区的地域，只要我们的民族政策得当，回民不至反对我们，然后向东拓展根据地。若东进受阻，从黄河以西做战略退却，亦大有可为。

参加会议的四方面军几位负责人听得都很专注，徐向前、陈昌浩还在自己的小本子上做着记录。

毛泽东讲完后，环顾大家一遍，那眼神含着征求意见的味道。他的目光最后停在陈昌浩那里，温和地说：

"昌浩同志，你是新任政治局委员，你来发表点高见如何？"

听到毛泽东点自己名的刹那，陈昌浩就站了起来，立正敬了个军礼，等毛

---

① 直接掌控参谋部的是红军总司令部亦即总司令和总政委。
② 《彭德怀自述》，人民出版社，1981年版，第201页。

泽东坐下后，便说：

"主席命令我发表点高见，我可不敢当；我其实也确实没有思考过北上……以后的情况。但是，听了主席的指示，我茅塞顿开，明白了先北上然后向东是革命的康庄大道！我拥护中央的决定！"

徐向前也站起来说，正确的战略方针当然是向北、向东。"如果昌浩同志同意，那我们两人代表右路军前敌总指挥部坚决拥护中央决定！"

陈昌浩马上说："我当然同意！"

王稼祥、凯丰、林彪、博古等人陆续发言，都支持毛泽东的意见。

中央与右路军一起于8月21日进入了人迹罕至的川西北草地。

中共中央8月24日致电张国焘，敦促其尽快率左路军出墨洼、班佑，与右路军并肩东进。

张国焘抵制毛尔盖会议的决定，复电坚持其错误主张：左路军以阿坝为根据地和大后方，出夏河、洮河地区；左路军、右路军分兵北进。

徐向前和陈昌浩感到十分为难。张国焘是他们敬重的老领导，多年来私谊也颇深，但他"总和中央闹别扭弄得我们做部属的很为难，很尴尬"（徐向前语）。这样做实在不好，而且"从军事上看，毛主席制定的左右两路军并肩出甘南实在是上上策"（陈昌浩语）。

徐向前对陈昌浩说："你是前敌总指挥部政委，更主要的是政治局委员，你去找毛主席谈谈，看看有没有什么两全其美的解决办法。"

陈昌浩找到毛泽东，坦陈自己和徐向前的为难，请示应该怎么办。

毛泽东建议陈昌浩和徐向前联名致电张国焘、朱德，陈说利害，力请左路军向右路军靠拢。

这份由陈、徐联署的电报很快就拍发了。

然而，张国焘不为所动，根本听不进去。

8月29日，政治局制订了北出甘南的行动计划。

9月1日，毛泽东、陈昌浩、徐向前分别将此事电告张国焘。

张国焘仍然按兵不动。

毛泽东、张闻天忧心如焚，为数万四方面军、数千编入左路军的中央红军指战员的政治前途担心，也为中央红军主力面临孤军北上的危险担心。毛泽东、张闻天反复磋商，用什么办法劝得张国焘放弃错误思考，转过弯来。

张闻天最后说："你去找昌浩、向前商量一下，如何？他们更摸得清张国焘脾性，也许拿得出办法来！"

毛泽东点点头说："对，他俩或许有办法！不过，为什么我去呢？你是党中央总负责人，你去谈更正式、也更具权威性！"

张闻天哈哈笑了。说："你说反了！四方面军指战员很少知道我张闻天其人，你没看见上次欢迎会上，你向大家介绍我这个'总负责'的时候，四方面军的同志们虽然也在鼓掌，可我发现不少人是一脸云雾，大约都在心里嘀咕，这个张某人是从哪里蹦出来的？在他们心目中真正有威望的是朱德和你！你去说，效果会比我好得多！"

毛泽东去找徐向前、陈昌浩，把当前情况和中央的焦虑一一坦陈，谦虚地问他们有没有什么方法劝得"张总政委"转弯。

徐向前、陈昌浩也表现出焦急的心情，此外还很感为难。两人反复与毛泽东商榷，觉得似乎什么话都已向张总政委说尽了，再换一套语言去说，在意思上也是重复，他一定不为所动。奈何？后来徐向前想了一个"霸王硬上弓"似的办法，对毛泽东、陈昌浩说：

"主席、昌浩，可不可以这样：就说中央已然做了决定，我和昌浩也同意了，箭已射出，无法更改；说我们判断张总政委必已率大军拔寨，所以前敌总指挥部派出了一个团，携带马匹、牦牛、粮食进草地接应他们去了！"

陈昌浩面有难色，苦笑道："这样硬逼，行吗？"

徐向前两手一摊，说："除此之外，没别的办法呀！"

毛泽东却拍了一掌大腿，指了一下徐向前，对陈昌浩说：

"我看向前这办法好：一发电报催，二派部队接应。好！不妨试试！"①

陈昌浩只好表示同意了。

于是，毛泽东、陈昌浩、徐向前联名致电张国焘，催促他率左路军赶过来；并命四军三十一团准备粮食，前去接应。

---

① 《论长征中几次重大抉择的实事求是思想》，载《解放军报》2006 年 12 月 5 日。

第十一章

一

在毛泽东、徐向前、陈昌浩一再敦促下，最后还采取了将上一军的办法，使张国焘无可奈何，终于率领队伍迈出了极为艰难的一步。

左路军开始向草地推进。尽管步履蹒跚，毕竟起步了。中央为此向他们发出了热情洋溢的电报给予鼓励，说"殷切盼望早闻足音"。

然而，其前卫部队红五军进至墨洼附近时，张国焘又变卦了。

9月3日，他致电徐向前、陈昌浩并嘱转呈中央，命令他们不许北上，三天之内返回阿坝；8日又单独电令徐向前、陈昌浩率部南下"归建"。

陈昌浩拿着电报找徐向前，说："总政委单独发给我俩的，怎么办？"

徐向前看了电报后，长叹一口气，说："这样重大的问题，我们偷偷带部队跑了，不大好吧？还是向毛主席报告一下吧！"

陈昌浩沉默了一阵，点了点头，说："好吧。"

徐向前说："你跑一趟吧，你是政治局委员！"

陈昌浩拿着那份"要命的电报"骑马赶往中央驻节地。

毛泽东反复读了电报后，沉吟了一下，说：

"打电话把向前请来，我们一起开个会研究一下。如何？"

"是，我听主席的！"

当时，周恩来患肝脓肿尚未痊愈，大家便一起到他的下榻处开会。参会者为张闻天、毛泽东、周恩来、博古、王稼祥、陈昌浩、徐向前。

会上，毛泽东拿着一份致张国焘电，征求大家意见。

陈昌浩、徐向前传阅后，认为内容虽较强硬，但措辞得体，不致引起误会，表示同意。但陈昌浩说：

"我拥护千方百计力争左右两路军一道北上；如果不成，可不可以迁就一下总政委和总司令的意见，考虑我们右路军南下？以后还可以当面慢慢劝说嘛！"

"昌浩，阿坝一带是个什么情况，你应该比我更清楚，那是一条死路呀！北上虽是纵鱼入海的活路，然而军机瞬息万变，敌人已然察觉了我们意图，正在调集重兵欲图堵死我北上一切通道！如果返回阿坝，要想再出来，恐怕就没有通道了！"毛泽东说罢，特意注视了一下徐向前。

陈昌浩默然，不再多说什么了。

当天22时，以与会七人名义致电朱德、张国焘、刘伯承，要求他们率左路军北上。①

不料，陈昌浩回到驻地，立即命令右路军第一军（原林彪一军团）、第三军（原彭德怀三军团）暂停向罗达前进，转身做好南下准备。

9月9日，张国焘致电陈昌浩、徐向前并转中央，重申反对北上，诉说南下有利的主张。

接到张国焘这份电令后，前敌总指挥部的态度发生了明显变化。陈昌浩、徐向前都表示拥护南下方针。

陈昌浩立即奔赴中央驻地，向毛泽东、张闻天等领导同志转告张国焘坚持要右路军南下的命令。

毛泽东沉默片刻，抬眼注视他，问道：

"你和向前的意见呢？"

"我们做了认真研究，决定拥护总政委的意见！"

"昌浩同志，你们这样盲目追随个人，为了忠于某一个人而不服从中央命令，抛弃正确路线的做法，不是马列主义者的态度，将来是要吃大亏的！"毛泽东严肃地说。

张闻天也对他做了严厉批评，希望他和徐向前以大局为重，追随中央北上。

陈昌浩没有说话，但从情绪上看，他根本不接受这些批评和劝告。

党中央当天就给张国焘去电，严令他立刻率部北上。

晚上，毛泽东特意骑马到徐向前下榻处，大约希望搞清徐向前是否真的与陈昌浩持同一意见。

"向前同志，你对国焘同志给你们的电令怎么看？"

徐向前踌躇无语，大约感到很难措辞，半晌才回答道：

"主席，两军既然已经会合，就不宜再分开；另外，四方面军如果分成两半，恐怕也不好！"②

毛泽东明白了徐向前态度后就不再多说什么了。

———————————

① 详见《论长征中几次重大抉择的实事求是思想》，载《解放军报》2006年12月5日。

② 徐向前《历史的回顾》，解放军出版社，1987年版，第452页。

同一天，张国焘以个人名义密电陈昌浩。电文大意是：

> 我通过长时间考虑，目前北进时机不成熟，在川康边境建立根据地最为适宜；俟革命高潮到来时再向东北方向发展。望劝毛泽东、张闻天、周恩来放弃毛尔盖方案，同右路军回头南下。如果他们不听劝告，应监视其行动；若执迷不悟，坚持北进，则以武力解决之。应彻底展开党内斗争。①

这表明张国焘已经决定吞并红一军、红三军，同时危害党中央了。

这份电报是9月9日中午时分到达前敌总指挥部的。据叶剑英（时任"前指"参谋长）后来回忆，值班机要组长陈茂生和"前指"作战科副科长吕黎平共同译出这份密电。两人大吃一惊，立即跑到会议室外，把正在开会的叶剑英从会议室请了出来，把密电交给他。

叶剑英看完电文，倒吸了一口凉气。他不假思索，立即塞进上衣口袋，低声叮嘱两人"不要向任何人谈及这份电报之事"②，然后回到会议室，继续参加会议。

陈昌浩刚宣布散会，叶剑英就匆匆出外，去马厩牵马，装作视察部队的样子骑马到村外。开始时信马由缰慢吞吞的；一出村子就猛抽了马屁股一鞭，射箭般向前冲去，径直奔往党中央驻地牙弄（阿西）。

毛泽东看完电报，感到十分吃惊，实在没想到张国焘竟然产生这么险恶的心思。他吩咐叶剑英赶快返回前敌总指挥部去，免得陈昌浩他们起疑心。

面对这样的严重事态，毛泽东除了立即向政治局几位同志通报外，着手寻求解决办法。

他亲自骑马到陈昌浩、徐向前处，声称进一步商谈行动方针。

陈昌浩说："主席，总政委来电还是要求我们一起南下，先立住足，以后再相机北上。我和向前夹在总司令部和中央军委之间，很难办呀，请主席体谅！"

毛泽东佯作斟酌再三的样子，说："国焘一定要坚持南下，那就顺他一口气，还是以团结为重嘛。不过以后条件成熟了，我们大家还是要一起劝他同意北上呀！"

陈昌浩、徐向前都笑了。陈昌浩说：

"主席请放心，以后我们一起来劝他！"

---

① 详见《毛泽东遇险实录》，广东人民出版社，2002年版，第196页。
② 详见《险难中的毛泽东》，中央文献出版社，2000年版，第278页。

"不过……"毛泽东做出思索的样子，屈指计算着什么，一边说，"既然要南进嘛，中央书记处要开个会，正式确定，记录在案。周恩来、王稼祥在第三军（原三军团）养病，我和洛甫去做做他俩的工作，然后开会确定。"①

毛泽东拉上张闻天、博古，乘马奔往第三军司令部，又把王稼祥叫到周恩来下榻处，立即召开政治局紧急会议。这次会议史称"巴西会议"。

毛泽东首先向大家通报了那份电报的内容，然后历数了红军两个方面军会师以后指战员们如何欢欣鼓舞，一见如故，亲如一家。而张国焘却倒行逆施，要挟中央索要乌纱帽并逐步侵吞权力。中央从团结的愿望出发，一直大度宽容待之，尽可能满足他的要求。没想到他得寸进尺，从屡抗中央命令发展到分裂党、分裂红军、危害中央的程度。

张闻天愤慨地指出："他已经准备发动政变把我们抓起来甚至杀掉了，在这种危急情况下，再继续采取说服教育，等待他率领左路军北上，不仅毫无可能，而且还会招致不堪设想的后果。说实话，我今天也不是在这里当事后诸葛亮埋怨老毛。我一直就对一味向张国焘的无理要求让步、对其顽固主张一再等待有微词，老毛总是说'要给人转变的时间'。"

半躺在床上的周恩来说："洛甫，现在我们自己就不要互相埋怨了，赶快商量出一个办法吧！"

王稼祥与博古都把视线集中到毛泽东身上，说快定大计吧，迟了就麻烦了。

最后大家决定，为了坚持北上建立川陕甘根据地的方针，也为了给左路军以后北上开辟道路（大家始终认为红四方面军广大指战员以及现在尚滞留在左路军的中央红军会形成强大压力，最终迫使张国焘改变路线），立即率领红一军、红三军、军委纵队一部，到阿西（牙弄）集合，继续北上，向甘南前进。

毛泽东建议，中央红军已残缺不全（一部滞留在左路军），现在北上又具有给整个红军开路的性质，所以可组成北上先遣队。与会者都表示同意。他又建议军委和中革军委副主席周恩来任中国工农红军北上先遣队总指挥兼政委。也获得了通过。

会上毛泽东亲自起草《中共中央为执行北上方针告同志书》。

毛泽东对张闻天说："洛甫同志，我看中央机关和红军总政治部的出发组织和指挥工作，就不必任命别的同志了，李维汉是组织家，就由他来干如何？"

张闻天说："我同意。我去向他交代任务？"

毛泽东点头说："对，你去比我合适！"

---

① 详见《彭德怀自传》，解放军文艺出版社，2002年版，第209页。

张闻天向李维汉交代任务后，还着实把这位中共中央组织部长吓了一大跳，嘴里喃喃嘀咕："怎么会搞成这样？张国焘简直不可理喻。"

张闻天对他说："张国焘发电报给陈昌浩说，如果毛泽东、洛甫、周恩来、博古固执己见不同意南下，就把他们抓起来！"① 然后命他把党中央机关、政府机关、总政治部迅速进行编组，明天凌晨出发，从班佑带到巴西，会同政治局一同北上；提醒这是绝密行动，通知各单位时注意叮咛这点。

李维汉马上就去分别通知凯丰、林伯渠、杨尚昆，教他们明天凌晨各自组织好自己的单位，随部队行动；对下边部队说是到黑水筹集粮草。随后他到街上溜达了两趟，观察四方面军驻这里部队的动静，有没有察觉中央机关将要离去的意图。

9月10日，李维汉率警卫连站在路口等待和指挥撤离。

先是凯丰领着党中央机关出镇口，接着杨尚昆率总政治部也来了。唯有中央政府机关因银行、辎重太多还不见踪影。

他急得跑过去督促，告诉他们军情紧急，尚未打包的就不用打包了，扔下；已打包的驮到骡马上，火速动身。

大家安全到达巴西，没有停留，继续向阿西前进。

凯丰低声告诫大家："都不要问，不要出声，快走！不要打火把，一个跟着一个，我在前头领路！"②

他们一口气快速行军走了五公里。

不久见张闻天率卫队驰马赶来。

"洛甫，还有什么吩咐吗？"凯丰问道。

"没有别的事！我给大家解释一下：现在张国焘要搞分裂，危害中央，我们不得不离开这里！我们当然不会放弃，要千方百计争取避免分裂成为事实；但现在情况非常紧急，三十军发现了我们突然行动，李特③带了卫队来追。我们的部队在那边山头监视着，你们跑步向北边去吧！"

毛泽东随红三军第十团担任总后卫，彭德怀只好也留在后面陪伴他。两人边走边交谈。

彭德怀知道，四方面军在右路军的部队有两个齐装满员的军，兵力不小于中央现时掌握的部队。他不无担心地问毛泽东道：

---

① 李维汉《回忆长征》，载《党史通讯》1985年2期，第13页。
② 宋时轮《最艰难处显奇才》，载《光明日报》1986年10月29日。
③ 时任红四方面军参谋长。

"如果他们扣留我们怎么办？"

"那就只好一起跟他们南下了！也没什么可怕的，当着几万红军的面，张国焘敢杀我们吗？我看他不敢！我们倒是可以继续做广大指战员的工作，当然不放弃做他张国焘的思想工作，一直到他们觉悟为止！"①

天亮后，徐向前起床，正在洗脸。前敌总指挥部的人就气急败坏地跑来向他和陈昌浩报告：叶剑英参谋长不见了，总指挥部全部军用地图不见了。紧接着，离中央机关最近的四方面军部队打来电话报告：中央红军已连夜出走，还在身后放了警戒哨！

徐向前、陈昌浩都大为吃惊，一时呆若木鸡，因为译电员密呈叶剑英的那份电报他俩并未见到。那份电报之后张国焘是否又发过同样内容的电报，现存史料阙如难明。也有可能是收到了同样内容的电报，但一直认为张国焘要逮捕中央的企图中央并不知道，所以中央突然出走实出意料之外。

此时，四方面军红军大学政委何畏匆匆跑来，报告说毛泽东率领中央各单位、红三军向北出发了。他将毛泽东、周恩来签署的，要红军大学立即向北出发的命令交给陈昌浩；说红军大学也已奉命出发。他问道：

"是不是有命令叫走？"

"我们没下过命令！赶紧叫他们回来！什么意思嘛？"

红四方面军有个干部打电话向陈昌浩请示，中央红军"逃跑"了，还对我们放了警戒哨！打不打？

"且慢，等我们研究了再说！"陈昌浩叮嘱那名干部，没有总指挥部命令，决不许开一枪一弹。

他愁眉苦脸地向徐向前问道："这个问题太复杂了！我们怎么办？"

徐向前说："哪有红军打红军的道理？我们内讧起来，岂不让敌人笑话！叫他们听指挥，无论如何不能打！"

陈昌浩按照徐向前的意见用电话答复那名干部，还千叮万嘱，决不能打，否则军法从事。

两人马上召集红四军、红三十军主要干部开会，研究对策。

李特、何畏主张派部队尾追，把他们强行押回来。

徐向前坚决反对。他说："不能用对付敌人的办法对付自己的同志！而且是中央领导！不然，将来广大红军指战员会认为我们在谋反呢！"

---

① 金一南《1935年：张国焘分裂红军的历史细节》，载《新民晚报》2009年9月25日。

陈昌浩和其他与会的干部都同意徐向前意见。

徐向前又说："如果以后总政委责怪，这个责任我和昌浩政委来承担！"

陈昌浩点了点头，顿了一下，叹息道：

"既然这样，就分道扬镳吧。他们走他们的，我们走我们的好了！以后让历史说话吧！但是，我们可以做到仁至义尽，去人再劝他们回心转意！能劝回一个是一个吧！李特，你去找一下彭德怀如何？"

陈昌浩写了一封信，叫李特带给彭德怀，请彭德怀把意思转达毛泽东等中央领导。另外又派一名骑兵去追赶红军大学，传达命令。

二

李特率一队骑兵追上了红三军后卫部队，见到了彭德怀。

彭德怀读信后，对李特说，中央决定的北上之路是成功之路，张国焘顽固坚持的南下之路是败亡之路。你们应该回去劝说张总政委服从中央命令率部队北上。

李特带的骑兵只有几十名，不敢对彭德怀动粗，推说要去追赶红军大学队伍，便越过彭德怀后卫部队冲过去了。

陈昌浩派出的传令骑兵先于李特追上了红军大学的队伍，通知原地停下，并说是张国焘的命令。

接着，李特率领的几十名骑兵也赶上了。他挥动着驳壳枪，命令红军大学师生马上回去，威胁不然就要怎么怎么。

这时，走在红军大学队伍最前面的毛泽东、张闻天、王稼祥、叶剑英、杨尚昆听见吵嚷声，便停了下来。

李特也率骑兵小队冲到前头来。

李特毫不客气地质问毛泽东："总政委张国焘命令全体南下，你们怎么还要北上？"

毛泽东哈哈大笑，鄙夷地反诘道："李特同志，我没听错吧，你是说张总政委命令我们——张闻天、周恩来、博古，还有我毛泽东，南下？"

李特厉声道："是呀！这有什么不明白的？"

毛泽东点点头，戏谑地乜视李特，说：

"好，好，好，张国焘个人，可以给政治局，给党中央总负责人，可以给半数以上的政治局常委发号施令！是他这样告诉你们的吗？那么，他是什么？他是督军团的首领吗？他心目中还有党纪吗？你李特带着一帮什么人跑到这里舞刀弄杖，是要劫持中共中央政治局吗？"

张闻天也十分愤慨，指着李特呵斥道："李特，你看你像个什么样子，还像红军吗？还像共产党员吗？"

跟随李特的几十名骑兵本来都把驳壳枪提在手里的，现在又悄悄把枪插进枪套内。刚来时盛气凌人的李特不知道说什么好，也把枪插回了枪套。

毛泽东见李特自知理屈，面红筋涨，语无伦次，便也不再声色俱厉，改用温和口吻开导他，"说北上的方针是中央政治局定的。但是李特还是不听，强拉四方面军的同志跟他走。""当时有的同志对李特的行为很愤慨。毛主席还是说，捆绑不成夫妻，他们要走，让他们走吧；以后他们自己会回来的！"①

毛泽东正告李特道："彭德怀同志率领后卫团就走在后面，一会儿就到了，千万别让他看到你在这里舞刀弄杖的样子！他对张国焘抗拒中央命令，恼火得很呢！你考虑考虑吧，最好不要造成悲剧，让国民党笑话！"

毛泽东转身对红军大学四方面军的学员进行了讲话，分析了当前的政治、军事形势，阐述了北上方针的正确性，指出南下是没有出路的。所以，"你们将来是一定要北上的！现在回去不要紧，将来还要回来的。你们现在回去，我们欢送；将来回来，我们欢迎"。②

结果，大部分四方面军的学员跟随李特回去了，但红军大学工兵科的四方面军学员一个也不愿走，他们表示：

"要跟随毛主席去抗日前线！"

"毛主席到哪里，我们就到哪里！"

"他们不按组织手续办事，随便叫人回去，我们绝不听他们的！"

这批四方面军学员坚定地追随党中央北上，后来在抗日战场、解放战争中建立了殊勋，取得了很好的成就。

李德对红军北上也是肯定的。他对干部团的负责人之一宋任穷说："我同你们中央一直有分歧，但在张国焘分裂的问题上，我拥护你们中央的主张。"③

9月11日，北上部队陆续抵达甘肃南部的俄界。

党中央再次致电张国焘，命令他立即率部北上。

---

① 伍修权《回忆与纪念》，中共中央党校出版社，1991年版，第137页。
② 金一南《三个九月九日深深嵌入毛泽东的生命》，载《新民晚报》2009年9月5日。
③ 《宋任穷回忆录》，解放军出版社，1994年10月版，第89页。

张国焘不仅断然拒绝，还于当天以总司令朱德、总政委张国焘名义直接发电给红一军、红三军，攻讦北上"将成无止境的逃跑""不拖死也会冻死"，以引诱语气说"望速归来"，"南下首先赤化四川，该省终归是我们的根据地"。

同时，张国焘在阿坝的格尔登寺大殿上召开了"中共川康省委和工农红军党员活动分子紧急会议"，史称"阿坝会议"。会场上悬挂着"反对毛泽东、周恩来、张闻天、博古逃跑主义路线"的标语。

由于事先将动员工作插到了连队，炮制了中央"叛逃"的假象，会场上一开始就表现出反中央的气氛。

张国焘在做"会议主报告"中，站在他自己而不是党的立场，解读了一、四方面军会师以来关系"恶化"的原因，然后指摘毛泽东、张闻天、周恩来、博古率红一军、红三军继续北上是"向北逃跑的右倾机会主义路线"，宣称自己的南下计划是正确的"进攻路线"。

主持会议的秘书长黄超指定四方面军领导干部一个一个发言，表明态度，拥护张总政委讲话精神，批判中央和毛泽东。

有人高呼口号："请总司令讲话！"

这引发了敦促朱德发言的口号阵，此起彼伏。

坐在朱德旁边的张国焘指了指会场，笑嘻嘻对朱德说：

"总司令，不讲一下恐怕不行了吧？同志们对你老期望甚殷呀！"

朱德诧异地扭头瞅着张国焘，说："会前我们不是讲好了吗？我不讲。怎么现在，你又要我讲呢？"

张国焘故作为难地把两手一摊，扮出苦涩的笑容，说：

"是呀，讲好了的。可是，现在情况变了，你看同志们对你这么高的热情，不讲恐怕不行呀！"

"讲几句，也不是不可以……但是，你总政委能给我讲的自由吗？我可以任意讲吗？"

"什么话！你是总司令，他们都是你的部下，你要讲什么，他们谁敢阻拦？"

"不，不是说大家。我是说你，能不能允许我讲自己想讲的话？"

"什么话！你是党的政治局委员、中革军委主席、红军总司令，我张国焘有什么权力限制你老兄讲什么不讲什么？"

朱德点了点头，说好吧。然后他和蔼地环顾会场，语重心长地称呼了一句同志们，就开讲了。

"我要讲的话，也许大家不爱听。但是，忠言虽逆耳，我还是请大家冷静地思考一下！现在日本帝国主义侵占了我国东北三省，蒋介石奉行不抵抗主义，集中兵力对付我们红军。我们应该采取针锋相对的态度，呼吁抗日，同时避开蒋介石的重兵围剿，全国人民的同情一定会倾向我们这边。所以，在这关键时刻，中央、毛主席决定打起'北上抗日'的旗号是完全正确的！中央的决议，我和张总政委都是举过手的。我们怎么能出尔反尔，现在又来反对中央的决议呢？特别是我，从道义上讲，更不能这样做！我和毛泽东同志自从井冈山会师以来就在一起，在他的指挥下，中央红军由小变大、由弱变强，终于发展到后来的八万之众；根据地也拓展到了几十个县！我们都信赖他！人家都讲'朱毛'，国民党的报纸也叫嚣'杀猪拔毛'，我朱德怎么能反对毛泽东呢？"说着，他把头掉向张国焘道："总政委，你刚才说遵义会议是调和路线，没有深挖丢失中央苏区的错误路线之根。这话我可不敢苟同呀！遵义会议的情况，中央及时电告了你和四方面军的同志们，你也曾经复电支持。怎么现在说变就变呢？"

会场上，张国焘也不便与朱德争论，只站起来敷衍了几句，就宣布散会。

党中央率领中央红军主力抵达俄界的次日就召开了政治局扩大会议。

毛泽东被指定在会上做主报告，以及最后对会议的总结报告。他指出，我们现在背靠一个可靠的地区（指苏联）是对的，不应该去靠那种前面没有出路、后面没有战略退路、没有粮草、没有群众的地方。"所以，我们应该到甘肃才对；张国焘抵抗中央决议是不对的。"[①]

会议同意毛泽东意见，通过《关于张国焘同志的错误的决定》，明确指出了张国焘反对中央北上战略方针，固执坚持向川康边境退却的方针是错误的。中央同张国焘的争论，是由于对政治形势的分析与敌我力量对比估量上存在着分歧。没有说是政治路线的分歧。这样的表述显然是留下了充分余地，希望张国焘有朝一日能回到中央一边来。但为了挽救四方面军免遭无谓的消耗，中央也号召四方面军的同志拥护中央决定，同张国焘的错误倾向做坚决的斗争。

同时，会议还做了正式决定：红一军、红三军、军委纵队编为中国工农红军陕甘支队。彭德怀任司令员，毛泽东兼政委；毛泽东、周恩来、王稼祥、彭德怀、林彪组成五人团，统一领导军事工作。

毛泽东深知兵书上所说的"兵贵神速"乃"要命之道"。所以，俄界会议一结束，他就率领陕甘支队出发了。

他们沿着白龙江源头残缺艰险的栈道，向甘南深处进发。

---

① 《毛泽东在俄界会议上的报告记录》，1935 年 9 月 12 日。原件藏中央文献档案馆。

原红一军团仍是全军先头部队。

红军要深入甘南，腊子口乃必经之地。这是横在红军北上途中的最后一道天险，夺取腊子口乃关系到中央红军生死存亡的一场恶战。突破了腊子口，蒋介石对长征中的中央红军进行围追堵截的一切努力就成了泡影，红军将胜利进入陕甘宁一带，"北上抗日"的大旗将号召天下；否则红军就不得不走回头路，重蹈草地，同时证明张国焘是正确的。

毛泽东用十分沉重的口吻对红一军团两位领导说："突破腊子口，只许成功不许失败！"

林彪决断地说："主席放心，打不碎腊子口防线，我提头来见你！"

林彪、聂荣臻不约而同地想到了擅长攻坚克难的红二师第四团。

红四团王开湘团长、杨成武政委一起去侦察腊子口地形。他们用望远镜观察了半天，巨细不捐，全部存入胸中。

腊子口宽三十米许，是岷山的高峰，川甘两省的门户。口子两边，是望不到顶的悬崖绝壁，根本无法绕行；口子中间，有一条绵延几公里的奔腾咆哮的激流，名叫流沙河。河上架了一座木桥，要通过腊子口必须先通过这座木桥。此地不折不扣是一夫当关万夫莫开的隘口。蒋介石为阻止红军北上，告诫甘肃十四师师长鲁大昌着意防守，不得有误。鲁大昌在木桥与腊子口布防了两个营，加筑了坚固的工事。背后的岷州城还驻了一个团，随时可增援腊子口。

王开湘、杨成武向军团首长汇报了情况后，林彪当即飞马到中央驻地黑多寺，向毛泽东汇报自己与王团长拟订的攻取腊子口的方案。

毛泽东听了，沉吟片刻，说："腊子口地形险峻，打下来困难很大；但又非打下来不可，因为没有别的地方可以通过。一旦久攻不下，我们转身南下当然不好，向北又出不去，如此进退两难，政治上、军事上都无法向天下交代！"

林彪、聂荣臻再次保证请他放心，一定尽快拿下腊子口。

辞别毛泽东，林、聂赶到二师师部，与师长陈光、政委萧华以及四团团长王开湘、政委杨成武一起研究攻打方案。基本确定为隘口下用一个连进攻，夺取木桥，正面强攻——其实是正面牵制，由杨成武指挥；王开湘率两个连沿右峭壁迂回到敌后，突然袭击，全歼守敌，占领隘口。

林彪考虑到此战极其重要，决定靠前指挥。他率领军团部分人员，到距战地仅两百米的栈道旁树林里组织了前进指挥所，将一个营的预备队放在附近。

毛泽东在黑多寺守着电话机，时刻关注林彪打来的每一个电话。

第十一章　／227

红四团排以上干部在距腊子口仅一百米的密林里开会。

杨成武政委说:"在我们的左边,有杨土司两万多骑兵;在我们的右边,有胡宗南的主力部队。我们北上的道路只有腊子口这一条!这里过不去,我们就无路可走了!同志们,乌江、金沙江、大渡河都没能挡住我们,难道我们能让这么个小小的腊子口挡住吗?"

"坚决拿下腊子口!"树林内的吼声震动林外。

"消灭腊子口白匪!"虎啸龙吟般的声音惊天动地。

口号声刚落,二十四岁的六连连长胡炳云猛然站起来,大声说道:

"报告团长、政委!我们是六连,我们希望担任主攻!"

王开湘与杨成武交换了一下目光,互相轻微地闭了一下眼睛表示同意。王开湘问道:

"你们有把握吗?"

这胡炳云是四川南充人,原是红四方面军三十三军一个连的指导员,两大红军主力会师后混编部队时,编入红一方面军一军团二师六连任连长。新中国成立后于1955年授少将军衔。

听到团长这样问,红六连与会的干部们都意识到有希望,刷地全部起立,与连长一起大声说:

"有把握!"

"那好!"王开湘当场拍板,"团里的机枪抽出一半供你们使用!"

六连的干部们回到连队,向大家传达了任务。

战士们听说本连担任了主攻,荣誉感油然而生,小伙子们兴奋得一蹦碰着天,欢呼起来。大家怀着跃跃欲试的求战之渴各自磨枪擦剑,好不容易等到夜幕降下来。

啪、啪啪啪、啪啪!杨成武政委用这样的节奏向夜空开了几枪,击碎了大西北入夜后的沉寂。

这是攻打腊子口开始的信号。

红四团的全部机枪密集扫射,向敌人阵地倾泻着大量枪弹,势如飞蝗,又如疾风骤雨;九尊迫击炮轮番击发,将敌阵打成一片黑色烟雾。

事前胡炳云连长接受了第一排的强烈要求,由他们组织突击队,首先拿下桥梁。此刻从一排内挑选出来的三十名战士,跟随排长,在本团火力掩护下,运动到桥边隐蔽起来,待命冲锋。

鲁大昌部队看来颇有作战经验。当红军火力覆盖他们阵地时,全都躲在工事里，依靠预凿的枪口向外还击；当红军突击队发起冲锋时，便突然钻出来，投掷集束手榴弹。加上地形对红军极为不利，兵力无法展开，红军几次冲锋都失败了。

毛泽东一次又一次打电话给林彪，还直接打电话到红四团前沿指挥所，询问：“突击队当前在什么位置？”“困难虽然多，要抓住要害！目前要害在哪里？”“要不要部队支援？”

红六连连续冲锋十多次，直至夜半，仍未攻下桥头堡。

杨成武命令六连撤下来休整。

团里的炊事班特意给六连送来了喷香的红烧肉和热气腾腾的大米饭，可没一个人吃得下。送饭来的伙夫老卞说，政委（杨成武）说了，必须把送来的米饭全部吃完，否则拿胡炳云是问。

全连坐在一起开民主生活会，寻找失败原因，主要由战士批评干部。

有战士指出，为什么要死打硬拼，不可以打得聪明一点吗？

另一位战士受到启发，说我们不妨以不断袭扰来麻痹和疲惫敌人，组织几个小组轮番佯攻，时机成熟后突击队突然出动，或可奏效。

于是，六连重新组织了突击队，全是党员。袭扰小组轮番出动，打得白军筋疲力尽。突击队则隐蔽待机。

王开湘团长按计划率领一连和二连从腊子口右侧攀上了峭壁，摸到了敌人后方。

这一消息使红六连指战员更增勇气与信心，决心尽快打下腊子口。

突击队员们背上插着大刀，胸前挂满手榴弹，手里提着刺刀雪亮的步枪，借着夜幕掩护出发了。他们攀缘峭壁上的小树、藤蔓，实一足、虚一足地艰难行进，藤上密布的刺划破了手和脸已是小事，汗水浸湿了衣服更是小事，他们的注意力全在下边那座桥。终于摸到了桥肚子下。他们双手抓牢桥肚子上的横木，一寸一寸向对岸挪动。忽然，一名战士臂力不支，掉下河去了。落水的声响惊动了敌人，机枪顿时响起。行动暴露了，突击队员们只好藏到岩石后面避弹，隐蔽待机。

趁白军集中精力打桥下之机，红六连指战员率十多名战士冲向桥边，投过去一排手榴弹，旋即闪电般向桥上冲，捣入白军筑在桥头的工事里。

敌人根本没料到这一着，事后以为是共军预设的声东击西。其实是红六连指导员急中生智，临时触机之作。

工事里的白军军官方寸大乱，士兵们乱作一团，被冲进来的红军砍西瓜似的一口气砍下了二十几颗脑袋。此时的白军哪里还顾得上向桥下射击呢？

桥下突击队员从岩石后侧翻到桥面上，撞上从桥头阵地逃出来的部分白军，便拔出大刀滚瓜切菜般排头砍去。白军纷纷倒下。

正当红六连杀得兴奋异常之际，腊子口敌人阵地后面升起了一串白色信号弹。这是王开湘迂回成功的信号。

杨成武立刻命令发射总攻的信号弹。

顷刻，一串红色光烟腾然升起，划破了夜空。

冲锋号、机关枪、迫击炮、步枪同时响起，冲锋的呐喊山鸣谷应。听到这振奋人心的声音，杀敌正酣的红六连勇士们兴奋至极，大刀挥动的频率更快了。

白军遭到前后夹攻，阵脚大乱，士兵们已不听任何人指挥，扔下武器就慌不择路四散逃命去了。

拂晓，红军控制了腊子口，继续向纵深扩大战果。

王开湘率领插入敌后的部队从山上下来。他满面硝烟也满面春风，向全体指战员喊道：

"同志们！腊子口大门被我们砸开了，这说明任何天险都挡不住我们伟大的红军呀！"

蒋介石惊悉红军突破腊子口，害怕天水有失，威胁西安，急调胡宗南部集结天水一线，防止红军东进。

然而，突破腊子口的第二天，毛泽东却率领大军通过腊子口，翻越岷山，向北挺进，到达鹿原里（今岷县绿叶村），旋又抵宕昌县哈达铺。时为9月20日。

中共中央政治局常委们在这里举行了会议，决定将带到这里的中央红军（尚有一部分滞留在四方面军）整编为三个纵队，共八千多人。

红一军团现在改称红一纵队。其侦察连连长梁兴初、指导员曹德连根据毛泽东指示，在甘肃白军鲁大昌所属一个旅的副官处弄到了一批国民党近期的报纸。报纸上有一则消息：徐海东率领的红二十五军与刘志丹领导的红二十六军已经会师。梁兴初觉得这消息很重要，立即把报纸给毛泽东送去。

毛泽东对这则消息琢磨了半晌，判断陕北应该有一块不小的根据地，而且还有几千红军部队。

毛泽东召开了军队团以上干部会，告诉大家中央将带领大家到陕北去，那里有刘志丹、徐海东领导的两支红军部队，还有一块根据地等着我们去安家落户。"我们的路线是正确的。现在我们北上先遣队人数是少一点，但是目标也就小一点，不张扬。大家用不着悲观，我们现在比 1929 年初红四军下井冈山的人数还多呢！"①

大军继续北上。

毛泽东随红一纵队行动。途中一直牵挂着被张国焘误导南下的七八万红军将士。27 日到达通渭县榜罗镇。政治局在这里召开常委会，正式确定把中共中央和中央红军亦即陕甘支队的落脚点放在陕北，"在陕北保卫和扩大苏区"②。

9 月 14 日，中共中央在北上途中再次致电张国焘等人，严肃指出：

（一）一、四方面军目前行动不一致，而发生分离行动的危险的原因，是由于总政委拒绝执行中央的战略方针，违抗中央的屡次调令与电令。总政委对自己行为所产生的一切恶果，应该负绝对的责任。只有总政委放弃自己的错误立场，坚决执行中央的路线时，才说得上内部的团结与一致。一切外交的词句，决不能掩饰这一真理，更欺骗不了全党与共产国际。

（二）中央率领一、三军北上，只是为了实现自己的战略方针，并企图以自己的艰苦斗争，为左路军及右路军之四军、三十军开辟道路，以利于他们的北上。一、三军的首长与全体指战员不顾一切困难，坚决负担起实现中央的战略方针的先锋队的严重③任务，是工农红军的模范。

（三）张总政委不得中央的同意，私自把部队向对于红军极端危险的方向④调走，是逃跑主义最实际的表现，是使红军限于日益削弱，而没有战略出路的罪恶行动。

（四）中央为了中华苏维埃革命的利益，再一次地要求张总政委立即取消南下的决心及命令，服从中央电令，具体部署左路军与四军、三十军之继续北进。

（五）此电必须转达朱、刘⑤。立复。⑥

但是，张国焘再一次拒绝了中央的教育与挽救，继续顽固地坚持其南下错

---

① 《聂荣臻回忆录》上册，战士出版社，1983 年版，第 282 页。
② 毛泽东十月二十二日在中共中央政治局会上的报告。
③ 原文如此。
④ 阿坝及大小金川。
⑤ 指朱德、刘伯承。
⑥ 《张国焘》，河北人民出版社，1997 年版，第 413—414 页。

误主张，率左路军和右路军中的四军、三十军南下了。

毛泽东多次告诫南下是绝路。后来的事实，雄辩地证明了这一判断的正确性。

三

1935 年 9 月 13 日，张国焘在阿坝的格尔登寺召开川康省委扩大会议上，向大家诱惑性地宣布要到盛产大米、鱼虾、猪牛的天全、芦山、雅安去建立根据地的决定。在那里驻足后，还要准备向物产更加丰富的成都平原发展。这对红四方面军长期生活的大川北地域以及近期驻足的阿坝是个强烈的对比，诱惑力不言而喻。

10 月初，四方面军南下到达卓木碉（今马尔康县脚木足），张国焘加紧了分裂党的活动，除了对四方面军高层干部继续灌输党中央鄙夷四方面军、遵义会议是右倾调和主义的产物而外，还对一方面军同志百般拉拢。

5 日，在卓木碉的白赊喇叭寺，张国焘召开了高级干部会议，把他分裂党的活动推向高潮。参加会议的有朱德、刘伯承、徐向前、陈昌浩、周纯全、王树声、李卓然、罗炳辉、余天云等军以上干部。徐向前所写的《历史的回顾》对此次会议做了回忆记载。

由于会前张国焘做了较长时间细致入微的工作，他在会上的发言，相当蛊惑人心，欺骗性很大。

他振振有词地指出，中央长期被代表极左路线的三人团把持，在第五次反"围剿"中先是实行"左"倾冒险主义的"御敌于国门之外"，堡垒对堡垒、阵地对阵地，导致损失惨重，然后又实行右倾逃跑主义一走了之。中央的错误不仅是军事路线问题，更主要的是政治路线错误。一、四方面军的会师，终止了逃跑主义，但政治路线问题并没得到解决。中央一直拒不认错、拒不反省，反倒无端指责四方面军。他认为，南下是终止逃跑主义的战略反攻，是正确的政治路线；而毛泽东、张闻天、周恩来、王稼祥被敌人的飞机大炮"吓破了胆"，对革命前途"丧失了信心"，继续执行其北上的"右倾逃跑主义路线"，直至发展到"私自率一、三军团秘密出走"。这是"分裂红军的最大罪恶行为"。他攻讦中央领导人是"吹牛皮的大家""'左'倾空谈主义"；还说中央各位领导"有篮球打、有馆子进、有捷报看、有香烟抽、有人伺候才来参加革命；一旦革命困难就悲观、逃跑"。他宣布中央已经"威信扫地""失去领导全党的资格"，主张效法列宁和第二国际决裂的"革命行动"，组成新的临时中央。要求大家考虑，事实上就是要求大家表态。

另立中央的事，来得太突然了，全场无不愕然，一时鸦雀无声。

就连南下以来一路上对中央啧有烦言的陈昌浩也目瞪口呆，没有马上表态支持张国焘。

他身旁的一位四方面军干部耳语道："昌浩同志，总政委开会前没喝过酒吧？"

陈昌浩乜视这位干部一下，那眼神是谁叫你多话啦？

会场的气氛紧张而沉闷。尽管张国焘希冀地呼吁大家"畅所欲言"，也没人来"开第一炮"；毕竟这对于共产党人来说是天大的事呀，关系着政治生命的事呀。

张国焘似乎对这种场景早有预料，他从容一笑，指着一方面军的一位高级军事干部，以询问的口吻问，"××同志，您可不可以随便说几句呢？"

那位同志对遵义会议没有从重处罚博古、周恩来、李德本来就不满，所以近期以来对张国焘所谓"遵义会议是调和主义路线的结果"颇听得进去；而且在长征途中对中央领导颇为不满，大约也认为是张总政委说的调和主义的恶果吧。所以他站起来发言时，专拣负面的情况讲，还"列举了一些具体事例，讲得很激动。四方面军的同志闻所未闻，不禁为之哗然。大家你一言，我一语，责备和埋怨中央的气氛，达到高潮"。

张国焘很满意自己的成果，踌躇满志地笑了，扭头对坐在身旁一言不发的朱德说：

"总司令讲几句如何？"

朱德点了点头，站起来。他的发言心平气和，语重心长，也让已然认同张国焘主张的干部们不能不思考，一思考就不能不心乱如麻。

朱德说："大敌当前，我们两大主力红军一定要讲团结呀；毕竟天下红军是一家嘛。中国工农红军在党中央统一领导下是个整体，不能分裂。就拿我个人来说吧，大家都知道，我们这个'朱毛'在一起好多年，全国和全世界都闻名。要我这个'朱'去反'毛'，我可做不到呀！大敌当前，我们不论发生多大的事，都是红军内部的问题，大家要冷静，要找出解决办法来，可不能叫蒋介石看我们的热闹啊！"

张国焘大为不悦，但朱德不是普通将领，不便不让其把话讲完。耐着性子等朱德落座后，他又对刘伯承极为友善地说：

"现在请我们的总参谋长讲一讲！"

刘伯承没像朱德讲得那么直白，只讲了一番红军与在川白军的兵力对比，用确凿的数字说明了这种悬殊的敌强我弱；又讲明了成都平原是各路四川军阀的老巢，财赋所出之区，不仅川军会拼死保卫，蒋介石也会急调已入川的中央军驰援。结论是：进入成都平原之前，一路将会有不少恶仗发生。

张国焘等人当然听得出弦外之音，与毛泽东是同一个调门：南下没有出路。

张国焘对刘伯承很是着恼，但又没有发作的借口，只好隐忍一时。不久便免去其总参谋长职，调到红军大学当校长去了。

会上，张国焘对朱、刘二人所唱的反调没进行当众驳斥，意在保住表面上的团结，一边挟持他们为自己即将"发表"的伪中央站台。

会议进行到后半部时，他从衣兜里掏出一叠皱皱巴巴的稿笺展开，宣读了由自己拟定的中央委员会名单，要求大家表决。旋即以多数通过的名义，形成了决议。①

张国焘擅自将一大批根本不赞成他另立中央的同志写进他儿戏般的"中央委员会"，其中包括中共驻共产国际代表团的负责人、红军各个方面军、南方红军游击队的领导人。

这个"中央委员会"共三十八人，以任弼时、王明、项英、陈云、朱德、张国焘、陈昌浩、周纯全组成"书记处"；以朱德、陈昌浩、张国焘、彭德怀、林彪、刘伯承、周纯全、倪志亮、王树声、董振堂组成"军事委员会"；以朱德、张国焘、徐向前、周纯全、陈昌浩为"政治局常委"。同时还宣布"毛泽东、周恩来、博古、洛甫应撤销工作，开除中央委员及党籍，并下令通缉；杨尚昆、叶剑英应免职查办"。②

张国焘这种反党分裂活动，引起了编入左路军与四方面军一起活动的红一方面军广大指战员强烈不满。

由红一方面军五军团参谋长兼调任红四方面军第九军参谋长的陈伯钧直接找张国焘谈话，明确反对分裂、反对另立中央，呼吁大敌当前，团结为重。

张国焘只说了一句"你懂得什么"，就不再理睬。他对这位斗胆登门教育自己的下属未予加害，是因为看中其作为幕僚长的专业技能强过不少人，舍不得将其投闲置散，更舍不得杀掉。

红五军（即原一方面军五军团）、红三十二军（即原一方面军九军团）的

<hr>

① 徐向前《历史的回顾》中册，解放军出版社，1985 年版，第 458—460 页。
② 《中国工农红军第四方面军战史资料选编》，解放军出版社，1992 年版，"长征时期"第 230 页。

干部、战士对毛泽东十分崇拜、爱戴。他们见张国焘居然一意孤行，敢于开除红军的主要缔造者、中央苏区的主要创建者的党籍，情感上接受不了；理智上觉得这实在是走得太远了，结果必然是埋葬左路军、危害革命。他们纷纷向红五军军长董振堂和红三十二军军长罗炳辉、政委何长工提出，离开张国焘，两个军结伴北上，找毛主席去。有的说，如果张国焘敢于阻拦，我们就跟他打，教他认识什么叫"归师勿阻"这句兵书上的话。

何长工说，我们走了，朱总司令、刘总参谋长怎么办？

张国焘对这些坚持原则、反对分裂、反对南下的同志施以打击迫害，有的遭到逮捕关押甚至处死。

红军总部侦察科长胡底[①]，反对张国焘搞分裂最明确最激烈，公开数落他是假共产党是真军阀，甚至骂他是法西斯蒂。结果被秘密处死。

红五军参谋长曹里怀也是明确反对分裂、反对张国焘南下方针的，被张国焘调任红军总部一局局长，放到眼皮下监视起来。

曹里怀并未屈服。当他从机要科获悉中央红军主力胜利抵达陕北吴起镇时，便悄悄扩散这个消息，意在告诉两个方面军的同志们：北上才是出路。

有人向张国焘告密，张国焘便将曹里怀关押起来。罪名是泄露军机，制造分裂，要严加惩处。

朱德担心会处死曹里怀，跑去找张国焘说情。他表情严肃地说：

"总政委，你总是这样下狠手很不妥，会让五军、三十二军数千将士寒心！再说曹里怀不过就是发了几句牢骚，你扣他个反革命的大帽子够不上！他参加革命的时候还小，是个红小鬼，井冈山时期就跟我们在一起，这些红通通的历史谁不知道？滥杀无辜可是会引起混乱的！"

张国焘决心拉着朱德跟他南下，其分裂活动还得借助朱德这块老招牌，所以便装起一副从谏如流的嘴脸，说：

"既是总司令说情，那就算了吧！"

红三十军参谋长彭绍辉写了一封不赞成南下的长信给朱德。这信不知怎么被张国焘看到了，派人把彭绍辉找来谈话；也把朱德找来一起谈。

彭绍辉刚进门，在场的四方面军一名高级干部就上前打了他两个耳光；另一人用驳壳枪顶着他的胸口不断用谴责的语调说"反了反了"。

朱德急忙跨步上去，边呵斥不得动粗边把枪夺下来。他对张国焘说：

"自己同志，有问题说问题，该批评就批评，何至于如此？"

---

① 与钱壮飞、李克农并称"龙潭三杰"。在革命困难时期为保全中共中央做出了巨大贡献。

张国焘看了朱德一眼，挥手叫那两个动粗的高级干部出去。彭绍辉结果只挨了一顿骂，幸免于难。

总部卫生部部长贺诚、红军大学教育科科长郭天明以及一直被张国焘关押着的廖承志，都是受到朱德的保护而免遭杀害的。

在行军途中，红五军二十多名掉队战士被张国焘的执法大队抓住，凭空加给这些同志莫须有的罪名："一股有组织的反革命武装，准备武装叛乱。"

红五军保卫局长欧阳毅了解情况，出面解释他们只是一些零星的掉队人员，谈不上有组织，更不是什么反革命武装。

张国焘的亲信干脆说欧阳毅是反革命保护反革命，又是用枪顶住了欧阳毅胸口。

朱德获悉，急忙赶过去加以制止，同时坚决要求把那二十多名掉队红军战士释放了。

朱德、刘伯承耐心地教育一方面军的干部、战士要顾全大局，掌握正确的斗争方针和策略，注意和四方面军的同志们搞好团结，准备机会成熟时动员大家一起北上，回归中央。

胡底遭到杀害后，朱德找红军总部三局局长伍云甫密谈，教伍云甫注意方式方法，切忌公开吵闹被人抓住把柄；更要注意团结四方面军的同志，这是重中之重。千万不可性急，斗争固然不能放弃，但必须又团结又斗争，就像毛主席说的，通过斗争达到新的团结。胡底就是因为性急、不讲策略贾祸的。

"伍云甫同志，你还年轻，以后党还需要你，斗争一定要注意策略！不要以为张国焘不会杀高级干部，他谁都会杀的！"

在朱德、刘伯承引导下，一方面军的干部、战士的情绪逐渐稳定下来了，增强了战胜分裂主义的信心。

其实，张国焘另立中央、公开分裂党，是将他奉行的错误政治路线推向了末路，直接导致四方面军不少干部、战士对他自从会师以来反对中央的行径进行反思，他们并不愿意看到党和红军分裂。另立中央公然发生后，更引起了他们的疑问与不满。例如四方面军总指挥徐向前就认为张国焘在会上宣布与中央决裂，另行成立一个中央，"明显带有突然袭击的性质。所谓'决议'，并未经郑重讨论，不过是一哄而起罢了"。他在会上瞠目结舌，不知道说什么为好；就连最拥戴张国焘的陈昌浩当时也是那样。徐向前对眼前发生的一切，迷惘到了极点，不理解总政委为什么要做这件亲痛仇快的傻事。本来就有党中央，这边又搞一个，算什么名堂？徐向前坦言自己"当时就是那样的水平，头一回遇上如此严重的党内斗争，左右为难，只好保持沉默"。

会后，张国焘找他谈心，温和而关切地问他，会上为什么不发言？

徐向前喟然长叹，脸上是一副十分苦恼的表情，说：

"总政委，另外搞一个中央，把原来中央的主要领导都开除了，这样做，是不是有点过火了？"

张国焘没有马上回答。徐向前和陈昌浩是他掌握军队、作战的左膀右臂，不能像对待其他人那样一顿训斥，高压制服。他机智地一笑，给徐向前沏了一杯茶，过了好一阵才说：

"向前呀，这个责任不在我们啊！是他们搞分裂，武断带着队伍逃跑在前；我们对他们的制裁在后，说起来也是无可奈何之举啊！放心，天塌不下来！向前，你在担心什么呢？"

"总政委，我担心这样下去我们不好收场呀！万一共产国际不承认我们这个中央，甚至怪罪下来，怎么办？"

"共产国际向来都只承认实力，支持成功者！只要我们拿下了成都，控制了物阜民丰的成都平原，进一步赤化了全川，共产国际会不承认我们吗？恐怕那个时候他们还要主动去迫使老毛那几千人马归顺过来呢！"

见他振振有词信心十足如此，徐向前不好再说什么了。

第十二章

一

在张国焘的欺骗性宣传下，红军左路军的七个军先后从阿坝、巴西、包座南下，走向他们打通到天全、芦山的道路，进而夺取成都平原的幻想之路。

此举威胁到四川军阀刘文辉、刘湘、杨森、邓锡侯的统治根本，他们除了自身孤注一掷地拼命，还不惜引狼入室，吁请蒋介石派中央大军入川"助剿"。川军立即沿大小金川布防：刘文辉二十四军两个旅部署在大金川沿岸的绥靖、崇化、丹巴一线；杨森二十军四个旅又一个团部署在小金川沿岸的懋功、抚边、达维一线；邓锡侯二十八军一个团驻守抚边以东之日隆关等地，企图依恃高山峡谷，阻挡红军南下。

张国焘下令发起意在打通道路的绥靖、崇化、丹巴、懋功战役，委任红四方面军副总指挥王树声率九军之二十五师、三十一军之九十三师、红五军全部组成右纵队，沿大金川沿岸前进，夺占绥靖、丹巴；红四方面军总指挥徐向前、政委陈昌浩率四军、三十军、三十二军、九军之二十七师主力组成左纵队，出大金川以东地区，夺取崇化、懋功。

10月8日，左右两路纵队遵照预定计划行动，分别向大金川沿岸、小金川沿岸进发。

这引起了蒋介石的高度重视。将围剿的指挥中心移到重庆，设置重庆行辕，派遣军政官员入川，对川军进行整编，充实其建制、补充其械弹，提高其战斗力。

蒋介石命令全部川军对付南下的红四方面军，力保川西平原无虞；胡宗南部北向甘南对付北上的红一方面军主力；吴奇伟南下对付红二、六军团；李抱冰部扼守西康一带。

大小金川地区，地形复杂，易守难攻。沿途深山绝壁、峡谷激流，有碍大部队展开。

右纵队红九军之二十五师向绰斯甲附近的观音河铁桥进攻。刘文辉部事先已将铁索砍断，加固了防御工事。王树声下令改到下游三公里地方乘船强渡。但抵达是处后，发现对岸敌人防守火力并不弱；河水又湍急。初次试渡，不少渡船遭迫击炮弹炸翻或触礁翻沉，强渡失败。

这便耽误了大军南进时间。

红军总部只好临时调整部署：左纵队之红四军从党坝地区出动，西渡大金川，沿西岸袭取绥靖、丹巴；红三十军由大小金川东岸攻略崇化，转攻懋功；红九军之二十七师向两河口、达维出击。如此一来，整个战役的进攻任务几乎全由左纵队担当了。

9月11日，红四军渡河成功，沿右岸挺进。次日攻克绥靖，打垮了刘文辉两个团。然后旋师向南，9月16日夺占西康省的丹巴县城。

红三十军也沿大金川东岸向南攻击前进。9月15日占领崇化，然后兵分三路挺进。其中一部9月20日攻占懋功。杨森部两个旅向夹金山方向逃窜。

红九军之二十七师向南挺进。9月15日夜晚对绥靖以东的两河口杨森部七旅进攻，三小时激战，打垮了敌七旅，乘胜追击。9月16日攻克抚边，歼灭敌军一个半营。9月19日夜间袭占达维，打垮杨森部四旅。占领达维后，被红三十军打败的杨森两个旅逃经此地，被红二十七师一顿截杀，俘敌无数。红二十七师继续向东南攻击前进，连克日隆关、巴郎关、火烧坪、邓生等地。

至此，历时十五天的绥、崇、丹、懋战役结束，共打垮杨森、刘文辉所部六个旅，击毙、俘虏敌人三千余人，占领了丹巴、懋功两个县城以及抚边、绥靖、崇化、达维、日隆关、绰斯甲等小镇。

此后，川中白军为挽救颓势，"自南而东增加兵力、筑碉建堡"，企图先阻拒红军于天全、芦山、宝兴西北山区，确保川西平原，然后待大军云集就绪，全歼红军于这一带。

红军总部认为夺取天全、芦山、名山、雅安、邛崃、大邑地区有较大把握。制订了《天、芦、名、雅、邛战役计划》，由张国焘以"中央军委主席"名义于10月20日发布。其战役步骤为：投入主力向天、芦、名出动，彻底歼灭杨森、刘文辉部，然后应战刘湘、邓锡侯部，初步草创以天全、芦山、名山、雅安、邛崃、大邑一带为中心的苏区；另以一部对康定、汉源、荥经、灌县几个方向采取佯攻态势，配合主力行动。

24日，红四方面军分成左、中、右三个纵队，翻越夹金山，向宝兴、天全、芦山进发。

天全、芦山一旦丢失，将直接威胁成都平原，刘湘对此自然明白。他早先与四川几个主要军阀约定，红军只要不进入四川富庶之区，只在四川边沿地带折腾，那大家就虚与周旋，力避耗损实力；若真要进入成都平原、宜宾、自贡、重庆周遭，那就不惜引狼入室，请求中央军大举入川，在同归于尽中去求幸存。如今，红军如下山猛虎，势在"犯我家园"（刘湘语），刘湘决定与蜀中军阀紧紧抱团，不惜玉石俱焚，与红军打到底了。

刘湘亲自部署，如前所述"自南而东增加兵力"，具体为：刘文辉二十四军防守四川和西康边界的金汤镇以及泸定至汉源、雅安一线；杨森二十军防守宝兴至大硗碛一线；邓锡侯四十五军（原二十八军）防守宝兴东北面的大川场至水磨沟一线。刘湘本部中，郭勋祺模范师九个团进抵天全、芦山，另以绵竹等地集结十八个团以备增援；命其麾下大将潘文华为南路总指挥，统率所有参与天全、芦山作战的川军；潘文华本人驻节眉山。

刘湘对潘文华的指示为：天全战役的目的是阻止红军于天全、宝兴、芦山之西北高山峻岭地带，拱卫川西平原。川军若胜，万不可远追，见好就收；若败，可退守二线阵地，迟滞红军于名山以西，等待中央军增援。

徐向前、陈昌浩率前敌指挥部跟随中纵队行动，10月底兵薄宝兴。

守军杨森部三个旅曾为红军手下败将，闻红则恐，早已肝胆俱丧。其三九七团团长陈新民后来回忆道：

> 红军向宝兴县城东北面山地杨森部一、五、六等三个旅攻击，杨森部被歼过半。杨森垂头丧气地逃出宝兴，所部在灵关、芦山道上溃不成军，夺路逃跑。刘湘从大邑、雅安后方调来增援的部队闻风色变，逡巡不前；尤其是刘湘所属杨国桢教导师在芦山的路上看见败下阵来的杨森部队缺胳膊断腿惨状，骇得面如土色。争相询问败军的军官们："情况咋个的？咋个的？"败军们七嘴八舌数落："这个仗不好打，共匪太厉害，哪里是人，完全是一群虎豹！我们败得一塌糊涂，大多数伤兵都抬不下来！"

11月1日，红军中纵队攻占宝兴，继克灵关镇。在宝兴到芦山途中，粉碎了杨国桢师的一个旅又一个团组成的阻击线，兵临芦山城下。

左纵队、右纵队从中纵队的左、右两翼同时挺进。左纵队7日攻占大川场，歼灭邓锡侯七旅之一个团；前锋进逼邛崃县境。右纵队轻取金汤镇，连克天全以北的柴石关、大岗山，击溃刘文辉一个旅。

时任刘文辉二十四军参谋长的张伯言回忆道:

> 第二十四军之一三六师袁国瑞旅,自五月份在泸定桥一线中受到很大损失,不得不缩编为两个团后,又开赴天全布防。此时可以说官兵人人畏"红"如虎,寝食难安;又时值暮秋,山区寒冷如冬,士兵们没有棉衣,武器也只一半可用。李全山团的周桂三、李银昭两个营驻守天全以西五十公里左右的柴石关。该关地势险要;又特别修筑了条石垒砌的坚固碉堡,其判断是红军此来仅独路一条,完全可以用火力封死。没想到红军竟然从悬崖绝壁上潜来了一个排,采取奇袭而夺取了柴石关。李银昭团节节败退,大鱼庵、小鱼庵相继失守。败退到仙人桥时,这个团只剩下原有人数的三分之一了。红军的口号是缴枪不杀,全是四川口音。当李团退到离天全五公里时,红军已追到溃兵的行列里来,劝川军士兵不要跑,我们只抓军官。李团不少士兵因而扔了枪,坐到地上不走了。袁国瑞率杨开诚团驻在距天全西门外三公里一个小场镇。见李银昭仓皇逃来,立刻进行收容以减少损失。蒋介石也派飞机前来助战,杨开诚团拼死稳住阵脚。夜间红军开始攻击;袁部不支,天明时全部退却,伤亡很大,手枪连长罗大全被打死。当时刘湘部郭勋祺师防守天全县城西门外晋门关,不准袁旅退进关内,用机枪向袁旅溃兵扫射;扬言"把这些杂色部队清除掉,我们好去打赤匪"。逼得袁国瑞走投无路;袁国瑞本人坠崖后大难不死,得以逃脱。袁部连长雷树涛在愤怒之下,率残部士兵不顾命地向郭勋祺师机枪阵地冲去,打垮其机枪连,终于进了晋门关。

红军右纵队于 10 日攻占天全县城。然后向东迂回,协同中纵队包围芦山城。12 日,芦山守军弃城逃跑。

十多天的连续作战,红军以席卷之势攻克崃山以西、大渡河以东、青衣江以北、懋功以南的川康两省边界大片地区,连克几座重镇,毙、伤、俘川军一万多人,击落飞机一架,声威大震。

攻占芦山城的当天晚上,张国焘迫不及待地以中央负责人身份致电大西北的毛泽东、张闻天、周恩来(他似乎忘了已将这三人开除党籍),炫耀南下所取得的"辉煌胜利","证明了向南不利是胡说","这是南下进攻路线的胜利"。

局部获胜,彻底遮牢了张国焘的双眼,看不见这一带敌我双方力量的绝对差距。

当红军打开川西门户百丈关，形成直逼成都态势时，四川各路军阀必会抱团与红军拼死一战；而蒋介石的中央军也大批拥来，其装备和部队素质均远非川军可比。

10月9日拂晓，白军十几个旅从东、北、南三面向红军阵地发起进攻，拉开了百丈关决战的大幕。

双方投入的兵力总共为十万；蒋介石把来得及运来的飞机大炮全投入了。

百丈一带，地势开阔，多浅丘，树林、深沟、水田交错。

白军集中强大炮火，猛烈炮击红军阵地；蒋军飞机效率更高，对"前沿至纵深轮番轰炸，威胁甚大"（徐向前语）。红军在开阔地带作战，无法隐蔽，又没有高射机枪对付白军，伤亡渐次增大。他们坚守月儿山、胡大林、鹤林场，以及黑竹关至百丈公路沿线的山岗丛林地带，与白军展开血战，反复拉锯三昼夜。后来，白军投入两旅兵力企图通过一大片田畴袭占百丈。红军几十挺机枪密集扫射，整连整营的白军被打倒在田里，横七竖八，躺了一大片。但是，这一带交通方便，白军调动迅速，后续部队不断投入，攻势并未减弱。

21日，红军黑竹关一线的前锋部队被迫退却。白军紧追不舍。

22日，白军攻进百丈。红军与之展开巷战。街上房屋被白军点燃，企图以火阵助战。红军冒着浓烟烈火与敌拼杀，以一当十，英勇无比。

百丈附近的田畴、山丘、深沟，都成了红白两军互相搏杀的战场。杀声震天，血流成渠，伏尸枕藉。

徐向前回忆道："红军指战员子弹打光了，就同敌人反复白刃格斗；身负重伤，仍坚持战斗，最后拉响手榴弹与冲上来的敌兵同归于尽。百丈战斗，是一场空前激烈的恶战，打了七天七夜，我军共毙伤敌一万五千余人，自身伤亡亦近万人[1]。敌我双方都打到了筋疲力尽地步。"[2]

红军战士的英勇顽强和勇于为革命牺牲的伟大精神，并不能改变敌我力量悬殊的客观现实。像百丈之战这样拼消耗的仗是打不起的，而且也是敌人特别是蒋介石求之不得的。七昼夜鏖战的红军，以伤亡万人的惨痛代价，换取到领导者的自省，终于下令退却到天全、芦山、宝兴。时任红三十军政委的李先念回忆道："我们没有打赢百丈关一仗，我们输了，不得不撤退。张国焘的南下计划根本行不通。"

---

① 有史料反映为一万二千七百一十三人。

② 《历史的回顾》，解放军出版社，2001年6月版。

百丈之战后，四川军阀主力集结于东面的名山、邛崃地区；薛岳率领的中央军六个师集结于南面的雅安、天全地区；李抱冰五十三师部署在西南面的康定、泸定。各部一律采取堡垒战术，稳扎稳打，在巩固既有阵地的基础上逐步推进。造成红军东进、南出均不可能，进退维谷，越来越不利。此时红军只好巩固天全、芦山、宝兴、丹巴地区，在大川场、天台山、五家口、莲花山、姚桔、金鸡关直至雅安、荥经、天全交界的山区，构成一道自东北向西南的防御线。

红军总部、红四方面军总部移驻芦山城北的任家坝。此后进行红军内部的整训，开展发动群众和建立地方党、政、军机构的组织工作，准备开展土改运动。

这些地区都是藏胞居住区、汉藏杂居区。历代剥削阶级政府推行大汉族主义，勾结藏区奴隶主贵族，对藏族穷人进行敲骨吸髓式的盘剥、非人的压迫，以致民族之间存在很深仇恨。数万红军集结在那里，势必产生与民争粮之弊；藏族奴隶主不仅拼凑武装力量反对红军，还煽动和威胁群众不许接近红军。在这一带发动群众遇到了极大困难。毛泽东当初反对在阿坝建立根据地所提出的理由在这里也全部得到了印证。结论是：此路不通！没有货真价实的红色根据地，红军的生存靠什么？

这一带海拔很高，此时已进入隆冬，风雪交加，十分寒冷。特别是折多山、夹金山附近的丹巴、懋功一带，竟落下了十几年不遇的暴雪，视线所及一片白色；天寒十丈，地冻三尺，活物全无。对于困境中的红军，可谓雪上加霜。军粮没有出处，派出去携巨款购粮以及猎捕野牦牛的小分队，收获甚微，而且患上了雪盲症。当地无棉花，衣着单薄的红军战士不少被冻死在雪地里；尚活着的竟用棕叶编织衣服，效用也极差。伤病急剧增加，造成非战事减员；更不必说还要经常与白军作战。

南下以来的种种失败，深深教育了红四方面军广大指战员，越来越多的人对张国焘的南下战略产生了怀疑和抱怨，开始认识到毛泽东关于"南下是绝路"的判断是正确的，表现了领袖卓越的预见性。

二

正值此时，中共中央率红军陕甘支队（即红一方面军主力）于9月中旬从川陕甘边区继续北上，向陕北进军。

途中，几次与白军骑兵遭遇。以往，红军没同骑兵打过仗，对奔驰如电、刀光闪闪的敌骑，慌了手脚，不知如何对付。

以原一军团为基干编组的陕甘支队一纵队仍为红军先锋。遇上难以对付的骑兵，红一纵队首当其冲，吃亏最大。

陕甘支队翻过了六盘山，发现了前面有一只拦路虎——张学良的东北军骑兵。

毛泽东招来一纵队第一大队的杨得志、萧华以及四大队的王开湘、杨成武，对他们说：

"山下必经之路，是一个名叫青石嘴的村庄，东北军何柱国骑兵十九团守在那里。必须消灭他们，不然我们过不去！"

一大队早在翻越六盘山之前就吃过白军骑兵的亏，他们听了毛泽东的话，不禁面有难色。

毛泽东见状，鼓励道："不用怕，找到了窍门就容易对付了！难道战马和上边骑的人不是血肉之躯吗？"

这话启发了一直陪在毛泽东身边的一纵队司令员林彪、政委聂荣臻。

林彪说："射人先射马！我们可以在一百米外专一打他的马——那么大的目标，命中率会很高的！"

"白军马快，要远点快打！"聂荣臻补充道，"冲近了就没法了！"

"所以我说在一百米外呀！"林彪笑嘻嘻也视聂荣臻一下。

"具体战术你们去研究吧。"毛泽东说。

林彪、聂荣臻、左权研究了敌骑的长处与短处，制定出一套打骑兵的方法，编成口诀，下发到排一级。

林彪获得详细情报：东北军骑兵七师从西安奔跑七天抵达甘肃平凉，然后抵近六盘山，担任阻击中央红军入陕的任务。此时七师师部及其师长门炳岳随其二十一团驻瓦亭，二十团驻牛营子，十九团大部驻六盘山下，十九团的一连和三连驻青石嘴。

这两个连到青石嘴还不到两个小时，人困马乏，都睡着了。他们以为红军尚未登山，待吃饱喝足睡够了，以逸待劳定然稳操胜券。所以不仅卸下马鞍，纵马闲逛四处吃草，连警戒哨都未派出；马吃饱喝足后，索性全部拴在村外树干上，免得它们干扰哥儿们睡大觉。

林彪产生了保住马匹、创建骑兵的念头。商诸聂荣臻、左权，都认为这个想法可取。

天幕降下来后，红一大队自北面迂回，从侧面潜进村子；红五大队自南面越过公路，到村后堵击；红四大队从正面隐蔽进村。结果，白军骑兵在睡梦中就被砍死了一大片；余下的光着屁股①狼奔豕突，不知道往哪里逃才逃得脱。其一个连长慌乱中骑上没有鞍鞯的马逃脱了，另一个连长钻进麦草垛藏起来；他们属下活着的士兵都晃荡着胯下的二和尚当了俘虏。

整个战斗只半小时，缴获却出奇的丰厚：除了大部分马匹之外，还有十多辆马车，上面堆满了箱子：小箱子尚未开过封，盛满打蜡的子弹；大箱子则是全新的军装、布匹以及军官享用的糖果、香烟、肉类罐头。俘虏说，是"西北剿总"送来，由他们暂时保管，待大部队抵达后再行分配。

聂荣臻召集俘虏中的马夫、马掌兵、兽医以及擅骑射者，动员他们参加红军；又从红军战士中挑了一百多名对学骑射有兴趣的，组成第一支骑兵部队，由梁兴初担任连长。

过了青石嘴，红军陕甘支队各大队接到中革军委通知，尽量避免与沿途白军接仗，能绕敌而行就绕开走。

但先头部队红四大队还是没能"绕开"，与白军另一支骑兵部队遭遇了。

那是宁夏军阀马家军所属骑兵团。

白军三十五师师长马鸿宾是宁夏的大财主，最怕红军进入宁夏后共其产分其田，将骑兵团调往固原布防，封住红军北进宁夏的通道。

惊闻红军振聋发聩的足音，国民党西北剿总檄调新一军军长邓宝珊麾下两个团，从驻地庆阳出发去参加张学良的防共部署。

红四大队队长王开湘、政委杨成武发现两山之间的一道宽宽的干沟里，一支白军部队以单列队形蹒跚而行，队伍拖得很长，像一条又瘦又长的懒蛇。两人简单商量了一下，立即指挥部队行动起来：机枪连和一个步兵连占领右翼山上阵地，一个步兵连外加一个工兵排占领左翼山上阵地，两个步兵连迎头正面向敌人攻击。

战斗正式打响后，杨成武感觉力度不够，命王有才连长率领他的侦察连从山坡上冲下去，拦腰给敌阵一拳。

王有才带着他的一百多健儿，挺着插上了刺刀的步枪，从山上疾速冲下，插进敌阵腰部。这股白军正穷于应对正面冲来的红军和两翼山上密集的火力，斜刺里忽然冲进来一支生力军，将他们拦腰斩断，顿时大乱起来，不知对付哪

---

① 张学良为控制逃兵，规定士兵睡觉必须脱得一丝不挂。

个方向为好。这时,红军的冲锋号响了,两翼山坡上的红军全部压下来。敌阵随即崩溃,非死即伤,大部分跪在地上双手将步枪高举过头,悲哀地呼叫"红爷饶命""我投降"。

打完这一仗,红军大部队已经过来了。本欲在此休息的红四大队作为先锋部队,只好继续前进。

次日中午,红军各部陆续开到一个叫孟家园的小集镇。镇外一条小河;镇内除了有多家商店,竟然还有一座教堂。为了不扰民,部队在镇外四周安顿下来休息。

昨夜先头部队红四大队抵达时,没收了镇内一户地主的两百多只肥羊和满仓房的小米和面粉。

于是,大部队抵达时便吃了一顿很饱的羊肉下小米干饭。而面粉则与小米分别做成不同的干粮储存起来以备行军不时之需。

部队决定再次休整两天,除了继续吃羊肉、小米干饭之外,还考虑让各单位分批去河边洗衣服,用行军锅烧水洗澡。

然而,澡还没洗完,枪声就响了。

侦察兵的情报也及时送回来:白军约莫六千人从环县曲子镇方向开过来了,两个连的红军前哨部队与之交上了火,正在顽强阻击。

红军大部队紧急集合。各单位下到那些深深的黄土沟里,沿着这些曲里拐弯迷宫似的深沟,绕向河连湾。为尽快摆脱白军,得急行军,不能休息。

跑了一天一夜,距河连湾十公里许,前面又传来了枪声。前卫部队(红四大队)首长王开湘、杨成武得到报告,先锋部队红一连遭到了一个土围子阻击,五六百人的民团守在那里。红一连毛振华连长正亲自率部攻打。

杨成武心里莫名其妙地紧了一下,脑海里闪过一张古铜色的娃娃脸。毛振华刚满二十岁,中央红军著名战斗英雄,强渡乌江、攻破腊子口,都立了大功,名字多次登上《红星报》,乃是林彪和聂荣臻十分疼惜、重视的人物。

聂荣臻多次叮嘱杨成武说,小毛这孩子"主席都很关心,教我们着意培养,将来可成为挑大梁的角色",你们要记住主席的话。

林彪每次到杨成武、王开湘的部队,都要召见毛振华。有一次激战后,林彪把满面硝烟色的毛振华叫到跟前,温和地教训道:

"你这个娃娃,打仗不能总是没命地冲,要懂得首先得保住自己,才能更有效地消灭敌人。"

毛振华没有正面回答,只翕开嘴巴傻笑,露出了两枚洁白的小虎牙,说:

"军团长，你才比我大七岁，怎么叫我娃娃呀？"

林彪忍俊不禁，也笑了。"大你一岁也有资格叫你娃娃！别跟我打马虎眼，记住我的话！"

果然，还是传来了噩耗：毛振华提着驳壳枪跃上寨墙时，头部中弹，牺牲时仍保持着冲锋与挥枪击发的姿势。跟随毛连长冲击的三排一班战士赶紧把他抢下来，背回阵地。

杨成武急忙赶赴前沿，见毛振华安静地躺在一张门板上，脸上的血已擦去，唯太阳穴处的弹洞还有一缕未擦尽。杨成武用自己的袖口小心地将它拭去，然后伸手去掏他的衣兜，看看还有什么遗物，却感觉体温尚存。不禁感慨系之：到底是血气方刚的年龄啊。

他对一脸畏怯的一连指导员咆哮道："这是怎么搞的？你们叫我怎么向军团长、政委交代呀！"

指导员放声大哭，既悲伤又委屈地分辩道："战斗一打响他就带一个班去突击，说不信捶不烂这些土鳖，我怎么劝他也不听呀！"

杨成武继续吼叫："你是党支部书记，你有权制止他！你干什么吃的？而且这个仗完全可以不打，把土围子包围起来，等我们来了，集中火力一压制，部队就通过了！这些民团土鳖有什么打的价值？"

军医用一条白毛巾小心地给毛振华洗净了脸，把血染的军帽军衣脱下来，换上了相对比较新的一套军衣军帽。这套新换的军衣是从毛振华的背包里找出来的。战士们知道打腊子口时他就穿的这套，那上面还有两处在攀缘绝壁时扯挂的口子。过了腊子口后他就把这套军衣洗干净，折叠得整整齐齐，收藏起来了。

红军战士都知道，他们的目标是陕北，中央已把落脚点定在那里了，说是那里有一块红色根据地。他们牢记了毛泽东在甘南说的话，此行尽量避免跟敌人作战，要不惜绕大弯避开白匪。

红军在黄土梁子上行军时，遇到一支东北军的骑兵部队，几乎是与他们平行向一个方向前进；只是相互间隔着几道深深的干沟和黄土梁子。两军都警惕地戒备对方，但都没有开枪的打算。红军后来发觉敌人的马大约很长时间没饮水了，显得焦躁而困倦。原来是这个原因不想作战。

抵达甘陕交界处的老爷山时，巧遇徐海东派出来寻找他们的侦察兵。

侦察兵们跑回去汇报后，次日就有五匹快骑奔跑而来。为首的那名小战士高声喊道：

"同志们，快带我去见毛主席！刘志丹同志、徐海东同志有信给他！"

毛泽东的警卫员陈昌奉正好在那里，便领他们走了。

毛泽东读了信后，兴奋地站起来，扬着手中的信对红军指战员们喊道：

"同志们，我们已经进入陕北苏区，到家了！红二十五军、红二十六军的代表就在这里呀！"

大家都欢呼跳跃，高呼口号。终于熬到头了啊。

此后行军加快了速度，各路纵队逐渐走到一条道上，八千人马排列成一条十多公里的长龙，卷起遮天的尘土。

队伍拉得太长，先前不见了的那支骑兵大约找到水源饮了马，追了上来，将红军的后卫部队切割出来。后卫部队只两个连，与他们距离仅两百米的干部团也一并遭到了切割。

干部团团长陈赓、政委宋任穷简单商量了一下，决定把这条讨厌的尾巴斩断。这里的干沟又深弯道又多，纵横交错，山梁上的人要看清沟底的人很困难。陈赓指挥干部团和后卫部队两个连全部下到沟里。山梁上的敌骑是没法下沟的，只能胡乱向沟底打枪、扔手榴弹；沟底的红军却对他们瞅得很清楚，举枪一瞄一个准，一打一个准。黄昏的时候，敌骑逃掉了。

红军总部命令，今天在一个名叫吴起镇的小镇宿营。

距吴起镇只有几公里时，红军依稀望见了它的轮廓。红军指战员兴奋极了，不由自主地改成了跑步前进。这就像成仿吾后来所回忆，"我们高兴极了，像小孩子一样向吴起镇跑去"。到了镇外，整理好队伍，每个人都端正了衣冠，"列队进入了这个镇子"（杨成武语）。

此地的乡党支书、乡长带着一群人上前迎接他们，对他们说：

"同志们，到家了！"

他们把党中央几位领导拉到乡公所去。

毛泽东等人这才知道，陕北正在进行极为紧张的反"围剿"作战，刘志丹、徐海东都在前线。

但吴起镇很快也成了前线。东北军的骑兵、马鸿宾的骑兵共四个团追上来了。

毛泽东挥了一下手说："来得正好，坚决消灭这伙匪徒，向陕北苏区人民献上一份薄礼！"

周恩来说："主席说得对，我们不能把这伙讨厌的家伙带进苏区！"

毛泽东命令陕甘支队司令员彭德怀指挥这场战斗，吩咐他分两个阶段打，先打弱，后打强，牢牢掌控局部优势。

彭德怀决定先打马鸿宾，然后集中兵力打东北军。

红军首战告捷，将马鸿宾骑兵团消灭过半。

溃逃下去的马鸿宾骑兵团官兵惊慌失措，为了给战败找托词，夸张地说吴起镇周围有一两万共匪在行动。

东北军骑兵师师长白凤祥倾听马鸿宾三十五师骑兵团团长马培清讲述红军如何大军云集，本团如何拼命才冲出包围圈，颇不以为然，极为蔑视地哼了一声。

马培清见状，心里不服，提醒道：

"白师长，看情况绝不是陕北土共，多半是朱毛巨匪来了！"

白凤祥哈哈大笑，乜视了马培清一下，道：

"朱毛巨匪，又待怎样？哼，本师长视如草芥！剿总既然叫你听我节制，那咱们就合兵一处，抓住千载难逢之机，建不世之功吧！"

马鸿宾无奈，只好带着自己的残兵败将，战战兢兢跟着白师长去应付差事。

次日一早，踌躇满志的白凤祥率领两股骑兵向吴起镇开去。

马培清害怕自己的部队再遭损失，回去没法向马鸿宾交代，坚持要担任后卫。

白凤祥明白这厮胆怯，本来也没打算让其染指这个获大胜的功劳，便答应了。

白凤祥的大队人马在前头攻击前进。尝过红军铁拳的马培清断定这个狂妄的东北佬必败无疑，便有意在后头越走越慢，把距离越拉越大，以便一旦打起来，容易掉头脱离险地。

白凤祥攻击前进十分顺利，这使马培清更认定了他要倒霉，心里盘算定是红军的诱敌深入之计。夜幕降下来时偷偷后退十公里宿营。

一路上见红军如此不禁打，白凤祥更不放在心上了；也不再理会屁股后头的马培清在什么位置，下令就地宿营。

其实两股白军都主动乖乖地进入了彭大将军预设的伏击圈。

那马培清是聪明反被聪明误，他的小小骑兵团不应该和白凤祥大部队分开，更不应该分得远远的。此乃兵家大忌。他做梦也想不到，红军早就把他盯死了，借夜幕掩护，远距离迂回，对他的部队进行大包围。马家军和张学良一样，也是怕士兵开小差，规定宿营时士兵必须脱光睡觉。待他们脱光睡下后，红军发起突然袭击，打他个措手不及。在红军强大火力压迫下，马培清部队大乱。少数赤条条上马奔逃的倒是跑脱了，但不少被马镫或马鞍挂断了胯下二和尚，鲜血淋淋好不雅观；大部分人来不及解开马缰，撒腿就跑，也顾不得光着屁股了。马培清在卫队护卫下，迅速上马，得以逃脱。

马培清收罗了败逃出来的部队，居然还有几百人；不敢继续奔逃，怕以后被指为临阵脱逃。他斟酌半晌，将部队置于安全的高崖上，远远观察，视战况再定进退。

马培清站在高崖上用望远镜观察，见白凤祥的先头部队和红军开打了；又见前面山头上有红军阻援的阵地，人数很少，寻思捡个便宜，把这个阵地攻破，接应白部出来，也算是将功补过了。认定自己这是个好主意，他立刻豪迈地挥师攻打过去。

这段阻击阵地的一百多红军并未坚守，虚晃一枪就退走了。

马培清进占这个地段，觉得也许可以一雪前耻，反败为胜、变过为功了，于是用电台与白部联系，呼叮他们向这里靠拢，以便接应他们突围。然而对方回电称，东北骑兵十七团已就歼；十八团也落入包围圈，正在苦战，无法向马培清靠拢。

夜幕降下时，马培清没想到红军又向他发起了攻击。他再次慌忙率部撤离。跑没多远就被截住，这才明白遭到了前后夹击。红军的枪声、喊杀声漫山遍野压过来。他哭丧着脸哀号道：这次是死定了！真不该多事，折回来帮白凤祥的忙！

不料喊杀声突然又消失了。

已经在等死的马培清发现红军突然一个也没有了，而远处白部被包围的方向枪声更加骤密。原来打击马培清战场的红军奉命转身去截住白凤祥一个逃出包围圈的团，协同前头的红军主攻部队将其包围起来，全部缴了械。

吴起镇一役，红军消灭白军一个团又两个营共两千多人，打垮三个团，缴获械弹无数、马匹三百多。

三

打败了白军骑兵的次日，即 1935 年 10 月 22 日，中共中央在吴起镇召开了政治局扩大会议。

会议认为，虽然中央和红一方面军主力基本上胜利结束长征，但就红军整体而言，不少单位依旧没有摆脱流动状态，如四方面军和一方面军一部，在张国焘分裂主义路线误导下，南下碰壁后，处境艰危。红二、红六军团依旧在流动作战，正在寻找、以求靠近距离最近的兄弟部队。

会议还决定，刘志丹、高岗领导的陕北红军即红二十六军与徐海东、程子华领导的红二十五军立刻进行整编，合并为红十五军团，计七千五百人。徐海东任军团长，程子华任政委，刘志丹任副军团长兼参谋长，高岗任政治部主任。还基本预定，俟红二、红六军团与红四方面军会师后，将滞留在四方面军的一方面军所属红三十二军（原九军团）划归任弼时、贺龙节制，与红二、红六军团合编为红二方面军。

会议还做出了一个重要决定，勒令陕西省委书记杜衡立即停止"肃反"运动，释放全部在押的红军干部。

党史上有一个颇具公式化的现象：凡死搬教条者，在成为教条主义者的同时必然是极左路线推行者；凡阶级立场摇摆从而对马列主义原理在私下持怀疑态度者，必然成为右倾机会主义者。杜衡属于前者。

杜衡在陕北苏区内部展开了"肃反"运动，把一些在革命运动过程中的策略性问题当作政治路线问题予以夸大，认为在苏区因时机不成熟暂未实行土改和军事策略上的借力打力手段认作"不实行土地革命""秘密勾结军阀"的罪行。所以，在逮捕了大批红二十六军中下层干部和陕北苏区地方干部之后，近期又逮捕了刘志丹与高岗。

毛泽东提议，由博古牵头并领导中共中央党务委员会，迅速纠正陕北苏区错误的"肃反"运动；党务委员会还应派核心成员王首道、贾拓夫驰赴陕西省委，传达瓦窑堡会议精神，勒令释放刘志丹等同志。

这个提议得到了一致通过。

中央决定陕甘支队到下寺湾与红十五军团会师。

10月30日，毛泽东等人率部离开吴起镇东进，取道保安县①，到达下寺湾屯驻。

毛泽东与彭德怀以陕甘支队政委、司令员身份写了一封信，派快骑驰送徐海东、程子华、刘志丹。此信十分重要，乃标志性事件，全文如次：

---

① 后改名为志丹县。

徐海东、程子华、刘志丹同志：

　　你们辛苦了！感谢你们的支援和帮助。我们听到了二十六军同志在陕甘边长期斗争的历史；二十五军同志在鄂豫皖英勇斗争的历史和在河南、陕西、甘肃的远征，听到了群众对你们优良纪律和英勇战斗的称赞。最近又听到了你们会合后不断取得消灭白军、地主武装的胜利，这使我们非常高兴。现在中央红军、二十五军和陕北红军就要会合了。我们的会合，是中国苏维埃运动的一个伟大胜利，是西北革命运动大开展的导炮。我们表示热烈祝贺！

　　此致
敬礼

中国工农红军北上抗日陕甘支队
司令员　彭德怀
政　委　毛泽东

　　徐海东和大家争相传阅这封信，兴奋异常，纷纷念叨着："毛主席！""毛主席，是毛主席呀！""说不定是毛主席亲笔写的呢！"

　　然而大家又都不明白这"陕甘支队"的名号是怎么来的，也困惑朱德怎么没签名。

　　徐海东最后说："大家不用猜了，见到毛主席就什么都知道了！"

　　此后徐海东、程子华、刘志丹、高岗等陕北同志天天渴望见到毛泽东和中央红军。然而，他们一直陷于与白军的较量中，劳山、榆林桥战斗刚结束，徐海东又率红十五军团主力南下清扫了民团及其他地主武装，重点要打张村驿。

　　这个张村驿是个小镇，住着几家豪族地主和十来家中小地主，所以有一个民团约莫六百团丁驻守。这个民团和四周几个土围子地主武装互为支援，共同对付红军。其战斗力虽不足为虑，但地势险要，寨墙也又高又厚，硬攻会付出较大代价。久经沙场的徐海东当然明白这点，召集大家一起研究如何智取。

　　忽然，从甘泉县道佐铺军团部奔来几个快骑。程子华政委派人送来急信：午后，毛主席和中央领导要到道佐铺，望火速回来。

　　徐海东将前线事务交给别的同志，立刻飞身上马，疾驰而去。

　　从前线到道佐铺约莫七十公里，途中还要翻越一道山梁。徐海东率警卫班没命地狂奔，不断挥动鞭子督促已经跑得很快的马，居然只花了三个钟头就回到了军团部。

徐海东滚鞍下马，这才发现他心爱的大白马浑身大汗。他禁不住抱歉地抚摸了一下马脸，说了一句："对不起老伙计！没办法，毛主席来了呀！"

程子华陪着毛泽东、张闻天、彭德怀话别后衷肠。徐海东进屋，傻傻地笑着环顾各位，因为他不知道谁是谁。

程子华赶快逐一介绍。

徐海东疾步上前，用双手握住毛泽东已伸过来的手，一时不知道说什么。而毛泽东微笑着先说话了。

"海东同志，你们辛苦了！"

"不不，是主席……你们辛苦了！"

毛泽东拉上徐海东一起坐下，询问十五军团情况，巨细无遗，什么都问到了。但他最关心的是当前的战况，叫陈昌奉取出地图，边听徐海东汇报边看地图。

毛泽东对陕北正在开展的第三次反"围剿"作战，事前多少有些了解，向徐海东详细询问敌我两军的位置，同时分析敌人的新动向。他看了看徐海东和程子华，问道：

"彻底粉碎第三次'围剿'，有没有把握？"

"有把握！"徐海东挥了一下手说。

"中央来了，中央红军来了，我们就更有底了！"程子华说。

毛泽东似乎察觉到红十五军团的通信设备有问题，询及徐海东。徐海东两手一摊，说根本就没有任何设备，无线电收发报机（当时军队俗称电台）那就见都没见过。

毛泽东点了点头，说："给你们一部电台，以便随时联络。"

徐海东笑道："那当然太好了！但是，怎么使用这个洋家伙呀？我们那里没人会呀！"

毛泽东哈哈笑着说："这个不要紧，中央给你们配备一个报务组，都是在苏联学这个专业回来的，修理都没问题！"

此前都是用快骑传递消息，如今一下子鸟枪换炮了。徐海东乐得久久合不上嘴。

陪中央领导吃了晚饭，已是黄昏时分。徐海东惦着前线战事，用手抹了抹嘴巴，起身向领导们告辞。他向领导们敬礼之后，对程子华说了句请政委陪好中央领导，不待回话就两步跨了出去。

夜半零时过，徐海东才赶回张村驿附近。他马上召开干部会，传达了毛泽东和张闻天指示，完了又重新检查白天已做得很充分的战斗准备。

时至凌晨4时，下令发起进攻。由于部署巧妙，战斗进行得很顺利。

战斗还没完全结束，五匹快马浑身冒着热气在指挥所院门口勒住了缰绳；有一匹还兴奋地仰天咴咴地叫了两声。原来，毛泽东派的报务小组到了。

架好天线，正好前线战斗胜利结束。

台长向徐海东请示："报告军团长，电台调试完成，需要发报吗？"

徐海东乐呵呵劈了一下手臂，那意思是我们也有这个洋玩意儿了。旋即指着台长命令道：

"向毛主席报告：战斗胜利结束，张村驿已被我军控制！请主席指示！"

陕甘支队和十五军团召开会师大会之后，陕甘支队向十五军团输送了大批干部，最有名者为周士第、王首道、宋时轮、黄镇、伍修权、毕士悌；十五军团则在物资上给予了陕甘支队援助。

11月3日，中共中央在下寺湾召开会议。

会议决定恢复中国工农红军第一方面军番号，徐海东指挥的十五军团编入一方面军序列。彭德怀任方面军司令员，毛泽东兼政委，叶剑英任参谋长，王稼祥任政治部主任。原第一军团和第三军团合编为第一军团，林彪任军团长，聂荣臻任政委，左权任参谋长，朱瑞任政治部主任；十五军团由徐海东任军团长，程子华任政委，周士第任参谋长，郭述申任政治部主任。第一方面军总兵力共一万八千人。

会议还决定，成立中国工农红军西北革命军事委员会，毛泽东任主席①，周恩来、彭德怀为副主席，王稼祥、林彪、聂洪钧、徐海东、程子华、郭洪涛为委员，后又增补叶剑英、聂荣臻、刘志丹为委员。

四

任弼时率领的红二、红六军团此刻已发展到两万人枪，声势大振，但与中央失去了联系数月，十分苦恼。中央无法对他们进行收、发报联系的原因是当

---

① 根据毛泽东亲笔填写现藏中央文献档案馆的《中国共产党第七次全国代表大会代表登记表》，在职务一栏里明确写着他"1935年担任中共中央军委主席"，说明此前他的主要职务是党中央军委主席。

初随着红军总部和总司令滞留在阿坝，报务科、密码本也全部留在了那里。换句话说，张国焘等于是掌握了类似古代的虎符。

陕北的中共中央十分牵挂二、六军团，又苦于联系不上，为此研究了好多办法。1935年9月29日，毛泽东指示周恩来索性用明码电报与任弼时联系试试看。电文很简单，只有这么一行字：

"弼兄：我密，留老四处。弟豪。"

任弼时自然悟得出"豪"就是"伍豪"，亦即周恩来，而"我密，留老四处"是什么意思，却使他百思不得其解。而且，周恩来为什么不用事先约定的密码而采用明码发呢？这更使他一头云雾，甚至一度怀疑是不是国民党在引他上什么当。

他踌躇良久，当天用原先约定密码回了一电，考察对方是否确系"中革军委"。电文先笼统汇报了最近战况，最后说："久失联系，请来电对此间省委委员姓名说明，以证明我们的关系。"

因密码本控制在张国焘那里，所以这封电报陕北中央未能收到。顺理成章地，张国焘控制的红军总部报务科却收到了，所以回电用的就是红二、红六军团早先与中央约定的密码电报了：

二十九日来电收到。

你们省委弼时书记，贺龙、夏曦、关向应、萧克、王震等委员；

一、四方面军六月中在懋功会合行动，中央任国焘为总政委；

据敌台称，蒋敌十月在宜昌建立川鄂湘行辕。刘湘调许绍宗九个团进攻你们。

望你们（以）冲突敌之原剿部署的英勇和经验来冲破新的围剿。

我们今后应互相密切联络。

朱、张　三十日

"朱、张"容易索解：朱德、张国焘。

电文既然说张国焘就任红军总政委，电文又是朱总司令、张总政委联署，使用的又是红二、红六军团与中央约定的联络密码，任弼时断定对方确系中革军委而非敌人冒牌。这使红二、红六军团领导们简直有如暌违母亲数月复闻母音般高兴，无不热泪盈眶。

然而，他们哪里知道，第一份明码电报确系中央所发，乃中央失去密码本后的无奈一试；而密码复电却系张国焘所非法控制的红军总司令部所发。因为任弼时等人对一方面军、四方面军会合后又分道扬镳等一系列变故完全不知道，对张国焘另立中央更不知道——张国焘做贼心虚没有对外宣布，即使是以"中央"身份致中央的"电令"也未明说自己已是"中央"，直至分裂的后期他才对外明确自己"中央负责人"身份。

从此，红二、红六军团即不久以后的二方面军一直和这个冒牌的"中革军委"保持着联系，接受着它的节制。直到数月之后，他们与四方面军会师才明白了一切。

红二、红六军团兵力已壮大到二万多人，所创建的湘鄂川黔苏区北临武汉南临长沙，对长江中游一带的国民党统治区形成极大威胁，蒋介石深感芒刺在背。他将对付红四方面军、红一方面军的部队抽调了一半，加上这一带的反动武装，拼凑了一百三十个团二十万人的兵力，企图彻底消灭这支让他寝食难安的红色武装。

面对这一严峻态势，任弼时领导的湘鄂川黔边省委和红二、红六军团军分会研究后认为，目前本部红军所经营的地域太过狭小，不利于大回环作战；必须从敌人密布的堡垒圈突围出去，再与敌人大范围周旋，寻求和制造歼敌机会。任弼时致电"中革军委"请示方略。

10月15日，朱德、张国焘复电，同意他们进行战略转移。

三天后朱德、张国焘再次致电任弼时等同志，通报了红四方面军当前的作战方位。

1935年11月19日，红二、六军团两万将士告别了用鲜血和无数战友的生命换来的湘鄂川黔苏区，集结在桑植县刘家坪，踏上了长征之路。

先头部队次日就开抵大庸和溪口之间澧水北岸。南岸是白军构建的第一道封锁线。红军在当地老百姓协助下，很快就扎成十多只木排、竹筏，随后用五挺机枪和一千多支步枪压制对岸的白军火力，掩护突击队强渡。付出了五人牺牲为代价，突击队成功登陆，控制了渡口，然后迅速搭起一座浮桥。后续部队快速从浮桥上过河。不料白军飞机发现了，很快炸毁了浮桥。剩下的红军部队只好到下游寻求渡河机会。所幸一处河段的河水只及腰部，便都从那里徒涉而过。

到了澧水南岸，红军分成两路向第二道封锁线沅江挺进，行程八十公里。

21日夜晚，两路部队先后抵达沅江北岸，先消灭了北岸守敌一个团，然后派两支突击队从上游、下游敌人防守空隙渡江到南岸，东西夹击，抢占了主要渡口，为大部队过江开辟了通道。

渡过沅江后，用六天时间攻占了辰溪、浦市、溆浦、新化、蓝田（今涟源）、锡矿山等湘南中西部广大区域。

红军在这里宣传党的政策，发动贫苦农民，成立农会，打击土豪劣绅，孤立地主，没收他们的财物、粮食和土地，分配给穷人。三千多贫农青年和中学生报名参加红军，红军择优录取了两千一百人，剩下的编为不脱产的民兵队伍。

这极大地震动了国民党高层。

蒋介石再次委任何键为剿匪总司令，责成其负责剿灭"贺胡子部"。

何键总司令部以樊嵩甫纵队四个师、李觉纵队三个师为主力拔寨起营：樊部取道慈利渡过沅江，向新化、溆浦攻击前进；李觉取道沅陵、泸溪向辰溪、溆浦攻击前进；又以陶广纵队三个师、郭汝栋纵队八个团进至沅江西岸；以汤恩伯纵队两个师做总预备队兼长沙守备军。

原湘鄂川黔苏区在主力离开后，由红十八师和地方游击队留守。白军留下孙连仲部、徐源泉部负责清剿。

李觉纵队的先头部队为抢头功，先于其他白军部队赶到了浦市、辰溪附近。任弼时、贺龙本欲对之进行分割围歼；由于红二、红六军团主力分布区域过广，部队集结耗时太长，以致樊嵩甫的四个师也过了沅江并分道扑向溆浦、新化。红二、红六军团只好先行用三个师打击樊嵩甫一个师。但这个师迅速靠近了樊部主力，红军这一计划也落空了。

李觉的先头部队乘红军主力不在，攻击溆浦城内的红军后方机关。

王震率红十六师紧急驰援，保得后方机关撤出城池，然后退却到安全地带。

白军已有七个师靠近了红二、红六军团；西面陶广纵队三个师、郭汝栋纵队八个团正沿沅江向南进发；东面汤恩伯纵队两个师也从岳阳、长沙赶来。这就是说，对红二、红六军团的包围圈正在形成。

任弼时、贺龙研究决定，摆脱白军重兵，插向西面白军兵力较薄弱的黔东。

为调动敌人，红军兵分两路，离开溆浦向东南疾进，连续九天，做出一副要东渡资水的态势。白军由是全部追向那里。而红军相准时机，突然掉头向西，隐蔽前进，冲破了途中少数白军拦截。

白军回过神来时已是1936年元旦，红军已经进入了芷江以西地区。追到红军尾后的只有李觉纵队、陶广纵队各一部。

红军决定集结主力在湘黔交界的晃县、龙溪打掉尾追之敌，挫挫白军骄狂之气。

4日，李觉保安十二团的一个营大摇大摆渡过沅水。红军立刻包围了这股敌人。

不料情报有误，白军两个师很快就赶过来了，对红军展开猛烈反击。

红军伤亡一千多人，赶紧退出战场。

在这里耽误了时间，先前被引向东南的白军返回来，陆续追到这里。局势对红军极为不利，只得赶紧放弃晃县、龙溪地区，以求彻底摆脱白军重兵围追。

任弼时、贺龙等率部越过湘黔边界，进入贵州。在玉屏县遭遇黔军一个营，立刻将其歼灭，取得了装备。旋即快速向黔东南的石阡、江口方向前进。

红二、红六军团元月9日分别占领了江口、石阡。

这一带地处黔东山区，地瘠民贫，小地主很少，有几户豪族地主；大山区也不利于大部队的战略回旋。更重要的是国民党对这一带控制极严，地主武装大都亦兵亦匪，十分强悍。一年前红六军团在这里遭到极大损失。红十八师师长龙云率领的两白多红军就是在这里被地主武装杀害的，龙云本人也被俘牺牲。任弼时、贺龙、萧克、关向应一致认为不宜在这里创建根据地。

朱德、张国焘给他们来电，指示"在未遭到严重打击时不宜久停一处……应在离敌策源处较远地方活动；但勿入太荒凉野地。敌力虽多，我能进退自如，主动在我"，"乌江下游障碍大，上游障碍较小，黔南黔西均少大河障碍，给养亦不困难"，所以你们"应以佯攻贵阳姿势，速转黔西、大定、毕节地区，群众、地形（较有利）均可作暂时根据地"。

任弼时以中央代表和军分会书记名义，元月19日在石阡城内天主堂召开红二、红六军团高级干部会，参加者有贺龙、关向应、萧克、夏曦、李达、王震、甘泗淇。经过认真讨论，会议一致决定遵照"中革军委"指示，迅速西进，渡过乌江，前往贵州西部的毕节。

部队在江口、石阡休整七天，拔寨西进。沿途冲破了白军在余庆、龙溪一线设置的封锁线，攻取了瓮安县城。接着进至马场坪一带，打败阻拦的白军，占领了平越县城（今福泉县），击溃了国民党政府的专员公署及其武装力量，消灭其有生力量五百多人。然后继续前进，占领了贵阳西面不远处的龙里县。

白军深恐红军攻略省城，急调贵阳周围两个师回省城拱卫。这么一来，白军在贵阳以西就出现了防务真空。

红军抓住这一良机，掉头从筑北从容开过，转往西北方向，奔乌江而去。

2月1日下午6时，担任全军前锋的红二军团侦察连，率先开往乌江渡口鸭池河。

这个连的装备特别好，都是双枪将：一支驳壳枪、一支步枪，外加五枚手榴弹和手电筒，超过蒋介石的中央军了。

他们的任务是天亮之前赶到鸭池河渡口，控制渡口，搜寻到尽可能多的船只。而出发地到目的地共有六十多公里，光是跑路就够艰巨的。他们一路小跑，没片刻停留，每个人上下全被大汗湿透。凌晨4时赶到了渡口附近的卞家村。老百姓告诉他们，渡口有一百多白军防守。那是一个连的兵力。

两名红军尖兵悄悄摸到敌人哨兵旁，用刺刀逼住那哨兵。哨兵供述，白军这个连在五十米远近的一个祠堂里睡大觉。

红军勒令俘虏带路，悄悄去往祠堂。两个排将祠堂包围起来，一个排摸进去。战士们先将架置在墙边的一百多支枪械（包括一挺轻机枪）搬出门去；然后几十只手电全部开亮，喝令白军起床集合。而屋内照旧鼾声如雷，居然无人醒来。

后来，睡在最舒适位置的连长终于给吵醒了，揉揉眼睛并不愿起来，不悦地用标准的黔语呵斥道：

"你狗日的再开玩笑，老子日你妈的！去去去，滚出去！"

"嘴巴放干净点，快起来，我们是红军！"

这下那连长真的冒火了，坐起来，破口大骂道：

"卞日隆，你龟儿子再闹，老子不日死你，老子就不是人！"

红军战士被这厮闹得哭笑不得，只好上前把他掀翻，捆起来。当然，这一下那连长彻底清醒了，但他的部下们居然还在沉睡，只几个似醒非醒地抬头看看又睡着了。红军费了好大劲才把他们弄醒。

红军从俘虏中挑出几十名看模样还算老实的家伙，命他们将一百多支步枪用竹杠挑起，跟着走；其余俘虏捆起来关在祠堂内。

部队继续奔往渡口。

这是拂晓时分。

江面宽约五十米，水流湍急；对岸地势险要，多为陡坡，有些段落干脆就是绝壁悬崖。

俘虏说，对岸有二十多只船，有守军控制着。

红军命令俘虏连长喊话，称有要事过河禀报。

对岸听到了喊话，不一会儿，一只小船就划过来了。

不料船正在靠岸时，俘虏连长突然跳下船，操起桨片奋力将船撑离岸边，向河中划去，还大声向对岸喊叫："红军来了！"

　　对岸白军听到了动静，但没听清喊话内容，纷纷跑到河边一看究竟。红军机枪手猛烈扫射，霎时倒了一片。其他白军吓坏了，纷纷向山上逃去。

　　红军向对岸船工大声喊话，请他们把船划过来。

　　这些船工曾与中央红军接触过，见白军已跑，便纷纷把船划了过去。

　　红军侦察连就这样控制了两岸渡口和不少的船只，还用每人每天两块银元的高价雇定了二十几名船工，每天好肉好饭款待着。船工们十分高兴，说天下红军是一样，个个都厚道呀。

　　红军先头部队一个团来到后，在船工和老百姓帮助下，用山上竹子搭建了一座浮桥。红二、红六军团两万人马陆续过了江。

第十三章

一

中共中央军事委员会决定"接管"红十五军团反击白军第三次"围剿"的指挥权。

中共中央政治局决定，领导人暂时分为两个组：张闻天、博古、王稼祥、刘少奇率中央机关与警卫团到陕甘根据地的后方瓦窑堡；毛泽东、周恩来、彭德怀率红一方面军开赴前线，对付白军第三次围剿陕甘苏区。

当初蒋介石为了对付红军，拼凑了一个西北剿匪总司令部，自己兼任总司令，东北军头头张学良任副总司令实际主持战事。

张学良前两次围剿刘志丹、徐海东未能出战绩，以损兵折将告终；这次面对中央红军与陕甘红军成功会师，似乎也没害怕。他以为自己带甲十多万，十倍于对方，爷怕谁呢？他调集五个师组织新的进攻：六十七军一一七师从东面的洛川、富县大道北上，企图截断红军退路，与其主力协同围歼红军于洛河以西、葫芦河以北的狭窄区域。

毛泽东决定，集中兵力向南，先在富县的直罗镇打一个歼灭战，吃掉沿葫芦河东进的白军一二个师；以此为基础，相机转兵各个歼敌。他专门为此于1935 年 11 月 18 日在直罗镇东面的东村召开西北军事委员会会议，介绍自己的战略设想，要求大家各抒己见，批评指正。还进一步设想：若能赢得这次战役，那就可以"猛烈扩大红军，扩大苏区"。

大家都赞同毛泽东的报告。

毛泽东指出，东北军一〇九师明天窜犯直罗镇是没有悬念的，一军团和十五军团的团以上干部先到直罗镇察看地形，然后与彭德怀同志一起研究兵力部署；由彭德怀同志决策。

最后，他用告诫的语气说："同志们注意了，我要的不是击溃战，那不算胜利；要的是歼灭战，一定要全歼一〇九师，把蒋、张哥俩打疼！"

十五军团军团长徐海东一年多来第一次这么高兴。今天这个会，是他多年以来参加的高级干部会最满意的一次。首先，会议是由红军最高统帅主持的；其次，会上认识了几位久闻大名却从未谋面的红军高级将领；最后，初次领略了党的民主集中制原则，这个原则能够可靠推出最有益的主张。联想到从前的一些会，总是吵得一塌糊涂，无法选取一个最有优势的办法，最后只能匆匆做出决定，结果是错多对少。他深深感叹："毛主席的领导能力和领导作风就是与众不同啊！"从此暗暗下定了紧跟毛泽东的决心。

回到军团部驻地，他和程子华政委马上招来团以上干部乘马飞奔直罗镇。

在直罗镇西南面的一座山下，一军团的许多干部跟随彭德怀、林彪、聂荣臻正在向山上走。徐海东向他的干部们挥了一下手说："我们快走，一军团老大哥们已经先上去了。"

红一、十五军团干部在山顶上相会。由彭德怀领着，一边向各个方向巡视，一边自由议论。山下不远就是直罗镇，三面环山，一面临水。一条小公路由西而来，穿镇而过。镇外有一块约莫两百平方米的石砌小寨子。大家兴奋地议论纷纷：

"这个地形，太有利了！"

"白匪进了直罗镇，等于钻进了口袋！"

"天生的围歼战场地带，真是太好了！"

彭德怀没多说话，一直紧绷着面孔。后来，他遥指远处那个石寨对林彪说：

"林彪，你看到那个石寨没有？白匪一旦察觉遭到了包围，一定会首先想到占领它！"

"是的，"林彪也早就发现了，"站在敌人位置，那种情况下也只有利用它！"

徐海东想了想，建议道："因势利导，在里面预设个地雷阵！"

林彪摇了摇头："再多的地雷也只能响一轮，外边活着的还是会进去利用它！"

彭德怀点头说："是这样！我看只有拆掉它……"

林彪说："工程有点大啊！"

徐海东说："我马上派一个营去干，再动员当地老百姓帮忙……"

彭德怀马上说："好！海东，你抓紧去办！"

徐海东郑重其事地立正，敬了个军礼，说："是！"立刻转身跑步去了。

杰出的战略家，不仅善于指挥自己的部队，如臂使剑，所向披靡；还能成功调动敌人，使之乖乖地引颈就戮，为我所歼。毛泽东的安排是用一支部队佯作阻击，要打得顽强，打得惨烈，然后以不支之势逐步退却，把白军引进直罗镇。

两天后，白军东北系统的一〇九师师长牛元峰，牛气哄哄地率领部队，在六架飞机护卫下，趾高气扬开赴直罗镇，根本就没把红军放在眼里。

他的前卫团遇到了一支阻击的红军。交战半晌，红军不支，委弃甲仗无数，一路败走。牛师长的前卫团进了直罗镇地域，又与这支红军打了一仗。红军败走后，团长向牛师长发电说：

"已占直罗镇，刻正发展战果。"

牛元峰大喜，率本师主力大摇大摆地进驻直罗镇。

毛泽东、周恩来亲临前线，在镇外山坡上彭德怀指挥所观战。

此刻，红十五军团从南向北，逐步推进；红一军团从北向南开进。两部大军形成夹击之势，拂晓时分完善了对直罗镇的包围。

突击队由徐海东的一个团担任。

徐海东亲自指挥这个团从山后直插直罗镇，突然攻进敌人阵地。后续增援部队陆续进入。

战斗进行颇顺利。激战一个多小时，牛元峰的一个师大部就歼，一个营趁乱逃掉，另一个营拥着牛元峰逃进那个拆而未毁的石头寨子。

此刻的牛师长不再牛气哄哄了，哭丧着脸，一边叫赶快发电向军长董英斌呼救，一边命令残部死守待援。

彭德怀在山坡上用望远镜观战，见残敌躲进残寨负隅顽抗，不禁抱怨道：

"这个徐海东。干活太不认真了！"

徐海东在靠近战场仅五十米的地方观察战斗情况，此刻也在骂自己太粗疏。派部队拆寨墙时，自己没亲自督促，完工后也没去检查。四周的石头墙只拆矮了大半，并未彻底铲除；而且拆下来的石头也就堆放在附近，敌人利用它又把寨墙垒了起来。徐海东除了骂自己，也骂那位带领部队施工的营长，说一定要严惩这家伙。

他寻思，这是会师后的第一仗，又是在毛主席眼皮子底下干的第一桩活儿，可不能做得不干脆呀。

现在太阳正平西，天黑尚有一段时间。他决定借着一道干沟掩护，派突击队靠近寨墙，突然冲进去。预计需要组织六挺机枪，压制敌人的机枪火力。

毛泽东一直在远处用望远镜观战，脸上有一缕掩饰不住的不悦。也在一旁观战的周恩来察觉到了，低声说：

"主席，我去看看徐海东吧？"

毛泽东看了他一下，略有些犹豫，没搭腔。周恩来一再坚持，他才说：

"恩来，去可以，但是只能到徐海东那里，不能再靠前！"

"主席放心吧，我不会再靠前的！"

"你告诉徐海东，张学良派来救援的一〇六师在半路上被我军打援部队截住了，还消灭了一个团，教他放心打仗！"

"好的，我记住了！"

周恩来一到徐海东跟前，第一句话就问道："海东，有什么困难吗？"

徐海东有点不好意思，说："周副主席请放心，我一定尽快拿下它！"

周恩来点点头，说："还是等天黑下来再动手吧！"

徐海东说："不好等到晚上吧？敌人的一〇六师正在向这边疾进，如果赶过来就麻烦了！"

周恩来说："这个你不用担心！我们的打援部队已经在黑水寺把它挡住了，还消灭了他一个先头团！"

徐海东听了，大喜之余，暗暗赞叹毛主席用兵真是严丝合缝，什么破绽也不留给敌人。这下子放心了，他吩咐部队围而不攻，待夜幕降下来再说。

他安排完晚上的进攻以后，又命令抓个俘虏问问寨子内情况。

从寨子内出来偷水的两个倒霉蛋被抓住了。

这两个倒霉蛋供述寨内没水源，包括牛师长在内都只能啃干饼子。由于没水喝，牛师长脾气很坏，动不动就打人，还毫无顾忌地砰砰砰不断放牛屁。

徐海东哈哈大笑，吩咐好好招待这两个俘虏。

夜幕降下来了。徐海东的突击队沿干沟秘密靠近寨子，然后借助掩护火力的突然击发，致敌人手忙脚乱之际，冲进寨内。

后续部队见突击队已进寨控制了局势，便大量拥入。战斗很快就结束。白军伤亡过半，余下的跪地求降，少部分趁乱向西跑脱了。

徐海东及时跟进去。他首先到处找牛元峰，却不见人，大怒，质问负责主攻的七十五师的两位干部，并下令道：

"你们两个师长、政委亲自去追，一定要把这头牛给我牵回来！"

"是，我们一定把他抓回来！"

"抓不到活的也要抬个死的回来！"

"放心吧，军团长！"

远处，遥遥传来一片枪声；直罗镇主战场已在打扫战场了。附近的老百姓也跑过来，寻找死去的白军遗物；红军对他们也不干涉。

次日凌晨1时，红一军团撤离战场。

徐海东却还在那里等待去追击敌人残部的部队回来，主要是等牛元峰的消息。他不愿意去向毛泽东汇报战况时说牛元峰逃掉了，那是多么没面子的事呀。

终于，凌晨6时许，红七十五师师长派快骑回来报告：追击部队追到西面五公里山上时，把牛元峰打死了。

在人民军队的历史上，直罗镇战役是红军到达陕北后，毛泽东亲自部署、指挥的一场以完全胜利告终的军事行动。战斗进行得干脆、利落，歼灭了白军一个整师又一个团。

打扫战场、安排伤员、改编俘虏用了一整天。晚上，徐海东的部队才带着胜利品撤离战场，回驻地去。徐海东回忆道：

> 晚上，当我们路过毛主席住的村庄时，只见毛主席住的窑洞还点着灯。这些天，主席辛苦了，天这么晚了，怎么还点着灯呢？
>
> 我怀着一种崇敬的心情，走到主席门口，问门口的警卫员道：
>
> "主席还没睡吗？"
>
> "主席晚上是不睡觉的！"警卫员说着，把我引进门去。
>
> 主席披着件蓝旧大衣，点着盏油灯，正精神奕奕地工作着。桌上放着那张三十万分之一的旧地图。可以看出，主席又在考虑新的行动，策划新的战役了。
>
> 主席放下手里的铅笔，亲切地伸出大而有力的手，微笑着说：
>
> "辛苦了！"
>
> 我说："天这么晚了，主席还没休息！"
>
> 主席说："这样习惯了。怎么样，部队都撤下来了？"
>
> 主席简要地讲了这次胜利的意义、当前的敌人动向。然后，关切地询问了部队的伤亡情况和伤员的安置。最后嘱咐要好好组织部队休息，让战士们都洗洗脚。主席对战士那种无微不至的关怀，具体细致的作风，给我留下了难忘的印象。①

毛泽东对战役进行了总结，向营以上干部做了《直罗战役同目前的形势与

---

① 徐海东《奠基礼》，载《解放军文艺》1975年11期。

任务》①，指出这次战役完美胜利的原因是"两个军团的会合与团结；战略与战役枢纽的抓住（葫芦河与直罗镇）；战斗准备得充足；群众与我们一致"。他特别指出，在新形势下（指抗日救亡），对待俘虏军官采取一律不杀和优待释放做法，既搞下层统一战线也搞上层统一战线。这是针对过去"左"倾教条主义者只搞下层统一战线，反对搞上层统一战线而说的。

徐海东向他反映，他们长征时，奉省委之命带上了鄂豫皖苏区"肃反"揪出来的三百多反革命嫌疑犯，一直带到这里。现在这些人还没做结论，怎么办？

毛泽东长叹了一声，说："这些同志跟着你们长征一路走来，并不逃跑，吃了那么多苦，说明根本不是反革命！要立即给他们摘掉嫌疑犯帽子，党团员都要恢复党籍、团籍，干部要恢复工作！你徐海东要加上程子华一起去给这些同志做出解释，安慰他们！"

徐海东对此回忆道：

　　我按照毛主席的指示，向三百多个被冤枉的同志宣布了恢复他们的党团关系。三百多个同志全哭了，我也流了泪。从这件事，我又一次感受到，毛主席是最实事求是的。那些同志如果不是毛主席干预，不知还要被冤枉多久呢！②

同时，毛泽东对陕北"肃反"扩大化的问题也十分揪心。他人尚在前线，就拉上周恩来、彭德怀联名致电后方的党中央领导张闻天、博古，请他们详细考察这方面的实际情况；他十分肯定地指出："错捕的，定有一批人，定系事实！"要纠正错误，但处理要慎重，要有利于领导层的团结。

当时，中央决定董必武、李维汉、王首道、张云逸、郭洪涛组成五人小组审查这些案件。

毛泽东回到中央所在地后，第一件事就是听取五人小组关于复查刘志丹等人案件的汇报。他指出："逮捕刘志丹等同志是完全错误的，是莫须有的诬陷，是机会主义，是犯了'疯狂病'！"

王首道回忆道："毛主席的指示和刘志丹等同志平反的消息传出以后，广大军民奔走相告，欣欣鼓舞，热烈欢呼刘志丹同志得救了、陕北得救了！"③

---

① 1935年11月30日的会议记录，中央文献档案馆藏。
② 徐海东《生平自述》，三联书店，1982年12月版，第47—48页。
③ 《王首道回忆录》，解放军出版社，1988年版，第170—171页。

直罗镇战役的胜利和陕北"肃反"扩大化的纠正，使陕甘革命根据地原来所存在的两个最为迫切的问题得以解决，使中央能够在这里站稳脚跟，获得一个相对安定的环境来思考和处理全局性的问题。

12月17日至25日，中共中央在瓦窑堡召开政治局扩大会议，讨论全国政治形势和党的策略问题。

会议的决议是在日本帝国主义入侵中国的形势下做出的。此后党的总任务是"以坚决的民族战争，反抗日本帝国主义进攻中国"；战略方针是"把国内战争同民族战争结合起来""准备直接对日作战的力量""猛烈扩大红军"。主攻方面放在东面的山西和北面的绥远，先渡黄河东征山西，再相机北进。

二

红二、红六军团两万人马全部过了乌江后，将浮桥全部炸毁，所有船只一炬而焚之。当然，补偿了船主足够的银元。

白军二十三师、二十九师赶到时，只能望江兴叹，急切之间很难过渡了。

红二、红六军团派遣一支小部队化装成国民党中央军，混进黔西县城，从城内攻下一道城门，将大部队迎进城去。城内的保安团很快就被歼灭了。

围堵红二、红六军团的各路白军也拉开阵势，对黔西地区包围而来。国民党中央军万耀煌、郝梦龄部共三个师由遵义向黔西推进，川军郭汝栋两个师继续其由贵阳方向尾追的行动，湘军李觉两个师从西南面的织金县向黔西进发；川军大部队屯驻川南一线，滇军孙渡几个旅守在滇黔边界。就这样，从四方八面将黔西北一带十几个县的区域遥遥围住。

任弼时领导的军分会针对敌军的阵势，议决了新的作战方针：派两个师继续西进，向大定、毕节进行攻略；一个师留守黔西县；三个师专用来对付进逼之敌。

黔西人民对红军很友好，中央红军在这一带给地方上留下了极好印象，被当地知识界誉为"王者之师"；更重要的是地下党在这一带经营多年，与各种地方武装和黔军残部都建立了程度不同的联系，争取他们中立甚至合作都是可能的。在贵州地下党有力配合下，任弼时他们展开了创建红色根据地的工作。派遣工作队，建立县、区、乡各级苏维埃政权，实行共产党的土地政策。1936年2月8日，中共滇黔省委、中华苏维埃共和国川滇黔省革命委员会成立大会召开，主席台上悬挂共和国主席毛泽东画像和红军总司令朱德画像。

就在这个成立大会召开前的 2 月 6 日，红二军团一个师攻占了大定县城。

大定县城带领民众欢迎红军的是曾做过国民党县长的彭新民。现任大定县长闻风逃跑的时候，彭新民正召集城里各界代表连夜赶制欢迎红军的标语。

红军在大定县打土豪，没收了大米五十万斤、大洋五十多万块，布匹、衣物堆积如山。这些东西的三分之二都分给了当地穷人。许多贫苦人第一次穿上新衣服，第一次把大袋的白米背回家。县城里到处是"红军万岁"的口号声。

红军稳定了黔西县、大定县局势后，策划夺取黔西北的经济、文化中心毕节。那里是国民党的毕节专员公署所在地。

贵州地下党也在积极配合行动。

1935 年 1 月，中央红军进驻遵义时，中组部部长罗迈（即李维汉）代表党中央批准成立贵州省工委，林青担任书记，邓止戈、秦天真为委员。中央红军撤离时，在川黔边留下一支游击队，作为省工委的武装力量。1935 年 7 月 19 日，由于叛徒出卖，省工委遭破坏，林青被捕。省工委临时会议决定，邓止戈赴毕节一带进行开展武装斗争的准备工作。

邓止戈对毕节地方上各种名号的小部队进行了必要的团结工作。王家烈被赶下台，黔军被改编，黔军二十五军不少下级军官遭到遣散。他们反蒋情绪很高，纷纷回到各自的家乡拉队伍、拼凑各种武装。最具代表性的是毕节以西赫章县哲庄坝乡一户地主家庭出身的席大明，是黔军遣散的一个团长。此人对蒋介石十分憎恨自不待言，决心进行反蒋斗争。他回到家乡赫章，利用各种关系寻找地下党，还真被他找到了。在地下党帮助下，席大明利用自己的家族与附近彝族关系极好的条件，招募有枪的彝人、汉人，组建了一支五百多人的反蒋武装。

邓止戈在毕节除了开办读书会，团结进步的中学生和中小学教师，重点是联络毕节专区所属黔西、大定、毕节、威宁、水城五个县的地方武装，和他们建立良好的关系。

红二、红六军团渡过乌江上游鸭池河的消息传来，毕节专署大小官员无不惊慌失措。全专区只有一个保安团，编制残缺不全，因为层层吃空饷，连小小的班长也要虚报三五个人。专署明白这个保安团若遭遇红军正规军，顷刻就会瓦解。专署便对"半匪半绅"的席大明进行招安。给他大宗银元、粮草、械弹，委任为本专区五县的清乡司令。邓止戈嘱他接受这个职务，同时暗中准备迎接红军。

照单收取了专署发给的一切，席大明便以防共为名占领了大定县到毕节一线的制高点；派人密赴大定给红军送欢迎信，自己在信尾注明为"共产党席大明"。这倒并非有意冒充，他是以为与邓止戈这样的地下党合作就算是加入共产党了。

任弼时、贺龙看到信后，又询问了送信人一些有关地下党与当地民间武装的关系、毕节城防部署，大喜，立即下令兵发毕节。

席大明见到红军先头部队发的预约信号，立刻从沿途撤兵，把大路让给红军。然后将自己的部队先行带回毕节，占领了城外制高点，插上有"共产党席大明"字样的旗帜。

城内国民党这才如梦初醒，原来席大明纠结的并非"团练"，而他就是共匪呀。专员只好率保安团逃走了。

红军兵不血刃占领了毕节。

红军在地下党协助下，和进步师生一起，组成了十多个宣传队，进行抗日反蒋宣传，还没收了城内两家大当铺，将其剥削来的物品无偿归还原主，现金则分给最穷的居民。城内有八家大地主，红军将他们囤积的食盐、粮食大部分发放给穷人，自己留下一小部分充作军用。

地下党把城内妇女组织起来，集中全城的缝纫机，昼夜为红军赶制新军装。没几天，两万红军的服装焕然一新。

毕节各界十分欢迎红军。城内治安肃然，各商号照常营业，生意好过平时。粮店、食品店纷纷主动向红军馈赠物品、钱财。红军都婉谢了，即使收了物品也照价付给银元。红军只收拾大地主，没收其钱、粮，对工商业者则予以保护。

红军在这里得到了充分的休整和大量的给养补充。更重要的是扩红运动得到了广大贫苦青年的踊跃响应。

任弼时等人了解到一年前即 1935 年 4 月，中央红军九军团在军团长罗炳辉、政委何长工率领下，由黔北到过这里。在大定、毕节用中央苏区的纸币在当地买过东西。现在不少百姓手中还有苏维埃纸币（简称苏币）。为了维护红军的信用，任弼时张贴布告通知，用银元一比一的比例收回苏币。这一兑换行动，更为提高了红军在当地人民心中的威信，纷纷赞扬："真是人民子弟兵啊！"

2 月 18 日，毕节县革命委员会成立。城里的挑水夫朱绍清出任主任。这一事件轰动全专区各县，在广大贫苦民众中产生了巨大影响，他们的结论是：红军确实是穷人自己的军队。

毕节专区各县，都建立了乡、区、县革命委员会和地方红色武装。例如大定县八堡六寨的苗族代表找上门来，要求建立由红军领导的苗族独立团。王震奉命接待他们，同意了他们的请求，拨给一部分械弹，还派军团政治部的谢有才出任苗族独立团政委。

红军在毕节还遇到了一件有趣的事情。

一天，红六军团一支巡逻队在街上列队行进，以防出现扰乱治安的宵小。在一条僻静小街上，发现一座深宅大院。领队的班长汤进城是个十七岁的小青年，阶级意识强，政策性也不弱，明白党的政治路线是打倒地主阶级，团结民族资产阶级。他寻思，这么大的宅院，不是地主就是工商业者，得搞清楚再说。

他敲了敲门。开门的女佣见是红军，十分友好地问有什么事。

汤进城说，随便看看。

这十多位战士进去后，更为惊讶了。里面是三进院落，雕梁画栋，看来是个富豪。他们进到后院书房时，发现书柜、书桌上大量的书中居然有十几本封面上有马克思或列宁、斯大林像，没有像的又有镰刀锤子图案。汤进城当然认得这些像，顿时傻了，心里十分困惑：难道这么有钱的人家会是同志？

他赶快向这家主人道了歉，带领战士们离去了。

这事层层上报到六军团政委王震那里。王震也很惊讶，决定去拜访这家主人，问个究竟。正值此时，一位中学老师、地下党员向王震解惑释疑，说这家老地主名叫周素园，是贵州著名的辛亥革命前辈，担任过黔军总司令部秘书长、省府秘书长、省政务厅长。后来对国民党抛弃穷人、坐到有钱人一边极感失望，辞官回乡，研究起了马列主义，发现社会主义公有制才能救中国。

王震对周素园这人产生了浓厚兴趣，马上去登门拜访。

见周素园已在门口迎接，王震抱拳拱手，客气地说：

"晚辈王震久闻老先生大名，如雷贯耳，今天特地登门拜谒！"

"老朽不过一山野村夫，劳将军枉顾，惶愧之至呀！"

周素园邀王震到大厅堂品茶，王震却要求去书房看看。

王震站在书柜前，一边与周素园交谈，一边浏览藏书，果然发现了不少马列主义书籍，例如中共一大代表李达的《通俗〈资本论〉》，以及《社会科学十二讲》《马列主义哲学》《共产党宣言》《国家与革命》《家庭、私有制、国家的起源》《新政治经济学》《共产主义 ABC》。很多书王震虽然知道是马列主义，但是读不懂。

"老先生竟然读过这么多马列主义的书，真是难得呀！"

"不瞒将军，老朽虽已成过去人物，但救民于水火之志未尝泯灭，一直在探求真理的路上艰难跋涉。国民党早就坐到地主、富人那条板凳上去了，只有走共产主义之路，才能救民救国！"

王震由衷地盛赞老人这番肺腑之言。在苏区时，王震听过具有理论水平的上级讲过《共产党宣言》，此刻想要考考周素园是否真的认真读过。

"我刚才看到老先生在《共产党宣言》里做过不少眉批与夹注，知道老先生精读过这本书。我斗胆请教一下，老先生有何心得？"

"这本书是马列主义的纲领性文件！从第一章到第七章，马克思、恩格斯分别论述了马克思主义的阶级斗争学说，无产阶级政党的性质、特点、目的和任务，以及共产党的理论和纲领，同时揭露、批判了各种假的社会主义，阐明共产党革命斗争的思想策略。老朽认为，这本名著最重要的内容是阐述了马克思主义的阶级斗争学说，揭示了资本主义社会的内在矛盾、发展规律，论证了资本主义灭亡和社会主义胜利的必然规律。"

王震听了，大为惊叹，周素园的解读，竟与苏区党校老师毫无二致，自然比他王震懂得的更多了。可见老先生确实在学习马列主义方面下了真功夫的，不能不令他肃然起敬。

"没想到，老先生懂得的真多，很值得我学习呀！"

接下来他们谈到了现实斗争问题。

王震问周素园，对共产党的抗日反蒋政策，赞成不赞成。

"赞成，当然赞成！共产党以民族大义为重，举兵北上，号召天下抗日；蒋介石百般阻挠，一路上围追堵截。其势不得不反蒋，不反蒋焉能抗日？"

"太好了，太好了，老先生说得太好了！"

王震把周素园的情况向任弼时汇报，任弼时、贺龙、萧克、关向应都产生了极大兴趣，都没有想到竟会有这么一个对马列主义理论如此沉迷的大地主。

此后几天，周素园和红军领导们时相过从，做深入交谈，恨相见太晚。大家进一步了解到这确系一位对国民党不满、不赞成人剥削人的社会、追求进步的正直士绅，也是一位对共产党革命事业寄予厚望的革命老人。

任弼时感慨系之："一位曾经投身辛亥革命的老人，辞官不任，隐居在这么个偏僻地方认真学习马列主义，如今世上，实在不多见啊！"

关向应点头说："岂止世上不多见，就是在我们党内，懂得马列主义这么多、钻研这么深的同志，恐怕也是很少吧？"

贺龙说："我军在这一带建立根据地，周老先生是可以借重的力量呀！"

任弼时说："贺龙同志说到点子上了！"

大家都明白贺龙与任弼时的意思。红军在毕节一带人地两生，要尽快站住脚跟、展开工作，利用可以利用的地方力量是有利而无弊的。经过贵州地下党长期的工作，像席大明、周质夫、阮俊臣、卞宁豹等几支稍大一点的反蒋武装，红军来到后即望风归顺，齐集到毕节；红军将领们一直想不到用什么方式编排他们。周素园老先生的出现，像推开了一扇紧闭的窗户，豁然开朗了。大家研究后，决定统一编制这些爱国的地方武装，由周素园统一领导他们。

任弼时说："当前抗日救亡是全党全国最重要的事情，党也适时提出了建立抗日民族统一战线的呼吁，不妨以地下党领导的游击队为基干，组建中国工农红军贵州地区抗日救国军，请周素园出任司令。大家觉得如何？"

大家都很赞成。

贺龙说："周老先生在滇黔两省威望很高，由他担任，再好没有了！"

任弼时笑嘻嘻地瞧着王震说："你和他已有了私交，你先以私人身份去试探一下，看看他愿不愿意接受！怎么样？"

王震乐于去找周素园谈。

不料周素园满口应允，但他又有点担心自己力不从心，说："承蒙诸同志看得起老朽，自当为革命驰驱；不过老朽年事偏高，又非习武之人，不谙弓马，担此军职会不会有误革命大事？"

王震哈哈笑了："老先生多虑了！周老先生在贵州军政界和民间都有很高的声望，出任抗日救国军一职是再好不过了！周老先生的作用是号召乡里，哪里用得着周老先生像我王震这样拿着刀枪去冲锋陷阵呢？"

周素园也笑了，点了点头，说："其实真的到了需要周素园披坚执锐，冒敌锋镝之时，老朽也会愤然而起的！"

王震竖起大拇指说："真是老英雄啊！"

2月14日在毕节小校场齐集了地下党影响下的当地各支民间武装力量，举行改编典礼。贺龙主持大会；任弼时代表中共中央宣布贵州抗日救国军正式成立，由"周素园同志出任司令员，邓止戈同志任政委"。

贺龙宣布各支队领导名单：

第一支队司令员席大明，政委李国彬（红六军团政治部破坏部部长），全队一千一百人。

第二支队司令员周质夫，政委廖明（红六军团十八师政治部组织部长），全队七百八十人。

第三支队司令员阮俊臣，政委欧阳崇廷（红六军团十八师九团政委），全队四百七十人。

第四支队司令员卞宁豹，政委暂缺，全队三百二十人。

周素园的影响果然了得，加上红军所作所为都站在人民一边，全专区老百姓对红军、共产党的认同感越来越强烈。响应扩红号召，仅黔西一县彝、苗、汉就有三千多名青年报名参军，大定县有两千多名，毕节有四千多名，红二、红六军团总计招募战士九千多名。

红二、红六军团在毕节声势大振。蒋介石大为震惊，急忙飞到贵阳，亲自调整追剿行动。他命顾祝同坐镇贵阳指挥中央军万耀煌、樊嵩甫、郝梦龄以及川湘两系的李觉、郭汝栋部，总共五个纵队十多万人马，火速进攻。

萧克2月10日率六军团迎战白军；贺龙率二军团与敌周旋，准备待万耀煌分兵之际再分割吃掉它。不料万耀煌学精灵了，并不分兵，集中兵力乘虚占领了黔西城，然后旋师向大定进攻。红二军团急忙回师大定，奋力抗击。毕竟兵力悬殊，大定最终还是失陷了。这次红军一开始就陷入了被动。

任弼时命贺龙、萧克合兵一处，保卫毕节。

2月19日上午，红六军团抢占了毕节附近的将军山。此乃毕节东面门户，在大定县城西北面六公里处，由几十个山峰组成，从南到北屏护着毕节城。主峰将军山海拔一千九百多米，位于群峰中部，是大定通往毕节必经之道。白军要打通这条路，自然是先派飞机对将军山进行轰炸。一顿狂轰滥炸之后，敌机自以为得手，便飞走了。但红军无一死伤，因为事前就料到这一幕，所以部队针对空袭进行了有效隐蔽。

轰炸结束后，白军先头部队放心大胆开向将军山。

这支先头部队是万耀煌纵队的尖刀营，是从各部抽调五百多久经沙场的官兵组成，配备了精良武器，官兵都是领取双饷，打仗十分卖力。几天以前，这个尖刀营袭占黔西、强夺大定，都冲在最前面，气焰十分嚣张。这次也不把将军山红军阵地瞧在眼里，大摇大摆进入红六军团伏击阵地。后续部队也随即跟进。

萧克一声令下，三个团几十挺机枪，数千支步枪一起开火，打倒了一大片；接着，红军从三面冲向敌人，没用多久就把这个尖刀营全部歼灭了，后续部队半个团也遭歼灭。

初战就损失了一千多人和大量械弹的万耀煌这才清醒过来，退后半公里，暂时停止了进攻。

此战红军伤亡一百一十六人。战斗间歇，红军将二十多名重伤员转移到三十公里外的八堡千户苗寨。苗胞非常喜爱红军，将伤员分散在各家各户，换上苗族服装。

张国焘、朱德以中革军委名义致电任弼时等，建议闪避敌人正在开往毕节的二十万大军，"在黔滇川鄂广大区域做运动战，争取你们的新根据地"。

因此，红二、红六军团决定退出毕节，向南面的安顺场方向转移。周素园提出，一定要追随红军转战。

萧克认为，周素园六十多岁了，又时常犯病，不宜跟随大军行动。

贺龙建议，给周素园几公斤黄金，送他去香港，在那里做统战工作。

任弼时认为贺龙的意见很好。

大家把这一意见传达给周素园，询问他自己的打算。

由意识形态建立起来的信仰，不同于那种寻求个人出路而参加革命的人（这种人的摇摆性已为史实所证明并继续证明着），具有很难动摇的坚定性。周素园固执地表示自己就是死也要追随红军转战天下。

深受感动的任弼时说："周老先生对共产主义的信仰真坚定啊！同志们，我们带他走，怎么样？"

贺龙慷慨激昂地说："我同意！即使用担架抬，我也要抬着他一起走！"

2月27日夜晚，大军撤离毕节。

三

白军对付红二、红六军团的总兵力为二十多万，其中十个师又一个旅共十万人马负责尾追。

考虑到通往安顺方向的道路被敌人阻断，红二、红六军团折向西面转进，意图是吸引白军向西进入乌蒙山区，然后相机折往东南方，奔往安顺地区。

他们在乌蒙山转战一个多月，陆续消灭了白军一千多官兵，跳出了蒋介石追剿大军的重围，进占黔西南的盘县、亦资孔地区。

3月30日，任弼时等人又接到"中革军委"电令：立即北渡金沙江，同四方面军会师。

次日，红二、红六军团撤离盘县，分两路向西出发，准备取道沾益、曲靖奔往寻甸。

龙云是个思绪极不稳定的人，此刻没来由地判断实际有两万多人枪的红二、红六军团只剩下七八千人了，不难"剿灭"。于是他准备调滇军全部人马出动，扼守普渡河，然后在旬甸地区全歼红军。即使消灭不了，最低限度也要堵在东岸，迫使红军折向西康省会理县祸害刘文辉去。如此，也就有了充分理由不让蒋介石的中央军入滇。

根据自己这一突发的奇想，龙云命令孙渡三纵队封锁普渡河；又命令九旅旅长张冲率近卫一团、二团、工兵大队、卫队营共四千多人，迅速赶赴普渡河铁索桥西岸设防。

7日，孙渡率部刚抵达嵩明地区，团务督练处长卢汉就追着屁股赶来，代表龙云召集孙渡三纵队旅以上将领开会。

卢汉说，几番追击战，贺龙、萧克股匪所剩无几，不会超过七千人。这和我们现在季节参战部队相比，差距很大。"只要大家遵照龙主席指示硬干、蛮干、沉着干，三者有机结合，消灭共匪指日可待。龙主席的意图是将共匪消灭于普渡桥附近。张冲已率总部直属部队星奔普渡河西岸防堵。普渡河上有一座小桥，张冲遵命进行了封堵。只要孙司令率三纵队及时追上，定可收全歼之功。"

孙渡微微冷笑，一副不以为然的样子。卢汉瞅见了，问他是不是有什么高见，不妨说出来大家研究。

孙渡说："许多大江大河都没能挡住共匪，小小一条普渡河能起什么作用呢？往往都是这么个情况：你封锁严密的地段他偏偏不过，折身一转，从别的地段轻松地过去了；有时候负责封锁的部队如果不小心，还有可能吃他的大亏。而且，即使你把他堵住了，他根本不与你对阵，转身窜到你地盘深处去，长期与你周旋，再也赶不走。那还了得？我认为，莫如沿西岸背水封住江面，再用大军从共匪背后驱赶，压迫他早点去找刘文辉！"

在座的三纵队军官纷纷表态称是。

卢汉不同意。他一再告诫务须遵照龙主席军令，不折不扣执行，不许擅改。

孙渡只好硬着头皮去执行这一荒唐的命令。他遵命率部出发没两小时，就获悉张冲率领的工兵大队在普渡桥附近与红军先头部队一个营接仗，十几分钟就遭击溃，四散逃跑了。红军轻轻松松就过河去了。

孙渡赶到普渡河时，发现对红军来说不仅是普渡桥被轻易打通；即便是没有这座桥，河的上下游水浅只及腰部，到处可以徒涉。他不禁冷笑不止。那冷笑当然是针对龙云，还有那个拿着鸡毛当令箭的卢汉。

红二、红六军团渡过普渡河，并不按照龙云和孙渡的愿望去西昌会理，而是穿越密密麻麻的滇军间隙，飞奔并速占富民县城，全歼守军一个团。此地距昆明仅十公里。然后兵薄昆明，做出一副攻城姿态。

滇军绝大部分云集在普渡河临近西康省那一段，昆明城防非常空虚，一时鸡飞狗跳，不少富家巨室出城逃亡。"云南王"龙云方寸大乱，坐立不安，迭电调孙渡率主力回昆明"勤王"；同时叫军官学校全体教员、学员登城防守。

各路滇军星奔昆明，正中了红军声东击西之计。红军入夜时突然悄没声息地撤离昆明近郊，次日龙云察觉时已近中午。

红军兵分两路向滇西进发。沿途楚雄、镇南、祥云、宾州、盐兴、牟定、姚安、盐丰、鹤县等十个县都是民团防守，哪禁得住红军一锤半锤之击。这些地区又颇富庶，地主、官僚搜刮财物甚多，红军容易得到补充。

红军每天行军五十公里以上，势如破竹，横扫滇西，连克数城。缴获空前丰富，得到了充足的给养，迅速成为粮弹充裕、体力充沛的大军。

龙云这才有所自省，叮嘱手下诸将："切忌穷追，只须把他们送出境就好了！"

对这道命令，滇军诸将十分欢迎，无不严格执行。常绍群回忆其所在的滇军前卫部队第五旅，尾追红军，经过禄丰、楚雄、盐丰、姚安、大姚、宾州、祥云、洱源、鹤庆，每天都与红军后卫部队相隔不远，最近的时候仅半华里。进入楚雄地面时，红军在楚雄县城近郊保马街宿营，滇军前卫部队五旅只好到保马街后面的公路扎寨。

次日早晨出发，"红军后卫部队的红小兵一面走一面唱歌"，滇军都听得见，还自嘲地互相嘀咕："看人家多快活，哪像我们，一个个被官长整得像骡子一样！"

红军走得快，滇五旅也走得快；红军走得慢，滇五旅也走得慢。一直到达丽江县境，眼睁睁目送红军从石鼓渡口过江去了。

在红军从石鼓渡口过金沙江的次日，孙渡率第三纵队主力才皮搭嘴歪地赶到这里。待在这里的第五旅旅长向他汇报了一路跟随红军的情况。

滇军送行的任务结束，红二、红六军团也踏上了会合红四方面军的征途。

四

林彪的堂兄林育英奉派从苏联回国，对中共中央与红四方面军的矛盾的解决、对中国革命的发展起着至关重要的作用。此前，辗转抵达莫斯科的陈云向共产国际详细汇报了第五次反"围剿"的失败及其深层次原因，以及其后不得不长征、遵义会议不得不改组中央政治局和红军指挥机关的苦衷，对毛泽东的功勋特别进行了介绍。所以，共产国际领袖季米特洛夫对林育英交代任务时，特别讲到了共产国际对遵义会议的肯定以及对中共中央今后的领导核心组成的意见，并强调斯大林也是持同样观点。当然，林育英还有一项重要任务是传达共产国际"七大"会议精神，即建立世界反法西斯统一战线。

从苏联回国有三条路线：东北、新疆和蒙古人民共和国。

东北为日寇所占领，从新疆到内地路途遥远，只有从蒙古人民共和国到陕北相对便捷。这条路要通过荒无人烟的大沙漠，也有危险，而且进入中国内蒙古时就是国民党势力范围，检查关卡不少，一封信、一片纸也不能带。无线电收发报机也须事先拆卸开，由另一路同志装扮成买卖机械零件的商人携带。

季米特洛夫与林育英谈话征求意见时，林育英二话没说，愉快地接受了这项十分重要的任务。

季米特洛夫和共产国际另外几位领导扎哈罗维奇①、弗罗林②等，向林育英交代了对中国共产党的指示，特别是对遵义会议的肯定、对毛泽东的肯定。③

林育英在莫斯科买了皮大衣、箩筐、一头骆驼，箩筐内盛满一些高档食品，佯作是带回国贩卖。他化名张浩，与密电员赵玉珍装扮成夫妻，踏上了回国之路。

在蒙古人民共和国的区域可以受到兄弟党的护送与照顾，进入国内就只能自己照顾自己了。蒙古大沙漠、国民党检查站、宪兵特务对他们形成巨大威胁，一路上险象环生。跋涉一个多月，1935年11月初终于抵达红色根据地范围内的陕北定边县。林育英马上就去找定边县委，明确说是从苏联回来的，要见中央领导人。

定边县党组织领导不认识他们，对他们不无警惕，但还是给他们安排了住处，招待吃喝；同时向中共中央发了一电，告知有一个自称从苏联回国的张浩要求见中央领导。

张闻天、博古、李维汉④等人都没听说过张浩这个名字。商量之下，觉得可

---

① 苏共党员、共产国际执委会成员。
② 德共党员、共产国际执委会成员。
③ 从近年来俄国解密档案中的共产国际文件看，斯大林、共产国际对毛泽东的肯定是从肯定遵义会议开始的。
④ 时任中组部部长。

能是化名，其人有可能是共产国际派来的，应该马上派人去接回来。

他们立刻致电定边县委好好招待张浩，要绝对保证他的安全，中央马上就派人去接。

张闻天指定中央保卫局长邓发率一个排的部队，代表中央去迎接张浩。

张浩向邓发说明了自己身份，要求派专人在定边接应护送电台的同志。

邓发代表中央向他表示欢迎，当即指示定边县委派出几路人去寻找、迎接护送电台的同志。他陪着林育英返回瓦窑堡，与中央领导相见。

张闻天是认识林育英的。一见面就嘿了一声，兴奋地指着林育英喊道："我以为张浩是谁，原来是你——林育英同志呀！"旋即冲上去，紧紧拥抱，不断地说："中央欢迎你，育英同志！"

他们坐下长谈。张闻天这才知道林育英就是林彪的堂兄。

"林彪在直罗镇指挥作战，跟毛泽东他们在一起。不久就会回来的，你们哥俩很快就会见面的！"

林育英说："分别好多年了，真想念他呀！"

张闻天告诉林育英，林彪已经是红军主力部队一军团军团长。在中央苏区和长征路上，机智勇敢，过关斩将，战功赫赫，是我军挑大梁的角色，实在是不可多得，毛泽东对他十分爱护。

林育英高兴之余，又很惊讶，没有想到分别十年，林彪竟已长成参天大树。

张闻天设宴欢迎林育英回国，又把他安排到自己住地附近下榻，以便随时交谈。

此后，政治局开会都要邀林育英列席。

12月8日，张闻天邀上林育英一起去安塞，迎接从直罗镇回来的毛泽东。

十年前林育英与毛泽东就很熟，这次见面，自然十分欢洽，久久握手不松。毛泽东端详他说：

"好多年没见了，你瘦了许多呀！你回来真是大喜事，我党又多了一员大将了！"

林育英见到毛泽东，心里有说不出的高兴，真想把共产国际、斯大林对中国共产党、对毛泽东的评价一股脑儿说出来。正巧毛泽东也急于知道共产国际对遵义会议的态度，拉他到一旁坐下，主动询问起来。

林育英向他谈了很多情况，巨细不捐，连季米特洛夫说话时的神态、情感都谈到了。

毛泽东十分满意、十分高兴，心里明白这是陈云的功劳，是陈云如实向共产国际介绍情况所产生的效果。

林育英讲完后，毛泽东沉吟了一下，说：

"这样吧，我马上找洛甫、恩来、稼祥、博古他们研究一下，召开政治局扩大会议。你做个准备，详细传达共产国际的指示——当前，党太需要你捧回的这柄尚方宝剑了！"

林彪闻讯也赶回来了。

十年的变化不会小，哥俩见面时，几乎认不出来了。

林育英说："你和聂政委率领一军团在长征途中打了那么多硬仗，为保卫无产阶级革命立了大功，我听了高兴极了！"

林彪说："哥，你别净表扬我；对我有什么指示，说说！"

林育英说："没什么指示，只希望你戒骄戒躁、谦虚谨慎，把部队带得更好，打更多的胜仗！"

林彪点头，表示记下了。

毛泽东和张闻天商量之后，决定先开政治局会，然后开政治局扩大会。

12月15日，毛泽东、张闻天、周恩来、王稼祥、博古等政治局委员专门听取了林育英传达的共产国际"七大"关于建立国际反法西斯统一战线的精神，以及中共驻共产国际代表团以中共中央名义发表的《八一宣言》。然后根据这一精神制定了《关于目前形势与党的任务的决议》，宣布为了抗日救亡，必须建立"最广泛的民族统一战线"。

林育英回来的另一重要贡献是带回了直接与共产国际联系的密电码。这就是说，享有了对共产国际指示的传达权与解释权。

瓦窑堡会议之后，林育英向毛泽东提出来，自己不回共产国际代表团了，希望中央给安排具体工作。他说：

"共产国际'七大'的精神我已传达完了，我党与莫斯科的联系也恢复了，我的使命结束了。请求中央分配我的工作。我是共产党员，中央决定我做什么工作，我都乐意干。"

毛泽东点了点头，唔了一声，沉吟了一下，用商量的口气说：

"育英同志，你回来得真及时呀，党有好多工作需要你来做！但是，目前你不宜正式出任中央的某些职位，因为党还需要你保留一段时间共产国际代表的身份，需要你用这个重要身份协助中央解决一些难题！"

林育英啊了一声，但并不理解毛泽东的意思，也没追问，只静静地望着毛泽东，等待他进一步说明。

"说白了，就是红四方面军领导同志和中央的团结问题，这牵涉到全中国十万红军的团结问题，急于要你以共产国际代表的身份来主持解决！目前只有你做这项工作最适合！"

林育英又啊了一声，态度不甚明确。也许是他处在共产国际中国代表团成员这个位置上太久，体会不到从莫斯科回来并披着共产国际的袍服、肩扛无形的尚方宝剑，对国内任何一个共产党员所产生的威慑作用有多大。

毛泽东说："我们和四方面军会师后，在两河口召开了政治局会议，做出了《关于一、四方面军会合后的战略方针的决定》，指出今后的战略方针是集中主力向北挺进，在运动中歼灭敌人，先夺取甘肃南部，创建川陕甘苏区。这个会议张国焘是参加了的，他也表示同意这个方针。可是没想到他口是心非，阳奉阴违，不久以后做出了相反的行动。中央为了团结他，对他伸手索取总政委职务、坚持安排四方面军几个同志进政治局，都给予了满足。8 月初，根据中革军委制订的《夏洮战役计划》，红军分左右两路北上。红军总司令朱德、总政委张国焘、总参谋长刘伯承随左路军行动，中共中央和前敌总指挥部随右路军行动。右路军北上过大草地，六天六夜极为艰难地行军，才走出草地。不料张国焘又不经中央同意，下令全体红军南下，彻底推翻两河口决议；更严重的是密电陈昌浩，企图武力控制中央。幸亏右路军参谋长叶剑英首先看到这份电报，及时报告了我，我和洛甫、恩来、博古连夜带领一、三军团和军委纵队先行北上，避免了红军打红军悲剧的发生！9 月 10 日，我们再次致电张国焘，规劝他以大局为重，率部北上。他不仅拒绝执行中央命令，还给林彪、聂荣臻、彭德怀等红军将领发电，煽动他们对抗中央，要中央红军离开中央南下，往他那条死路上走。此后中央又几次去电，耐心规劝他放弃南下的错误道路，尽快北上。他仍然执迷不悟；更严重的是 10 月 5 日公然在卓木碉另立中央，走上分裂党和红军、危害革命的道路。12 月 5 日，他给中央来电，宣告他已经用中共中央、中央军委、总司令部名义对外发表文件，并命令中央改称北方局、中央红军改称北路军。目前，左路军七八万①指战员的处境十分危险，我们必须设法尽快将他们拉回来。你用共产国际代表的身份出面，配合我们做工作，一定可以奏效的！"

林育英默然片刻，似乎有些踌躇，但偶一抬眼，看到毛泽东殷切、期待的目光，马上就说：

---

① 这是两大红军主力会师时的数字，毛泽东此刻还不知道张国焘南下葬送了几万！

"我长期待在莫斯科代表团，没受到过磨炼，做具体工作特别是说服人的能力很差，我怕我做不好；但中央和主席要我做，我一定努力去做！不过，具体做法，主席要随时指导我！"

毛泽东笑逐颜开："育英同志太谦虚了！至于具体做法，我当然会事先同你商量的。共产国际在全世界每一个共产党人心中都有崇高威望，张国焘、陈昌浩、徐向前也概莫能外！共产国际的指示，他们不可能不听！"

林育英住在张闻天、刘英夫妻隔壁。张闻天几次和他交谈，也是殷切期望他协助中央把四方面军几万人拉回来。

第十四章

一

北上红军胜利的消息传到红四方面军，红军总司令部出版的半月刊《红色战场》进行了连续报道。广大指战员受到很大鼓舞，也引起越来越多的人从南下、北上的鲜明对照中去思考。大家当然不会忘记，中共中央不得不先行北上时，张总政委曾经断言毛泽东、张闻天、周恩来"率孤军北上，不饿死也会冻死"，"至多剩下几个中央委员到达陕北"。然而，中央红军北上的成功与壮大，使其断言成了妄语。当初张总政委不厌其烦地宣扬南下"进攻路线"如何正确如何伟大，不料南下作战惨败以及其后遭遇的一系列难以克服的生存困难，证明了南下方针是行不通的。

张国焘的部属纷纷在思考，抱怨情绪在军内潜滋暗长。大家一辈子也忘不了百丈战役之后"败走麦城"般的苦难历程，不能不去回想张国焘与毛泽东等中央领导的争执和后来的分裂，不能不去思考谁是谁非的问题。

退出百丈后，又向何处去呢？

那一年的冬天异常寒冷，一场五十年不遇的暴雪之后，天冻十丈，地冻三尺，给红军的生存造成了严重困难。当初南下时太乐观，根本没准备冬衣。加上敌人大兵压境，必须撤离天全、芦山、宝兴，翻越夹金山，到苦寒的藏区甘孜地区去。

夹金山终年积雪，山上空气稀薄。对身体健壮者，夹金山也是一道鬼门关；红军有一千多名伤员怎么办呢？

徐向前和陈昌浩认为没什么可考虑的，抬着走！徐向前吩咐每位伤员固定六个人专职负责，抬着或背着翻越雪山。

张国焘冷笑道："这不现实！不要说伤员熬不过这道鬼门关；那些抬他、背他的人，也许没上山顶就倒下了！"

徐向前和陈昌浩面面相觑，无话可说。他们很揪心，但他们无可奈何。

后来，陈昌浩劝慰愤懑不已的徐向前道："算了吧，还是听总政委的！总政委说，古人说'慈不领兵'……"

徐向前突然大怒，咆哮道："什么慈不领兵？我们是共产党人，伤兵是我们的阶级兄弟；我们不是古代的豪族地主！"

生着大病的王树声在警卫员帮扶下，专门为伤员的处置问题去找张国焘。

张国焘厌烦地瞅他一下，没好气地问道："你说怎么办？"

王树声不顾疾病的折磨，坚定地说："抬着走，一个也不能落下！"

张国焘冷笑道："说得容易！谁能抬得了？那可是夹金山、大雪山呀！"

王树声说："总政委别怕，我带头抬，我们大家轮流抬，就不信……"

张国焘嘲讽道："你抬？开玩笑吧！看你自己病成了那个样子，你都还需要别人抬，说什么大话！"

结果，张国焘一纸命令决定了一千多红军伤员的命运；当然，也决定了他自己的命运。因为那道命令让数万红军刻骨铭心，浑身冰凉，终生难忘。

分手的那天，一千多名伤员，密密麻麻躺卧在夹金山脚下。他们都是在攻打宝兴、芦山和百丈战役时负的伤，是英勇无畏的无产阶级战士。现在却要被无情地扔下，在等待中死去，没死的则可能落入敌人惨无人性的魔掌。生离死别，在战争年代本来是最寻常不过的，而这种方式，实在是太伤感情了。一位二十三岁的连长，蹲在他的几名受伤的部下面前哭，久久不愿起身。后来，他突然站起来，用驳壳枪向自己头颅开了一枪。开枪前用凄厉的声音喊了一句足以震撼军心的话：

"张总政委，你不能那么无情呀！"

因为大家都知道，扔下伤员的命令是他下的；大家也知道，徐向前总指挥、陈昌浩政委、王树声副总指挥都反对过；大家甚至知道，毛主席在与张总政委争论时说过的话："南下是败亡之道！"也就不难明白，后来当延安开始批判张国焘机会主义路线时，红四方面军广大指战员为什么断然在思想上划清了与张国焘的界限，站到了中央一边。有的影视作品给人造成一种错觉，似乎四方面军同志们重新站队要克服不少思想障碍。那其实是把张国焘的极少数死党夸大成了大多数，是一种对史实的歪曲。

张国焘的贴身警卫员何福全，五十多年后回忆那个场景道："那一刻，所有的人都哭了，数万红军的哭声惊天动地，震撼着冰雪覆盖的夹金山……"

张国焘陷入了进退两难境地。

但是，他这个人把个人利益看得高于党的利益；谁要折损他的威信，削弱他已经到手的权力，他是会拼死到底的。所以此时他并没悬崖勒马，回心转意，居然还在宣扬其"南下进攻路线无比正确",继续推进分裂红军分裂党的活动,仍以"中央"的口气命令"毛、张、周、王、博""在现地区坚决灭敌,立即巩固扩大苏区和红军,并将详情电告"。①

不过,这里有个耐人寻味的现象:虽然张国焘另立中央了,但在其后一段时间他并没有明确地对中央宣布自己已另立中央,采取的是含糊其词地以"中央"口气发号施令。对张国焘那段时日的做法、心理,徐向前在《历史的回顾(中册)》② 474 页至 476 页回忆了自己的看法:

> 张国焘虽然挂起了分裂党的伪中央招牌,但一直不敢对外公开宣布,也没有中断党中央的电台联络。据我观察,他是做贼心虚,骑虎难下。
>
> 张国焘的"中央",完全是自封的,并不合法。既未按党规党法,经民主选举产生,又未向共产国际报告,得到批准。那时,中国共产党是隶属共产国际的支部之一,一切重大问题的决定,必须经共产国际认可,方能生效。张国焘是老资格的政治局委员,当然更明白这一点。他生怕公开打出另立"中央"的旗号后,一旦被斯大林和共产国际否决,局面将不堪收拾。特别是张闻天、博古、王稼祥等人,斯大林决不会轻易否定他们。张国焘对此颇有顾虑,要给自己留条退路,便不敢把事情做得太绝。
>
> 朱德同志坚决反对另立"中央",对张国焘也起了有力的制约作用。朱德在红军中的巨大声威,人所共知。也只有他,才能与张国焘平起平坐,使之不敢为所欲为。自从张国焘另立"中央"起,朱德同志就和他唱对台戏。他同张国焘的斗争……是心平气和的,以理服人,一只手讲斗争,一只手讲团结。我去总部汇报工作时,曾不止一次见过他同张国焘谈论另立"中央"的问题。他总是耐心规劝张国焘,说你这个"中央"不是中央;你要服从党中央领导,不能另起炉灶,闹独立性。张国焘却劝朱德同志出面,帮他做中央的工作,要中央承认他的"中央"是合法的,是全党的唯一领导。两人的意见,针锋相对,谁也说不服谁;但又不妨碍商量其他军事问题。张国焘理不直,气不壮,矮一截子,拿朱老总没办法。朱总司令的地位和分量,张国焘是掂量过的。没有朱德的支持,他的"中央"也好,"军委"也好,都成不了气候。张国焘是个老机会主义者,没有一定的原则,没有一定的方向,办起事来忽左忽右;前脚迈出一步,后脚说不定就

---

① 张国焘 1935 年 11 月 12 日致毛、张、周、王、博电。中央文献档案馆藏。
② 解放军出版社,2001 年 6 月版。

打哆嗦。朱总司令看透了他，一直在警告他，开导他，制约他。因而张国焘心里老是打鼓，不敢走得太远。

南下以来，我一直支持朱总司令的意见，几次奉劝张国焘放弃第二"中央"，但他就是不听。……百丈战斗后，我们前敌指挥部收到党中央发来的一份电报，说中央红军在陕北打了个大胜仗，全歼敌军一个师。这就是直罗镇战役。我很高兴，拿着电报去找张国焘。我说："中央红军打了大胜仗，咱们出个捷报，发给部队，鼓舞一下士气吧！"张国焘态度很冷淡，说："消灭敌人一个师有什么了不起，用不着宣传。"我碰了一鼻子灰，转身就走了。心想：这个人真不地道，连兄弟部队打胜仗的消息，都不让下面知道。可是，没过几天，张国焘又准许在小报上登出了这条消息。从这个小小的侧面，也能反映出他那种七上八下的心理状态。

张国焘在这种矛盾心态中过了两个月，个人主义意识最后占了上风。12月5日，悍然以"党团中央"名义致电毛泽东等人，公然宣称自己是"党中央"，要求党中央和中央红军使用"北方局、陕甘政府和北路军"名义，"你们应将北方局、北路军的政权组织状况报告前来，以便批准"。

中共中央认为，对张国焘的分裂主义活动，应做坚定不移的斗争；同时，为数万四方面军和滞留在那里的中央红军一部着想，应以最大耐心对张国焘进行教育、挽救。当然也估计到此时党中央的教育不足以使他幡然悔过，尚需要借助更大的权威同他进行斗争。林育英的回国，使这种"借助"的愿望可以成为现实。

12月22日，林育英致电张国焘，通报自己奉派回国除了传达共产国际"七大"会议，还要传达共产国际对中国共产党的相关指示。

林育英特别提醒张国焘注意党内团结，勿做亲痛仇快之事，并就组织统一问题，提议"可以组织中共中央北方局、上海局、广州局、满洲局、西北局、西南局等；根据各种关系，有的直属中央，有的可暂由驻莫（斯科）中共代表团代管，此或为目前使全党统一的一种方法"，教张国焘"熟思见复"。

随四方面军南下以来，每次致电中央都是朱德、张国焘联署，林育英以共产国际代表身份电达张国焘进行规箴的第八天，亦即12月30日，朱德第一次独自署名致电毛泽东、彭德怀并嘱转林育英，通报四川敌情，呼吁两个方面军应互通情报。

毛泽东复电是在一天以后，亦即1936年元旦。电文简述中央抵陕后的情况以及国内国际时局动向，还告诉他道："（共产）国际除派林育英来，又有阎红彦续来。据云中国党在（共产）国际有很高地位，被称为除苏联外之第一大党；中国党已完成了布尔什维克化；全苏欧、全世界都盛赞我们的长征。"又专门针对张国焘另立"中央"问题，指出"兄处发展方针须随时报告中央得到批准，即对党内过去争论，（以后由共产）国际及（中共）七大解决，组织上绝不可逾越轨道致自弃于党"。①

这份电报，朱德收到后不可能不转张国焘阅。

而张国焘此时似乎是在孤注一掷了，显得丧心病狂。他居然元月 1 日复电林育英时坚持自称"中央"，指责真中央的路线是"反党的机会主义路线"。但是，他数落完别人后，也不忘自己的组织性、纪律性，说"党中央表示一切服从共产国际的指示"。

元月 13 日，借着林育英回国的东风，张闻天以党的总负责人身份致电张国焘进行规劝。电文称：

> 我们间的政治原则上争论，可待将来作最后的解决；但另立中央妨碍统一，徒为敌人所快，绝非革命之利。此间对兄错误，未作任何组织结论，诚以兄是党与中国革命领导者之一，党应以慎重态度处之。但对兄政治上错误，不能缄默，不日有电致兄，根本用意是望兄改正，使四方面军进入正轨。兄之临时中央，望自动取消。否则长此下去，不但全党不以为然，即（共产）国际亦必不以为然。尚祈三思为幸。

林育英元月 16 日再致电张国焘，明确告诉他自己回国是肩负共产国际赋予的权力，称"共产国际派我来解决一、四方面军的问题……我带有密码与（共产）国际通电。兄若有电文交国际，弟可代转"。

同一天，中央电告张国焘瓦窑堡会议对他的批评。不料他毫不畏惧，索性元月 20 日复电林育英称中央是"假冒党中央"，应"自动取消中央名义"。

张国焘态度如此顽固，迫使中共中央政治局不得不于元月 22 日开会研究，做出《关于张国焘同志成立第二"中央"的决定》，第一次明确指出他的"反党倾向"。

但在组织关系问题上中央仍取宽容态度。对朱德元月 23 日致电张闻天"提议暂时此处以南方局，兄处以北方局名义行使职权，以（共产）国际代表团暂

---

① 此电原稿藏中央文献档案馆；下同，不再一一注出。

代中央职务，统一领导"，表示可以同意。

林育英对此也电达张国焘、朱德，代表共产国际充分肯定了毛泽东、张闻天所代表的党中央，特别指出"中央红军的万里长征是胜利了"，意外之意是否定了张国焘南下路线。但也同意了"兄处可成立南方局，直属（中共驻共产）国际代表团。兄等对中央的原则上争论可提交（共产）国际解决"。

被称为中共"二十八宿"之一的陈昌浩，本来是最紧跟张国焘的，他与张国焘的私交之厚超过徐向前；但是唯其有"二十八宿"的雅号，是因为以前在苏联时以及回国后，都表现出了十分亲共产国际的倾向，把来自莫斯科的任何指示都当作圣旨而顶礼膜拜。从林育英的几次来电，他已看出共产国际显然是支持毛泽东、张闻天及其领导的中央的。不论是从情感上抑或是从理智上，他的态度也发生了改变。有一次，他心事重重地对徐向前说：

"向前，我知道你一直对我们这里成立中央不无微词，现在看来，也许你是对的……也许老毛他们也是对的！"

徐向前同情地瞅着他，感慨系之地长叹一声，说：

"你打算怎么办？"

陈昌浩默然，最后说："我能怎么办呢？关键是总政委怎么办，他不改变态度，你我怎么也无法办！我担心这样下去会遭到共产国际开除，那我们就成什么了？可怕呀！"

徐向前沉吟了一下，说："我们分头去劝劝他好不好？"

共产国际这尊"如来佛"的巨大影子成天压在张国焘头上，其实早就使他寝食难安了。他不是不明白这尊"佛"一旦被得罪了，自己就会被当成六耳猕猴遭到全党唾弃，四方面军也许自己也会掌控不住了。从徐向前、陈昌浩身上不就露出端倪了吗！他不能不考虑退却了。

于是，在朱德、刘伯承、徐向前、陈昌浩等人不断进言之下，他终于明确表示接受林育英劝告，"急谋党内统一"，以西南局名义取代他的"第二中央"，服从中央的领导；其他的分歧，留待日后逐步讨论解决。

朱德、刘伯承乘机向四方面军同志们广泛宣讲中央对四方面军的关怀，引起了部队要求维护党和红军团结的强烈呼吁，要求北上回归中央怀抱的情绪和呼声日甚一日。张国焘颇有招架不住之势。

正值此时，任弼时、贺龙率领红二、红六军团到了。

红二军团从左侧川藏边区前进，沿得荣、巴塘到白玉，然后东进到甘孜；

红六军团从右侧，经定乡、稻城、理化、瞻化，从南向北，到甘孜县城。

红四方面军派出的两支接应部队，其中三十二军最先接到了红六军团，一起抵达了甘孜附近的普玉隆。朱德从炉霍赶到了普玉隆迎接。

不久，红四方面军三十军在甘孜北面的绒坝岔接到了红二军团。朱德又从普玉隆赶往绒坝迎接。

至1936年7月1日，红二、红六军团全部到达了甘孜县。

中共中央从陕北发来贺电，庆祝四方面军与红二、红六军团胜利会师；同时希望所有在川红军部队"继续英勇北进，北出陕甘与一方面军配合以至会合"。

在甘孜县城举行庆祝会师的联欢会上，朱德讲话时不顾旁边坐着的张国焘的情绪怎么样，热情洋溢地告诉红二、红六军团的同志们，"这里不是目的地，我们要一起继续北上"。

张国焘不能不向红四方面军解释他决定取消"第二中央"称号的原因；与红二、红六军团会师后也不能不对四方面军与党中央、一方面军发生分裂的过程及原因做出解释，尽管这种解释里自誉的成分很多。

由于百丈系列战役失败以后，四方面军败走甘孜，又面临白军正以大军远距离合围而来，更重要的是共产国际这尊"佛"影的威压，他不得不决定北上了。但他十分担心到了陕北后自己的政治处境，毛泽东等人会不会清算他。这就促使他念念不忘抓牢四方面军的军权，甚至把初来乍到的红二、红六军团也抓到手里。

大约就因为这个目的，他在双方一见面时就十分注意研究红二、红六军团几位领导的秉性和思想状况，以利于自己对症下药和投放的药量恰如其分。他在自己的回忆录里这样描述六军团领导同志：红二、红六军团"以任弼时为中心。（当初）他留俄回国后，任少共书记，一九二七年以拥护共产国际反对陈独秀著称。中共六大选为中央委员，后来升为政治局委员。他本来极富青年气味，经过多年磨炼，已显得相当老成。当时他已蓄起几根胡子，我往常叫他做小弟弟，现在也要笑着叫他做任胡子了。贺龙当时已看不出任何土匪气味，简直是一位循规蹈矩的共产主义军人，一切服从任弼时指挥。萧克将军倒很像个文人，爱发发牢骚，但也不固执己见。关向应原也是少共的小伙子，这时仍富有青年气味，不遇着大问题，倒不轻易发言"。

显然，根据张国焘自己的观察和分析，红二、红六军团名为两个单位，而几位主要负责人组织纪律性都很强，对任弼时这位中央代表的领导权很尊重。

所以做任弼时的工作被他确定为重中之重。

任弼时并非等闲之辈，岂能任人糊弄？他是个实实在在毫无私心的马列主义者，他需要的东西只有两个：一为事实；二为党和红军的团结。此外"非所计也"（任弼时语）。

所以他频频找朱德、刘伯承、李卓然、董振堂、陈伯钧等中央和一方面军滞留此地的同志交谈；也找徐向前、陈昌浩、周纯全等四方面军的同志，倾听他们的意见。后来他说，朱德与他的谈话对他影响至深，不仅详细介绍了张国焘反中央的来龙去脉，还出示了两河口会议、毛尔盖会议的决议请他研究，使他透彻地弄清了两大红军主力分裂的主要原因。朱德认为张国焘另立中央无可辩驳地"是大错误"，绝不能妥协，但又叮咛任弼时必须注意"争取、团结，促使他一起北上""不要冒火，冒火要分裂。中央在前面，不在这里"！

张国焘在回忆录里说，他见任弼时对毛尔盖的争执特别感兴趣，"不惜花很多时间"分别与一、四方面军的同志反复交谈，"研究这个争执的症结所在"，便半开玩笑地问任弼时，"是不是想做包丞（应为拯）？他也不完全否认这一点，表示他是一个没有参与这一争端的人，现在研究一下，也许将来可以为大家和好尽些力量"。[①]

后来，任弼时"将他研究的结果告诉"张国焘。他认为，凯丰在《前进报》上发表文章指责"西北联邦"设想违背列宁主义原则，对刚会师的两军的团结固然有负面作用，但因此就另立中央，就"太过分了"！

张国焘发现无法影响任弼时，便改变策略，企图对红二、红六军团两万多指战员施加影响。他向红二、红六军团派去工作组，送去一批文件和《干部必读》丛刊。这些材料充斥着对中央的指责，说红一方面军北上是逃跑主义，是"'左'倾空谈掩盖下的退却路线"，指名道姓攻击毛泽东、张闻天、博古、周恩来、王稼祥；还吹嘘张总政委与"二、六军团没有任何政治上的分歧"，两军会师后"将要更大地增强我们的力量""有吸引陕北红军采取配合行动的可能"。他以此淆乱视听，争取红二、红六军团干部支持自己。

王震发现后大为吃惊，及时向任弼时报告了。

任弼时很生气，喃喃道："难怪他和一方面军搞不好团结，搞这些小动作，太不地道了！"

王震请示道："书记，你去告诫一下他吧！"

任弼时摇了摇头，说："不要闹僵了，还得团结他一同北上！这样吧，你回

---

① 本段引号内为张国焘在回忆录里的原话。

去把所有他们发来的宣传材料秘密烧毁；以后凡是他们送来的文件，一律不要下发！"

王震说："是，我明白了！"

张国焘其实早就对王震等人分别进行过拉拢，企图以此分化红二、红六军团，然后各个吃掉。王震后来回忆道："和四方面军会师后，张国焘有阴谋瓦解二、六军团……想把我和萧克及六军团收买过去。""在甘孜休息期间，张一个一个地把我们召去谈话，送给我四匹马；给我们戴高帽子，说我们勇敢，能打仗。他那个军阀主义呀，简直不像话！"① 王震、萧克没有上套，依旧听任弼时的，不听张总政委的。

张国焘又生一计，企图把任弼时调离红二、红六军团。

他故意做出愁苦不堪的样子对任弼时说："我要干的活儿太多，已经不堪其扰了！弼时同志，你可不可以替我分担一些呀？"

任弼时端详他，感到困惑，半开玩笑地问道：

"中央任命你做总政委，又没任命我做副总政委，我怎么替你分担？"

"我希望我只担任军委主席，总政委由你来做！"

任弼时指了指张国焘，打着哈哈说：

"总政委应该由中央来任命，岂能由你我在这里私相授受呀！"

"那还不简单，中央今天之内就可以发表任命你出任总政委的命令！"

"哪一个中央？你是说你那个中央？"任弼时依旧笑嘻嘻的，"不行，你那个中央是六耳猕猴，如来佛是不会承认的！"

"哈哈哈，哪来的如来佛呀？"

"共产国际！不是吗？他们要是不承认，甚至以违法乱纪罪来开除你我，四方面军和二、六军团广大指战员还会承认你我吗？国焘同志，别干傻事了！"

"哎呀，弼时呀，你怎么就不开窍呢？怎么连生米煮成熟饭的道理都不懂呢？你到总部来和天蓬元帅——不不，来和总司令搭班子；我教周纯全到二、六军团去代表你工作——我马上把这两个军团编成二方面军，让他出任政委。以后谁还改得过来呢？共产国际鞭长莫及……"

任弼时收回了笑容，严肃起来，沉默了好一会儿，才在张国焘一再催问"意下如何"时开了腔。他语重心长地说：

"国焘同志，你这些念头太危险了！闹不好不仅中央、共产国际会抛弃你，四方面军四万多同志也会抛弃你的！"

---

① 《任弼时传》，中央文献出版社、人民出版社，1994年版，第359页。

二

张国焘二计不成又生三计。他向任弼时提出召开党的会议，用全党名义如果不行，可不可以用西南地区党组织代表会？张国焘是企图用党组织手段（例如正式组建西南局），迫使红二、红六军团的领导人就范。

任弼时看透了他的意思，答非所问地以调解矛盾、团结一方面军共同对敌为名，要张国焘把联系一方面军的密电码给他一份。那意思是，你要封锁我与一方面军的联系管道，那就什么也别找我谈。

张国焘也看出了这意思；加上那时林育英也强烈要求与红二、红六军团直接通话，他明白继续强行封锁已不适宜，只好把密电码给了任弼时。至此，张国焘在这里一手遮天的局面开始瓦解了。

张国焘笑嘻嘻对任弼时说："你要直接与老毛他们联系，我理解，也给了你电码本；我要求你支持召开党的会议，研究下一步的政治路线。可不可以明确告诉我，你究竟什么态度？"

任弼时说："总政委，革命工作不能是做买卖吧？你满足我一个要求，换取我满足你的另一个要求，这成什么了？现在要开党的会议，根本不是时候。不说别的，单说会上的政治报告谁来做？是你来做，还是我来做，或者是朱德同志做？发生了争论，会议结论怎么写？这些都没法解决呀！"

张国焘沉默了一下，又说："你说的也许不完全没道理，目前召开正式的党的会议确实有不容易克服的困难；但是，召开两部的高级军政干部联席会议，讨论一下今后的联合行动方向，我以为这应该没什么问题！"

任弼时还是摇头不同意。

张国焘不悦，声称自己是红军总政委，召开一个军政干部会议都不行，那么整个红军还谈何统一呢？表示这个会一定要开。

任弼时说，红军的团结已经遭到了不小的破坏，这是不争的事实；至于应该归咎于谁，目前还不适合研究这个问题。在这样的情况下，你如果强行召开这样的军政干部会，一旦红二、红六军团干部与四方面军干部在会上意见相左，顶起牛来，造成糜烂局面，我是不会负这个责任的。

张国焘这才被吓退。

这一段时期，林育英几次电促张国焘率部北上，毛泽东、张闻天等人也多次致电张国焘、朱德，主张过往的争论暂停，大家静候共产国际解决；当务之急是红军大会师必须尽快实现。任弼时、朱德也不断敦促；任弼时还当面威胁若不下决断，红二、红六军团将单独北上了。红四方面军内部也出现了要求北上会师的巨大呼声。在这样的情况下，张国焘只好不情不愿地宣布组建北上总指挥部，择日拔寨出发。

7月5日，中央致电张国焘、朱德、任弼时，宣布原军团建制取消，组建红二方面军。电文摘要如次：

> ……以二军团、六军团、三十二军（原属中央红军）组建二方面军，任命贺龙为（方面军）总指挥兼二军（原二军团）军长，任弼时为（方面军）政委兼二军政委，萧克为（方面军）副总指挥，关向应为（方面军）副政委，陈伯钧为六军（原六军团）军长，王震为政委……

红二、红四方面军的北上部署由张国焘、朱德、任弼时、贺龙共同研究确定。红四方面军编为左中右三个纵队，由朱德、张国焘率一部为左纵队，徐向前率一部为中纵队，董振堂和黄超率一部为右纵队，分别从甘孜、炉霍、绥靖出发。红二方面军跟随左纵队行动。任弼时跟随总部行动。刘伯承跟随二方面军行动。

红四方面军由离开川北时的八万人锐减到四万人；红二方面军抵达甘孜时却发展到了两万多人。总数六万多人的红军部队将要在没有任何后勤补充的条件下，从甘孜向包座进发，途中要翻越大雪山、穿越大草地，这段路七百多公里。

红四方面军新成立的骑兵师共三千人马，师长许世友。他们担任北上长征的先锋部队，负责侦察道路和筹集粮草。

他们出发不久，到了色曲河。这个地方稍有物产。许世友用银元购买了四百多头牦牛、一千多只羊，还有一些青稞、豌豆、土豆、酥油等可以充饥的东西，作为身后大军的给养。

红四方面军副总指挥王树声高烧不退，躺在担架上，翻过了雪山又过草地。一路上总是说着胡话，总是吵嚷着："老子枪毙你！"他心底深处想要枪毙谁呢？当然不会是天远地远的蒋介石，那是要拥大军去攻打的；后来别人问起这事，他警觉地说，我也不知道。

王树声从昏迷中醒来时，发现抬他的两名战士不见了。警卫员告诉他，倒在半路上就再没有起来。王树声坚决不再上担架，骑上了他的马。可没走多远，他又从马背上昏死下来。

出发前，因为有人向张国焘密告王树声对他怨言甚多，说他张总政委把部队带入了绝境；还说倒不如当初跟着毛主席北上，可以避免那么大的损失。张国焘认为这种思路在将要北上与毛泽东等会合之际，危害很大，便找王树声谈了一次话。

张国焘一开始不动声色地问道："1931 年 5 月，我到鄂豫皖当中央分局书记的时候你是什么职务？"

王树声那时是红四军十一师副师长兼三十二团团长，后被级级提拔到方面军副总指挥高位。

张国焘见他不吭声，总是低着头，便颇有深意地说："你眼光要放远一点，不要把自己降到一个普通战士的思想水平！"

隶属左纵队的红二方面军 7 月 7 日从甘孜出发。

他们是第一次过草地，什么野菜能吃、什么野菜不能吃，毫无经验。红四方面军已曾成功穿越过草地，有了用生命换来的经验。朱德从四方面军中抽调了几十名上一次过草地时对各种野草特别有心得的战士，交给任弼时、贺龙，分到各部队担任饮食顾问。

红四方面军在甘孜地区"就食"数月之久，消耗的粮草多得惊人。这就导致红二方面军购买到的粮食十分有限，仅够两万多人马食用七八天，而走完松潘大草原再快也需要二十天。要想边走边筹粮也不现实，由于是被安排在四方面军后面，可以宿营的地方的粮草全部被前面的四方面军筹集了一遍，他们抵达时就完全无粮可筹了。更严峻的是前面四方面军的掉队人员、落单的伤病员不能不由二方面军全部收容下来。非战斗人员猛增，使粮食紧张的问题越发难以解决，部队出现了冻饿而大量死亡的现象。任弼时下令，天大的困难也不准丢掉伤病员，否则军法从事。贺龙沿途亲自严格检查有没有被扔下的伤病员，一旦发现就会严查责任人。有一次，他把一个倒在路边的战士抱起来，放到自己的坐骑上，让警卫员送到随军医院去。特别告诫警卫员："不许半路上让他死了，教军医院打个收条给你。我要验收条的！"有些倒下的战士为了不拖累部队，索性设法躲避收容，用草把脸盖上，让战友们以为已经死了。收容队很快就知道了这种凄惨现象，凡倒下的战友，都要细查，只要一息尚存，就要弄到担架上抬走，送到行军医院去。但是，他们看到的情况，确实是死的比还有一口气的多得多。

红二方面军担任的是全军后卫，不断遭到藏族奴隶主骑兵的尾追袭击。红二方面军未曾与骑兵作过战，没有这方面经验。每当端枪对付正面冲来的敌骑时，从侧面、背后冲来的敌骑往往就无法顾到；骑兵速度风驰电掣，你还没反应过来，他已马至刀临，片刻即得手。最初红军简直是穷于对付，吃亏不小。

最凶猛的袭击发生在二方面军总部机关。

那天下午，总部机关在一个水源丰沛的地方宿营，警卫连在周围半华里内外布置了警戒哨。附近浅丘背后突然窜出来数百骑藏人武装，一路挥刀砍倒了几名红军哨兵，径直冲向营地。警卫连只一百二十人，兵力太少，急忙鸣枪向宿营在不远处的二八八团求援。

贺龙正在一块水塘边钓鱼，听到交战的枪声也没动，因为他发现一尾大鱼正在咬钩。警卫员向他报告，他只说了一句知道了，直到把那大鱼钓上来，才起身边走边说"我去看看"。

贺龙回到营地时，二八八团一营营长指挥部队已把藏兵击退，还打死了五十一名藏兵，夺得三十三匹马。一营营长是个聪明人，他发明了一个对付骑兵的方法，很奏效。三个或六个战士为一组，面向外围坐在地上，可以同时对付从任何方向冲来的骑兵。一营营长把这个叫作"圆阵"。

贺龙哈哈大笑，拍着他的肩说："你这个'圆阵'太好了！把这个办法向全军通报，以后就这样收拾狗日的骑兵！"

二方面军十八师师长张振坤苦于粮食紧张，茫茫草地荒无人烟，有钱也买不到粮食。他向本师指战员倡议"交公粮"，也就是把个人携带的干粮以及别的吃食都拿出来，然后重新分配给每一个人。他在地上铺了一张油布，首先把自己的干粮拿出来放上去。每个人都知道，这是"草地生涯"最艰危的时候，每一分钟都在饿死人，但都毫不犹豫地把自己的全部食物放到了油布上。

后卫的后卫，即二方面军的后卫，是独臂将军贺炳炎师长率领的红六师。他们是中国红军穿越死亡之地大草原的最后一支部队。

他们最后离开甘孜，当然所筹的粮食少之又少，每人只带了两天干粮。没办法，所有粮食都被此前出发的部队买光了。

由于是后卫的后卫，四方面军、二方面军所有掉队的人员和伤员不能不由他们收容。队伍逐渐增加到两个师的规模。粮食奇缺，成为最可怕的情况。人在饥饿状态下，抗寒抗病能力极差。尽管是夏季，暴雨冰雹袭来时，海拔高的空旷草地上是很冷的。六师的后卫十六团有一个晚上竟然冻死了一百七十多人。

廖承志是红四方面军政治部的秘书长，被张国焘"肃反"扩大化给"扩"

进去了，遭到长期关押。二、四方面军会师时，任弼时获悉此事，反复找张国焘交涉，把他调到了二方面军，安排他负责宣传工作。长征虽苦，但获得了自由比什么都强，所以一路上他都很高兴。途中也偶有开大会的时候，主席台上张贴的马克思、列宁的像，就是他在会前用一天时间画出来的。刘伯承请他给自己画一幅，用一小碗青稞面作为稿费付给他。他也给傅钟画了一幅，上面落款是"廖承志遵傅钟同志途中嘱，作于1936年11月7日"，至今字迹清晰可见。

任弼时对红军的团结一直很揪心。草地行军途中，尽管疲困不堪，他还是不断地找朱德、张国焘、徐向前、傅钟等人个别交谈，讨论促进党和红军团结的问题。逐渐地，部分同志对目前形势、中央的策略路线的看法趋于一致。

他专门找到一直在前沿指挥作战的徐向前，深入交谈同一个问题。

徐向前说："任政委，我一直就主张大敌当前，团结为重！张总政委另立中央并没有征求过我的意见；他把既成事实摆在我们面前，我个人也从未同意过！党内有分歧，可以慢慢讨论嘛，怎么能采取武辣手段呢？但是我人微言轻，他不会听我的意见；连朱总司令的话他也不听呀，何况我呢？现在好了，他终于明确宣告取消了'中央'，团结可望恢复！另外，我有个建议，不知道对不对？北上期间，最好不谈往事，免得引起新的争端；总政委要谈，我们大家都来劝他暂且不谈，一切留待以后共产国际来解决。"

任弼时很高兴徐向前有这样的态度，赞扬他顾全大局，党性强，是非观明确。

找四方面军政治部副主任傅钟谈，任弼时也很满意，觉得态度与徐向前一样，很明确，很负责任。后来到延安，傅钟任职红军大学（抗大）政治部主任期间，积极参与了清算张国焘分裂主义路线的斗争。

任弼时7月10日致电中央，报告长征途中情况，报告了徐向前、傅钟等四方面军高级干部的思想倾向，尚存的负面因素也在电报中坦陈无讳。他向中央建议，待四方面军完成长征，与一方面军和中央会合后，召开一次中央扩大会议，请共产国际派代表列席指导，解决党内的纷争，分清是非，清算路线上的错误，产生统一集权的最高领导班子。

毛泽东、张闻天7月12日复电，充分肯定了任弼时在二、四方面军的工作成绩，同时向他通报"此间"正在考虑召开六中全会。

中共中央获悉二、四方面军联袂北上，非常兴奋。毛泽东、林育英①、张闻

---

① 原电排序如此，可能是考虑到共产国际代表的身份。

天、周恩来、彭德怀 7 月 22 日联名致电朱德、张国焘、任弼时，称"中央正在动员全部红军和苏区人民粉碎敌人的进攻，迎接你们的到来"，建议"二、四方面军以迅速出至甘南为有利。待你们进至甘南适当地域时，即令一方面军配合，南北夹击，消灭何柱国、毛炳文部①。取得三个方面军完全会合，开发西北的伟大局面"。

五天后，即 7 月 27 日，中共中央正式批准成立中共中央西北局，任命张国焘为书记，任弼时为副书记，朱德、贺龙、徐向前、陈昌浩、关向应为委员，统一指挥二、四方面军。

8 月 1 日，中共中央获悉红四方面军先头部队到达甘南，欣喜之余，致电张国焘、任弼时，叫他们"略作休息，迅速北进。（俟）二方面军随后跟进到哈达铺后再大休息，以免敌人（有时间）封锁岷（县）西（固）线，（以致）北出发生困难"。

当天，这个新组建的西北局复电中央，称："我二、四方面军全体指战员对三个方面军的大会合和配合行动，一致兴奋，并准备牺牲一切，谋西北首先胜利奋斗到底。""俟兵力稍集结后即向洮、岷、西固推进，约 8 月中旬主力可向天水、兰州大道出击。"

8 月 2 日，中共中央再电张国焘、任弼时、朱德，通报敌情，并指示行动方向。"岷州一带仅鲁大昌部；毛炳文部及三十四师部在秦安、天水者，须待八月份款到（开拔费）才能西移，（且会）先派员赴岷与鲁师联络侦察情况。估计该部到岷当需七天以外。兄处以一部迅占腊子口天险，则进出（皆）便利。"

红二、红四方面军领导是 8 月 5 日到达包座的。

中共西北局在这里的一个寺庙大殿里，召开了第一次会议。会上讨论并制订了《岷洮西战役计划》，决定采取钳形攻势、东西夹击，先机攻占岷县、洮州、西固，打通道路。具体部署为：红四方面军的三十军、九军为一纵队。其主力由包座、俄界、旺藏直出哈达铺，攻击岷县；另一部取道白骨寺、爪咱坝出击，相机夺取岷县以南的西固，并向西固以南的武都佯动。红四方面军的四军、三十一军为二纵队。该纵队应先以一部攻取洮州旧城临潭，然后向东北方向的临洮攻击前进；另以一部向西北方向的夏河、临夏发展，以确保方面军左翼的安全。红二方面军为三纵队，北出哈达铺，策应一、二纵队行动。

1936 年 8 月 5 日西北局所领导的红军之一纵、二纵从包座开始北上。

一年前，红一方面军、红四方面军就是在这个地方分道扬镳的。广大红军

---

① 前者为东北军，后者为国民党中央军。

指战员在党中央伟大精神感召下，渴求团结的愿望支撑着他们，经过长时间的斗争，终于迫使张国焘不得不改弦更张，顺应他们追寻北斗星所指引的道路的强烈愿望，重新北上了。

8月9日，北上红军一纵三十军之八十八师遥遥看到了一年前中央红军征服过的天险腊子口。

三

早在红二、红四方面军进入松潘草地之际，得到情报的蒋介石就指示甘肃南部的白军王均、毛炳文、鲁大昌等部迅速调兵布防，构建西固至洮州、天水至兰州两道封锁线，阻止红军进入甘南。

红军攻打腊子口时发现了一个奇怪的现象：鲁大昌放在这里的一线部队和纵深支持兵力居然总共只有一个营，而攻取腊子口的红军是整整一个师。去年他投入的是两个旅，当时中央红军用于对付他的是一个团。所以这次的腊子口攻守战并不激烈，红八十八师一个冲锋就把鲁大昌的这个营赶跑了。

原来鲁大昌并无太深的战略心机，其实不过就是个打笨仗的角色。他总结了上次阻击中央红军失败的教训，认为腊子口不足恃，不宜在那里徒糜兵力；重点设防之地应是岷县一线。除了加强岷县的天然屏障二郎山工事外，他还更看重岷县城内的粮弹储备。仓库里堆积了从各地搜刮来的老百姓口粮，足够他使用半年多；机枪、步枪子弹可以连续射击五昼夜，迫击炮弹两万多发。他决心死守县城了。

西北局统率的北上红军一纵队轻取腊子口后，大部队陆续通过。接下来进占大草滩、哈达铺，撕碎了鲁大昌三个团构建的防线，扫清了岷县外围大部据点，包围了县城。

此战由陈昌浩指挥。

他选择了一个暴雨倾盆、狂风大作的夜晚，首先进攻县城外围要隘二郎山。

白军防守二郎山山顶上大碉堡的部队是一个名叫王咸一的团长所带的本部人马。红军投入一个团，分成三个梯队，轮番冲击，凌厉之势只增不减。

王咸一的一个团打到后来伤亡几乎殆尽，只剩下了五十几个人，居然还在大碉堡内苦撑，死战不降；而且没有弹药了。红军临时扎制了云梯，攀上大碉堡的房顶，想要从顶上进去。而白军居然也钻到上面，在房顶上挺着上了刺刀的步枪迎战红军，死战不退。

后来，等红军陆续放倒了三十多名白军，碉堡战本来已无悬念，但鲁大昌派出的蒋汉城旅又赶来了。而红军居然没有在大碉堡攻坚战之外安排阻援部队或打援部队。

白军杨旅的先头部队是杨伯达营。全营官兵每个人都是双枪将，手持两支驳壳枪，边冲边射击，近距离作战颇占优势，火力很猛。他们从山脚下直冲到大碉堡，最后打退了红军。

当然，红军并未退走多远，仍屯驻在山下。再次进攻的意图是不言而喻的。

鲁大昌意识到二郎山一旦丢失，县城更危险了。而岷县城里的部队又无法抽出一兵一卒去增援二郎山，因为他的新编十四师只那么点人马，并无机动兵力。

他只好致电兰州绥靖公署，请求增援。电文实事求是地诉说其苦况："敌众我寡，防阔兵单。数日以来，后续共军越来越多，职部以寡敌众，颇多伤亡。故不惜孤注一掷，究无裨国家寸土。恳请速令就近部队，来岷协防，借固吾围。"

这鲁某人没有想到的是蒋介石居然亲自给他复电了。

蒋电称："已派部队应援并补给，望督励所部杀贼，勇建殊勋。"

相距蒋电近一个小时，西北剿总的头目张学良的电报也发来了。张电称："攻岷县与陇西之共军，系敌三十八军之八十八、八十九两师，九军之二十五、二十六、二十七师。敌五军现围攻岷县，其口号为消灭在甘之中央军。现毛（炳文）军增援，虽被敌牵制，而周（浑元）师北开援军计日可达。万望沉着应战，以竟全功。"

两个大人物亲自来电，实出鲁大昌意料之外，不免受宠若惊，发誓效命驰驱。其立即出门登城，亲自巡查防务。

陈昌浩改变了战术，决定同时打二郎山和岷县城池，教鲁大昌首尾不能相顾。

第二天夜晚即实施攻击。鲁大昌果然顾此失彼。零点时分，红军突击队攻进了二郎山阵地，与据守的白军展开近距离搏杀。

鲁大昌惶恐万分，急令梁应奎旅长、蒋汉诚旅长各自组织敢死队，由他俩亲自率领，从县城的小南门冲出去。二郎山阻击阵地距城门仅一公里。鲁大昌指挥迫击炮部队、机枪部队集中掩护两支敢死队冲击二郎山；山上阻击阵地的白军残兵见援兵冲来，又恢复了信心，拼死与红军搏杀。战至凌晨4时，白军恢复了二郎山全部阵地；红军不得不退下去了。

这一番攻守战，白军与红军各阵亡一千多官兵。

白军飞机轮番飞临岷县上空，向城内空投了大量弹药与吃食（面粉、猪肉和军官用的香烟、大曲酒、糖果）。

16 日夜晚，红军的攻势更加凌厉，几支部队轮番攻打，片刻不停。终于完全截断了二郎山白军与城池的联系通道，使之成为各自孤军作战的两个据点。

次日拂晓，红军一部开始攻打县城南关。

鲁大昌命令城墙上机枪掩护，步兵向攻入南关街区的红军反扑。红白两军用大刀、枪刺、手榴弹展开巷战。这给参战红军战士留下了深刻印象。几十年后一位在那条街巷拼过刺刀的同志（1955 年的上校）回忆道，鲁大昌部队的战斗力超过蒋介石中央军，其顽强程度堪比后来抗日战场上的日军。两个小时后，因伤亡过大，红军只好停止了攻击，退回原阵地。

鲁大昌利用这个空出来的当口，积极做好下轮抵抗的准备。他下令把南关一带民房全部拆毁，先行武力驱走居民，还将开战以来有限允许老百姓通行的北门也封闭了；决定放弃城外残存的一切阵地，只守二郎山和城池，以节约兵力，并预先发放赏银，"以团为单位，凡能固守二郎山三天三夜者各赏现洋四千块"。

18 日凌晨，红军攻打东城门、西城门甚紧，白军防守部队出现了不支迹象。鲁大昌派出手提鬼头大刀的督战队，不准作战官兵后退，而且还从现有防守单位抽人组织敢死队反扑，逼退红军。

白军敢死队冲到红军警戒哨阵地。两下交起火来时，占据县城边沿的红军大部队正埋锅造饭，巨大的行军锅内小米粥热气沸腾、混炖牛羊肉香飘一里。双方很快就在锅前展开战斗。结果红军又撤退了。

有人向鲁大昌报告，这次在饭菜锅前战斗的红军战士是"第九军教导营和工兵营。官兵年龄半系十四岁至二十一岁之间，血气方刚，极难对付"。又说，红军正四面八方购买木材，制造云梯，广贴标语，声称务必攻破城池。鲁大昌大惊失色。

果然，22 日夜晚，红军突然搭起一百多架云梯，展开了猛烈的攻城。攻守战持续了三天，双方进行了大量伤亡的绞肉机般的拉锯战。

战斗持续了一个月仍无结果。

陈昌浩致函鲁大昌商量停止战事，交换俘虏。

鲁大昌派人去见陈昌浩，说红军只要不再攻城，不占岷县地盘，什么都好商量。

陈昌浩没有承诺"不占岷县地盘"。因为他付出这么大的代价久攻一座小小的县城，就是要在甘南营建一块根据地，与中央红军的陕北形成掎角之势，怎么可能轻易承诺呢？

为了这一点，陈昌浩还与张国焘发生了第一次争执。

当陈昌浩刚开始攻打岷县之际，中共中央就致电张国焘、任弼时、朱德，通报了党已经与张学良建立了联系，正与张商量一致行动，联合占领以兰州为中心的战略枢纽地带，从西、北两个方向打通与苏联联系的道路。取得装备后出兵绥远展开抗日战争，率先在西北拉开全国抗战的序幕。所以，红军夺取岷县，在甘南建立根据地是正确的。待整补一段时间后，四方面军应以一部出陇西，另一部出夏河，以实现红军三个方面军在甘肃北部的大会合。

陈昌浩对中央这一战略构想表现积极，这就势必与张国焘发生争执。

张国焘借着中央在一次复电中曾提到过的共产国际同意红军下一步相机占领新疆，打通与苏联的直接联系，以便常常得到物资援助，便坚决主张即刻向西，甚至暂缓与一方面军会合，认为这是最好的出路。他不可告人的心思是继续控制四方面军，远离中共中央，自成格局。这其实是阿坝和甘孜分裂主义意识继续在他胸中涌动的体现。

当陈昌浩指挥一纵攻打岷县之际，二纵红四军在王宏坤军长率领下向甘南东部的临潭攻击前进。其十一师沿洮河向西前进，十师、十二师、妇女团攻占临潭新城。稍事停留，又向临潭旧城进发。

四面环山的临潭旧城很古老，四个城门。东、西、南三门有瓮城，瓮城上都有古堡。自古西北多战事，所以城墙与内地略有不同。鲁大昌在这里放置了一个团。

红十师师长余家寿指挥部队冲过五米深的城壕，用云梯攻城，不到一小时就攻进城去了。

原来，驻守此城的一个团在五个小时前就撤走了两个营，守城部队只一个营，难怪那么不禁打。

两天之后，也就是8月24日，青海军阀马步芳派遣警备一旅的骑兵加强营为先锋，赶来援助鲁大昌，要夺回临潭旧城；警备一旅旅长马彪率全旅随后跟进。

红十四师故作不知，将计就计，在城外设伏。待马家军骑兵加强营进入伏击圈，立即发起聚歼。但战事未能按时结束，马彪率全旅骑兵赶到，企图救出加强营，向红军阻击阵地反复冲击。马家军的骑兵十分凶悍，红军与之激战几个小时，也不能取胜。后来前沿红军的子弹打光了，只好用枪刺与敌人死拼，结果是节节退却。敌人骑兵冲进了县城，两军展开了巷战。

而骑兵进入狭窄的街道其长处立刻变成了短处，陷入被动挨打境地。红军早在战前就预料到了这一着，在街道上设置了绊马绳，挖掘了陷马坑；又在各段街道的房上构建了简易工事。从上边向下打枪，一打一个准；扔手榴弹，一炸一大片。

马彪是马家军的代表人物，凶狠蛮横，不甘失败。巷战失败，他命人把大筐银元和烟土抬到前沿以重赏换命；还亲自端着轻机枪督战，谁敢踟蹰不前，立刻"突突"，绝不留情。城外红军阻击阵地一度遭其突破。但红军抱着成捆的手榴弹冲上去与数十倍于己的敌人同归于尽，如是者甚多，连久做亡命徒的马家军也惊惶不止目瞪口呆。终于把增援的马彪旅打退。

徐向前则指挥四方面军三十军之一部攻占了漳县，八十九师攻占渭源，九十三师攻占通渭。至此，四方面军突破了蒋介石在川甘边界部署的封锁线，控制了甘南部分区域。

红二方面军也陆续到了甘南哈达铺。

中国工农红军的三个方面军，全部集结在陕、甘、宁三省交界处，相距不远，仿佛伸手可及。最后完成长征，达至完全会师，已经指日可待了。

红四方面军三十一军攻占通渭县不久，军参谋长李聚奎接待了一个驰马而来的十七岁少年。

这少年就是后来的开国上将杨勇，现刻担任的是红一军团一师政委。杨勇说，为了接应红二、红四方面军，红一军团政委聂荣臻率领以红一师为基干的特遣支队，从陕北南下到甘肃的静宁与会宁之间，目前已抵界石铺，距通渭只两天路程了。

李聚奎读到少年（杨勇当时只说自己是送信的战士）送来的信，万分激动，用颤抖的手写下了一封今天读来仍令人感动的回信：

> ……你们九月一号来信收到，我们早已闻你们到界石铺并闻有来通渭讯，故悬望数日，至今始接来信，不胜欢欣！
> 亲爱的同志们，主力红军大集西北地区，这无疑的是（将此地形成了）领导和推动全国革命的中心。从此以后，大家在党中央周围团结一致，比

什么都好啊！

目前甘南敌情：王均在天水、礼县、西和一带。最近我军一部占领了威县，（继）续向徽县推进；鲁大昌被我军围困于岷城一月有余；毛炳文在陇西城及其附近。我军也有一部（对毛炳文部）监视中。其余如你们所知。

致以

布礼！①

二十日夜于通渭

李聚奎写这封信的五天以后，即1936年8月25日，张闻天、毛泽东、周恩来、博古联名致电共产国际，报告中国共产党对红军今后的战略方针的思考。电文较长，不便照录，只好将内容摘要简述如次：

鉴于日寇入侵，中华民族危机深重，世界反法西斯斗争形势严峻，为着"便利同国民党成立反日"同盟，为着使中国红军"靠近苏联，粉碎日本截断中苏联系（通道）的企图，为着保全现有根据地，红军主力必须占领甘肃西部、宁夏、绥远一带。我们这一意愿除了在九月以下三个月中加紧与蒋介石进行谈判，求得在一般基础上要求他承认划出红军所希望的防地外，还须解决一个具体的作战问题；因为我们所希望的地区，为青海、甘西、宁夏至绥远一带。这一带的特殊地形条件是为黄河、沙漠、草地所束缚着的一个狭长地带，而且其中满布着为红军目前技术条件所不能克服的许多坚固的城堡及围寨。即使蒋介石承认红军占领这个地带，但不见得能使这一带的土著统治者自动地让出其防地。依红军现时条件，如果不取得这一地带，则不可避免地要向现时位置之东南方向发展；但要取得这一地带，没有新的技术之及时的援助是很困难的。在时机上这一地带仅能利用冬季黄河结冰之时。红军虽能奋勇抵抗最冷的天候；因地冻，也不利于用坑道的方法攻城——在坚城面前，即使平时（所采用的）坑道法也是不能必克的。如果苏联方面能答应并且做到及时地确实地替我们解决飞机大炮两项主要的技术问题，则无论如何困难，我们决心乘结冰时节以主力西渡接近新疆与外蒙"。接着将具体战略部署报告给共产国际："以一方面军约一万五千人攻宁夏，其余担任保卫苏区"，"以四方面军十二月从兰州以南渡河，首先占领青海之若干地方作为根据地"，"以二方面军位于甘南，成为"陕甘苏区的南部区域。

然而，共产国际尚未回电，蒋介石就命令胡宗南部迅速北上，并且企图分

---

① 那年代共产党人的习惯用语，即布尔什维克的敬礼。

化、肢解"剿共消极甚至沟通共匪的"东北军。

中共中央认为首先必须把胡宗南部阻挡在甘肃东部，使红军能得以经营甘南，以保持陕北苏区与甘南苏区大略的犄角之势。为此，命令一方面军继续南下策应四方面军；命令四方面军切实控制甘南地区；命令二方面军东出哈达铺，控制陕甘南部交界地带。中央给三个方面军发的统一电令，特别强调"三个方面军的行动中，以二方面军向东行动为最重要。不但是冬季红军向西北行动的必要步骤，而且在目前我们与蒋介石之间不久就将举行的双方负责人谈判上也属必要"。

根据这个命令，红二方面军分成三路纵队，分别展开战略行军。

左纵队红六军团东进，沿礼县北部的崖城、娘娘坝，向陕西、甘肃两省交界处的两当挺进。进军途中，为避免作战延宕，选取白军两支部队的接合部插进去，所以行进必须快捷。9月18日，红十六师、红十七师进抵两当县城下。城内的地下党组织民众起义，打开城门，红军不费一枪一弹便轻取该城；同时，十八师也攻占了两当南面的徽县。

中纵队红二军团四师，以及三十二军①，沿左纵队南翼，开赴成县。成县白军有一个营和一个保安团，共一千多人。红军先锋部队红十团17日开始攻城，突破了东门、南门的阻击阵地，冲进城内。城内敌人隐蔽在街道两边墙壁后面，子弹很难打中他们。红军指挥员命令投掷手榴弹，爆炸的碎片再怎么也能撞到几个，躲在红军射击死角的白军由是大批被整死。还活着的从墙后窜出来奔逃，红军的机枪及时发挥了威力，扫倒一大片。

右纵队红二军团六师攻下甘肃最南端的康县，然后又向东奔往陕西的略阳。

红二方面军连续十天攻击前进，陆续拿下了甘南的礼县、两当、徽县、成县、康县以及陕南的略阳、凤县，使红二、红四方面军在甘南、陕南的控制区扩大了不少。中央指示，由二方面军全部接管并经营这一带。

---

① 原系一方面军部队，编入了二方面军，但未编入六军团、二军团。

第十五章

一

红四方面军到甘南后，陈昌浩与张国焘发生了他们共事以来的第一次争论。这次争论，陈昌浩与朱德意见一致，而且与中共中央意见一致。这引起了张国焘极大的不安。

此时张国焘正全力以赴地部署西进。

陈昌浩率部经通渭，进占会宁县城，并勘察兰州东北面靖远县境内的渡黄河地点；徐向前率主力驻扎在通渭，监视天水的白军；张国焘、朱德和总司令部驻岷县附近的三十里铺，直接指挥一个军，向临潭及其以北地区发展，借以勘察兰州西南面的渡黄河地点。

张国焘在他的回忆录里说："就在这个时候，陈昌浩提出了改变整个军事计划的建议……他由会宁前线专程赶返司令部与我面谈这个问题。因此，我们的军事行动延误了约两个星期。"

张国焘解释，陈昌浩之所以如此，是因为"受到陕北电报的影响"。

但考察当时史实，真实的情况并非如是。

陈昌浩从前线赶回总司令部并不是自己跑回来的，而是奉命回来参加西北局会议。召开西北局会议的原因，也并非陈昌浩要"改变整个军事计划"，而是张国焘提出要"改变"中央与共产国际指示的精神。

9月13日，中革军委致电张国焘、朱德，指出"四方面军宜迅以主力占领以界石铺为中心之隆、静、会、宁段公路及其沿线附近地区，不让胡敌（胡宗南部）占领该线，此是最重要着①"。电报还说明，一方面军已派一个师向静、会出动；解释原拟一方面军主力南下协同作战恐不宜，因为"于尔后向宁夏进攻不利"。因此，"对东敌（胡宗南部）作战宜二、四方面军为主力，一方面军在必要时可以增至一个军协助之"。如此一来，在西兰通道上与胡宗南部作战的任务，实际上要由以四方面军为主来承担了。

此后，毛泽东、张闻天又迭电张国焘、朱德，命令四方面军尽快占领隆德、

---

① 着即招数之意。

静宁、会宁、通渭地区，控制西安至兰州的公路以及其他一切可以连接两地的大路、小路，阻止胡宗南部西进。

显而易见，当时中共中央的战略意图是分作两步走的：首先，红一方面军、红四方面军夺取宁夏，以占据给养基地。此乃重中之重；切实完成第一步之后，再向西发展，攻取甘西。

张国焘是个颇有军阀意识的机会主义者，他过去伙同一些人搞"肃反"扩大化，以及后来与中共中央发生矛盾、分裂，都是为了他个人能牢牢掌控四方面军，甚至进而掌控全体红军。紧抱军权，是他所有行动的出发点，也是他与党内任何人发生矛盾的真正原因。所以，他对于中共中央命令四方面军独立迎战胡宗南部（二方面军实际担任战略辅助），而不再是最初计划的由红一方面军、红四方面军南北合力进行夹击，产生了深深的怀疑：这是不是毛泽东的歪主意，企图消耗四方面军兵力？所以他迟迟不表态。

中央从9月14日至17日不断电促，朱德也劝他应该开会研究一下，他才不得不同意召开西北局扩大会议，把问题摆到桌面上来讨论。张国焘同意开会，自然也有他暗地里的盘算。西北局里陈昌浩、徐向前是自己的人，争取任弼时、贺龙、关向应中立也是问题不大的，再加上"扩大"几个四方面军的人列席，鼓噪之下形成"不采胡宗南，首先西进"的决议是办得到的。就这样，西北局扩大会9月18日在三十里铺召开了。

但是会议进行的三天之间，徐向前在前线指挥作战，一天也没回来过；四方面军、二方面军的高级干部倒是都"扩大"进来了几位。

张国焘首先讲话，把自己关于"首先西进"的优越之处反复进行了分析，其中一些"预期"，任何人都听得出是十分离谱的。

使张国焘惊诧并伤心的是，第一个站起来反对他意见的竟然是陈昌浩。陈昌浩多年来与他合作无间，即使有时他的一些决定来得突然，陈昌浩一时赶不上趟，可随即就"赶上去"不问青红皂白给予支持、拥护。他把陈昌浩视作第一心腹。不难设想，陈昌浩那种对某一个人的愚忠意识，此时是否有所觉醒？毕竟张国焘另立中央、南下攻打百丈等一系列错误给四方面军带来灾难性的损失，宁不使他有所自省并进一步审视相关责任呢？

陈昌浩平静地说："总政委的意思我明白，及早进至新疆，可以直接得到苏联的物资援助。很好！但是我觉得这应该放到第二步进行，从中央几次来电揣摩，似乎也是这个意思！现在胡宗南咄咄逼人，只有红四方面军的兵力才足以对付，现在避开，就可能让二方面军独任其艰，恐怕不行吧？而一方面军目前准备进军宁夏，若放弃这个计划南来，也不合算！所以四方面军北上静宁、会宁，迎战胡宗南，之后去会合一方面军，以图合力攻取宁夏，这样一个战略步骤，我认为是没有破绽的！"

张国焘很不高兴。他后来在回忆录里抱怨"陈昌浩受到陕北电报的影响，过于乐观，对西北的局面估计过高；对蒋介石控制西北的能力和剿共的决心，又估计过低"。但在会上，张国焘没有像以往那样随便发脾气，他感觉到包括陈昌浩在内，四方面军近来受陕北影响越来越深，自己如果不讲策略，会失去大家拥戴，有成为孤家寡人危险。他和风细雨地以从未有过的耐心规劝陈昌浩和所有的与会者，说：

"既然一方面军忙于进军宁夏，无暇南顾，四方面军单独对付胡宗南，恐怕并非好的办法吧？所以应该抓紧时机西渡黄河，占领古浪、红城子一带；其后也可以相机策应一方面军西渡黄河，夺取宁夏，实现冬季打通联系苏联的道路！"

朱德明白，张国焘一旦西进跨开了脚步，便可能开弓没有回头箭，会一直往西，到新疆才会收住脚步；什么策应一方面军夺取宁夏，全是鬼话。便说：

"国焘，你这样一路往西跑……"

"总司令，你这话有语病！"张国焘打断朱德的话，笑嘻嘻地说，"我的意思可不是'一路往西跑'；我是说，过河以后屯驻古浪、红城子，相机策应一方面军行动！"

"总政委，那么远的距离，不方便'策应'呀！"陈昌浩小声说。

"总可以分敌之势呀！"张国焘瞪了一下陈昌浩，愠然说。

"不管怎么说，你把四方面军带到西边去了，胡宗南开过来，就得由二方面军去单独对付了！这恐怕不大合适吧？"朱德说。

大家都倾向于认同中央的指示，支持朱德、陈昌浩意见。会开到第三天，张国焘突然怫然起立，当场宣布辞去红军总政委、西北局书记等职务，不顾一切地冲出会议室，带着骑兵卫队到岷江对岸的后勤部去了。

朱德没拉住他，摊开双手苦笑道："国焘这是咋个整的？耍小孩子脾气嘛！"

说罢，他拉着陈昌浩一起到后勤部去。两个人左一劝右一劝，好话说了几大筐，才劝得张国焘同意回去继续开会。

于是，当晚继续开会。

张国焘在会上继续宣传他的西进方针优势论。但大家还是不认同，一致主张贯彻中央指示，北上迎战胡宗南。张国焘无可奈何地苦笑了一下说，既然你们都赞成北上，那我就放弃我的意见嘛。当晚就以朱德、张国焘、陈昌浩名义制定、发布了《静宁、会宁战役纲要》，部署四方面军各部向西（安）兰（州）大道之静（宁）、会（宁）段北上。

两天过去了，中共中央见四方面军既没北上，又没有电报发到，毛泽东、张闻天、博古、周恩来都感到纳闷。

中共中央政治局常委开会，专门研究夺取宁夏的意义。

毛泽东指出，占领宁夏是打通苏联和建立粮草基地，从而发展红军，打开西北局面，开展抗战的要害。我们近期一切工作都要抓住这个要害、围绕这个要害来展开。

会后致电朱德、张国焘、任弼时、贺龙，再次强调"夺取宁夏，打通苏联，不论在红军发展上，在全国统一战线上，在西北新局面上，在作战上，都是重要一环"。所以，"向宁夏及甘西发展，重点在宁夏，不在甘西"。

电报到达时，朱德一个人在总司令部主持，张国焘当天已去设在漳县的前敌指挥部。走前他对朱德、陈昌浩以及即将回二方面军去的任弼时、贺龙说，是去部署部队北上。所以朱德复中央电便说张国焘已于本日北上，朱德明日即率总部和直属部队跟进。

张国焘只身北上倒是北上了，但却只到漳县前敌指挥部就止步了；而且到了后马上就变了卦。以徐向前《历史的回顾》为蓝本，略述张国焘说些什么干些什么吧。

徐向前主持的四方面军前敌指挥部接到朱德、张国焘联署的贯彻中央指示，北上粉碎胡宗南进攻，会合一方面军电令后，其便与参谋长李特忙着调动队伍出发。却见张国焘闯进作战室，脸色很不好看。徐向前上前扶他坐下，关切地问道：

"总政委，你怎么来了？是不是情况有什么变化？你发个电报就行了，何必亲自跑一趟呢！"

张国焘没有正面回答，只教他去把周纯全、李特、李先念找来，说有要事相商。

徐向前一边挥手叫一旁站着的参谋快去请这三位领导，一边忙着给张国焘沏茶，说李特刚才还在这里。

张国焘刚刚喝了两口茶，参谋就带着那三位领导进来了。把领导们安顿好，参谋知趣地退了出去把门拉上。

大家见张国焘黑着一张脸，半晌不说话，又不好问他是怎么回事，有什么要吩咐的，只好面面相觑，也在那里喝茶或吸烟。而军情紧急，徐向前憋不住了，小心地问道：

"总政委，是不是发生什么事了？你告诉我们呀！"

"我这个总政委、书记、主席什么的统统干不下去了！"张国焘情绪激动，用力挥了一下手臂，大声说，"让昌浩去干吧！我看出来了，他喜欢干！"

徐向前、李特、周纯全、李先念等人都为之愕然，也不明白张国焘与陈昌浩之间发生了什么不愉快的事。

徐向前说："总政委，哪里就至于这样？不至于，不至于！你先消消气，消消气吧。"

大家都知道，陈昌浩向来敬重张国焘、崇拜张国焘，视之若师长、兄长，是最亲密的同志；张国焘指向哪儿，陈昌浩就奔向哪儿，没有提出过任何异议，真可谓理解的执行、不理解的也坚定不移地执行。就以另立中央来说，看得出陈昌浩心里颇有疑虑，也曾暗中向徐向前嘀咕过总政委是不是玩过火了，但也义无反顾地拥护张国焘的决定。所以都觉得张国焘与陈昌浩之间是不是有什么误会。在大家几番追问之下，张国焘说出了岷县三十里铺西北局会议的过程。

大家听了，又是一番面面相觑，好一阵没人开腔。这是张国焘与陈昌浩共事以来，第一次发生这么尖锐的冲突，听情况似乎很难调和了。

就张国焘而言，他一定认为不是普通的意见分歧，而是一路北上到这甘南地域，再往上走就会进入中央的有效掌控范围，加上中央已然取得了共产国际的认可和支持，陈昌浩必是产生了离心倾向，产生了另觅高枝的念头。此时此刻"加上他有个另立'中央'的包袱压在身上，所以情绪很激动，还掉了泪"①。

张国焘边抹眼泪边说："我是不行了，到陕北准备坐监狱、开除党籍；四方面军的事情，中央会交给昌浩干的！"

他这么一闹，使不明真相的徐向前也受了影响。徐向前"觉得陈昌浩在这个时候和张主席闹得这么僵，似乎有点想取而代之的味道"，那就不大地道了。在座的几位四方面军大将也都与徐向前情绪一致，"大家你一言，我一语，劝了张国焘一通。关于军事行动方针……可以继续商量"。也就是说，在座的几位四方面军实权人物，都可以认同张国焘的不同于三十里铺决议的新意见。

---

① 徐向前《历史的回顾》，解放军出版社，2001 年 6 月版，第 497—498 页。

探明了麾下大将们的态度，"张国焘来了劲头，指着地图，边讲边比画"。

他认为，四方面军北上静会地区，将面临在西安至兰州的通道之间与胡宗南大军决战，那样的话势必陷于不利境地；而且陕北地瘠民贫，不便大部队解决粮草问题。如果转移到黄河以西兰州以北地带，情况就有利得多了。

在座者都认为："从军事观点来看……张国焘的观点并非没有道理。于是，当场制定了具体行动部署：四方面军以一个军从永靖、循化一带渡过黄河，抢占永登、红城子地区作立脚点；以一个军暂在黄河渡口附近活动，吸引和钳制青海的马步芳部；以两个军继续布于漳县、岷县地带，吸引胡宗南部南下。而后这三个军再渡河北进。主力出靖远、中卫方向，而后相机配合一方面军西渡黄河，共取宁夏。"徐向前认为，"这个方案，一是避免了在不利地区同敌人决战；二是吸引胡敌（胡宗南部）南下，减轻了对一方面军的压力；三是并不违背中央关于两军先取宁夏、后取甘西的战略企图；四是便于解决四方面军的就粮问题"。

完成了部署，部队的调动也进入了实施阶段后，张国焘致电朱德、陈昌浩，要他们来漳县会商。也许他是要用既成事实逼朱德、陈昌浩上马，然后再一起迫使中央认同这个方案。

二

朱德原以为张国焘急匆匆赶赴漳县前敌指挥部是组织部队执行静宁、会宁战役计划的，不料9月21日晚接到张国焘电报，使他大吃一惊，手持电报跺脚长叹道：

"这个国焘呀，太缺乏定性，怎么又变卦了！是不是在漳县受到什么人的撺掇呀？"

9月22日凌晨3时，朱德致电张国焘、徐向前、周纯全、李特，指出其如此处置，实在不妥。电文说："国焘同志电悉，不胜诧异。为打通（共产）国际路线与全国红军大会合，似宜经静、会北进，忽闻兄等不加同意，深为可虑。""昌浩今早可到漳，带有陕北来新译长电，表示（共产）国际态度，望详加研究……（共产国际对）静、会战役各方面均表赞同，陕北与二方面军也在全力策应，希勿失良机。党国幸甚。"

朱德提议在漳县再次召开西北局会议。他对陈昌浩说，你先走一步，去漳县等我们；好好和国焘、向前、纯全他们先交换意见。特别是国焘，交谈时一定要耐心一点，不要引起他对你产生什么误会。

"好的，总司令，我争取把他劝成功！"

刚送走陈昌浩，朱德首先致电中共中央称："西北局决议通过之静会战役计划正在执行；现又有少数同志不同意见，拟根本推翻这一原案。"然后给陇南的红二方面军主要领导任弼时、贺龙发去电报，请他们为自己作证："我是坚决遵守这一原案①的。如将此案推翻，我不能负此责任！"请西北局副书记任弼时、委员贺龙疾赴漳县以开会名义规劝张国焘等人。

9月23日，西北局扩大会在漳县附近的三岔镇召开。参加者为张国焘、朱德、徐向前、陈昌浩、傅钟②、李卓然③；任弼时、贺龙因故未到会。

会上，张国焘做出一副悲天悯人与极大耐心的样子，和风细雨同时颇富雄辩力度地解释他的主张。他认为北上作战是会断送红四方面军的。自穿越草地以来，部队连续作战，从未得到过休整。现在我们十个炸弹④就有五个打不响；胡宗南部队的装备与我军是天渊之别，人数也与我们相差无几。另外，宁夏那个地方，地幅狭小，把大批红军塞在那里，前面有敌军封锁，后面有黄河、沙漠，战斗若出现一闪二失，我们将何以自处？至于陕北，那么穷的地方，怎么能解决大军的吃饭问题呢？既然共产国际电报同意我们靠近苏联，我们努力打到新疆去，正是贯彻了共产国际指示的精神。所以我们首先应抓紧时机西渡黄河，占领兰州以北区域。这样，既避免了与强敌对消兵力，也不违背中央夺取宁夏的意图，也足以在那里解决我军四万将士的吃饭问题。

朱德当然提出了不同意见，主张坚持贯彻9月18日三十里铺西北局会议的决议。他认为，在红一方面军、红二方面军的配合下，胡宗南部队是可以被击退甚至割歼其一部的，北上的其他困难也可以逐步克服；若久久不北进，三个方面军的会合不知要等到什么时候，那样的话势必会延误抗日统一战线的形成，还会使红一方面军、红二方面军的侧翼暴露在敌人枪口下。

后来，会上大多数人都支持了张国焘的主张，连陈昌浩也改变了主意。

张国焘的西进方针打乱了中共中央的全面战略。张闻天、博古、周恩来等人在会议室大发脾气，遥骂张国焘"老马不死旧性在"。毛泽东眉头深锁，不

---

① 指贯彻中央指示的西北局9月18日岷县三十里铺会议的决议。

② 新任中共中央西北局组织部长。

③ 红四方面军政治部副主任。

④ 系指迫击炮与手榴弹。

断吸烟，一支接一支地吸，直至地上有了大堆烟头。最后他致电彭德怀。电文称：

> 彭并告林聂：
>
> 一、接朱电，国焘又动摇了北上方针，我们正设法补救中。
>
> 二、为使胡敌不占去先机，请加派有力部队南下，交一军团指挥，增兵界石铺并分兵至隆德、静宁大道游击。至要。
>
> 毛 二十四日十六时

红四方面军广大指战员对突然改变行军方向困惑不解。怎么又不北上与红一方面军会合了呢？怎么又要改为向西去了？高层又发生了什么问题？四军十二师奉命到渭源接防，没过多久突然命令他们放弃渭源；刚从渭源撤离，只走了不到十公里，又命令返回去夺取渭源。

师长张贤约、政委胡奇才无法理解这种朝令夕改、夕令又朝改的怪现象。他们勒兵洮河岸上，两人徘徊商量，反复猜度，委决不下。

军长陈再道见他们长时间没动静，又不回电，便纵马追过来。同样不知道原委的陈军长以其昏昏使人昏昏地向他们解释了一番，他们又才懵懵懂懂地提兵前进。

全师攻打了一夜付出了三百多人伤亡，才又把渭源城夺回来。

红三十一军距红一方面军防区内的界石铺最近，他们将成为红四方面军最先会合一方面军的一支部队，充满期待地等在那里。然而前敌指挥部却突然命令他们返回岷县。这就像兜头一桶冰水冲湿了他们的全身。几天前他们离开岷县来到这里，上边就明确地告知是去会合一方面军，其欣欣鼓舞为如何，自不待说。现在下这样的命令，岂不是捉弄人吗？部队里已经有了暗中相传的骂声，矛头直指向总政委张国焘。

重去岷县时大雨如泼，道路泥泞难行。

9月24日，毛泽东、林育英、张闻天、周恩来、博古、王稼祥联名致电朱德、张国焘、徐向前、陈昌浩、任弼时、贺龙、刘伯承，再次主张中央与张国焘之间的争论应该不再涉及，当务之急是团结一致，执行目前的政治、军事任务。电文指出，首先应集结三个方面军于静宁、会宁、定西一线及其南北，对胡宗南进行腰击，粉碎其分割红军、各个击破的企图；然后两个方面军同时行动，兵发宁夏；其间以一个方面军牵制胡宗南部。占领宁夏是整个政治军事上极重要的一环。完成了占领宁夏之后，自然就能取得苏联的援助，红军壮大就不再是奢望了。那时分兵攻略甘西、绥远，乃至重占甘南，就不是太难的了。电报最后说，红一方面军第一师已占领界石铺，正伸手呼唤兄弟部队将手伸过来；红四方面军宜以先头师火速进入，余部陆续跟进。

25日，红二方面军任弼时、贺龙、关向应、刘伯承、甘泗淇、王震、陈伯钧联名致电朱德、张国焘、徐向前、陈昌浩，严正指出当前的行动"比过去任何时期更迫切要求能协同一致；否则，只会有利于敌人各个击破，于革命于红军发展前途有损。我们已向陕北建议，根据目前情况和三个方面军实际情况做出三个方面军行动的最后决定"。红二方面军恳切请求红四方面军暂时不要渡黄河，"我们请求你们暂且停留在原地区，以待陕北之决定。陕北与（共产）国际有联系，（共产国际）对（我们）国内情况较明了，而且与各方面行动、统一战线工作有相当基础，必能根据各种条件制订出有利整个革命发展的计划"。

红四方面军前敌指挥部从漳县向西移动到了临潭境内，大军渡河，犹箭在弦；箭若离弦，必一冲千里。那时，三军会合将遥遥无期。26日12时，中央再次致电张国焘和朱德称："胡宗南部在咸阳未动，其后续尚未到齐。四方面军有充分把握控制隆、静、会、定大道，不会有严重战斗。一方面军可以主力南下策应，二方面军亦可向北移动钳制之。北上后粮食不成问题；若西进到甘西则将被限制于青海一角，尔后行动困难。"

正值此时，派人四处调查西出行军路线自然条件的几支小分队汇总了一个相同的消息，向张国焘、朱德禀报：黄河对岸进入了大雪封山季节，天寒地冻，道路难行；若遭遇敌人围攻，大军转移、运动将十分不利，必被动挨打。张国焘长叹一声，心里暗道，此乃天不助我也。遂不得不接受朱德建议，在洮州召开会议，再次讨论是西渡还是北上。朱德在会上详细分析了黄河以西的严酷气候条件，若贸然深入，自然减员会急剧增加，粮食筹集也会十分困难；若马步芳骑兵频频骚扰，情况更为不堪设想。那时进退失据，何以自处？

朱德的话，这个时候容易打动四方面军诸将了。

张国焘也意识到西渡黄河入疆的计划无法实现了。他没有说话，沉闷了许久，只听大家发言。

大家七嘴八舌地议论，中心意思只有一个：西渡已成死胡同，北上会合一方面军才是出路。

徐向前见张国焘老是不开腔，小声提醒道："总政委，要迅速做出决断，尽快电告陕北才是！"

张国焘点了点头，唔了一声。他环顾大家一遍，说：

"大家都觉得北上比西渡好，那我们就北上吧！不过要向陕北说明此前采取西渡方针的理由，现在放弃的原因，我们都是从大局出发来考虑的！"

朱德为了促成他早下决心，马上点头，郑重地说：

"那是当然，当然！"当天，也就是1936年9月26日，张国焘发出了一年来第一次表明愿意服从中共中央领导的态度的电报，放弃了此前应允林育英的与中共中央"取横的关系"的怪异立场，自从分裂以来第一次在电报中称呼陕北诸公为党中央；同时振振有词地强调这个、强调那个，其实就是剖白自己从来都是讲团结、反对分裂的。

他在电报里说："关于统一领导，万分重要！在一致执行（共产）国际路线和艰苦斗争的今日，不应再有分歧。因此我们提议，请洛甫同志即以中央名义指导我们；西北局应如何组织和工作，军事（方面）应如何领导，军委主席团应如何组织和工作，均请决定指示，我们当遵照执行。"

以上电报发出不到一个小时，他又发了一电，分别致送中共中央和红二方面军任弼时、贺龙。电文解释道："此次西渡计划决定，绝非从延误党和军事上统一领导观点出发，而是在一、二、四方面军整个利益上着想。先机占领中卫，既可更有利实现一、二、四方面军和西渡打通远方（新疆、苏联），又能在宽广地区达到任务。此心此志千祈鉴察！关于统一领导问题已有具体提议，因恐同志对西渡计划会发生延误统一领导之误会，故决然如此①。从此领导完全统一可期，当可谅解西渡计划确系站在整个红军利益的有伟大意义的正确计划。现我们仍照西渡计划进行，望以此实情多方原谅。如兄等仍以北进万分必要，请中央明令停止，并告今后行动方针，弟等当即服从。"

过了半个小时，又发一电。"如兄等认为西渡万分不妥时，望即明令停止西渡并告今后方针。时机紧迫，万祈鉴察。"

当天夜晚10时又发一电。"四方面军已照西渡计划行动②，通渭已无我军。如无党中央明令停止，决照计划实施，免西渡、北进两失时机。我提议一方面军主力，不必延伸到西（安）、兰（州）公路，防敌人从黑城镇、同心城截断我一方面军。我们一月内能在靖远附近会合。请善解释，决不可使全党全军对会合失望。"

---

① 他所谓"此"，即放弃本来十分正确的西渡计划，并非因为西渡有什么困难或错误，而是为了维护党中央的统一领导。

② 其实根本未动。

他这样盘马弯弓故不发，为的是党中央能给他一纸电文，承认他此前所为是出于公心，此后行动则由党中央负责；也就是说承认他左也正确，右也正确。

9月27日，毛泽东等人复电，说："中央认为：我一、四两方面军合则力厚，分则力薄。合则宁夏、甘西均可占领，完成（共产）国际所示任务；分则两处均难占领，有事实上不能达到任务之危险。一、四方面军分开，二方面军北上，则外翼无力，将使三个方面军均处偏狭地区。敌凭黄河封锁，将来发展困难。且胡敌（胡宗南部）因西（安）兰（州）公路断，怕我夹击，又怕东北军不可靠，不敢向隆德、静宁，拟向天水靠王均。如四方面军西渡，彼将以毛（炳文）先行，胡军随后，先堵击青兰线，次堵击凉兰线，尔后敌处中心，我处僻地，会合将不可能，有一着不慎全局皆非之虞。"

张国焘立即以他自己和朱德、陈昌浩、徐向前名义复电中央，表示执行中央指示，仍照最早的计划东出会宁会合一方面军。部队立即出发，先头部队大约10月6日到界石铺。"决不再改变计划。"

9月28日，朱德、张国焘制订《通（渭）庄（浪）静（宁）战役计划》，并于次日上报中央批准。

此前红一方面军派遣四个团出发，即将通过隆德、静宁一线。此用于监控胡宗南部，以确保红四方面军顺利北上。所以中央指示红四方面军抓紧时机，"迅从通渭、陇西线北上"。

当天，中央再次致电张国焘。这份电报具有划时代意义，转录于次：

朱总司令、张总政委并告一、二、四方面军首长：

四方面军应即北上与一方面军会合，从宁夏、兰州间渡河夺取宁夏、甘西，二方面军应暂在外围钳制敌人，以利我主力之行动。一、四方面军首长应领导全体指战员发扬民族与阶级的英勇精神，一致团结于国际与中央路线之下，为完成伟大的政治任务而斗争。

党中央

一九三六年九月二十七日

红四方面军1936年9月30日正式拔寨动身，分为五个纵队，从甘南向北面的通渭、庄浪、会宁、静宁前进。

红四军是一纵队，抵达通渭县城，遭遇追踪而至的胡宗南一部；鲁大昌师、毛炳文师则从兰州方向逼过来。中央军委直接电令红四军避开敌人，以便尽快与一方面军前锋部队会合。红四军衔枚疾进，一昼夜跑了一百一十公里。沿途是不见草木的黄土山梁、山梁之间的又深又曲折的干沟，荒无人烟，也无水源。部队连续行军，不能有片刻停顿，疲惫到了极致；由于无饮水，汗出如雨之后，嗓子干得冒烟。第三天的时候，先头部队的尖兵排终于看见了一座茅草房子，里面只有一个老妇人。红军给了她五块银元，买下了积攒在草屋里的大半桶浑浊的雨水和一罐蜂蜜。尖兵排每人喝了一小口浑水，然后把剩下的水和蜂蜜派两个战士守着，留给后来的部队。

红一方面军之十五军团奉命去会宁接应红四方面军。军团长徐海东命令骑兵团抢在敌人主力前面占领会宁。他叮咛团长韦杰、政委夏云飞，敌人企图阻断我们两大红军会师的通道，只要你团抢占先机，把会宁控制在手，敌人的企图就破灭了。

10月2日，骑兵团连续奔驰一百公里，抢在白军加强会宁防务之前到达城下。城内只有一个营的敌军，很快就被驱逐出城，会宁就此易手。

在红四方面军三十军攻占通渭后，红军总司令部、中共中央西北局由是大摇大摆地越过了西（安）兰（州）公路。

10月9日，朱德、张国焘、陈昌浩、徐向前进了会宁城。

此前红四方面军四军之十师在会宁附近的青江驿、界石铺与红一方面军一军团一师会合。走在两个师队伍前面的是两位师长：英俊的红一军团一师师长陈赓，面部有密密麻麻大黑麻子但威武雄健的陈再道。他们满脸笑容，相向而来，老远就向对方伸出了双手。

1936年10月10日，会宁城里挤满了红军，到处是庆贺胜利的标语，到处是红色的党旗、军旗，到处是欢声笑语，到处是歌声。来来往往的红军战士，无论以往见过或没见过的，都如久别重逢的兄弟，张开手臂抱在一起。这真是"亲不亲，阶级分"啊。吃过了晚饭，两军官兵集合在文庙大门前的广场上，举行了会师成功祝捷大会（这应该只是预演，全面会师是在山城堡大捷时）；文庙两扇大门上贴着马克思、列宁的巨幅画像。

朱德在会上宣读了中共中央、中央军委发来的贺电，祝贺两个方面军的先遣部队会师成功。贺电把张国焘的名字放在"我们的民族英雄与红军领导者"之列。

朱德又拿出了另一份电报，双手郑重地捧着，高擎过头，动情地说："同志们，这是毛主席前一段时候发给我们的专电，要我们瞅合适的机会向大家传达……"

原来，早在 6 月的时候，远在上海、病情严重的鲁迅从冯雪峰口里获悉毛泽东率中央红军胜利抵达陕北的消息，当时就长长地吁了一口气，好似吐出了他一年多以来的担忧与揪心，面露欣慰之色；当时还在病榻上点了点头说："他们终于摆脱了重兵围剿，平安到陕北了！中国有望了！"又强撑着病躯坐起来，吩咐笔砚伺候，他要亲笔草拟电文，向中共中央致贺。他在这份热情洋溢的电报中说："在你们的身上，寄托着人类和中国的将来！"①

朱德宣读完这份由毛泽东转述的鲁迅电文后，噙着热泪说："同志们，鲁迅先生对我们的期望就是全中国人民的心声呀！"

全场爆发出经久不息的掌声。

由于红四方面军在张国焘的误导下，停留在甘南拒绝北上的时间太久，胡宗南属下的十多个团得以进至甘肃东部的清水、秦安一带，与天水的白军毛炳文部形成掎角之势。当红四方面军北上后，甘东南的红二方面军侧翼就亮在白军的枪口下。胡宗南的十多个团从北向南迅速推进，红二方面军南面的白军王均一纵队第三十五旅外加一个补充团也向成县逼近，孙震十二纵队从武都推进到康县。红二方面军陷入腹背受敌窘境。

原定由红二方面军留守甘南的计划由于四方面军数月延宕，已失去条件。中共中央只好令红二方面军迅速突围北进。这种完全没有友邻部队的配合，面对四面八方敌人大军的牵制，没有任何掩护，注定是红二方面军自长征以来最危险的一次行动。

红三十二军一部对扑向成县南面的白军王均一纵队的先头部队予以迎头痛击，最初还以反冲锋方式将敌军逼退了二十多公里，守势似乎十分强固。后来随着王均主力陆续开来，火力越来越强，红军阵地出现了不稳态势。

红四师十二团、红六师十八团奉军长命增援成县，两个团分别跑步抵达战场。

成本新团长没稍喘息，立刻率红十八团投入战斗，发起了冲锋。敌人的野炮有二十几门，火力密集，对红十八团迎头击发，将前进道路打成了一片火海。炮弹爆炸的气浪将红十八团年仅二十五岁的政委周盛宏冲至一丈开外，不幸阵

---

① 鲁迅、茅盾联名的贺电（当时国统区内风险很高，并未署真名）应于 1936 年 2 月 20 日红军东渡黄河抗日时所发。文中所引也并非出自鲁迅电文，而是出自《全国学生界抗日救国代表大会来信》，战争年代，辗转传抄所致讹误。——编者注

亡；成本新团长两次负伤，都是炮弹弹片所致。敌人越打越多，一片蜂攒蚁聚之势；红十八团伤亡逐渐加大，能够参战者越来越少。短兵相接发生时，敌我混在一起，分不清阵线了。

红十二团打得也很惨烈。杨秀山政委几次负伤也不下火线。挎包内的两本书被子弹打穿后，那子弹又钻进了他的臀部。一本书是师参谋长金承中半年前牺牲时的遗物——《苏联红军步兵战斗条例》中文版；另一本是师政委方理明赠送他的新年礼物——《列宁主义概论》。

10月5日，毛泽东电令红四方面军领导出兵接应红二方面军。电令说："为彻底消灭迫近会宁城西南门之敌人，请你们令向会、静前进之部队即速截断会宁、静宁、定西间道路，以便我第一师及守城陈（漫远）支队明日将敌击溃后全部俘虏之。该敌大约是邓宝珊一团至二团。胡宗南先头（部队）才到清水、秦安，大部尚在咸阳、清水道上，判断该敌再需十天左右才能全部集中并开始展开。二方面军从六号起，以四天行程经天水以西到达通渭。千万请你们派有力一部立即占领庄浪，在庄浪、通渭两地部队均向秦安迫近，（开展）游击。以（上述策应行动）确实掩护二方面军之到达。"

红二方面军后卫部队是张辉师长、晏福生政委率领的红十六师。途中与追上来的敌军交火，张师长阵亡。到达盐关镇，胡宗南部从右翼攻打过来，企图冲开红十六师阻击线，径直追击红二方面军主力。红十六师在兵力和火力都处于劣势情况下，固守不退。他们明白，在自己的身后，模范师师长刘转连正拱卫着军团部和后勤机关转移。激战中，师参谋长杨旵、政治部主任刘礼年负重伤。完成了阻敌任务后，上级电令红十六师脱离战斗。师政委晏福生在指挥部队摆脱敌人死缠烂打过程中，一条胳臂被炸飞，人也倒在地上。晏政委从上衣口袋掏出电报密码本，命令警卫员把它带给军团领导，又把自己的驳壳枪给了另一战士；然后命令大家赶紧走，说你们好胳臂好腿，革命需要你们。

红二方面军到达渭河。连日大雨使河水暴涨。两翼没有掩护部队，前面也无部队接应，战局瞬息万变，危急万分。搜集到的船只很少，远远不够，指战员们只好拼死一搏，硬往河里跳。不少人瞬间就被汹涌的波浪卷走了。更严重的是河两岸都各有几千白军逼近。过了河的红军战士拼死打击敌人，力图打出一片滩头阵地，以利后渡的同志登陆；尚未过河的红军战士一边回身阻击追上来的白军，一边向河对岸撤去。就这样，红二方面军大部队被困在渭河两岸，自我掩护、边阻敌边抢渡同时进行，部队不可避免地出现大量伤亡。

王震军团长过渭河后获悉身负重伤的十六师政委晏福生被遗留在战场上，

十分焦急，命模范师师长刘转连亲自带一支小分队返回去寻找。

刘转连在已没有了硝烟的战场上翻遍了两千多具尸体，没找到晏福生，只好回去向王震报告。

一个多月后，在黄河边驻防的萧克得到报告：老百姓用门板抬了一个流浪汉来，那流浪汉自称是红十六师政委晏福生。萧克不暇致详，立即下令抬到军团部来。四个老百姓汗流浃背地把那副木板抬来，萧克马上就认出了上面瘫软地躺着的确实是晏福生。此刻的晏福生骨瘦如柴，面如土灰。萧克疾步跨上前，紧握住晏福生残存的一只胳臂，潸然泪下，久久说不出话来。

后来贺龙回忆红二方面军北进的苦况和险况，仍然心悸不已：

> 我们把四个县打下来，张国焘不打，向西一跑，所有的敌人都加到我们头上……我们损失了（第）十七团……十七团一个团收（缩）不赢，很紧急，过河很仓促。在盐关镇六军团被侧击，晏福生负伤。行军受到敌人的侧击，二军团甩了（牺牲了）一个团。到海原又吃了点亏，我差点被炸弹炸死……过渭河，狼狈极了，遭敌侧击。

三

中共中央政治局常务委员会 1936 年 10 月 16 日开会，专门商讨派专使去迎接红四方面军的问题。这个专使便是林育英。有一些资料说，会后由毛泽东把精神、方法、步骤传达给林育英；但有的老同志回忆林育英作为共产国际的代表应邀列席了会议，例如担任会议两记录之一的茹中一同志即持如是说。我倾向于相信后者。

毛泽东在会上说，林育英这次去迎接红四方面军，应该持有双重身份：一个是党中央专使，另一个是共产国际代表。重点要突出后者，因为形象大一点，说话有分量。主要任务是做好四方面军几位高级干部的思想工作，将四方面军的政治觉悟、组织纪律性（亦即认同中央、服从中央的领导）提高一步。

有同志在会上特意问道，对张国焘错误的性质与程度一类问题，应该如何应对？

张闻天不假思索，马上回答道："当然要毫不含糊，依据今年 1 月 22 日中央政治局会议通过的《关于张国焘同志成立第二中央的决定》，予以批评，号召四方面军的同志们划清界限，认识到张国焘错误对革命的严重危害！"

另几位常委面面相觑，没有开腔，但从神情上看，似乎不置可否。过了一会儿，周恩来看了看毛泽东，旋又把目光移向张闻天，笑嘻嘻说：

"洛甫同志，火力是不是猛了一点？"

"是猛了一点！"毛泽东温和地瞧着张闻天，"当前压倒一切的、首要的目的是什么？团结！完成了这第一步，再来清理路线问题，那就容易得多了。现在我们不仅要考虑张国焘同志的接受程度，更重要的是必须考虑陈昌浩、徐向前、周纯全、傅钟、李特等高级干部的接受程度，因为团结才是当务之急！过去张国焘闹分裂的时候，我们为了团结，可以委曲求全；现在为什么不可以呢？这不是在政治路线上的妥协，而是当前压倒一切的不是纠缠路线问题，而是团结！所以林育英同志去了以后，对张国焘过去错误的性质与程度问题，暂时不要去触动；当然，如果张国焘本人或陈昌浩、周纯全、李特他们一定要谈，可以采取温和的态度，一方面指出错误是严重的，危害性也不小；另一方面应该指出，如果张国焘以后不再犯这样大的错误，将来也一定不再提及！"

大家赞同毛泽东的意见。

10 月 19 日，林育英从保安出发，在一个连的红军护卫下，赶往宁夏省同心县城迎接红二、红四方面军。

蒋介石并非蠢汉，他当然能看出红军属意宁夏意在打通联系苏联的道路，必然会千方百计阻其实现。他对此有足够信心；认为三路红军尽管正在会师，但长途跋涉，人困马乏，粮弹皆缺，又都齐聚一个狭小区域，无法回旋，所以不难收拾。他调集了十九个师，北堵南攻，决心将红军全歼于黄河东面的甘南、宁夏交界地。

中共中央军委一边调兵遣将，准备迎战并粉碎白军的进攻，一边以中华苏维埃共和国主席毛泽东的名义，通过苏维埃通讯社发出通电，命令红军停止主动攻击国民党部队——原定的夺取宁夏全省就是在这样的背景下收手了。原文摘要如次：

> 一切红军部队停止对国民革命军之任何攻击行动；仅在被攻击时，允许采取必需之自卫手段；凡属国民革命军，因其向我进攻而被我俘获之人员，缴获之武器，在该军抗日时，一律送还，其愿当红军者听便；如国民革命军向抗日阵地转移时，制止任何妨碍举动，并须给以一切可能之援助。吾人已决定再行申请一切国民革命部队与南京政府，与吾人停战携手抗日。

目前晋察绥三省形势已属危急万状。吾人极愿与南京政府合作，以达援绥抗日救亡图存之目的。如南京政府诚能顾念国难停止内战出兵抗日，苏维埃愿以全力援助，并愿以全国之红军主力为先锋，与日寇决一死战。

徐向前、胡宗南同为黄埔一期生。毛泽东命徐向前发表致胡宗南公开信，呼吁胡宗南乃至全体黄埔同学停止内战一致抗日。

胡宗南没有作复。蒋介石没有俯允，他何敢遽复？然而他手执徐向前函仰天长叹道："剿共是我们的无期徒刑啊！"这句话被他的部下记录下来，多年后揭载于香港报端。

蒋介石对毛泽东呼吁停止内战一致抗日的回应是，一方面派邓文仪赴苏寻找中共中央，一方面紧急谋划对中共与红军的最后一战。

他 1936 年 10 月 22 日飞到西安，亲自做出部署：

毛炳文三十七军的两个师、王均三军的两个师、关麟征二十五师，取道会宁向靖远攻击前进；

胡宗南一军的四个师取道静宁向打拉池方向突击；

王以哲、何柱国指挥东北军的三个步兵师、五个骑兵师，外加马鸿宾三十五师，取道隆德、固原北进；

在西线、北线，东北军一一四师从兰州开赴一条城，邓宝珊新一军固守靖远，马鸿宾新七师防守中卫、中宁两城及其以东黄河沿岸的防守，阻击红军西渡或北渡。

蒋介石把这称为"最后五分钟的决战"。其致电驻节兰州的兰州绥靖公署主任朱绍良，指示其统一指挥这场最后决战，特意叮嘱"犁庭扫穴，除恶务尽，以防死灰复燃"；战后对红军残部"收编者不得超过五千"，其余的"一律铲除"，以防借尸还魂。阅读此电，仿佛能听见蒋介石那满嘴假牙磨出的怪异音响。

1936 年 10 月 21 日，贺龙在平峰①会晤红一军团的政委聂荣臻、代理军团长兼参谋长左权②。次日，红二方面军在会宁城东北面的将台堡与红一方面军会合。

至此，中国工农红军三个方面军的绝大部分人马聚集在甘肃、宁夏交界地域。将近十万之众，声势浩大；然而粮弹两缺，面对国民党军四面八方合围而

---

① 今宁夏西吉县。
② 军团长林彪奉调去整顿恢复中央红军大学。

来，艰危之势可想而知。

鉴于会宁前线的局势越来越严峻，中共中央决定发起本来为了团结蒋介石抗战而放弃的宁夏战役，命令红四方面军担任主力。

所有的红军部队此刻面临大战都有一个难以克服的困难，即由于长时间行军转战，没有机会补充，弹药缺乏的情况很严重。胡宗南看到了这一点，所以他下令部队要猛冲猛打，冲得快者军部将不吝封赏。

红三十一军九十一师在渭河附近担任阻击胡宗南主力北进的任务。徐深吉师长回忆道：

> 常常当我们一个连或一个营占领阵地阻击，敌人就从我阵地附近以密集队形前进，不顾我掩护部队而超前追击我主力部队。我批评团的干部，掩护部队为什么让敌人追到主力部队？团的干部批评营的干部，为什么敌人追来不打？营的干部说："没子弹，怎么打？"二七六团团长陈康不相信，便亲自带一个营担任掩护任务。胡宗南部队就在我们占领的高地下一二百米处通过，陈团长命令举枪。枪举起来了。陈团长喊："放！""啪！"只有一支枪放了，其余的枪都没有响。陈团长无奈："为什么不开枪？"战士们拍拍胸前的子弹带伸出两个手指头，示意只有两发子弹了。

白军一路顺利，兵薄会宁城。又派十多架飞机对城外红军阵地和城内街道进行轮番轰炸。

张国焘、朱德准备撤离会宁去彭德怀驻地打拉池，会见林育英。他们得到电报，林育英从保安出发前往打拉池。

出城前，张国焘叮嘱四方面军总指挥徐向前，南面很吃紧，要抓紧渡过黄河。这是指先前已命令四方面军三十军西渡黄河，迅速控制西岸，以保障四方面军主力顺利进入河西走廊。这是怎么回事呢？原来中央命令三个方面军会合后即部署海（原）打（拉池）战役，要求首先"击破南敌"给予胡宗南部以歼灭性打击，为攻取宁夏创造条件。张国焘表面上同意，实际上继续推行其西行计划。在中央军委部署海打战役的次日晚上，即命令三十军在靖远西南之虎豹口渡过黄河，九军亦跟进过河。中央军委惊悉此事后致电张国焘，目前作战重点系击破南敌，以阻敌追击。除已渡河者外，其余部队停止渡河。张国焘表面遵命，暗中仍调兵遣将推行他的西渡计划。

随后，徐向前、陈昌浩也率方面军总部撤离会宁，将城防交给董振堂红五军。

然而，在五倍于己、装备精良的白军围攻之下，在飞机大炮不断轰击下，红五军伤亡数字升至三分之一。再坚守下去必会全军覆没，董振堂不得不放弃会宁，率残部突围出去。

如果任由占领了会宁的白军继续西进，以致攻占了黄河渡口，那么中央军委的宁夏战役计划将不得不终止。陈昌浩严令董振堂必须在会宁城的北面重建阻击阵地，否则将对董振堂执行战场纪律。徐向前也迅速从两翼抽调两个团增援董振堂。

奔往靖远附近黄河虎豹口渡口的红四方面军之三十军，24 日夜晚不顾身后正在迫近的敌军，以二六三团为先锋抢渡黄河。整整忙活了一昼夜，到 25 日夜12 时，红三十军全部过完。接下来是红九军抢渡。

白军发现后，派飞机轮番轰炸；而且步兵从东、西、南三个方向包围过来。红四军奉命在会宁至靖远公路一带构建阵线，阻击向渡口扑来的白军。那一个地段没有适合阻击的地势，扑来的白军又多于红四军八倍。怎么办呢？陈再道军长、王宏坤政委商量了一下，简单分了个工。陈再道率领十二师全部、十一师的两个营、骑兵大队，在公路以西通往兰州方向的地段进行阻击；王宏坤率领十师、独立师、十一师的一个营，在公路以东阻击从会宁来的白军。

阻击战打得十分艰难，残酷的拉锯战白天黑夜持续进行，三天三夜未停过枪声和喊杀声；战场上伏尸上千，血流成河。

第四天，红四军支撑不住了，边打边退却。最后退到了距黄河渡口不到十公里处，与要去渡河的红三十一军挤在一起。陈再道这才听说，白军已逼近渡口，红军被分割在黄河两岸。敌机猛烈轰炸河上的船只，全力阻止红军渡河；白军步兵分三路压过来，采取的是正面进攻、左右迂回的战术，企图对红军进行最后的围歼。

王宏坤跑到红三十一军军部，找到了红三十一军政委周纯全。对他说：

"后面快守不住了，再往前就没有可以构建阻击阵地的地方了！敌人一旦突破就严重了，你们快抓紧时间走吧！"

周纯全大怒，指着他呵斥道："为什么这个时候才说？我们一点准备也没有！怎么办？部队垮了你要负责！陈大麻子（陈再道）也跑不脱！"

王宏坤尴尬地唯唯而退，然后回转身钻进硝烟中，又往阻击前沿跑。路上遇到败退下来的红十师余家寿师长。他对余家寿说："周纯全他们没有准备，一时半会儿撤离不开！没办法，我们得回去坚持！马上叫你的部队转身回去！谁敢撤我枪毙谁，包括你在内！"

红四军只好重建阻击线，不顾代价地死守在那里。不仅要对付从正面、左翼、右翼扑来的数倍于己的敌人步兵，还要遭到低空俯冲的敌机的机枪扫射、炸弹毁击。为了给身后的红三十一军赢得渡河的时间、空间，红四军死战四个小时，伤亡无数。后来被敌人冲散成了几段，各自为战，相互联络不上。王宏坤把几个警卫员派出去寻找，企图重新把部队收拢来。结果只找回来一个营，是独立师副师长李定灼带来的。王宏坤立即命令这个营进入阻击阵地。

然而，白军攻占了渡口，原本跟随红九军渡河的红三十一军未能靠近河边。而担任后卫阻击的红四军不知怎的竟有一部分过河了——此事后来有人提出追究陈再道；另一部分和王宏坤等人却落在了东岸。

西渡成功的有红五军、红九军、红三十军、徐向前的总指挥部，共两万一千八百人。

此事中央只能因势利导，命令过了河的部队组成西路军，"以在河西创建根据地为任务"。为统一领导，成立西路军军政委员会，陈昌浩任主席，徐向前任副主席。

毛泽东警觉到张国焘仍存拥兵西去之意，赶快在 10 月 26 日 21 时致电彭德怀，提醒他"国焘有西出凉州不愿东出宁夏之意，望注意"，"目前以打击胡敌取定远营最为重要"。

毛泽东曾在 10 月 16 日政治局会议上提议由张国焘出任前线总指挥统一指挥三个方面军；此刻毛泽东决心加以改变，10 月 28 日任命彭德怀为前敌总指挥兼政委。

鉴于位于黄河东岸的胡宗南部正向海原、打拉池运动，王均部、毛炳文部也正向靖远窜进，毛泽东指示先打胡宗南部，以挫敌锐气。这个计划叫作海（原）打（拉池）战役。具体方法为三个方面军协同动作，集结兵力在海原、打拉池歼灭胡宗南一至两个师；对王均、毛炳文部实施阻击、迟滞。这一计划如果实现，可沉重打击敌人从南面北犯的势头，为实现夺取宁夏的意图创造条件。

10 月 30 日，彭德怀发布《海打战役计划》：以红一方面军六个师、红四方面军之三十一军从东西两面夹击胡宗南一至两个师，其余部队钳制王均、毛炳文两部。张国焘对此阳奉阴违，表面上同意了，暗地里却拆台。当敌我两军临战的紧张关头，他却命令红四军（一部分已去黄河以西，黄河以东只有一部分）撤到贺家集、兴仁堡，红三十一军撤到同心县城、王家团庄。这就马上将红一方面军主力的右翼完全亮在敌人面前。结果导致了海打战役出师不利。彭德怀只好另做部署：集中黄河以东红军主力，在海打大路以北进行机动，寻求打击胡宗南一部。然而敌军已进至靖远、打拉池、中卫，打通了增援宁夏的道路。如此，宁夏战役计划泡汤了。

中央 11 月 8 日另外制订了《作战新计划》：将黄河以东三个方面军的主力合编成南路军、北路军，分别从延长、延川地区和神木、府谷地区东渡黄河进入山西，要求直接对日作战，同时呼吁蒋介石、阎锡山同红军订立抗日协定。

11 月 12 日，黄河以东红军主力从同心县城、王家团庄、李旺堡拔寨东进。红军总部也移至甘肃洪德县的河连湾。红军摆出一副东进势头，实际上是在等待和创造新的战机。

西北的初冬，大雪弥漫，十分寒冷。红军各部冒着刺骨的风雪奔赴上级指定的位置。到 11 月 15 日，红四方面军三十军、四军分别进至萌城、甜水堡、石堂岭一线；红一方面军的一军团、十五军团、八十一师进至豫旺堡的东南、东北和正东面；红二方面军全部进至环县以西。

这时，打击胡宗南部队的战机终于不期而至。

毛炳文部奉命准备西渡黄河去追击红军西路军；王均部因王均本人因病突然死掉，部队到达同心城后便停止了推进；东北军王以哲部在胡宗南部右翼，故意蹒跚而行，显然是不愿与红军打仗；只有胡宗南部分成左中右三路，孤军深入，正向豫旺堡方向展开。

中共中央军委向红军总部下达命令，"应即在旺县城以东，向山城堡迅速靠近"，争取打一场大胜仗，彻底结束不断奔波的状态，构建稳固的根据地。只有这样，才说得上真正结束了长征。

胡宗南对自己部队的战斗力颇自信，又急于事功，督促部队加速前进，以致离友邻部队越来越远。

红四军、红三十一军在萌城西面设伏，轻易就将胡部装进了口袋，将其中路部队二旅打垮，打死打伤其官兵五百八十三人。

胡宗南为之愕然，不理解"残破不堪"的红军何以还有这么强的战斗力。赶紧令中路部队收罗垮下来的部队，撤退到后面休整；命令四十三师接替任务，继续强势推进。

胡宗南中路部队第二旅遭到伏击的次日，即 11 月 18 日，其右路部队丁德隆七十八师向山城堡方向趾高气扬地疾速前进。丁德隆当然不知道，他是这次红军打击的重点，此前中路部队二旅垮掉不过是序幕而已。

红军已经完善了部署：红一军团埋伏在山城堡南面；红十五军团派出一支小部队迎头接敌，诱其深入，而军团主力则埋伏在山城堡以东和东北面；红三十一军主力埋伏在山城堡的北面；红四军埋伏在山城堡的东南面；红二方面军之二军团做总攻时的预备队。

打援则部署红二十八军、二十九军、三十一军一部，分别对付可能应援的胡部左路、中路；红八十一师、红一方面军特务团和教导营协助红二方面军六军团在环县、洪德城以西阻止东北军王以哲部靠近主战场。

山城堡战役于 21 日正式打响。

红一军团二师、红十五军团一部遵照彭德怀的预案及时迂回到敌人侧后，截断退路；红一军团二师、四师从山城堡以南向北进攻；红十五军团主力从山城堡东北面向西南进攻；红三十一军自北向南进攻。单独冒进的胡宗南部七十八师顿时被打蒙了，面对四面八方的攻击，不知阻击哪方为宜，穷于应付，只好赶紧退却。然而退路早被截断，只好另掉个方向逃窜。结果，除一小部窜出包围圈，其大部被挤压进了山城堡西北面的山谷中，几乎没有了招架之功，只有挨打的份。到 22 日早上，胡宗南的七十八师基本全部就歼。参与战斗的红一方面军政委聂荣臻在回忆录中详细描绘了战场盛况：

> 战斗从当天黄昏打起，一直打到第二天上午结束。先截断了敌人西逃的退路，然后从东南北三个方向对敌人展开猛烈冲击。战斗开始，五团政委陈雄同志亲自带领一排人一下子就冲入敌人阵地。他们用手榴弹将敌人的临时堡垒一个一个地炸毁，一连占领十个堡垒。随后又把敌人几处主要阵地都拿下来了，敌人就溃败下去了。部队一追就和敌人混在一起。这时天已经很黑，伸手不见五指，也分不清敌我，枪也不能打，手榴弹也不能投（怕打了自己人），上去就摸帽子，摸着是国民党军戴的那种帽子就用手榴弹砸头。夜晚打乱了敌人部署，白天的仗就好打了。经过一夜多战斗，将敌七十八师二三二旅（全部）及二三四旅的两个团全部歼灭。与此同时，胡宗南派往盐池方向的另外几个师也被我二十八军击溃。

1936 年 11 月 23 日，中国工农红军的主力部队一、二、四方面军赢得了山城堡会战的胜利后在山城堡会集。这是三个方面军的主力经过了万里转战第一次欢聚一堂。红军总司令朱德这样宣告：

"三大红军西北大会师，到山城堡结束了长征。长征以我们胜利敌人失败而告终。我们要在陕甘苏区站稳脚跟，迎接全国抗日救亡运动的新高潮。"

山城堡会战之前，林育英到达宁夏同心县城。刚抵达就收到了毛泽东电报。毛泽东吩咐他与张国焘、朱德见面、谈话后，去迎接红二方面军，先做一番慰勉讲话，然后再返回张国焘、朱德那里详谈。如果张国焘态度强硬、固执己见，则在必须坚持原则的前提下，温和相劝，诚意相处，切勿谈崩。根据毛泽东指示，林育英构思了一个与张国焘打交道的腹案。

林育英在同心县城等候二、四方面军先头部队，11 月 3 日会见了部分指战员，代表中央做了慰勉谈话；然后离开县城，前行三十公里，到关桥堡去见张国焘和朱德。

在关桥堡，林育英首先在红四方面军部分指战员大会上做报告，代表党中央欢迎红四方面军"回家"，说陕甘宁将来就是我们的家了。特别讲解了中央制定抗日民族统一战线政策的伟大意义。

接下来他单独与张国焘进行了长谈。

"国焘同志，"林育英友善地问候张国焘，"你率领四方面军爬雪山、过草地，转战千里，一路太辛苦了！怎么样，身体还好吧？"

其实谁也看得出，四方面军来到这里是吃尽了苦头的，个个黄皮寡瘦，体质受到极大摧残；唯有张国焘白白胖胖，让赶到此地的外国记者也很惊讶。林育英不过是表示一下关怀而已。

张国焘伸了伸胳臂，微笑了一下，颇为自得地说：

"身体还算结实！谢谢育英同志关心呀！"

"这就好，毛泽东、洛甫几位领导可以放心了！"

"他们……"

"他们特别叮嘱我，看看你身体有没有什么问题，如果有什么不适，可以叫傅连暲同志检查一下。"

对这话，张国焘是半信半疑的。

"谢谢洛甫、润芝他们了！"说罢，他沉默了一下，试探道，"中央这几天开没开会做什么新的决议？"

"没有呀！"林育英诧异地回答，又端详了他一番，不明白为什么突然问这个。片刻之后恍然大悟，明白张国焘是在担心中央会不会正在酝酿收拾他。"会虽然没开，但是几位领导同志集体找我谈了一次话，叫我代表中央来找你谈谈心，看看你还有什么要求。"

"哦，是这样……"张国焘勉强笑着点了点头，而心里却七上八下。

"你有什么新想法，可以先谈谈。好不好？"

张国焘沉吟了一下，做出一副十分诚恳的样子，长叹了一口气，说：

"育英同志，我是非常希望同你成为能够完全交心的朋友呀！"

"很好，我也有这个愿望！既然如此，让我们敞开心扉来谈吧！"

"我对你说一句贴心窝子的话吧！我对共产国际、对你这位国际的代表十分信赖，十分尊重；不然的话，我恐怕是死也不会到这里来的。再不济也可以打回川北去重建川陕苏区呀！即使来了，两路红军还有打起来的危险呢！我现在嘛，别的想法……倒没有，就只是，今后我还要工作，还要做人，希望你向中央反映我的要求，中央今后不要歧视我，不另眼看待我的妻儿！"

林育英见张国焘对自己的严重错误，自己给红军给革命造成的重大损失完全没有忏悔之意，更谈不上些许认识；一心想的是自己的前程、家人的处境，便有些不高兴。但他控制着自己的情绪，耐心地说道：

"你多虑了！中央对任何犯了错误的同志，决不会一棍子打死，都会在认清思想问题、分清路线上的是非之后，给予政治上的出路，仍然善待自己的同志！这个政策，毛主席专门向我郑重交代过！我觉得你现在最重要的是考虑两个问题：第一，真心实意地服从中央的领导。这个服从，不只是口头上，应该是情感上的认同，心悦诚服。如果做到了就皆大欢喜，如果做不到就很麻烦；第二，对自己在长征路上的错误要有所认识——不，要有深刻认识！我建议你最好向中央写一份书面检讨，用这个来取得同志们的谅解。你把这一切做好了，中央对你的问题自然就会有个实事求是的结论。毛主席喜欢说一句话：对犯错误的同志，要坚持思想批判从严，组织处理从宽的原则！"

张国焘听了，没有动作，沉默半晌，才问道：

"育英同志，你估计中央对我……会有什么结论？"

"这个……我看主要是取决于你！为什么这样说呢？因为你如果能真正认识到自己的错误，而且有深刻的反省，那就说明真正认识到了在长征路上的所作所为确实有害于革命，在思想上真正回归中央的正确路线了！既然如此，中央为什么不张开双臂欢迎你呢？"

"唔……"张国焘没表态。他对此有很深的戒心。

林育英看出了他的心思，一时也没说什么。过了片刻，仍旧十分耐心地劝导道：

"长征途中发生的分裂，在全党全军造成的影响十分不良，造成的损失也不小；共产国际乃至斯大林同志，了解到情况后，都十分担心，十分生气！这个，总得对各方面有个交代吧？含糊是解决不了问题的！建议你对这个问题深入思考一番，探究一下造成这个事件的根源是什么？至于别的，你所担心的问题，例如中央做什么结论，给你分配什么工作，暂时不必去想它；其实只要你把问题说清楚了，对错误也有深刻认识，中央会公正合理地研究、处理这个问题的！"

张国焘看了看林育英，一言不发。

此后，林育英又多次找张国焘交谈，启发他主动对待自己的错误。

中共中央对张国焘自打从红军会师以来干扰作战部署，临机随便调动部队，致使作战意图功亏一篑，越来越感到担心。鉴于敌情严重，指挥必须统一，军委在山城堡会战前夕的11月15日下令红军各部"一切具体部署及作战行动，各兵团、各军、各师首长绝对服从前敌总指挥彭德怀之命令，军委及总司令部（主要针对军委副主席兼红军总政委张国焘）不直接指挥各部队，以便适合情况时不影响抓住战机"。

旋又决定派遣军委副主席周恩来代表中央赴河连湾，迎接红二、红四方面军，并传达、解释中央一系列指示。

山城堡打响前夕，周恩来抵达河连湾。次日一大早就站在镇外等候张国焘、朱德一行的到来。

刚见面的情景，据张国焘回忆，首先是"与保安①派来的'迎接'大使周恩来握手言欢。周恩来是与张学良在延安谈判西北抗日局面的当事人，我们一见面，自然首先问到这件事。他对西北抗日联合政府能否组成，不做任何肯定表示，他说明这事要决之于张学良的"。

河连湾会晤，是周恩来施展其特殊才干的重要机会。他利用一切机会，深入红四方面军的机关和到达这里的部队（其主力已奉调进入山城堡战场），向广大指战员宣传党中央的政策，介绍全国的政治形势，党中央构建抗日民族统一战线的成效。他对四方面军的政治地位给予了充分肯定，认为是中国共产党领导下的一支英勇善战、功勋卓著的部队；还特别指出，毛主席、党中央一直很牵挂他们，对他们过草地、过雪山来到陕北表示慰问和鼓励。他强调红军团结的重要性，号召大家团结一致，不久的将来共赴抗日战场。

周恩来在河连湾期间，正是山城堡战役开始和战斗正酣之际。11月23日，大家离开河连湾到山城堡，参加三个方面军的团以上干部的祝捷、会师大会。

---

① 中共中央驻地。

当天，朱德、张国焘、周恩来、彭德怀、任弼时、贺龙、关向应、徐向前联名致电毛泽东并转中共中央、中央军委，正式报告三个方面军会师成功，说：

> 三个方面军团以上干部会议，听了中央军委代表及各红军领袖的报告之后，一致在党中央、中央军委的正确领导之下，领导全体指战员坚决实现军委的战略方针和每个战役任务……我们坚信在党中央和军委的正确领导下，我们一定能够取得最后的胜利，一定能够成为全国人民团结抗战的中心。

山城堡的会议还标志着红军在其伟大的缔造者和领袖的带领下，终于克服了张国焘分裂主义的危害。

12月1日，朱德、张国焘率领红军总司令部、红四方面军红军大学的部分师生，到达陕北保安县。中央的红军大学校长林彪率师生列队欢迎；毛泽东、张闻天、博古站在师生前面，鼓掌欢迎。睹今追昔，张国焘想起了一年前在两河口会见毛泽东时的情景，心里泛起无可名状的苦涩。

朱德、张国焘被安排在一座山下的两孔窑洞居住，与毛泽东、张闻天等领导比邻而居。

红四方面军的部分干部奉调离职进入中央红军大学学习。

毛泽东对张国焘仍然是采取团结、教育的方针。12月1日，他对彭德怀的来电回复说："你对团结与改进一、二、四方面军的方针及许多问题的意见，我都同意，很对的；但在某些步骤上，我的意见还应改得温和一点。（你）两星期前批评国焘一电、昨日整顿纪律一电，原则上完全正确，但在措辞上有一、二句颇为刺目，在今天是不相宜的，请留意及之。"

12月6日，毛泽东出席了红军大学为欢迎朱德、张国焘而举行的联欢大会。

12月7日，中共中央命令改组中央军事委员会，以毛泽东、张国焘、朱德、周恩来等二十三人组成新的中央军委；以毛泽东、张国焘、朱德、周恩来、彭德怀、任弼时、贺龙组成中央军委主席团，毛泽东为主席，张国焘、周恩来为副主席；以朱德为红军总司令，张国焘为总政委。

中央对张国焘的善意和任用，使张国焘稍感欣慰。因为住得很近，他与毛泽东时相过从。毛泽东只谈现在和将来，对过去的争端只字不提。这反倒使他有点不安了。

他为此又去找林育英谈话，希望林育英能充当调解人。林育英劝他不要猜疑，解决党内存在的思想分歧，中央会有安排的。

然而，这些事很快就被 12 月 12 日西安发生的惊天事变冲淡了。

2021 年暮春初稿
2022 年初春改毕于蜀州风云堂